二 見 文 庫

許されない恋に落ちて

ヘレンケイ・ダイモン／高橋佳奈子＝訳

The Enforcer
by
Helenkay Dimon

Japanese translation published by arrangement with
Helenkay Dimon c/o Taryn Fagerness Agency
through The English Agency (Japan) Ltd.

強くても完璧ではないヒロインを愛する読者のみなさんへ

許されない恋に落ちて

登　場　人　物　紹　介

ケイラ・ロイ	ウエイトレス
マサイアス・クラーク	フィクサー。レイの同僚
リーヴァイ・レン・アプトン	マサイアスの同僚。フィクサー
エメリー・フィン	レンの恋人
メアリー・パタースン	マサイアスの実母
ギャレット・マグラス	レンの部下
ローレン	ケイラの友人。プレジャー・ボート会社経営者
ポール	ローレンの部下
エリオット・ガードナー	ローレンの顧客
ダグ・ウェストン	ケイラの大学時代の恋人

1

ニューヨーク州北部

シャワーは肌を焼くほどに熱かったが、気にもならなかった。ハーフ・マラソンのための何カ月にもおよぶ練習と二時間のランニングを経て、筋肉は疲れを癒すその熱さを喜んでいた。

手を白いサブウェイ・タイルにつき、シャワーの湯をうなじにあてる。湯はもつれた髪から顔の横へ流れた。あと数分こうしていて、たっぷりバスジェルを使えば、また人間に戻れる。戻ったとしても、最近は完全に人間とは言えない気がしていたが。

膝のにぶい痛みがぶり返したが、フォームローラーを使ったりストレッチしたりする余裕はない。ハウスメイトたちとの夕食の約束があるので、あと数分の猶予しかないからだ。外出したいわけではなかったが、約束は約束だ。もうみな階下《した》で待っている。いつドアを叩かれて急かされてもおかしくない。ときおり、大学生というよりも、餌の時間のサーカスの動物のような行動をとる連中だ。とはいえ、じっさい、ハウスメイトのうち、ニックとスティーヴのふたりについては、サーカスの動物と大差ない日も多かった。

邪魔がはいるのではと思ったところで、大きなどすんという音がした。「ああ、やめてよ」とシャワーブースのなかでつぶやく。湯が口のなかにはいった。苛立《いらだ》ちが募るなか、二度目のどすんという音が聞こえてきた。ドライブウェイではなく、家のなかでバスケットボールでもしているような音が……もう一度。まったく、下着とブラシを見つけるあいだぐらい、多少の我慢をしてくれてもいいはずだ。「あと二分待って」彼女はそばにいると思われる誰かに呼びかけた。きっとそのうちとめどなく文句を言いはじめるにちがいない。

家のどこかでガラスの割れる音がした。

「いったい何？」彼女は手を伸ばしてシャワーを止め、シャワーカーテンを開けた。リングが金属の棒にあたって音がした。

ふつう皿が割れたあとで聞こえてくる、それに負けない叫び声を待って耳を澄ました。誰かに名前を呼ばれ、早くしてと声をかけられるだろうと思ったのだ。あたりは静まり返っていた。二階建ての家のきしむ音も、めったに使われることのない古びたエアコンがつけられるときの音もしない。

何の音もしないのはあまりに奇妙だった。この家の日常らしくない。それが寒気《さむけ》をもたらした。その寒気は全身にまわり、バスルームに垂れこめる湯気にもかかわらず、歯がかたかた鳴り出した。

彼女は厚手のタオルを体に巻き、縁の欠けたバスタブの外へ出た。コットンのタオルの端を胸のあいだでつかみ、ドアを開けて廊下をのぞきこむ。濡れた暖かいバスルームから廊下へ足を踏み出すと、裸足で床を踏む足音がこだました。

「ちょっと？」誰も答えようとしないのがわかり、胸のあたりで妙なものが渦巻いた。

「これっておもしろくないわよ、ねえ」

かちりという音が静寂を破った。玄関のドア。どこにいてもその音はわかる。こっそり家に戻ることがよくあり、その音はそのときの音と同じだった。みんな遅いと文句を言いながらおあずけを食っているのにうんざりして、先に行ったのだろう。そうにちがいない。

手すりから身を乗り出して階段の下をのぞきこむと、居間の天井の明かりがついているのがわかった。それ以外は闇に沈んでいる。鍵を持っているのも車を出すのも自分であることを考えると、彼らが先に行ったのはおかしなことだった。こういうやり方で早く階下《した》へ来させようとしているなら……そうだとしたら、その作戦はうまくいきそうだ。それでも、こっちも多少はやり返してやらなくては。まずはこっそり忍び寄っておどかしてやろう。ばかな遊びをしている〝お友達〟に教えを垂れてやるのだ。

彼女は大きくきしむ音を立てるとわかっている硬材の床の一点を避けて通った。この家で音を立てずに歩くのは容易なことではない。こっそり階段を降りるのはもっとむずかしかった。一段一段がほぼすべて音を立てるため、体重のかけ方を均等にしようとした。まったく、そうしようと思わなくても音楽が奏でられるぐらいだわ。ほとんど踵《かかと》をつけることなく、一歩一歩足を踏み下ろす。ゆっくり、慎重に。

階段を降りるのに永遠に時間がかかった。重く垂れこめた静けさのなか、時計が時を刻む音が聞こえる気がした。階下《した》にいる誰もまったく物音を立てない。みんなこんな技をいつ身につけたのだろう。

片手を手すりに置き、もう一方でしっかりタオルをつかむと、階段の下をまわりこみ、わっと声をあげる準備万端で居間へ足を踏み入れた。虚をつかれて驚く顔が目に浮かんだ。

赤いものが目に飛びこんできてことばが喉でつかえた。ベージュに塗られた家具や布のランプシェードに真っ赤な筋がはいっている。壁には赤い点々が飛び、閉まっているカーテンにもしぶきが飛んでいた。ソファーのまえには赤い池ができつつある。

いったいこれは何？　脳が考えることを拒んだ。目のまえの光景が早送りされるようにとりこまれ、脳が火花を散らしはじめる。鼓動が耳の奥でどくどくと音を立てた。すべてを理解しようともがくあいだ、彼女の激しい息遣いだけが部屋を満たしていた。おしゃべりも笑い声もない。テレビも音楽も。ソファーには死体がひとつ。クッションへと手を伸ばして床に転がっている死体がもうひとつ。目は見開かれ、喉は大きく切り裂かれている。居間にふたつの死体。友人たち。生きている兆候はまるでない。

血がすべてを染め、しみ出して広がり、居間じゅうを赤い海に変えていた。脳を麻《ま》痺《ひ》させるような暗闇が広がるまえにそれを振り払おうとして息を吸うと、かすかに金属と男性用の香水のにおいがした。

こんなはずはない。みんな冗談を言ってビールを飲んでいるはず。シャワーにどれだけ時間がかかるんだと文句を言いながら。

彼女は息を吸おうとあえいだが、肺が働いてくれなかった。体に巻いたタオルに爪を食いこませてつかんでいたにちがいない。タオルの生地が破れる音がした。

少しして現実が脳を貫いた。ふたりとも死んでいる。親友たちが。虐殺されて。

体じゅうにパニックが広がった。細胞という細胞がパニックに襲われ、息ができなくなる。部屋のよどんだ空気が顔にあたり、全身の筋肉がこわばった。足もとの何かにつまずき、思わずよろけてあとずさる。バランスを崩し、玄関のテーブルをつかもうとしたが、つかめなかった。ランプが跳ねて傾き、鍵が落ちて音を立てた。

思いきり倒れこみ、体の横と尻を強く打ちつける。片手を投げ出したのでかろうじて頭を床にぶつけずに済んだが、タオルはまえが開いてすべり落ちた。動かずにいても、空気は肺に戻ってこようとしなかった。喉に苦いものが上がってきて、目のまえがかすんだ。何度かあえいでから、ようやく喉をつまらせることなく息が吸え、上半身を起こすことができた。

目を閉じ、十からカウントダウンをしようとする。三まで来たところで、脳がまた多少動きはじめた。ホラー映画のような光景が消えていてくれないかと願いながら、さっと目を開けてまわりを見まわす。しかし、これは夢ではなく、どんな悪夢よりも最悪だった。壁という壁に血と死が叩きつけられている。とてつもない恐怖が部屋じゅうに響きわたり、彼女の背筋を駆け降りた。

起き上がろうとしたときに、足が硬いものに触れた。目を足へ向けると、そこに見えたものに思わずはっと身をそらし、背中を強く壁に押しつけた。もうひとつの死体。

真の恐怖を浮かべて生気のない目が凍りついていた。伸ばした手は木の床に爪痕を残している。友人は抗《あらが》い、爪を立てて……死んだ。

ニック……

激しい苦痛に全身が揺さぶられた。筋肉からはじまった震えが全身に広がり、発作のようにぶるぶると体が震えた。彼女はべそをかきながら、目のまえの光景に対するショックが脳に刻まれるなか、どうにか多少の正気を保とうともがいた。

わたしが音楽を聴きながらストレッチし、クールダウンして、シャワーを浴びているあいだに、誰かが家に押し入ったのだ。十分か十五分、わたしが二階に閉じこもっているあいだに、友人たちがこうなった。

どうしてという疑問が渦巻き、頭がくらくらしたが、やがて新たな恐怖に射抜かれた。そいつはまだここにいる。押し入った人物……男か……女が。

逃げなければ。走るの。

耳の奥で鼓動が大きくなっていたが、パニックがショックを押し流した。足音がしないかと耳を澄ましたが、自分が肺へと空気を送りこむぜいぜいという音以外は何も聞こえなかった。

足を動かすことも、絶えず部屋を見まわすのをやめることもせずに、彼女は後ろに手を伸ばし、電話線を引き寄せた。スタンドに載っている受話器が揺さぶられて落ちた。むき出しの肩にあたったそれを床に落ちるまえにどうにかつかむ。目を向けることなくやみくもにボタンを押し、一旦切ってからまたダイヤルした。九、一、一。二度目の呼び出し音でのあとで男の太い声がした。指でつかむプラスティックはひんやりとしている。ことばが喉でつまった。「あ……あの……」

「どうされました？」

彼女は目を閉じ、目のまえのすべてを心から遮断しようとした。気持ちを集中させなければ。目に見えないナイフに切り裂かれるまえに逃げなければ。

「みんな死んでるの」かすれたささやき声がして、思わずまわりを見まわしたが、やがてそれが自分の渇いた喉から発せられていることに気がついた。

オペレーターは口ごもった。「え？」

「みんな死んでいるの」

「どなたがです？」

裸で震えながら、彼女は膝に額を押しつけて身を揺らしはじめた。「助けて」

「もしもし？　よく聞こえないのですが――」

「急いで」

2

ワシントンDC
七年後

マサイアス・クラークは、このミーティングをはじめるにあたって、安全な自分のオフィス以外の場所でミーティングを行うときにいつもすることをした。部屋のなかを歩きまわり、隠された出入り口がないかたしかめたのだ。たったひとつはっきり認識できるドアから誰かが押し入ってきた場合に、もっとも簡単に脱出できるのはどこか。ここが自分のオフィスだったら、どこに武器を隠すだろう。

そうは言っても、部屋のなかにいっしょにいる男たちを信用していないわけではなかった。じっさい、背中を向けても大丈夫と思われる数少ない人間のうちのふたりだった。とはいえ、誰かに背中を向けるようなことはしばらくしていなかったが。その連中とはともに固い絆《きずな》で結ばれた有能なチームに属していた。

〝友は近くに置いておけ、敵はもっと近くに置いておけ〟（映画『ゴッドファーザー2』に出てくる台詞）などという言いまわしは信用していなかった。友は信頼できる数人にしぼり、敵には銃を向けておけというほうが理にかなっている。それをモットーとしていたからこそ、三十四年の困難な人生を生き延びてきたのだ。今さらそのモットーを捨てるつもりはなかった。

マサイアスは誰よりもがっしりとした男とテーブルをはさんで向かい合い、足を止めた。病的なほどに身許《みもと》を隠そうとする男で、偽名を使っていたが、マサイアスはその男の本名を知る数少ない人間のひとりだった――レヴィ・レン。十年以上もまえに、今はマサイアスが所有して経営している民間の軍事会社でともに訓練所に放りこまれて以来の付き合いだった。当時はレンもレンと名乗っていたが、それも親しい友人のあいだでだけだった。レンにはおおやけに使用している別名があった。マサイアスには不可解で面倒なことに思われたが、レンにはレンの人生がある。

レンは射撃の腕はプロ並みだったが、デスクワークのほうを好んだ。作戦を練るほうを。ワシントンDC最大の隠された秘密、力も影響力も大きな調停者《フィクサー》。問題を解決してくれる男。作戦や計画を立てるレンの能力にはマサイアスも一目置いていた。実働部隊が必要なときにレンが彼の会社――クイント・エンタープライズ――に連絡してくるのもそのせいだ。レンは計画を立てるのに長《た》けた男で、マサイアスはそのための人員を用意し、込み入った計画を実行に移す人間だった。

そうしたビジネスの取り決めは双方に利があり、大金持ちばかりの街でふたりとも大金持ちになった。とはいえ、どちらも目立とうとはしなかった。スポットライトを浴びたり、おべっかを使われたりしたいとは思わなかったからだ。マサイアスのほうはレンほど人目を忍ぶことはなかったが、人との交わりは避けた。できるかぎり。

しかし、今日ばかりは、レンと部下のギャレット・マグラスに計画に加わってもらう必要があった。非常に私的な計画に。そのせいで、マサイアスはいつも以上に気が立っていた。

レンはペンを指でもてあそび、その手を止めるたびにペン先やキャップの部分を会議室のテーブルにこつんとあてた。「ミーティングを要求するとはきみらしくないな」

ふつうレンはことばに正確を期す人間だった。マサイアスは彼が発したことばが気に入らなかった。「要求じゃなく、お願いしたはずだ」

「おかしなことに、きみの言うことはすべて命令に聞こえるんだよな」レンはペンを下ろし、椅子に背をあずけて床から脚が離れるほどに椅子を傾けた。「どうしたっていうんだ？」

「きみの力を借りたいことがある」そんなことを言うのはいやでたまらなかった。誰かに何かを頼んだことなどついぞなかったからだ。一度も。子供のころの自分を担当していたソーシャルワーカーにも、幼いころに転々とした家庭の里親たちにも。教師にも。レンにさえも。これまでは。

レンはうなずいた。「わかった」

マサイアスはその機械的とも言える反応に笑みを浮かべそうになった。「これが個人的な頼みだと言っておかなくちゃならない」

「答えは同じだ」

そう。今度はマサイアスもほほ笑まずにいられなかった。彼自身は、すべての詳細を知って、計画が失敗する可能性を吟味してからでないとアドバイスも支援も決してしない。すべてをじかにコントロールしたいという欲求に苦しめられずに済むレンは幸運だ。「きみのそういうところがいいな、レン」

「きみはほんとうのぼくを知っている数少ない人間のひとりだからな。つまり、きみの頼みは聞くということだ」レンは肩の緊張をゆるめ、両肘を椅子の肘掛に置いてバランスをとった。「で、その頼みとは？」

「きみの恋人を借りたい」

がたん。レンが背筋を伸ばし、後ろに体重をかけていたせいで床から浮いていた椅子の前脚が床にあたった。「なんだって？」

「おやおや」ドアのそばの壁に寄りかかっていたギャレットが身を起こし、テーブルのレンの側の椅子に席をとった。「ランチをあきらめてここに残ってよかったな」

いいさ、たしかにおかしなことを言い出したように聞こえただろう。マサイアスはことばを選ぶことがあまりうまくなかった。「彼女自身じゃない。頭脳だ」

ギャレットはまだにやにやしていた。「そのほうがいい答えだと思うのかい？」

「人を見つける仕事をしているんだろう？」レンはぽかんとした顔をしていた。ギャレットの顔にはおもしろがるようなばかげた表情が浮かんでいる。ふたりともわざと事をむずかしくしているにちがいないとマサイアスは思った。「女を見つけなきゃならないんだ」

にやにやしていたギャレットは声をあげて笑った。鼻を鳴らすような不愉快な音まで立てている。「彼女は恋人紹介所じゃないぜ」

「マサイアス」レンは何かを切るように手をテーブルにあて、軽い音を立てた。「説明してくれ」

「名前を教えたら、恋人のところへ行ってその人物を捜し出すよう頼んでくれるかい？」マサイアスには単純きわまりないことに思えた。

レンは目を見開いた。「ぼくが二度とセックスできないようにしたいならな」

「どうしてぼくがきみの性生活を気にしなきゃならない?」

ギャレットが首を振った。「そいつは冷たいな」

「わからないな。頼んでくれればいいだけの話だ。何が問題なんだ?」レンはエメリー・フィンに出会ってからというもの、そのそばに張りついていた。そのこと自体が妙だったが、マサイアスは彼女がそこにいる以上、役に立ってくれるかもしれないと踏んだのだった。

「きみが独身なのは驚きだな」ギャレットが口笛を吹いた。「まあ、当然か」

一瞬、銃を出してやろうかと思った。そうすると部屋じゅうが静まり返り、誰もが注意を向けてくるのは驚くほどだ。しかし、そうはせず、指をギャレットに、次にレンに向けた。「どうしてこの男をそばに置いているのか教えてくれ」

そう聞いてレンは目が覚めたように見えた。「きみだって一度ならずクイントでの自分の右腕にしようとしたじゃないか。だから、ギャレットがここにいる理由はよくわかっているはずだ」

マサイアスはギャレットに目を移した。「その話をしたのか?」

「あの申し出をゆすりの種にして、このオフィスで好き放題させてもらっている」

ギャレットは言った。「そう言えば、そろそろまた昇給があってもいいはずだな」

レンはマサイアスから目を離そうとはしなかった。「話をもとに戻そう。その女について話してくれ」

「殺人事件について何かを知っている女だ」ふたりは何も言わずにマサイアスを見つめた。何が起ころうとも身動きしないように訓練されていなければ、椅子のなかでマサイアスはもぞもぞと動いたことだろう。「それは何か？　言えるのはそれだけだ」

レンは鼻歌のような音を立てた。「あまり役に立つ情報じゃないな」

「もっと筋道立てて話してくれてもいいんだぜ」とギャレットがさらに言った。「けんかを売ってるのか。顧客に事実をすべて話せと迫るなど、あり得ないことだ。

マサイアスも話すつもりはなかった。「彼女――その女は――ぼくの知っている男が殺された家に居合わせた」

その〝男〟は単なる男ではなかったが、そこまで明かす必要はない。殺人事件。女。マサイアスには単純すぎるほど単純なことだった。殺人事件と聞いてもふたりともまばたきひとつしなかった。室内で戦略を練っている男たちだが、死と聞いて怯《おび》える連中ではない。悲劇や命にかかわる結果に対処することが日常茶飯事なのだ。だからこそ、マサイアスは最初の調査をここに依頼しようと思ったのだ。標的と使命を与えられれば、自分は有能だ。しかし、人と話をしたり、質問したりの調査など——勘弁してくれ。

「そいつのことは〝男〟としか言わないつもりかい？」とレンが訊《き》いた。

マサイアスは同じ話をくり返すのは好まなかったが、今回だけは仕方なかった。

「ああ」

「もう少し詳しく教えてくれないとな」マサイアスが沈黙を守るとレンはため息をついた。「どうしてその男が殺されたことを気にしなくちゃならない？」

「それは調査に必要な情報か？」

レンは今度はさらに大きくため息をついた。「そういうことにしておこう」

会話はどんどん腹立たしいものになっていく。「ぼくの弟だ」

さあ、それで充分だろう。これでみな仕事をはじめられる。

しかし、レンは顔をしかめた。「いつからきみに弟ができた？」

「実際問題としてか？　ぼくが生まれて八年してからさ」ニックを知ったのはほんの七カ月まえだが、それはマサイアスにとって問題ではなかった。少しまえまで弟がいたとは知らなかったとしても、血のつながりは血のつながりだ。弟がいるとわかった以上、答えが必要だ。弟の仇《かたき》を討たなければならないかもしれない。

レンはまたペンを手にとった。「きみに突然弟ができたってのは」

またリズムをとってペンをテーブルにあて出す。こつん、こつん。

マサイアスが手を伸ばしてペンを奪い、ふたつに折らずにいるのにはありったけの自制心が必要だった。「きみが何を言っているのかわからないな。そっちの言っていることこそ意味不明だ」

「きみたちふたりが多くの時間をともに過ごしたことがよくわかるな。そう、訓練に明け暮れていた荒っぽい時代に」ギャレットは首を振った。「きみたちが似た者同士なのは怖いぐらいだぜ」

「似ているところなどない」ふたりとも黒っぽい髪をしていて、経営している会社が利益をあげている以外に、類似点などないとマサイアスは思った。もちろん、何年も同じ指導者につき、同じアパートメントで暮らしていたのはたしかだが、それだけだった。「彼は情報を扱う。ぼくはじっさいに動くほうが好みだ」

「銃を使ったりのな」レンがおもしろがるように言った。

何がおもしろいのかマサイアスにはよくわからなかった。それも正当な技術で、数多く持つ技のひとつにすぎなかった。「爆弾を使うこともある」

「そう聞くと、なおさらきみたちふたりはいっしょにカクテル・パーティーには行かないほうがいいな」とギャレットは言った。

「また話がそれたな」レンがペンをにぎる指に力を加えた。「その女のことに戻ろう」

「話せば長くなる」そう言えば充分なはずだ。理由をくどくどと述べ立てる気分ではなかった。ここへ訪ねてきて、こそこそと頼み事をしているだけでも苛立たしいことだった。

「つまり、理由を話す気分じゃないということか」

レンにもようやくわかったようだ。マサイアスはほっとした。この男にしては時間がかかったものだ。「そのとおり」

「取引をしよう」

取引はマサイアスの好みではなかった。「力を貸してくれるんだと思っていたんだが」

レンは肩をすくめた。「女はぼくが見つける」

「きみが？　でも、エメリーは――」

「彼女はデータベースの記録や情報をすり合わせて行方不明者を見つけている。じっさいには知りもしない人々を探している。しかし、きみの依頼はどうだ？　これはぼくの仕事だという気がするよ」レンは線の引かれた黄色いレポート用紙のページをめくり、何か書きはじめた。

何を書いているかはマサイアスには知る由もなかった。とはいえ、人の心を読むのがうまいとは言えない自分にも、何かが起こっていることは推測できた。「まだ恋人をわれわれに会わせるのが不安なのか？ ぼくたちはきみにとっておそらくもっとも昔からの友人のはずだが」

「じっさい、きみは数少ない友人のひとりさ」ギャレットが言った。「ぼく以外では」

レンは文章でページを埋める手を止めず、目を上げることもなかった。「きみが彼女に何を言おうと、ぼくにはどうすることもできない。きみは――もとのクイントにいた連中はみんなそうだが――こういう状況では予測不可能な態度をとるからな。そう、ほかの人間に対して」

レンは本気で自分を怒らせようとしているにちがいない。「それは英語ではどういう意味だ？」

それを聞いてレンは目を上げた。「きみたちみんな、お行儀よくしなくちゃならないということさ。ルールを守ってもらう。きみたち全員に契約書にサインしてもらってもいい」

「ばかばかしいことを言ってるのは自分でもわかってるんだよな？」とギャレットが

訊いた。「こっちがおかしくなりそうだから、きみにも知っておいてもらわないと」

マサイアスは答えを待たなかった。「今はきみの女に会う話をしているんだ」

「彼女とは別れたくないと本気で思っているから、たしかにぼくの女だ。紹介するのは先でいい。ただ、紹介するとなったら、彼女のことは名前で呼んでくれ。ぼくの女じゃなく、エメリーと。そうじゃないと蹴られることになる」

「きみもやわになったな」蹴られるなどということがあまりにばかげていなければ、マサイアスは笑っていたことだろう。しかし、そのことについては仲間がみな噂《うわさ》をしていた。クイントという名前の男によってチームに入れられ、二十代のころに出会った五人組の仲間たち。クイントはそれぞれが破滅的な道を歩むのをはばみ、みなもっと業績をあげるべきだと言い張った。ギャレットはあとからその仲間に加わったのだった。

容赦のない、タフな男たち。ほとんど人付き合いをせず、信じられないほどに有能だ。ほかの仲間より危険な男もいたが、互いに絆を結び、できるだけ法を犯さない道を歩んできたのだった。あのころはみな若造だった。今は大人の男だ。それぞれが成功し、互いを頼りにしている。

ギャレットは笑みを浮かべた。「恋をしているのさ」

「くそくらえだな」くそくらえなどということばでは足りない。レンがセックスや……何かに……振りまわされるなど、理にかなわないことだ。まさかレンが。あのころは憎悪にとらわれ、めちゃくちゃな状態で、じつの父親を殺すと決心していた。政治家や国々の指導者や億万長者たちが極秘に力を借りに来る男が恋に落ちただなど。愚かしいにもほどがある。

マサイアスにはそんな経験はなく、そういうこととは絶対にかかわり合いたくなかったが、仲間たちはみな彼女に会いたがっていた。彼らの友人をリーヴァイと呼ぶのを許された、たったひとりの女と一時間ほどおしゃべりをしたいと。ギャレットはきっとみんな彼女を気に入ると言っていた。

レンは咳《せき》払いをした。「きみの女の話に戻ろう」

おそらく、女について新たに理解を深めたとすれば、レンはこの仕事にうってつけだろう。まだエメリーのほうが状況にうまく対処してくれそうな気はしたが、マサイアスはこのまま提案に乗ることにした。「わかった、ミスター・フィクサー。やってみてくれていい」

「物わかりがいいな」

「ただし、金は払わない」結局、これは友への頼みなのだ。

「いいさ。ぼくに不満はない」レンは目を天井に向けた。「名前と、場所とか日付というようなおおまかな情報が必要だが、ぼくたちでどうにかなるだろう。ぼくたちというのはほぼギャレットがという意味だが」

「そいつはついてるな」ギャレットはそう言って上着のポケットから小さな手帳をとり出した。

このふたりはやる気になったようだ。マサイアスにはありがたいことだった。「今の名前はわからないが、七年まえの名前ならわかる」

「きみの弟――きみとは十年以上の知り合いだが、これまで一度も話に出たことのない弟――が亡くなったときだな」

ああ、そのことは明かすつもりはなかったのだ。当時は自分も弟のことは知らなかったが、そんなことはどうでもいい。「亡くなったなんて生易しいものじゃなかった」

レンは訝《いぶか》しげに目を細めた。「どんなふうだったんだ?」

「誰かがその家で暮らす大学生全員を――ラクロス・チームのメンバーふたりを含む全員を――根こそぎ殺したというのに、彼女――その女は――すり傷ひとつ負わなかったというようなことさ」

ギャレットは顔をしかめた。「その女が容疑者のように聞こえるな」

まったくまっとうな推理だ。「その女に会ったら、その扱いをするつもりだ」

「撃つつもりなのか？」とレンが訊いた。

「どうかな」女が殺人者だとわかったら、もちろんそのつもりだという意味だった。

3

マサイアスは隣にすわっている男と同じぐらいは食べたいと思ったが、時刻は午後二時で、これを昼食と呼べるのかどうかわからなかった。自分が火曜日にメリーランド州のアナポリス郊外にあるダイビング・カフェにいる理由もわからなかった。ほとんど埋まっていないテーブルを見まわす。客は全部で十二人ほど。ここはマリーナに連なる店のなかにある小さなレストランだった。ラッキーズ。名前ほどの幸運には恵まれていない場所に思えたが。

それでも清潔ではあった。ブースの赤いフェイクレザーには経年劣化のひびがはいり、そこにすわったあまりに多くの客のスニーカーやジーンズのせいで劣化がさらにひどくなっていた。マサイアスがすわっているクッションは厚手のテープで裂け目を閉じてあり、足を無造作に動かすと、かすかに布の裂ける音が聞こえた。

マサイアスが見たところ、そのカフェで一番ましなのはウエイトレスだった。背が高く、満面の笑みで、これまで見たことがないほど腰が高く、引きしまった尻をしている。くそ上等というわけだ。

ウエイトレスは赤味がかった茶色の髪を後ろで結んでいた。その頭をそれほどじろじろ見ていたわけではなかったが。そんなことをすればいやらしく思われただろうが、マサイアスは気づかれないように、ウエイトレスがゆったりと動き、隅のブースにすわる四人の年寄りとカウンターのそばで顔を寄せ合って話をしているふたりの女性に料理を運ぶのを見ていた。

そうやって歩きまわるせいで、ウエイトレスの脚もよく見えた。なんともすばらしい脚だ。長くて細い。日に焼けていて引きしまっている。体の曲線がよくわかるウエイトレスの制服を身につけているが、曲線はいくつもあった。スニーカーを見てマサイアスはほほ笑んだ。履き古されてすり切れている。よく動く女だという証《あかし》。

ギャレットがコーヒーカップの横にスプーンをあてた。

ああ、そうだった。こいつがいた……「ここで何をしようっていうんだ？　教えてくれ」マサイアスは店のなかで唯一興味を惹かれる対象から目を引き離し、ギャレットをにらんだ。

ギャレットは目を細めてきれいなウエイトレスが置いていったデザートのメニュー

を見ていた。「パイがうまそうだな」

マサイアスはメニューを奪って、ぐらつくテーブルに叩きつけた。「ぼくは銃を持ってるんだぞ」

「そいつはすてきだ」

オフィスから引っ張り出され、ワシントンDCの混み合った道を運転させられたことで、マサイアスはいつも以上に忍耐力を失っていた。それだけでも最悪だったのに、なお悪いことに、工事中の区間があって高速道路の平均速度も下がっていた。「身につけている武器が一種類だけじゃないというのも知っておいてもらったほうがいいな。さっき言ったのは正確じゃない——銃は二丁持っている」

「メリーランドは火器携帯が自由な州だったか？」

そんなことを気にするはずもないのに。「ぼくの質問に答えろ、ギャレット。ジョージタウンにもカフェはある。どうしてここへ連れてきた？」

ギャレットはテーブルの端にファイルを置いた。「レンが約束したように、女を見つけたんだ」

あの女か。くそっ、レンは仕事が速い。

「もう見つけたって？　頼んでからまだ四日しか経っていない」しかし、ギャレットはすぐにその情報を渡してよこそうとはしなかった。

「そんな驚いた振りをしなくてもいい。これがぼくたちの仕事なんだから」ギャレットはことばを止め、コーヒーをごくりと飲んだ。「そう、これで生計を立てている」

ウエイトレスがマサイアスのそばに現れた。いいにおいがする。焼き菓子と花の香りが混じったにおい。マサイアスにとって慣れたにおいとは言えなかったが、ドーナッツを思い出させる女性には抗いがたいものがある。

「お代わりはいかが？」ウエイトレスはコーヒーポットを掲げた。

マサイアスは情報以外何もほしいと思わなかったが、訊かれたのでうなずき、ウエイトレスのほうへカップを近づけた。「ありがとう」

笑みが女の顔を明るくした。じっさい、頬がかすかにピンクがかった。あの頬はどのぐらい熱くなっているのだろう？

ウエイトレスがテーブルを離れると、ギャレットがまたカップを鳴らした。「ずいぶんと礼儀正しいんだな？」

「人に食べ物を運ぶ仕事ってのはいやな仕事だろうからな。どれだけ文句を言われるものか想像してみるといい」マサイアス自身はランチの注文をとるような仕事をしたことはなかったが、立ちっぱなしで長時間働いたあげく、チップをけちろうとするようなばかな連中の相手をしなければならないとしたら、報いのない仕事に思えた。だからこそ、チップははずむようにしていた。必ず。

「銃のひとつを持たせてやってもいいんだぜ」とギャレットが言った。

「そうかもな」そうしたい気持ちは山々だったが、ここへはちがう女の件で来たのだった。マサイアスはファイルを顎で示した。「それはぼくにか？」

「きみの女についての情報がはいっている」

レンが言いそうな答えに聞こえた。あまり多くを語らないことばを発する男だ。

「今のところは〝その女〟ということにしておくほうがいいな。もっと多くのことがわかったら、標的にすることもあり得る女だ」

ギャレットはカップの縁越しに笑みを向けてきた。「ああ、その女であるのはたしかだ」

ひとり悦に入るような言い方だった。まったく気に入らない。「なんのことを言っているんだ？」

「その女さ」

ウエイトレスが戻ってきて、テーブルの上を見まわした。「ほかにご注文は？」

ギャレットがメニューに載っているものの半分を注文するまえにマサイアスがさえ

ぎった。メニューをウエイトレスに返す。「もういい。ありがとう」

ウエイトレスは再度テーブルを離れた。マサイアスはほんのつかのま心がさまようのにまかせ、揺れる腰へと目を向けた。右へ左へゆったりとした動きだ。すばやく動きまわっているのに、おちついたよどみない動きに見える。歩く速度を速めながらも、まったくあわてているようには見えなかった。

部下たちが任務に就いている姿はしじゅう目にしていた。訓練をさせることもある。過酷な状況で走らせることもある。さっと注意を向けてきたり、せわしなく駆けまわったりする姿を見ることには慣れていたが、ウエイトレスのクールな物腰や、急いでいるように見えないのにすばやく歩きまわる能力には感心せざるを得なかった。

ギャレットの視線を感じ、それを無視しようかと考えた。しかし、ウエイトレスも見られていることに気づいて笑みを向けてきた。そろそろ頭を本題に戻さなければならない。

マサイアスはギャレットに目を向けた。「五秒以内にぼくに知らせるべきことを言ってくれ」

「じろじろ見てたな」ギャレットはにやにやしていた。高笑いしそうなほどだった。

「あの尻は二度見の価値がある」

ギャレットはすばやくウエイトレスに目をくれた。「それには異議なしだ」

ああ、もうたくさんだ。あのウエイトレスは、ぼろぼろのブースにすわるふたりの愚か者に涎《よだれ》を垂らされるよりもましな扱いをされてしかるべきだ。マサイアスはファイルに目を向けた。「それをよこせ」

「きみの女は殺人事件のあと、シラキュース大学を退学した」ギャレットはささやき声にトーンを落として言い、さらにつづけた。「旅をしてまわり、三度名前を変え、いくつかの仕事に就いた」

自分を引き止めて質問をしてくる者たちに先んじて逃げていたわけだ。そういうタイプの人間はいる。好かない連中だが。「疑わしいな」

「何かから逃げる必要があるとか」

マサイアスには同じことという気がした。「警察さ」

ギャレットは首を振った。「どうかな。容疑者ではないんだから」

「どうしてそんなことがわかる？　唯一生き残った人間だ。奇妙な物音がしたとか、記憶が曖昧だとか言い訳はしただろうが。じっさいは、何人も殺しておいて逃げたとしても、誰もそれを証明できないってわけだ」ほかの者たちを殺して彼女だけを生かしておいたもっともな理由など、マサイアスは思いつかなかった。三角関係と嫉妬についての噂があったことを考えれば、答えははっきりしているように思えた。

「この件の捜査に何年も携わった警察も私立探偵も、彼女が女友達と大学のスポーツ選手ふたりを力で圧し、全員を難なく殺すなどあり得ないと考えたんだ」

法の執行機関で働く男たちは、女の力を低く見積もりがちだ。ひとつの見方しかしない。マサイアスはそういうまちがいは犯さなかった。部下にも女性はいるが、たくましくて賢い。「この女がえらくタフだということもあり得る」

ギャレットはウエイトレスに目をやり、目が合うとほほ笑んだ。それから目をテーブルに戻した。「ああ、きみの女はたしかにそうかもな」

「その女だ。ぼくの女ではない」マサイアスはその点は疑問の余地なくはっきりさせておきたかった。

「生き残るにはそうじゃなきゃならなかったはずだとは思わないか？」

逃げまわっていることがマサイアスにはあやしく思えた。「生き残ったのか、殺したのか？　それが問題だ」

「たしかに。でも、こっちの仕事は彼女を捜して居場所を見つけることで、動機を分析することじゃない」ギャレットはファイルを持ち上げて振った。「調査をつづけろとレンに伝えてほしいんじゃなければな」

マサイアスはファイルを奪ってやろうかと考えてやめた。自分は人まえで誰かに飛びかかって騒ぎを起こすタイプではない。「ここから先は自分でできる」

「そうかい？」

「そのファイルを渡すつもりがあるのか、ないのか？」店にいた年輩の男たちが目を向けてきたことで、マサイアスは自分が最後のことばを叫んでいたことに気づき、まわりの不安を払うように手を振った。

「あの」ウエイトレスが今度はどこからともなく現れた。顔をしかめてそこに立っている。「お客様、大丈夫ですか？」

マサイアスは髪を手で梳《す》いた。「この友達にひどく苛々させられただけだが、大丈夫だ」

「それについてはあまりお役に立てそうもありませんね」ウエイトレスはマサイアスにウィンクした。「伝票を置いていきますけど、何かほかにお入り用でしたら、お知らせください」

ウエイトレスはテーブルのマサイアスのまえに伝票を置いた。キッチンへ戻ろうとするウエイトレスを年輩の客のひとりがつかまえた。マサイアスはそのすべてを見つめていた。

ギャレットがマサイアスの顔のまえで指を鳴らした。「まだじろじろ見ているな」

「まだすばらしくいい尻をしているからな」

「たしかに」ギャレットはファイルをテーブルの上にすべらせてよこした。「それで、その尻はケイラ・ロイのものってわけだ」

「え？」マサイアスは頭が真っ白になった。しばらくそこにすわったまま、尻の鑑賞とギャレットが発したたわごとを組み合わせようとした。

ギャレットはまたウエイトレスをちらりと見てから、声をさらにひそめた。「以前使っていた名前のほうがよかったら、サマンサ・ウェルドンというのを試してみてもいい」

マサイアスはファイルに手を伸ばしたが、腕はスローモーションで動くように思われた。「何を言おうとしている？」

「もしくは、調べてくれと言って教えてくれた名前を使ってもいい――キャリー・グリーソン」ギャレットが身を寄せてくる。「ただ、それを使ったら、きっと女はまた逃げ出すだろうけどな」ギャレットはウエイトレスを顎で示した。「逃げ足は速そうだ」

現実がボディブローのように効いてきた。「待てよ、つまり――」

「その女さ」ギャレットはウエイトレスのほうにまた目を向け、その目をマサイアスに戻した。「このアナポリスに。きみの縄張りにこれほど近いところにな」

「ちくしょう」

ギャレットはうなずいた。「どういたしまして」

見つかった。

私立探偵かなんらかの法の執行機関の人間にちがいない。そういうタイプはすぐわかる。スーツ姿と物腰。あたりを絶えず見まわし、ウエイトレスがテーブルのそばを通るたびに会話の声を落とすところからも。

ふたりともこれまで見たことのない男だったが、ケイラは大人になってからずっと、こんな男たちに追われたり、尋問されたりして過ごしてきた気がしていた。思いすごしかもしれないが、ここに来る客は地元の人間かヨットに乗る連中だ。安いコーヒーとホームメイドのパイのために午後の仕事を中断してこんな辺鄙《へんぴ》なところまでやってきたビジネスマンかもしれないが、それは疑わしかった。

脳が活動しはじめる。そうした判断はこれまでも何度もしてきた――留まるのと逃げるのと、どちらがいいか。新たにあれこれ調べられたあげくに結局は脅され、またひととおり尋問されながら、憎しみに満ちた目でじろじろ見られることに耐えられるだろうか？　最初のころはそうしたくり返しに耐え抜いた。最近は逃げることにしている。

まずはここからひそかに逃げ出さなくては。

顔に作り笑いを貼りつけ、ケイラは常連客のカップにお代わりを注ぎ、それからカウンターのなかにはいった。鼓動が激しくなるあまり、男たちに聞こえないのが不思議なぐらいだった。しかし、自分には聞こえた。神経の末端という末端がぴりぴりしている。

手が震え、マフィンを載せたトレイの横に置いたポットがかたかたと音を立てた。ひとりの男が振り向いたときには、ケイラはキッチンに姿を消していた。コックが目を上げ、いつものように、よくもここにはいってきたなという目をくれた。キッチンに留まるつもりはなかったので、別にかまわなかった。七年も同じことをしてきたのだ。あと一度ぐらいどうということはない。

せっかく伸ばした生活の根をまた引き抜くのだと考えると胸に痛みが走った。痛む胸に手の付け根を押しあてる。従業員用のトイレと裏の小さなオフィスへとつながる廊下に足を踏み出す。そこから裏の路地まではほんの数歩で、それで自由になれる。

自分の人生の何についても自由だと思ったことはなかったが、ここではようやくつかのまの心の平和を得られたのだった。貸ボート屋の二階にある小さなワンルームの部屋へと移り住み、新たな名前を使い、新たな生活におちついた。近くのセント・ジョンズ大学で講義を受けはじめてもいた。

それなのに、すべてが終わりを迎えてしまった。またよそへ移らなければならない。

ケイラはロッカーのダイヤルをまわした。最初の番号を大きく越えてしまい、一からやり直さなければならなかった。彼女は手を振り、指を曲げ伸ばしして気をおちつけようとした。ロッカーに身を寄せ、ひんやりとした金属に額をつけてあの客の表情が一変した瞬間の情景を心に浮かべまいとした。

その変化は明らかだった。見逃すのがむずかしいほどに。店のドアにつけたベルが鳴り、あの男がはいってきたときから、ちらちらと様子をうかがっていたのだから。ドア枠に頭がつくのではと思うほどで、おそらくは百九十センチを超える身長だった。身のこなしは力強く、自信に満ちていた。黒っぽいスーツは広い肩と引きしまったウエストを隠す役には立っていなかった。ネクタイを締めず、真っ白なシャツのまえのボタンをいくつかはずしていることも男についての何かを物語っていた。それがなんであるかははっきりしなかったが、ことばを発したときの太い声が彼女の全身に響く気がした。ことばはほんの数言しか発せられなかったのだが。

その存在には惹かれずにいられなかった。思わず二度……三度と目を向けるほどに。黒っぽい髪と茶色の目。顎のまわりにはかすかに伸びかけたひげの影があった。女の悦《よろこ》ばせ方を知っているタイプのハンサムな男だった。きれいな顔ではなく、朝、女よりも長くバスルームで時間を費やすタイプでもない。シャンプーやシャツのブランドを気にしない男。

たくましい手、長い指。そうしたすべてとともに、高価な服はそれに包まれる体にはしっくりこないという生々しい感覚も抱かせた。何か熱く、おそらくは少しばかりみだらなものがそこにはあった。

男とその友人は言い争いをはじめた。ファイルを奪い合い、言い争う声をひそめた。背の低いほうが一度ならず彼女に妙な目を向けてきた。

そんなことがあって、店の空気をぴりぴりさせていたエネルギーがどくどくと脈打つ緊張へと変わったのだった。心のなかの不安がまわりのすべての色を変えているのはわかっていたが、妙な暗さが垂れこめ、息がつまりそうだった。背の高いほうが最後にちらりと目を向けてきたときに、心がその空白を埋め、パニックが全身に走った。

過去の経験から、注意と警戒を怠らないことは学んでいた。兆候を察することができるようになり、男から関心を向けられて質問されそうになると、そうとわかった。惹かれる様子が不信へと変わり、遊びを求める目が凝視へと変化する。

スーツを着た背の高い男はそうではなかった。冷静で、心ここにあらずといった様子だった。目はずっとこちらに向けていた。一瞬目を細めただけで、すぐにもとに戻し、態度を変化させることはなかった。それでも、体が震えるほどの変化が感じられた。体のずっと奥で、男がコーヒーのためではなく、自分を追ってきたのだとわかった。過去の経験から言えば、それはひとつのことを意味していた。あの男は知っている。なぜか知っているのだ。

また脅しがはじまったのだ。つけねらわれているというちくちくするような感覚が刻一刻とふくらんでくる。自制心が失われていき、逃げ出さなければという思いが急に高まって心に押し寄せてくる。男と対決することもできたが、その戦いには勝てないだろう。男のほうが体が大きい。何を訊きに来たにせよ、男は答えを得ないまま帰ることになる。どちらの側に穴があるとしても、わたしにはそれを埋めることはできないのだから。

つまり、逃げるということ。メモがドアの下から差し入れられるようになるまえに。

ケイラはまたダイヤルをまわした。今度はほぼ正しい数字に合わせることができ、ロックが外れた。ロッカーを開けたところで、コックが自分を呼ぶ声が聞こえた。ケイラはそれを無視した。カフェから聞こえてくる金属と金属がこすれるような音や、くぐもって聞こえる客たちの声もすべて。

ロッカーの下の部分にたくしこまれている小さな黒いバッグに目を向ける。逃亡用の予備のバッグ。最小限の身のまわりの品がはいっていて、それがこれからの持ち物のすべてとなる。二度ほど引っ張ってバッグをとり出すと、ひもを肩にかけた。

あまり音を立てないように気をつけて、ケイラは部屋の反対側にある非常用のドアへと忍び足で向かった。足を止めて最後に一度部屋を見まわす。喉がつまり、喪失感に後ろ髪を引かれる気がしたが、それは無視した。そのうち悲しみは薄れていくはずだが、今は膝が崩れそうなほどに胸を打った。

唇を嚙《か》んでこらえ、暗証番号を打ちこむ。ロックはピーという音とともに解除され、彼女はドアを開けた。路地から陽光が射しこんだが、一歩まえへ進もうとしたところで、目のまえに影が動いた。ケイラは何かことばを——なんでも——発しようとしたが、ことばは喉でつかえた。

店のなかにいた男だ。黒みがかった目にはなんの感情も表れていなかった。細めたまなざしには生気すらない気がした。

「どこかへ？」と男は訊いた。

あの太い声。ケイラは首を振ることしかできなかった。

男は手をズボンのポケットから出した。「よかった」

目をそらすことができなかった。足を動かすことも。どうにかしてふたことだけ喉から押し出す。「そうですか？」

「コーヒーのお代わりがほしくてね」

4

マサイアスは女のあとからキッチンを通り抜け、ホールへ戻った。コックが呼びかけてきたが、それは無視した。注意はひとりの女だけに向けられていた。今度はきれいな尻にではなかったが。怒りのあまり視野がぼやけていたせいか、何にしてもあまりよく見えなかった。この女につかのまとりこまれそうになったのだ。ニックもそうだったのだろうか。

マサイアスは女の横をまわりこんで席に戻ることにし、女がコーヒーポットを手にとるまで待った。逃げようとしたら、つかまえたことだろう。もはや実動部隊として仕事をすることはなかったが、動ける体は保っていた。

しかし、今はそのまま席にすわることにし、ブースに戻った。

「何があったのか訊くのが怖いな」ギャレットが店内を見まわしながら声をひそめて言った。

「コーヒーのお代わりを頼んだのさ」マサイアスはマグカップを掲げてみせ、心のなかでケイラと呼ぶようになった女性に目を向けた。

彼女の目をとらえるのには思ったよりも時間がかかった。目が合うと女はうなずいたが、急いでやってこようとはしなかった。ポットを手に、ひとつひとつテーブルを確認してゆったりと歩いている。ひとつのテーブルでは、客もいないのに足を止め、置かれているナプキンとフォークを直した。

女は冷ややかで心ここにあらずに見えた。なんの感情も見せていない。状況がちがえば、感心したことだろう。今は値踏みしつつ、女を凝視するのに忙しく、感心する暇はなかった。

「わざわざ外へ出て、建物の裏へまわってコーヒーのお代わりを頼んできたって？お代わりを頼むにはずいぶんと面倒なやり方じゃないか？」ギャレットは切り札をつかんでいながら、それを隠していたのだ。

マサイアスは今はそれについてとやかく言う気分ではなかったため、軽く受け流した。「足を伸ばしたくてね」

ギャレットの口の端が笑みの形に持ち上がった。「そうか。もっともだな」

「銃には触れもしなかった」

ギャレットは拍手したが、音は立てなかった。「へえ。きみがそんな自制心を見せるとはね」

ぶしつけな言い草を聞いて、思わずマサイアスはウエイトレスからギャレットへ注意を移した。「今抜いてもいいんだぞ」

「きみの常識についてはまだ不安に思っておいたほうがいいってことだ」

「どうしてレンがきみを解雇せずに一日でも過ごしていられるのか不思議だな」ギャレットの技術は評価するが、その皮肉っぽさと生意気な物言いには我慢ならなかった。

命令されたら、疑問を呈することなく従うものだ。

白黒はっきりしているものなど何もなく、グレーの領域にも対処しなければならないと言われるが、そんなのはばかばかしいことだ。みな感情にとらわれて考え直し、行動せずにすべてを台無しにしてしまうのだ。善悪に解釈のちがいなどあるべきではない。

マサイアスには自明のことに思われた。

「どうしてレンがそうしないと思うんだい？」ギャレットがあざ笑うように言った。

「一日に何度も解雇されてはまた雇われるのをくり返しているのさ」

それなら納得がいくが、それにしても。「雇われ人はたいていい教訓を得るものだが」

「レンがじっさいにはぼくを首にするつもりがないってことかい？　ああ、そんなのずっとまえからわかってるさ」ギャレットはマグカップにはいったコーヒーの残りを飲み干した。「それに、きみと同じように、レンにも自分を行儀よくさせておく誰かが必要なのさ。やりすぎて逮捕されたりしないように」

　それにはどう反応していいかわからなかった。マサイアス自身はこれまで子守りを必要だと思ったことがなかったからだ。「レンがそこまで愚かだとは想像しがたいな」

「驚くほどさ」

「報告書に目を通せるようになるまで、女について知るべきことを話してくれ」問題の〝女〟はレジの後ろにいた。こちらへコーヒーのお代わりを注ぎに来る気配はまるでなかった。しかし、逃げようともしなかった。マサイアスにはそれでよかった。今のところは。

　必要ならば一カ月でも待っていられた。女はパニックに駆られて行動するかもしれないが、こっちは訓練を積んでいる。それが有利に働くはずだ。

　ギャレットが何も言わなかったので、マサイアスは彼に目を向けた。話せと二度言わなければならないとは信じられなかった。レンはどういう仕事のやり方をしているのだ？　部下への指示の仕方と立場をわからせるやり方について友に話してやらなければならない。今はひたすらギャレットをにらみつけるだけにしておいたが。

ギャレットは肩をすくめた。「知っていることはもう話した」

「あれが女について知り得たすべてだとは信じられない」

「名前を教えたら、女を死ぬほど怖がらせて逃げられたじゃないか。それで……まあ、裏で何があったかは知らないが。それでこれだ」――ギャレットは指で宙に円を描いた――「なんであれ、こういうことになって、女は今にも壁を突き抜けて逃げそうになっている。全部きみのせいさ」

「さっきも言ったが、女にはコーヒーのお代わりを頼んだだけだ」マサイアスにしてみれば、なんということのない行動に思えた。女をすわらせて尋問をはじめたかったが、そういうことをすれば、ギャレットを怒らせ、誰かに緊急通報番号に通報されるのがおちだ。だから、こうして待っているのだ。

「それは何かの暗号なのか？」

マサイアスは女に注意を集中させたかったが、ギャレットは口を閉じようとしなかった。「いったい今度はなんの話だ？」

「そうなのかい？　コーヒーのお代わりがほしいと言ったせいで、女が逃げようとするそぶりを見せたというのがさ」

「同じ話をくり返すのは好きじゃない」なぜギャレットにそれがわからないのかがマサイアスには不思議だった。

「きみはいっしょに働くのにぴったりの相手だな」

マサイアスは手を伸ばし、ファイルにてのひらを打ちつけた。その大きな音に女が飛び上がり、ファイルをとり戻す口実となった。

ギャレットは首を振った。首を振ることが多い男だ。「そうだ」

「そういえば、もう行っていい。詳しいことはほとんど教えてくれなかったが、レンに頼んだことは完了したわけだから……どうして首を振りつづけている？」そのしぐさが気に障り出していた。

「きみのそばを離れないようレンに言われているんだ。これが――〝これ〟がなんであれ――終わるまでは」ギャレットはブースに背をあずけた。「臨時の助手だと思ってくれればいい」

なんだと？「助手が必要なように見えるか？」

「その質問には答えなきゃだめかい？」

「必要だとしても、呼べばいくらでも部下はいる」マサイアスがなおもつづけようとしたところで、女が動いた。じりじりとキッチンへ近づいていく。マサイアスは体の全細胞が緊張するのを感じた。

「呼ばなくてもぼくがいる」とギャレットは言った。

しかし、マサイアスはもうほとんど耳を貸していなかった。店内を、客たちを見まわし、どの家具が邪魔になり、それに付随してどの程度の損害を与えることになるかを見積もるのに忙しく、ギャレットのことなど気にしていられなかったのだ。「なぜだ？」

「それはまた漠然とした質問だな」ギャレットは店内を見まわした。「どうやらきみの女は逃げようとしているようだな。コーヒーのお代わりを魅力たっぷりに頼んだにしては妙な話だ」

「彼女にはぼくを脅して遠ざけることも、ぼくから逃げることもできない」

「運のいい女だ」ギャレットは眉《まゆ》を上げた。「ああ、待てよ。命からがら逃げ出すわけじゃないようだ。おもしろいな」

女は少したためらってから、ふたりのほうへまっすぐ向かってきた。ギャレットの側のテーブルの端に達するまで足を止めず、じっとふたりを見つめたまま、ここから逃げ出したいという思いをまるで隠そうとしていなかった。

「お勘定ですか？」声には抑揚がなかった。思わせぶりな響きは消えていた。

肩をそびやかし、目を合わせてくる。留意すべき点だ。これほど自信に満ちた毅然《きぜん》とした態度でそこに立っているのは、人間らしい感情が欠如しているからなのか、死ぬほどタフな女だからなのか。後者であってほしいという期待のようなものをマサイアスは感じた。「コーヒーのお代わりを頼んだはずだ」

「そうですね」

「ありがとう、ケイラ」女が目を見開いた。それは一瞬のことだったが、女を怯えさせたくなかったマサイアスは胸のほうに顎をしゃくった。「名札に書いてある」

「ああ」女は四角い小さなプラスティックの名札を手でもてあそんだ。「すぐにお代わりをお持ちします」

そう言うと、あわてた様子でテーブルから離れた。内心何を考えているのか垣間見られたのはその動きだけだった。そのときもすぐさま気をとり直したようで、ほんの数歩のうちに、苦もなく店内をすばやく歩きまわるいつもの動きに戻った。

その冷静さと、歩くときの尻の動きにはほれぼれせずにいられなかった。動揺を見せたほんの一瞬以外、女の内心を読みとるのはむずかしいことがわかった。それが意味するのはひとつだ――数日アナポリスに足止めされるということ。

一時間後、マサイアスはギャレットとともにカフェのまえの歩道に立っていた。店を出たときには、女が急いでやってきて背後でドアに鍵をかけるのではないかと思ったが、そうはしなかった。しかし、だからといって、あり得ない話ではなかった。簡単に揺さぶりをかけられる女ではないということだ。女は外面上は冷静さを保っていた。威圧されたようには見えないのがなんとも悔しかった。マサイアスにとって得意のやり方だったのだから。意志を通すのにそれが役に立つことは驚くほど多かった。

店内ではさらに圧力をかけるのはやめ――そうしてくれと心のなかの声は叫んでいたのだが――コーヒーのお代わりを飲みながら女を値踏みしていた。マサイアスは店内に残ろうかと思ったが、女に多少猶予を――さほど多くはなくても――与えるほうがいいと決めた。そうすれば、ファイルに目を通しながら、離れたところから女を観察できる。

それでも、それほど離れるつもりはなかった。マサイアスはカフェの入口から数メートル離れ、マリーナからはほんの数歩のところにある板張りの遊歩道で足を止めた。ケイラとのあいだにそれ以上の距離を空けるつもりはなかった。あの女は逃亡者だ。彼女の行方を捜したり、レンにまた頼み事をしたりするのはいやだった。まったく、頼み事の結果残ったもの——ギャレット——も追い払えずにいる。

「裏で彼女に何を言ったのか、もう一度教えてくれ」ギャレットはごみ箱をまわりこみながら訊いた。

マサイアスは足を止めた。ギャレットもそうせざるを得なかった。「答えるのは三度目だが、コーヒーのお代わりを頼んだんだ。それだけだ」

「だったら、きみが人を怖がらせるのをどうにかしないといけないな」

それこそまさしくまちがった答えだった。「彼女が警戒するのは悪いことじゃない。へまをする可能性もあるわけだからな。そうなれば、彼女が何を隠し、何年もまえにあの家でじっさいに何が起こったのか明らかにするのも簡単になるだろうが」

「武器を持たせようとでも思ったのかい？　コーヒーポットで今にもきみを殴りそうな様子だったぜ」

受けて立つという精神は悪くない。逃げ場を失ったときに人がどう行動するかもわかっていた。まちがいを犯す者もいれば、震え上がる者もいる。彼女がどういうタイプなのかははっきりしなかった。今はまだ。「もう少し自信を失わせる必要があるな」

ギャレットは後ろから来た年輩の男女のために一歩まえに出て道を空け、ふたりが声の届かないところへ遠ざかるまで待った。「きみは人あしらいがあまりうまくないんだな、ちがうかい？」

「とくには」いずれにしても、それが格別役に立つ技術だとも思わなかった。任務の遂行には、人間的な要素を入れずに戦略と戦闘に頼ったほうがずっと容易だったが、人を怖がらせるだけだったので、そのことはあまり口には出さないようにしていた。

「彼女を怯えさせてしまったら、どうやって答えを得ようっていうんだ？」

その質問はマサイアスには理解できなかった。「こっちが知る必要のあることを話してもらうだけさ」

「もしくは……」ギャレットは指を立てた。「ぼくが思ったとおりの賢い女なら、必死で逃げ出すだろうな」

「だったら、追いかけるだけのことだ」これまで耳にしたかぎりで心配すべきことは何もなかった。

「そんなことを言ってたら、余計相手が怖がるだけだぜ」

また怖いだのなんだのという話か。「今週いっぱいかけてそれをどうにかしよう」

ギャレットはうなった。「それがどういう意味かは訊きたくないな」

あと数日は慎重に立ちまわらなければならないということだ。正直に言えば、得意なことではない。相手が折れるまで怒鳴りつけてやるほうが好みだった。

「そろそろ休暇をとってもいいころで、このマリーナは休暇を過ごすのに悪くない場所のようだからな」休暇をどう過ごすものかは見当もつかなかった。休暇はいつからとっていないだろう……とったことなどあったたか？　何年もまえにラスヴェガスを試してみたことがあったが、無駄に金を放り出す連中を目にしてすぐさま自宅に舞い戻っただけだった。「女の居場所を教えてくれたんだから、きみはもう帰ってくれてかまわない」

ギャレットは目を天に向けた。「まるでぼくが帰りたくないとだだをこねているみたいだな」

5

翌日またミスター・スーツが店にはいってきたときには、ケイラは身をひるませまいとした。今度は連れはいなかった。午前十時ごろにカフェにやってきて席につくと、小さく手を振ってよこしさえした。

ケイラはカウンターの下に手を伸ばし、そこに置いてある銃に触れた。悪い人間ではなく、危険人物でもないのかもしれないが、どんな危険も冒すつもりはなかった。

ほかにも客はいて、遊覧クルーズのための料理やスナックをクーラーボックスにつめて送り出す作業もあった。午前中は忙しかったが、変わったことは何も起こらなかった。短い休憩を心待ちにできるほどに。

忙しい朝食時間帯を終えてケイラがコーヒーのカップを手にしたところで、例の男がメニューを手にとった。彼を無視してやりたいという思いが強くなる。常連客を増やさなければという思いと、妙に入り交じって募る警戒心と興味を振り払わなければという思いに心を引き裂かれながら、彼女は男のほうに目を向けた。

男がメニューを下ろすと、しぶしぶコーヒーのマグカップを置いた。カウンターの下の銃を使って追い払ってやろうかと思ったが、それはあまりに大げさかもしれないと考え直した。それでも、男から目を離そうとはしなかった。理由があって身の安全を守る教室に通ったことがあり、銃の撃ち方や、逃げたり叫んだりするやり方は学んでいた。そう、叫ぶことだってできる。

立ち上がって仕事に戻るころあいだが、今日はいつもより賢く立ちまわらなければならない。おそらく、ふざけ合う態度はとらずにただ愛想よくしていればいい。誤解した男を追い払わなければならないとしたら、どれだけチップをもらっても割に合わない。

近づいていくと、男はじっと見つめてきた。見ていない振りすらしない。笑みも浮かべていなかった。それが男の流儀だとは思えなかったが、そのまなざしの何かに――真剣で、物憂げな光に――思わず唾《つば》を呑まずにいられなかった。

ケイラは男のテーブルのまえで足を止めた。「またいらしたんですね」

「来ずにいられなくてね」

誘っているようにも聞こえることばだ。「コーヒーを一杯お飲みになっただけなのに、ここに惹きつけられたってわけね」

「三杯だ」

「なんですって？」

「コーヒー三杯だ」男はメニューを指で叩き、彼女のほうにすべらせた。「さらに一杯もらうよ」

いいわ、別におかしなところはない。みなコーヒーは飲むものだから。そう、わたしだって。でも、きちんとした格好で遠出してまで飲みに行くことはない。「ただいまお持ちします」

三十分後、男はマグカップを置いて立ち上がり、窓辺に寄った。男が上品な白いカーテンを開ける様子を見て、ケイラは思わず笑みを浮かべた。その腕に――黒い時計と、まくり上げた白いシャツの袖から見える腕の黒っぽい毛に――なぜか息を奪われる。店に来てほぼすぐに上着は脱いでいたが、男にくつろいだ様子はなかった。ネクタイを締めていなくても、どこか指揮官のような雰囲気があった……高圧的と言ってもいいほどの。

ケイラは隠してある銃にほんの少し近づいた。

「水の上に出ることは多いのかい？」男の声がカフェに響きわたった。

男は最後のふたつのテーブルの客が帰り、カフェにふたりきりになるまで待って立ち上がっていたので、男が話しかけているのは自分に対してだろうと思った。これがこの男なりの世間話の仕方というわけだ。ほとんど何も知らないはずの男が見つけた話題は、訊かれると必ず苛々《いらいら》するものだった。「一度も」

男は肩越しに目をくれた。「一度も外に出たことがないと?」

「正確に言えば、今窓の外に見えるのは駐車場よ。そこへなら毎日出ているわ。でも水の上ですって? お断りだわ」

「そうかい?」

半分おもしろがるような顔で見つめられつづけ、警戒心が多少募った。「値踏みしないで」

「水が好きじゃないなら、ここの仕事に就くなんて妙だと思っただけさ」

今度は弁護士か捜査官のような口調だ——もっとも苦手なふたつの職業。「仕事を選ぶときには、場所よりも雇い主を重視するので」

「賢明だな」男が歩み寄ってくる。一歩一歩しっかりとした、速すぎも遅すぎもしない足取りで。

男にはどこか練習してそうしているような計算された雰囲気があった。二日つづけてここへ現れたことがさらに妙に感じられた。「この街にはどのぐらいいらっしゃるおつもりです？」

「二、三日か、もう少し長く」

なんてこと。この人には別のカフェを見つけてもらわないと。神経がぴりぴりする。馬鹿なティーンエージャーのようにマグカップの縁越しに見つめたり、夜にちゃんと鍵がかかっているか窓をたしかめたりしてしまいそうだ。

「お仕事ですか？」とケイラは訊いた。

「とり組んでいるプロジェクトがあってね」

最初はそれもなんということのない答えに聞こえた。しかしやがて、じっくり考えてみれば、実質答えになっていないことに気がついた。「弁護士さんですか？」

男は彼女と向かい合うバースツールに腰を下ろした。「まさか」

そう、そういう反応は理解できる。「ええ、わたしも弁護士は好きじゃないわ」自分のためにコーヒーのお代わりを注ぎ、彼にも新しいマグカップにコーヒーを注いだ。

「ビジネスマンさ」

「銀行の？」

男はコーヒーをひと口飲んだ。「どうやらきみのレーダーはオフになっているようだね」

どこまでも謎めいた男ね。直球の質問をしているのに、答えにならない答えを返してくる。そうとわかるのは、彼女自身、その技を使うことが多いからだ。この人はわたしの縄張りに土足で踏みこんでいる。

「探るのがむずかしい方ね」

「ぼくについて探りたいのかい、ケイラ?」

その太い声に頬を撫《な》でられ、惹きつけられる。ケイラはそれを無視し、心のこもらないおしゃべりに徹した。「釣りやヨットにいらしたんではないわね」

質問をかわすためには悪くない答えに思われた。質問はかわさなければならない。質問されると、胃がわずかに飛び跳ねるのだから。その感覚は消化不良のせいだとしたかったが、じっさいには興奮かもしれなかった。

あり得ない。

「たしかに。長期のプロジェクトを進めていてね。それを遂行するために人を投入することになる」

へえ、そうなの。「あまりおもしろそうじゃないですね」

「そう言うのはきみがはじめてじゃないよ。ぼくのことは、ほかの人の計画を実行するために人手を集める人間だと思ってくれればいい」

それでもまだ作り話に聞こえた。「はっきり言わせてもらえば、そう聞いてもあまりよくわからないわ」

「色っぽい話じゃないのはたしかさ」

ケイラはそのことばも男の顔も、男についてのほぼすべてを無視し、心のなかで沸き立ちはじめた警戒心に注意を集中させた。「それで、それがこの街へ来た理由だと？」

「ああ。ずっとまえに解決すべきだった古い問題にけりをつけなきゃならなくてね」男は顔をしかめた。「慣れている仕事とはちがう。今はオフィスにひとりきりなので、こうしてコーヒーブレークをとるというわけさ」

ずいぶんとことばを費やしながらも、じっさいには何も明かしていない。そうした技術は称賛に価した。ケイラ自身、大人になってからずっとそうやって生きてきたのだった。

男は彼女をまじまじと見つめた。その目に何が映ったにせよ、男はまた口を開いた。

「ふつうは机に向かって報告書を読んでいる」

よく考えるまえに、目が男の全身をさまよっていた。少なくとも、カウンター越しに見える部分を。広い肩とたくましい顎を含む堂々たる上半身を。「スポーツジムで日がな一日過ごしているように見えるわ」

男は下に目を向けた。「服を透かしてそれが見えると？」

ええ。上等なシャツは筋肉のふくらみがわかるほどには体にフィットしていたが、じろじろ見るわけにはいかなかった。「もちろん見えないわ」

「夕食に出かけることは？」

口へ持っていこうとしていたマグカップを途中で止める。それをゆっくりとカウンターに下ろすのにたっぷり一分かかった。「変な質問ですね」

「デートに誘ったのさ」

男の目がマグカップをきつく包む彼女の手から、おそらくはぽかんと開いている口へと向けられた。男は店の客だった。そういう意味では混乱を覚える客だったが。

ケイラは顔をしかめた。「本気ですか？」

「そんなに変だったかい？」

「言い方がちょっと……おかしかったわ」男に意味が伝わるように声をひそめる。「夕食をともにしてそれについて話してもいい」

まあ、粘り強さという点では褒めてあげなくては。それでも、それだけのこと。ふつうでもデートなど問題外で、この男となれば……まだよくつかみきれないものがあった。いっしょにいるのを刺激的に思わせると同時に、頭に屋根が落ちてくるのを待つような不安な気分にもさせる何かがあって心がぐらついた。自分でコントロールできない感覚はごめんだった。

「無理ですね」無難な答えだった。賢い答えでもあり、それに頼ることにした。

「恋人でも？」

「いいえ」

「そうか」男はまたコーヒーを飲みはじめた。横にある容器のなかのアップルパイに目を向けたりもしている。

誘いを拒まれたのに淡々としているようだった。店から急いで出ていくことも、テーブルに戻ることもしない。ただそこにすわっている。またも興味を惹かれずにいられない、ちぐはぐな反応だ。「そう言われても、どう反応していいかわからないわ」

男は肩をすくめた。「問題が自分にあって、ほかの要因ではないとわかると、男にはそう言うしかなくなるんだ」

ケイラの経験ではそうではなかった。ボート好きの気取った男たちには一度ならず言い寄られており、何を提案されても礼儀正しく断ると、相手は声を殺して口汚くののしってくるのがつねだった。「ばか丸出しの反応を見せる人もいるわ」

男は眉を上げた。「だったら、そういうやつの誘いは断ってよかったということだ」

なぜか男との会話が妙に魅力的に思えてきた。「問題は相手がそういうやつだと最初はわからないことだわ。残念ながら、看板をつけて歩いているわけじゃないから」

「それで、結局はばかなところを見せるというわけかい？」

ケイラはばかという以上に最悪だった若者のことを思い出した。「すごい役者もいて驚くほどよ」

「最悪のデートになるな」

「おっしゃるとおりよ」ケイラは乾杯というようにマグカップを掲げた。「それで、お名前はあるの？」

男は笑みを浮かべた。「マサイアスだ」

想像していた名前とは似ても似つかなかった。ジョンかトムだと思っていたのに……短くてきっぱりした名前。「本名？」

「偽名を使うと？」

ケイラはその質問についてしばらく考えてから、ようやくの思いでことばを押し出した。「いい名前ですね。ちゃんとしてる」

「中学校のころには、そのせいでさんざんやられたよ」

それは理解できる。「中学校時代にはわたしもちょっとしたことでやっつけられたわ。ティーンエージの女の子たちは荒っぽいから」

彼は手を差し出した。「正式に知り合えてうれしいよ、ケイラ」

手を引っこめて無視すべきだった。しかし、ケイラは男の手をとった。「お会いできてうれしいわ」

触れ合った部分が焼けつくようだった。なめらかで傷ひとつない手を期待していたのだが、しっかりと握ってくる手は労働者の手だった。

男は一瞬長く手を握っていた。「夕食についてきみの気が変わるまでここへ通うつもりだと言ったら、ストーカーみたいに聞こえるかな?」

そうね。ほかのときだったら、頭のなかで警報が鳴り響いたはずだ。「もちろん、そうね」

「だったら、ぼくがそう言ったのは忘れてくれ」

「いいわ」

6

ギャレット抜きでカフェへ行き、コーヒーを飲んで過ごすのが三日目になると、ケイラを殺人者とみなすのはむずかしくなっていた。本性をうまく隠す人間もいるが、彼女にはどこか〝おかしい〟ところはなかったからだ。少しも。

ギャレットから渡されたファイルはじっくりと読み、彼女が使ってきたすべての名前についての情報をさかのぼって吟味した。現在の彼女には過去の彼女と思われる女性に合致するところはまったくなかった。

ある日突然おかしくなって、自分より二十キロも三十キロも重い男たちを理由もなく殺し、それから自分の女友達まで惨殺するなど、彼女の過去の記録や心理プロファイルを見るかぎり、あり得ないことに思えた。マサイアスはそうした兆候や、行動の矛盾点や、経歴におけるパターンを探そうとした。

何も浮かび上がってこなかった。文字どおり何も。

だ。警察が彼女の追及をやめた理由もわかりはじめた。パズルのピースが一致しないのだ。彼女は生き残ったが、そのこと自体が彼女には一番の打撃となっているようだった。恋愛の三角関係やけんかの噂はあったが、あのときからこれまで、ほかには誰も殺さずにどうにかやり過ごしてきたようだ。そういう衝動はふつう、単に消えてしまうものではなく、ほかにも何かが起こるものなのだが。

彼女には秘密がある。名前を変えて逃げまわっているのには理由があるのだ。供述した以上の何かを知っているのではないかと思われた。調べるとすれば、そこからだ。そして直感が警報を鳴らし、彼女がなんらかの死の女神であることがわかったなら、きっちり始末をつけるつもりだった。

頭のなかで彼女を殺人者ではなく、目撃者のカテゴリーに入れると、優先順位は変わった。彼女が殺人者でないとすれば、誰がニックを殺したのかという疑問への答えは出ないが、彼女が手がかりを与えてくれるかもしれなかった。

毎日マサイアスはカフェへ行っては注文した。ふたりはおしゃべりもした。ケイラがにっこりしてくれるようにもなった。食事に行こうと誘うと断られた。彼は自分にはたのしみが足りないと思うようになった。

「何か召し上がります？　それともコーヒーだけ？」ほかの客のもとへ向かう途中、

テーブルの脇《わき》を通りしなに彼女は訊いた。

「カフェインからはじめることにするよ。まずはそこからだ」

ケイラはうなずいてそばを離れ、グループで訪れていた客から注文をとり、別の男にスープを運んだ。そのあいだ、みんなにほほ笑みかけて天気の話をした。もっと興味深い話題は自分のためにとっておいてくれていると思いたかったが、ほんとうのところ、彼女はとくに何を言うでもない会話をするすべを知っていた。彼女が質問によって探りを入れてくると、彼も質問を返す。どちらも相手について何ひとつ知ることはなかった。

デートとしては奇妙なものだった。少なくともマサイアスは頭のなかではデートだと思っていた。ふたりきりではなく、セックスもないデート。いっしょに夕食をとるためだけに男と女がこんな無意味なやりとりをしなければならないのだとしたら、どうして人間という種が存続できているのか不思議になるほどだった。そう、やはりひとりきりの人生のほうがいい。

足を止めることなく、ケイラはまたマサイアスのほうへやってきた。コーヒーとカスタードパイらしきものをテーブルに置く。テーブルを離れようとする彼女の腕を彼はとらえた。

「パイは注文していない」

「わたしのおごりよ」

ケイラはウィンクしてテーブルを離れた。

尾行されていることを知ったら、この半分も友好的な態度をとってくれるだろうか。マサイアスは、そのぐらいなら答えにくい質問をされずに済むだろうと思われるだけの時間をカフェで過ごし、それ以外の時間はいつもすわるテーブルにしかけた小さな盗聴器に耳をそばだてるか、駐車場の反対側から望遠レンズをのぞくかして過ごしていた。あのカーテンを開けたおかげでそれもずっと容易だった。夜には彼女のワンルームのアパートメントのそばに停めた車で待機し、彼女を尾行した。とはいえ、これまでのところ、ケイラが家と職場と食料品店以外の場所に向かうことはなかったが。

ほんの数日でストーカーになりはてたわけだが、それも目的があってのことだった。情報が必要だ。質問しても逃げ出されずに済む方法を見つけるために、彼女がどういう人間なのか理解する必要がある。

フォークを手にとり、パイに突き刺そうとしたところで、ドアについたベルが鳴った。マサイアスは常連客のひとりだろうと思って目を上げた。常連客の身許は調べてあり、全員について顔認識データベースで確認してあった。

入口に立っていたのはギャレットだった。

「ちくしょう」

「ぼくの気持ちを察してくれよ」マサイアスと向かい合うようにブースにすわってギャレットは言った。

マサイアスはゆっくりとフォークをテーブルに置いた。「どうしてここへ来た？」

「きみに会いたくてね」

付き添いなどごめんだった。「きみを撃ってもぼくがみじんも後悔しないことは覚えておいたほうがいい」

「悪くないな」ギャレットはテーブルに手を伸ばし、パイのかけらをつまんで口に放った。「レンにここへ戻された」

「きみのボスは忌々《いまいま》しいやつだな」

「今さらそれが驚きだとでもいうような口ぶりだな」ギャレットはテーブルにファイルをすべらせた。「きみにだ」

「これは？」

ギャレットはケイラのほうにちらりと目をやった。彼女が視線に気づくと手を振った。「その他の関係者についての追加情報だ。きみの役に立つだろうってさ」

「なんの役に？」

「仕事を終えて家に戻るためのさ」今度はギャレットは皿を引き寄せてフォークを手にとった。「きみが逮捕されるようなことになると思いこんでいるようだ」

「それもあながち的外れな思いこみとは言えないな」パイを食べる機会は失われたようだ。「きみにもひと切れ注文できるぜ」

「いや、これでいい」ギャレットはフォークで大きなひと口分をすくって口に入れた。

「そんなことを伝えにわざわざやってきたのか？」

ギャレットはパイを咀嚼《そしゃく》して呑みこむのに時間をかけた。「もうひとつ」

またパイを食べようとする彼の手をマサイアスはつかんだ。「早く言え。さもないと武器を出すぞ」

「今度はきみといっしょでなければ、ここを離れてはならないそうだ」ギャレットは顔をしかめた。「それがぼくにとってもいかに最悪の任務かって話をしてもいいかな？　きみといっしょに過ごすのはぼくにとって最高のひとときとは言えないからな。だから、さっさとこの問題を片づけてくれてかまわない」

ギャレットは口を閉じようとしなかった。マサイアスがこの三日で発した以上のことばを五分も経たないうちに口にした。「いったいなんの話をしている？」

「きみが正気を失って、ここでデートをしたり、アナポリスの市民を悩ませたりしているという噂があってね」

なんだって？「どこからそんな噂が？」

「ぼくさ。ぼくがレンに伝えた。でも、それが裏目に出たわけだ。きみに張りついていろと命令されたんだから」ギャレットはファイルの隅に触れた。「ほかにも仕事はあるが、きみには関係ないことだ」

そろそろこんな会話は終わらせなくては。「だめだ」

ギャレットは肩をすくめた。「それはボスと折り合いをつけてくれ」

「ボスはぼくだ」なぜかここの人間はそれを忘れがちだ。オフィスでこういう問題に遭遇することはなかったが、ここではしじゅうそういう目に遭う。

「ああ、たしかに」

「伝言は聞いた。だから、まわれ右して家に帰っていい」マサイアスは身を乗り出し、声をひそめた。「ぼくはまだここでの用事を終えてないんでね」

「コーヒーを？」

近づいてくる音は聞こえなかったが、ケイラがコーヒーポットを持ってすぐそばまで来ていた。マサイアスは誰にも虚をつかれたことなどなかった。ほぼ誰にも。もちろん、こんなふうには。油断していたのもあるが、ギャレットの途切れないおしゃべりのせいだ。「彼はもう帰る」

「ああ、ありがとう」ギャレットが同時に声を出した。

「ほかには何か？」コーヒーを注ぎながらケイラは訊いた。

「マグロはどんな感じだい？」

こんなのはばかばかしすぎる。「ちょっと外してくれるかい？」マサイアスは彼女が歩み去るまで声を荒らげまいとした。それから、目のまえの忌々しい男に注意を向けた。「何をしている？」

「食べているが？」ギャレットはため息をついた。「なあ、レンから許しが出るまでここを離れるわけにはいかないんだ。つまり、きみもぼくに我慢しなきゃならないってことだ」

それではケイラと食事に行くことができなくなる。コーヒーを飲みながらの日々のおしゃべりも邪魔されることになる。マサイアスは残念な思いに駆られずにいられなかった。もちろん、任務についてだが。個人的にそうというわけではない。それでも、食事に行く約束はとりつけたかった。

レンと話をし、ギャレットが運んできた新たな情報に目を通さなければならない。

これまでのところ、調査にはまったく進展がなく、アナポリスを離れるわけにはいかなかった。そう考えれば、もうひと組の目も役に立つかもしれない。カフェと彼女の住まいに小さな監視カメラを据えることも考えていた。ギャレットにやらせるのにぴったりの仕事だ。「残ってもいいさ」

「ああ、わかってる。そうすると言ったはずだ」

マサイアスはギャレットのことばは無視した。絶えず話しつづけている相手だったのでむずかしかったが。「ぼくの邪魔だけはしないでくれ」

「わかった」ギャレットは椅子に背をあずけ、しばし口を閉じた。

マサイアスにはそれがつづかないことはわかっていた。

ギャレットはまたフォークを手にとった。「そのパイは食べるのかい?」

その日の午後、マサイアスはまたカフェに向かった。閉店間際だった。つまり、ケイラが店をあとにして散歩する時間ということだ。その日課はあまり変わらなかった。三日のあいだに同じ道を通ることはなく、それは賢明だったが、時間とおおまかなルートは変わらなかった。

「やあ」マサイアスは店にはいって挨拶した。

声を聞いて彼女ははっと顔を上げた。持っていたモップが床に倒れて音を立てた。

「一日に二度も?」

「休憩が必要でね」彼は身を折り曲げてモップをつかんだ。それからそれを返さずに自分で持ち、まだモップをかけていない部分に走らせた。

「何の休憩?」

探りを入れようとしているのがわかった。簡単にそうさせるつもりはない。「仕事さ」

「ああ、そうね。得体の知れない人材派遣の仕事」

思った以上に話しすぎてしまっていたので、それ以上詳しく説明することはしなかった。「すわりすぎて背中が痛むんだ。散歩するといいかと思ってね」

「それで、どのオフィスの建物からここへ来たんです……」ケイラはモップをとり返すと、バケツに突っこんだ。

「それは食事の席の会話にぴったりだな」

彼女は首を振って笑った。「あなたのあきらめの悪さには感心するわ」

「どれほどかはきみには見当もつかないさ」必要とあれば、何週間でもこうしていられた。そうするつもりはなかったが、それはこれを終わらせて仕事に戻る必要があるからだった。

まもなくこんなやわな近づき方は終わりにして、まともにあたることになる。いずれにしても、行動しないままひたすら待つやり方は自分には合っていない。レンにそうしたほうがいいと言われたのでやってみたが、レンにしても女についてそれほど詳しいわけではないようだ。もう丸三日もそのやり方をつづけていた。ケイラといっしょにいたり、その姿を眺めたりして過ごすことは責め苦というわけではなかったからだ。

彼女の身のこなしに魅了され、その冷静さに惹かれていた。彼女のすべてに圧倒されずにいられなかった。

彼女については直感も働かなかった。体のほかの部分は影響を受け……うずいていた。うずきがあまりに激しく、昨晩は冷たいシャワーが必要だった。それも効き目はなかったが。

「いっしょにどうだい？」とマサイアスは訊いた。食事がだめなら、マリーナのまわりをいっしょに歩いてもいい。

「え？」

「散歩は好きだろう？　いっしょに来たいかと思って」

笑みが凍りついた。一瞬動きが止まる。突然その場に緊張が走り、彼女の肩がこわばったことにほかの男だったら気づかなかっただろうが、マサイアスはちがった。

「人と会うの」ケイラはバケツを手にとり、キッチンへ向かった。「ドアに鍵をかけるまえに何か注文されます？」

まだ笑みを浮かべてはいたが、態度は変わっていた。温かみが感じられず、話すことばも短くそっけないものになった。

散歩などと言い出したせいか。

それを提案したとたん、見えない壁が互いのあいだにそびえたったのだ。ケイラが散歩好きであることを自分が知っているはずはないのだから。尾行したからこそ知り得た情報だった。むろん、尾行はしたが、彼女にそれを知られてはならなかった。

大失敗だ。これまで失敗したことなどないのに。任務においては。個人的な案件だろうがなんだろうが、もっとうまくやるべきだった。クイントでは彼自身が人とやりとりをしたり、こんなふうに情報を集めたりすることはないわけだが、それでももっとうまくやるべきだったのだ。

「大丈夫だ」ほかにどう言えば、会話が好都合なものに戻るかもわからなかった。

どうにかうまくとり入って好意を得たのに、それがすべて失われてしまった。

マサイアスは目的を明らかにし、尋問をはじめようかという考えを頭のなかでめぐらした。虚をついて彼女が思わず発したことばをとらえてもいいかもしれない。しかしそこで彼女の顔に目を向けた。口のまわりには断固とした皺《しわ》が刻まれ、目には警戒の色が浮かんでいる。そう、大きく後退してしまったわけだ。彼女は逃げ出そうとはしていないが、内心葛藤しているのは感じとれた。

そこに立ったまま、マサイアスは頭のなかで戦略を練っていた。逃げられて名前を変えられるわけにはいかない。もうこれ以上。

「夕食?」ケイラはそこに立ったままそうひとことだけ言った。

マサイアスは守勢にまわされた気分で、その感覚はまったく気に入らなかった。

「え?」

彼女はモップをカウンターに立てかけた。「一度きりよ。ダレオズで。シーフードのお店。ここから五キロほど行ったところよ。ところで、お支払いはまかせるわ」

バケツを投げつけられたとしても、これほど驚きはしなかっただろう。

「今夜?」

これは罠《わな》だ。ある場所へとおびき出し、自分は別の場所へ逃げる作戦。

おもしろい。

マサイアスは時計を見ることも予約について訊くこともしなかった。夕食をとることにはならないのだから、予約など必要ない。これはお遊びだ。手のこんだお遊び。

「迎えに行くよ――」

「現地で六時に会いましょう」

もちろん、そうだろう。いいさ。

マサイアスはケイラに決戦のときだという笑みを向けた。「すばらしい。こうなってくれないかとずっと思っていたんだ」

「何かを望むときには気をつけたほうがいいって誰かに言われたことはないの？」

それも長年のあいだにいくつも耳にした古臭い教訓のひとつだったが、すべてを無視してきたのだった。「アドバイスに耳を貸すことはないのでね」

「今日はあなたについていろいろなことを知る日だわ」

この手のお遊びなら誰よりもうまくできる。彼女がどんな手を使おうとも予測できないことはない。「今夜、何を知ることになるか想像してみてくれ」

「あら、次に何が起こるかはちゃんとわかっているわ」ケイラはウィンクしてカフェの裏へ向かった。「心の準備をしておいて」

最後の最後まで演技をつづけるというわけか。不安をまったく見せずに。彼女の心に新たに警戒心が湧いたのがわかったのは、それを見つけようとしたからだ。

くそっ、有能な女だ。

ただ、有能という点ではこちらが上だが。

7

あの男に日課を知られていた。散歩に行くことや日々の習慣を。誰かに見られている気配はあったが、ようやく真実がわかった──マサイアスはコーヒーを飲みに来ているだけではなかったのだ。

ケイラはバスに乗って町から逃れるつもりだった。それが手順だった。いつもの手順。何度も同じことをくり返してきたため、たしかめなくても手順ははっきりしていた。生やした根っこを引き抜き、必要なものをかき集めて逃げる。誰にも何も告げずに。どれほど心が痛もうとも、人とのつながりを残さない。

しかし、今度ばかりは失いたくない人がいた。友が。七年のあいだにたったひとり作ることをみずからに許した本物の友人。ローレンはカフェから数件先で仕事をしており、すぐさま自己紹介してきたのだった。ケイラは距離を置こうとしたが、ローレンはそれを許さなかった。最初の週は閉店時間にワインを持って店に来た。次のときはできの悪いアクション・ムービーと作って一日経ったカップケーキを持って現れた。それが四カ月まえのことで、以来ふたりは友達同士になったのだった。ローレンはケイラの過去について詳しくは知らないが、最悪だったことは知っていた。死ぬほど最悪だったことは。ローレンがそれ以上訊いてこないことはありがたかった。おしゃべりして笑い、顧客についてのばかばかしい話を聞かせてくれる。ふたりの友情は女同士でともに過ごした夕べによって築かれたものだ。ローレンはプレジャー・ボートのクルーを抱え、カップルや家族やビジネスで訪れた人々に遊覧クルーズやフィッシング・クルーズなどを提供していた。ケイラは船酔いするため、クルーズに参加したことはなかったが、新たな友人が破産寸前だったその会社を受け継いで再建するつもりでいることは好ましく思っていた。

友への忠誠心や誇らしさはあふれるほどだったが、ローレンを残してここを離れるべきであることもたしかだった。一旦名前を変えてしまったら、連絡して様子を尋ねてもあまり意味はない。父親にはそれを試してみようとしたが、報道機関と私立探偵が死ぬまで父につきまとっただけだった。

ほかの誰かの命を危険にさらすことも決してあり得ないことではない。長年にわたり、何度となく脅されてきた。誰かがその脅しを実行に移すだけのことだ。そして、もしローレンがそこに、悪いときに悪い場所に居合わせたら……わたしにはどうすることもできない。だから、関係を絶つときには完全に絶つのだ。

それなのに、なぜ今自分がローレンの家のまえに立っているのかは説明できなかった。マリーナからそこまで来るにも、茂みに隠れ、二杯のコーヒーに十ドルのチップを置く忌々しい男の姿がないかと確認しながら、あちこち寄り道して来たのだった。マサイアスの真の目的は見当もつかなかった。何を求めているのか。しかし、デートと称して食事に誘ってきたのが茶番であるのはわかっていた。誘いに乗ってそれ以上のことをたしかめる贅沢《ぜいたく》は自分には許されない。

「じっさいにベルを鳴らしたほうがいいわね」

背後でローレンのおもしろがるような声がして、ケイラはくるりと振り返った。

「家にいたんじゃないのね」

どこかまぬけな答えだったが、脳は考えることをやめていた。まばたきすればマサイアスの顔が浮かび、彼の太い声が聞こえた。店に現れる姿も。そこにいないときも、彼のことを考えずにはいられなかった。

「ダーリン、今夜は早いのね」ローレンは自分の冗談に笑ったが、その笑みはすぐに薄れた。彼女は肩からすべり落ちようとするスポーツバッグをつかみながら、ポーチの一番下の段に歩み寄った。「どうしたの？」

「別に」

ローレンは顔をしかめた。「別にじゃないわね。顔色が悪いし、すぐにも茂みのなかに隠れたいって感じに見える」

それはあながちまちがっていなかった。「そうね、郵便箱に隠れようかと思っていたわ」

ケイラはおちついた声を出そうとしたが、脳細胞はぱちぱちと音を立てていた。手にはメモを持っていた。短くてあまり明確ではなかったが、重要なものだ。ふたりの友情は自分にとって大事なものだったと記したメモ。ローレンがそれを疑ったとしても、メモを読めばそうとわかってくれるはずだ。

なぜかケイラはメモをにぎりしめた指をゆるめ、それを友に渡すことができなかった。

「それは完全に理にかなっているわね」ローレンはケイラの脇を通ってドアへ向かった。鍵を探すのにしばらくかかったが、ドアの鍵を開けた。「はいって」

しかし、ケイラは動かなかった。色あせた赤レンガのポーチに突っ立ったままでいた。「はいらないほうがいいと思う」

「なんだか怖いわね。今日は四十人からなる会計士の集団が、いっぱしの船乗りを気取っていたくせに、魚を針からはずすのを怖がって悲鳴をあげるのを聞いて午後中過ごしていたんだから、私の気持ちはわかってもらえるはずよ」ローレンは眉を上げた。「そのうちの誰も溺れさせたりしなかったんだから、わたしにしてはたいしたものよ」

こういうやりとりが恋しくなることだろう。こうやって心地よい会話へとはいっていくことが。ローレンが語ってくれるエピソードが。

「さよならが言いたくて来たの」

「そういう答えは受けつけない」ローレンの顔からはすべての感情が消え、口が引き結ばれて細い線になった。「どういうことなのか話して」

ケイラはあたりを見まわしてから、メモをにぎりしめていた手に力を加えた。

「ちょっとした……出来事があって」

「出来事って何？」

「カフェにある男が来て……」

ローレンは笑みを浮かべた。「マイクとか……ちょっと待って、そういう名前じゃなかったわね」

彼のことを話すつもりはなかったのだが、彼は頭から離れようとしなかった。それでこうなってしまった。「わたしを尾行している人間がいるの」

「だったら、どうしてこんなところに突っ立っているわけ？　さっさとなかにはいりなさいよ」ローレンはほかの選択肢を与えてくれず、ケイラの腕をとって小さなコテージに引っ張りこんだ。それからドアを閉め、鍵をふたつかけて警報をセットした。

「ねえ、その人、今ここにはいないわよ」

「誰なの？　尾行している人間を知ってるの？」

「マサイアスよ」

ローレンはくるりと振り向いてケイラと向き合った。「話して」

「それほど簡単なことじゃないの」

「ねえ、お願いよ。話すのがむずかしいはずはないわ。これまでずっとしてきたことじゃない」ローレンはふたりがけのソファーの横にあるテーブルに鍵を落とし、キッチンへ向かった。「それに、生い立ちを何もかも話してと言っているわけじゃないわ。どうしてカフェに入りびたっていっしょにコーヒーを飲んでいた男がストーカーになったのか知りたいってだけよ」

「たぶん、なんでもないんだと思う」

ローレンは水のボトルを二本つかんで戻ってくると、ケイラのまえに立った。「なんでもあるかもしれないけど、できの悪いスパイ映画さながらのことばかり聞かされていては、わたしには何も言えない」

「彼が妙な感じになってきて」

「ああ、まったく。わたしを苛々させたいみたいね」ローレンは水のボトルを差し出し、ケイラが受けとるまでボトルを振った。「べたべたしてくるってこと？　それとも、いけ好かないやつってこと？　もしくは髪にフォークを挿すとか……なんなの？」

ローレンらしい。動揺することがない。うまくかわされるということもない。おまけにこれまで会った誰にも真似できないような怖い視線をぶつけることもできる。

「勤務のあとのわたしの日課を知っているの。どう説明していいかわからない」ほんとうだった。頭のなかはこんがらがっていた。「わたしが昔からケイラという名前じゃないことも知っていて、わたしを試しているような気がするの」

「それは煩わしいなんてもんじゃないわね」

「わたしの過去が葬り去られるのを拒んでいるのよ」

「その過去にストーカーがかかわっているのも明らかってわけね」ローレンはため息をついた。「まだスパイ映画みたいな話だわ。あなたにもわかってるんだろうけど」

ケイラはメモをショートパンツのポケットに突っこみ、水のボトルを両手でつかんだ。「秘密めかそうとしているわけじゃないのよ」

「だとしたら、うまくいっていないけど、それでも事実は変わらない。警察に通報しなくてはならないわ。その男のラストネームはわかってるの?」

それが何よりも理にかなった対応だとは思えたが、そうしないほうがいいこともわかっていた。「通報しても無駄よ」

「ねえ、何か話せないことがあなたの過去にあったのはわかってる。話すつもりがないのか、まだ話す心の準備のできていないことが。それについてはあなたの気持ちを尊重して深く突っこまないことにする。でも――」ローレンはふたりがけのソファーに腰を下ろし、向かい合う椅子を示した。「あなたが怖がっているのは見すごせない」

ケイラは水のボトルのラベルをはがしはじめた。「ねえ、わたし――」

「ううん」ローレンは空いている椅子を再度目で示した。「ここから逃げ出して、わたしの心にケイラ大の穴を開けようなんて考えはやめて。すわって」

ケイラはそれを聞いて笑わずにいられなかった。「偉そうに」

「わたしの長所のひとつよ」ローレンは自分のボトルをコーヒーテーブルの上に置き、膝に肘をついて身を乗り出した。「あなたは引っこみ思案でタフな人間よ。わたしはそんなところが大好きなんだけど、自分がそういう人間じゃないってことはわかってる？」

「何？」

「逃げまわるってことよ。どうやら何年も隠れて生きてきたようだけど、ケイラ、そんなのもうやめにしなきゃ。うんざりだわ」ローレンはソファーに背をあずけた。

「それに、二週間まえにわたしが雇った男についての賭けであなたはわたしに二十ドルの借りがあるんだから、どこにも行かせないわ」

「ポール、なんとか？　乗り物酔いするって言ってたじゃない。だから、あなたのヨットに乗っても三日ともたないと思ったのよ」水のことを考えると、ケイラ自身、胃がひっくり返る気がした。「ほんとうよ。絶えず吐き気に襲われるのってたのしいことじゃないんだから」

「じっさいにボートに乗せたらポールも辞めてたでしょうね」

それは初耳だった。「そんなのずるだわ」

ローレンは額を指で叩いた。「賭けをするなら、賢くやらなきゃ」

「それじゃ、賭けは成立しないんじゃないの？」しかし、理にはかなっていた。ローレンはとても負けず嫌いで、どこまでも冷静な人間だ。だからこそ、自殺願望のある母親に育てられ、海で夫を亡くすというショックに見舞われても、生き残ってこられたのだ。

ローレンは鼻を鳴らした。「このわたしがおとなしく二十ドルを手放すわけがないじゃない」これまでずっと感情を押し殺し、失ったときの心の痛みを恐れて誰にも深い感情を抱かずにきたというのに、ケイラの心は痛んだ。ローレンには心の壁を低くしてきて、もう……「あなたが恋しくなるわ」

ローレンはソファーのクッションにさらに深く沈みこんだ。「ならないわ。だって、あなたはどこにもいかないんだから」

「そんなに簡単なことじゃないのよ」命令すれば、そのとおりになるとローレンが考えているのはかわいらしく思えた。ケイラ自身、かつてそんな自信に満ちていたこともあった。しかし、それは消え失せ、今はどうにか生き延びるので精一杯だった。

「誰にだって心配事はあるものよ、ケイラ」

「そういうんじゃないの」そう言ってしまってから、ケイラは顔をしかめた。自分の心の痛みがローレンのそれよりも大きいと思うなど、最低のことだったからだ。「ごめんなさい」

しかし、ローレンはひるまなかった。じっさい笑みを浮かべさえした。「一週間待って。解決できるかどうかやってみよう」

一週間待ったら遅すぎるかもしれない。ああ、一日でも遅すぎるほどだ。それでも……居残ってストーカーを暴いてやりたい気持ちもあった。男であれ女であれ、これまで脅しをかけてきた人間に脅しを実行させてやるか、永遠にそれをやめさせるか。

「あなたってほんとうに楽観的なのね」

「そのマサイアスって男はどんな見かけなの？」

ケイラがそれに答えるのにはしばらくかかった。心が過去に引き戻されていたからだ――何年にもわたってメモを受けとったり、血を見せてやるという脅しを受けたりした過去に。それが今、いきなりカフェにあの男が現れたのだ。背が高く、黒髪と黒い目の、感情を押し殺した生身の人間として。「どうして？」

「見かけたら、タマに蹴りを入れてやるためよ」

ローレンだったら、きっとそうするだろう。それはまちがいない。「何も悪くない人かもしれないわ」

「あなたを怖がらせたじゃない。充分悪いわ」

ケイラの心はまるでちがう方向に動いた。望まない方向に。熱く、みだらな方向に。

「まずは蹴りじゃないわね」

「どういうこと？」

「わからない」わかっているのは、彼を見かけたら、まずはそのまなざしを感じ、見つめ返さなければならないということ。それから、服を脱がせる。

ああ、危険なのはまちがいない。どう危険なのかはまだわからなかったが。

マサイアスは携帯電話を切り、後ろのポケットに突っこんだ。手に持った車のキーが音を立て、見上げると雲が湧いていた。取り組まなければならない問題はひとつではなかったが、注意は目下ケイラだけに向いていた。

彼女の車には後ろのタイヤのそばに追跡装置をしかけてあった。思ったとおり、車はデートするはずのレストランがあるところへは向かわなかった。マサイアスは同席すると言い張ったギャレットに連絡を入れるという失敗を犯した。今ふたりは、ケイラが三十分以上もまえにはいっていった家から数軒離れたところに停めた車のそばに立っていた。

くそっ、じっさいの張りこみは退屈きわまりない。こういうつまらないことをやらせるために人を雇っているのも道理なのだ。

しかし、この仕事だけは自分でどうにかしなければならない。母に連絡し、状況を知らせると約束したのだから。それが終われば、空気も変わるだろう。重苦しく湿った空気が涼しいそよ風に変わり、春の嵐の到来を待つばかりとなる。

母親。これまでほぼずっと、誰かを母とみなしたことはなかった。今そのことばを頭のなかでつぶやいてもしっくりこない。彼女については昔、若く、困窮していて、孤独だったことは知っていた。ドラッグの問題を抱えていたことも。それだけだ。

辛い人生を送ってきたことを気の毒に思っても、だからといってつながりを持ちたいとは思わなかった。三十四歳にもなってから。それでも、ニックについてけりをつけてやることはできる。

車の反対側にいたギャレットがドアに手を伸ばした。「誰からだ？」

「きみには関係ない」マサイアスは〝発表と紹介〟のお遊びをする気分ではなかった。母親についてももちろん話すつもりはなかった——心のなかでは母親ではなく、メアリーと呼んでいたが。まだ話せない。彼女のことは最近知ったばかりで、さほどいい感情を抱いてはいなかったのだから。

メアリーは口を開けばニックの話ばかりだった。彼が殺されてからの七年、悲しみと絶望にひたって生きてきたと。それが怒りにとって代わるとき以外は。キャリー・グリーソン——今はケイラと名乗る女——に報いを受けさせてやりたいと言い、マサイアスにそれをしてもらいたいと言う。昔捨てた息子の人生に突然踏みこんできて、自分が産みの母だと告げた日から、ほぼずっとそれを求めつづけていた。

　ギャレットは車の天井を指の節で叩いた。「ずいぶんと話し好きってわけだ」

「きみはいつでも帰ってくれてかまわない」

　ギャレットは助手席のドアを開けようとしたが、ロックされていた。「この忌々しい車に乗れなかったら、帰るわけにもいかないぜ」

　マサイアスがボタンを押してロックを解除しても、ギャレットは動かなかった。

「今度はなんだ？」

「もう選択肢はなくなった。レンに連絡したんだ」

　驚くことでもなかった。今夜、事務的な報告を行うのは自分ひとりではないだろうと思っていたのだ。「それで？」

「きみがレン以上に女の——ほかの人間全般の——扱いが下手だと説明してやったんだ」ギャレットはドアを開けた。それから、上着を脱ぎ、それを後部座席のフックにかけた。「散歩の件と、しくじりそうなデートのことを話したら、永遠にきみのベビーシッターをしてもらわなければならないと言われたよ。何があってもいいように、保釈金の用意をしておけとも言っていた」

　何もかも気に入らなかった。「ぼくのことを告げ口したのか？」

「きみのことは大人の男として信頼しようと努めているよ。危険な人間で、告げ口なんてことばを使うわけだが」ギャレットは最悪だという表情だったが、それを口に出しては言わなかった。

「たしかに散歩のことを話したのは失敗だった」自分の胸に留めておくべきだったのだ。なんであれ、ギャレットに話してはならないという教訓となった。

「きみはいつから失敗するようになったんだい？」

これまではほぼ一度もない。家族の問題はもちろん、家族そのものに慣れていなかったため、いつもとちがう状況におちいっていることもそのせいにしたかった。しかし、ある程度ケイラが問題なのだと気づいてもいた。彼女は解き明かしたい謎だった。ベッドのなかでも外でも。ほんとうのデートに出かけたかった。まるで自分らしくないことだったが。

しかし、ギャレットにはすでに多くを明かしすぎていた。二度と明かすつもりはない。「ぼくだって人間だ」

「そんなことばは聞かなかった振りをするよ」ギャレットはすばやくまわりを見まわした。「言っておくが、散歩のことにかぎらないぜ。ケイラのそばにいると、いかにまわりが見えなくなるかってことだ。きみは彼女をじっと見つめ、コーヒーを飲みながらおしゃべりなんかしている。なあ、いったいどうしたっていうんだい?」

「カフェでは別におかしなことは何もしなかった」男が女に話しかけると、みな必ずそれについて勝手なことを言うものだ。

「きみがそう思っていること自体が心配だよ」

「今度はレンみたいな言い草だな」認めたくはなかったが、レンがここにいてくれたならと思わずにいられなかった。今の彼なら、女について新たな洞察を得ているかもしれない。「少なくとも、ホテルに部屋をとってはくれたのかい? 着るものとか身のまわりの品も必要だ。車で一泊したんで、ちがった場所がありがたいな」

ギャレットは顔をしかめた。「まったく、今度はきみの旅行の添乗員になれっていうのか?」

ギャレットの反応が多少苛立ちをやわらげてくれた。いつもはおちつき払って辛辣な冗談ばかり言っているギャレットが腹を立てている姿を見るのは、世界がまたきちんとまわっていると思えるほどに胸のすくことだった。「必要なら、車で寝つづけてもいい。誰かさんとちがってぼくはやわじゃないからな」

ギャレットはあざけるように言った。「それか、家に帰ってもいいわけだ。住まいは一時間もかからないところじゃないか」

たしかに。しかし、彼女はここにいる。居場所を見つけて追及するようにと送りこまれた相手、ケイラは。声を聞くだけで局部が反応してしまう相手でもある。あのセクシーな声を聞くと、睾丸《こうがん》をなめられている気がしてしまう。

「ぼくはここに残る」このことに片をつけるか、なんらかの答えを得るか、正気を失うかするまで。そのいずれかになるまで。「ケイラと話をしなきゃならない。逃げられるわけにもいかない」

ギャレットは首を振った。「くそっ、そんなに長くここにいなきゃならないなら、うちの猫は死んじまうな」

「猫を飼っているのか？」

「猫はクールだからな」

それについて反論はなかった。猫のように色っぽいまなざしで誘ってくる動物は称賛してしかるべきだ。しかし、雨が降り出しており、マサイアスは土砂降りのなかで突っ立ったまま、子猫の話などをする気分ではなかった。「部屋は？」

ギャレットは携帯電話をとり出した。「いいさ。しばらくいることになりそうだから、この街に慣れたほうがいいかもな」

「さしあたりは」片がつくまでのあいだは。

8

翌日の午後、ケイラはカフェのキッチンから出ようとして、はっと足を止めた。運んでいた焼きチーズが皿の上をすべって端に寄ったが、皿からは落ちなかった。そうした技に優れていたわけではなく、単に運がよかっただけだが。ケイラはそれがようやく一筋の幸運の光が射してくれた兆しならいいのにと思わずにいられなかった。

ローレンの顧客が支払い済みの箱入りランチを受けとりに来たりして、カフェはそれなりに朝のにぎわいを見せ、ようやくそれが終わったと思ったら、サマーキャンプの一団が到着したのだった。そろいの赤いTシャツを着た二十人の子供たちが水の上で過ごす一日に興奮して叫んだり飛び跳ねたりしながら朝食をとり、あとで食べるランチを受けとっていった。それから常連たちが現れ、あわただしく帰っていった。

そして今、この男。

ケイラはサンドウィッチを客のもとへ運び、隅のブースにひとりですわっている男にかすかな笑みを浮かべてみせた。すばやく店内をまわってカウンターに戻ると、床に何かが落ちている振りをして銃があることをたしかめた。それが動かされていないことを確認する必要があったのだ。それから、コーヒーポットを手にとり、マサイアスのほうへ向かった。使える武器は手に持ったポットとポケットのなかのペンだけだった。それでどうにかしなければならない。

店の入口へ逃げ出したいという衝動を抑えつけ、おちつきを保ちながら、彼のすぐそばまで行った。「わたしのメッセージは受けとった？」

マサイアスは携帯電話から目を上げた。「昨日の夕食をキャンセルすると今朝送ってきたメッセージかい？」

「ちょっと急用があって」そう言いながら、彼の携帯電話をのぞきこんだ。何行にもわたる文字が書かれている。内容はちんぷんかんぷんだった。

マサイアスはテーブルに携帯電話を伏せて置いた。「へえ」

いいわ、たやすく解放してはくれないというわけね。ケイラはブースの空いている席に目を向けた。「相棒はどちらに？」

彼の口の端が持ち上がった。「相棒なんて呼ばれたら、怒り狂うだろうから、あいつにそう言ってやってくれ」

そのほんのちょっとの笑み、完璧な歯並びの白い歯をちらりと見せ、一瞬顔を輝かせた笑みがケイラの心を乱した。彼女はわずかに身震いすると、ポットの取っ手を持つ手に力を入れた。必要とあらば、これも武器として使えるはずだ。

そろそろけりをつけなければ。「夕食の約束などするべきじゃなかったのよ」

「どうして?」

彼がここにいる……それがどういうことを意味するかは見当もつかなかった。怒っているようでも、気を悪くしているようでもない。はじめて会ったときから変わらない表情だ。決然としていて、端々に荒っぽいところのある表情。昨日あれほどひどい仕打ちを受けたにもかかわらず、おちついている。

そう、ある程度はほんとうのことを話そう。「あなたがお遊びをしたがっている気がして、そんなのはごめんだったの。少しちくりとしてやったら、追い払えるかと思って」

「でも、ぼくはここのコーヒーが気に入っているんだ」

はっきりしたほのめかしにも気づかないのね。「だから?」

マサイアスの笑みが深くなった。「きみの気に障らないことは何かないかな?」

「どうかしら」

緊張感に襲われる。恐怖に心を貫かれるのを待ったが、そうはならなかった。説明はできない。おそらく、彼がもらした太い忍び笑いのせいだろう。それがまわりにこだまして体のなかに響き渡る気がした。

「何を言っても勝てない気がするな」と彼は言った。

もうたくさん。気をしっかり持たなければ。彼のことは少しばかり魅力的だとつい思ってしまうが、それはよくないことだ。昨晩、恐怖に駆られながらも、強く惹かれる気持ちを消せなかったのだから。

今日の彼は白い上等のシャツを一番上のボタンを外して着ていた。スーツの上着はなかったが、濃いグレーのズボンを穿《は》いている。カジュアルなビジネスマンの装いは彼がかもし出す荒々しい雰囲気にはそぐわなかった。食事としてサンドウィッチを出す水辺の気楽なカフェを選ぶ人間の装いでもなかった。それでも、くつろいでいて自信に満ちた様子だったが、まわりに溶けこんでいるとは言えなかった。この顔と鋭いまなざしの人間がまわりに溶けこんで目立たなくなるはずはない。そう、人目を惹くのはたしかで、ケイラも目を惹かれたのだった。

しかし、服装と態度以上に目を惹かれるものがあった。昨晩の嵐の名残りの風や指で乱された短い黒髪。瞳がわからないほどに黒い目。広い肩。そう、広い肩に気づかないのはむずかしかった。ブースの半分を埋めるほどの広さだったのだから。

「わたしが散歩するのを知っていたけど、どうして？　わたしのことを監視しているの？」ケイラはその事実を無視することも、軽く見ることもできなかった。

「別によこしまな気持ちからじゃないよ。二日まえに見かけて、話をするのにいい方法だと思っただけだ」マサイアスは肩をすくめた。「それを口に出したことできみを不安にさせてしまったようだが」

この男が町を去るか、その目的がはっきりするまで、心の防壁を高くしておかなければならない。彼にはどこか辻褄《つじつま》が合わないところがあった。たまたま仕事で来て、誘いをかけているだけと思わせたいようだが、それを信じるつもりはない。目下はそういう心構えでいよう。あとになって安全だとわかったら、防壁はいつでも崩せるのだから。

「ほんとうは何が望みなんです？」ケイラはブースの彼とは反対側の端に寄りかかった。「コーヒーなんて言ったら、ポットを投げつけてやるわ」

彼はポットの腹を叩く彼女の爪をちらりと見た。「もっともだな」

「ええ、そうよ」彼がそれ以上何も言おうとしなかったので、彼女はさらに言った。

「まだ説明を待ってるんだけど」

マサイアスはブースの空いている席を顎で示した。「すわってコーヒーを飲んでくれ」

　彼の属する世界ではこれがふつうなのだろう。彼が命令し、ほかはそれに従う。でも、わたしはちがう。「いやよ」

「どうして？」

「あなたは誰かのボスかもしれないけど、わたしのボスじゃないから」そう、ケイラのボスは風変わりで愛すべき芸術家だった。年輩の女性で、今はこの街を離れ、もっと年輩の母親の世話をしている。おそらくセシリアは七十五歳ほどになるはずだ。セシリアによれば、母親は高齢出産で彼女を産んだそうなので、彼女の母親がいくつなのかは見当もつかなかった。

　セシリアは一日置きに連絡をくれていた。キッチンのジェラルドをちゃんと働かせ、請求書の支払いをする代わりの人間を見つけることなく逃げ出すと考えると、ケイラは罪の意識をさらに深めずにいられなかった。昨晩、衝動的な行動をとったときには、つゆほども考えなかったのだった。今日はこれまでずっとそのことばかり考えていた。カフェは七時から三時まで開店している。ディナーは実質提供していないが、週に六日、朝食とランチを提供している。自分が町から逃げてしまうと、シフト勤務の人間を何人も雇わなければならないはずだ。

「それに、仕事中だから、コーヒーを飲むなんて無理よ」そんなことをあえて言うつもりはなかったのだった。少しも。

マサイアスは身を乗り出し、テーブルの端に肘をついた。「だったら、休憩のときにぼくと話をすると約束してくれ。これまでだって何度もそうしているはずだ」そう言うと、降参というように両手を挙げた。「下心なんて何もない。約束する」

声に怒りがこもっていないことに驚く。レストランで待ちぼうけをくらったら、たいていの男は二度目の正直をねらいには来ないだろう。彼は気をゆるめているようには見えなかったが、怒りに駆られていないのもたしかだった。ハスキーボイスと妙に愛想のいいまなざしで、最初から興味をそそられた人物。

信頼はできなかったが、久しぶりに自分の直感も信じられなかった。彼の印象は大きく変動しており、その混乱した感覚はいやでたまらなかった。「あなたのこと、フライパンで殴るべきか、警察に通報するべきか……何かほかの手を打つべきか、わからないわ」

「その〝ほかの手〟を試してみるのに一票」彼は指を組み、てのひらを合わせた。

その手にはめた時計に目を惹きつけられる。まえから気づいていた。高価なものではない。革のようには見えない黒いバンド。黒っぽいフェイスの大きな時計だ。「これがデートをすっぽかされたことへの仕返しだとしたら、最悪のことになるのは覚悟しておいてね」

「波風立てずにいられると思いたいね」

ケイラはぶつぶつと言った。「そんなの経験から言ってあり得ない」

マサイアスはまた大きく笑み崩れた。「コーヒーを一杯おごらせて、ぼくが怖い人間じゃないってことを証明させてくれ。今ここで。人まえで。きみはフライパンでも、コーヒーポットでも、スプーンでも、なんでも好きなものを持っていればいい。ぼくは気にしないから」

ああ、どうしてその気にさせられるの？　三日まえには、彼の装いや、物腰や、怒りに駆られる様子を見て、警戒心を抱かずにいられなかったのに。息がつまるような緊張感から、逃げ出そうとすら思ったのだった。ローレンに穏やかに諭されなかったら、きっとそうしていたことだろう。しかし今、すわって彼と話をするということには心惹かれるものがあった。この人は悪い人かもしれないが、いい人間ということもあり得る。善人と悪人の区別がつかず、絶えず肩越しに後ろを気にせずにいられないことにはうんざりだった。

それでも、七年も大変な思いをして暮らしてきて、今も息をしていられるのは、油断せずにきたからだ。無駄な好奇心に負けなかったからこそだ。「いっしょにコーヒーを飲むのはあまりいい考えじゃないわね」

「何を恐れているんだい？」

「あなたのことじゃないわ」とはいえ、彼のまばたきひとつしないまなざしのせいで、体の奥底に震えが走った。

マサイアスはうなずいただけで動こうとはしなかった。「それは聞いておいてよかった」

「ほんとうに？　わたしのことは怖がらせたいんじゃないかって感じがしていたんだけど」この人のせいでびくびくしてしまうのはたしかだ。

「きみは簡単に怯えるタイプには見えないな」彼は目を彼女の顔から体にさまよわせた。

ケイラはコーヒーポットが震え出さないようにもう一方の手を添えた。「観察眼が鋭いのね」

「それはどうも」

「わたしは人を信頼するのがむずかしい人間だとだけ言っておくわ」この七年のこと

を思えば、控えめな言い方だった。

「やあ」マサイアスの相棒がまえ触れなくカフェに現れた。ケイラの隣に立ち、彼女を見下ろしている。「この男に煩わされているのかい？」

「ちがう」〝この男〟が答えた。

ケイラは肩をすくめた。「ちょっとね」

「彼女の言い分のほうを信じたくなるね」相棒は手を差し出した。「ぼくはギャレット」

ケイラはその手をとってマサイアスをちらりと見やった。「昨日の晩、デートできなかったから――」

「きみのせいでね」

「――マサイアスがわたしにコーヒーを飲みに行こうと言っていたの」

ギャレットは眉を上げた。「それを聞き逃したのは残念だな。うまい具合に誘ったのかい？」

「あんまり」

今度はギャレットがうなずいた。「そうじゃないかと思った」

「黙れよ」

マサイアスの怒りの声は無視し、ケイラはギャレットに目を向けたままでいた。いずれにしても、おしゃべりな男のように思えたからだ。「あなたもお仕事でこの街に？」

「どうしてそいつに訊いている？」

ケイラはあきらめてまたマサイアスに向かって言った。「この人ならちゃんと答えてくれる気がしたからよ。あなたはことば遊びをするばかりで、じっさいには何も教えてくれないみたいだから」

「すっかり見透かされているな」とギャレット。

マサイアスは彼をにらんだ。「しかたないさ」

ケイラの心から重石が外れた。このふたりが自分に害をおよぼそうとか、自分をつかまえようとしているとしたら、今ごろはもうそうされているはずと思えたからだ。アナポリスのカフェで冗談を言って時間を無駄にはしないだろう。

多少心が軽くなったことで、ゆったりとかまえることができた。マサイアスに初めて会ったときには柄にもなくいちゃつくような態度をとったのだったが、今さらそんな態度に戻るわけにはいかない。それでも、もはやコーヒーポットの取っ手を必死でつかんでもいなかった。「スーツよ。それと、深刻そうな顔。ヨットに乗るタイプには全然見えないのに、くり返しここにコーヒーを飲みに来ることも」

マサイアスはずうずうしくも気分を損ねた顔をした。「ヨットに乗るのは嫌いじゃない」

これもことば遊びのひとつ。「そうなの？　わたしは船酔いするわ」

マサイアスはマリーナのほうを手で示した。「まえにもそう言っていたが、海はすぐそこだぜ」

「このカフェが水の上に浮かんでいるわけじゃないから」海に出ることに夢中になる人の気持ちはわからなかった。海は魚にまかせておけばいい。〝他人の縄張りには近づくな〟がケイラのモットーだった。

「ぼくらはDC地域から、ここへはビジネスで来たんだ」とギャレットが言った。

さて、おもしろくなってきたわ。ケイラはつづけてというようにギャレットにまた目を向けた。「マリーナでお仕事？」

「ああ」

へえ。まさか。「今まではあなたのことは信じられると思っていたのに」

言い返せるものなら言い返してみなさいというように返事を待ったが、ふたりとも何も言わなかった。ケイラはコーヒーポットを手に立ったままでいた。すっかり冷静で、パニックは去っていた。外出着のまま小さなワンルームの自宅の真ん中で椅子にすわり、物音がしないかと耳をそばだてていた昨晩とは大きなちがいだった。

「頭がいいな」店の反対側で焼きチーズを食べていた男が床に何かを落とし、がちゃんという音がして、マサイアスはまじめな顔になって身をこわばらせた。それから、また彼女に目を向けた。「それで、コーヒーはいっしょに飲んでくれるのか?」

ギャレットが首を絞められたような声をもらした。「なんとも自然な誘い方だな」

「なんだか気の毒になってくるほどよ」じっさいはそんなふうには思わなかったが、彼をいじめるのは少しばかりおもしろく思えた。おそらくは、まるで動じないように見えるのを揺さぶってやろうという気持ちからだろう。

ギャレットは顔をしかめた。「彼はこういうことは下手くそでね」

「最初の何日かはうまくいっていたんけどな……」マサイアスは首を振った。「いや、なんでもない」

「彼女がそう言うなら信じるが、きみが言うのはね」とギャレット。

マサイアスは彼をにらみ返した。「車で待っててくれてもいいんだぞ」

ケイラは自分で思った以上にそのやりとりをたのしんでいた。「あまりなれなれしくするなってことね」

マサイアスは大きく息を吐いた。「で、コーヒーには行くのかい？　また最初からはじめよう」

ギャレットは首を振った。「あーあ」

カフェに新たな客がはいってきた。ひとつのテーブルにカップルがすわり、毎日来てパイひと切れで二時間ねばる年輩の男たちがブースにすべりこんだ。客が来たことで、仕事に戻らなければならなかったが、ケイラにはそれが残念な気がするほどだった。

じっと目を向けてくるマサイアスが気の毒になる。同情してほしいとは思わず、その必要もないだろうが、彼が手に入れるのは同情となる。ケイラは降参した。「外は雨が降ったりやんだりだから、休憩はここでとることにするわ。あの人たちへの応対が終わってから。そのときにあなたがまだここにいるようだったら、コーヒーをおごってくれればいいわ」それでも、警戒心をゆるめることはしない。今日も、これからもずっと。「覚えておいて。今回はお試し期間よ。ずっとフライパンを持ったままでいることにするわ。わたし、ねらいは正確なのよ」

「ぼくは何か見落としていたようだな」ギャレットがつぶやくように言った。

マサイアスはケイラから目をそらそうとはしなかった。「ぼくはここにいるよ」

「そう言うとわかっていたわ」

まさにあやういところだった。夕食などとんでもない。もう一度、コーヒーだけでもいっしょに飲んでもらうのに、立て板に水とばかりに述べ立てなければならなかった。大きく後退だ。

一時間後、マサイアスはどうにかギャレットをホテルの部屋へ仕事に戻らせた。脅しが功を奏したのだ。その時間を使って現状報告でレンを悩ませることができるとギャレットが気づいたことも大きかった。そのときにレンが何を耳にするにせよ、すぐに偉そうなメッセージを送ってくるのはまちがいなかった。

しかし、さしあたって望みどおりの場所にいるのはたしかだ。窓から離れたカフェのブース。四つのテーブルはひとつしか客がおらず、ケイラがテイクアウトの容器らしきものに何かをつめる姿がよく見える最高の場所だった。

すべてをつめ終わり、食べ物とコーヒーを客に運ぶと、彼女はマサイアスのブースにやってきた。すわっていいかと訊くこともなく彼と向かい合うベンチにすべりこみ、片足をベンチの端の彼の太腿《ふともも》のそばに持ち上げすらした。

それから、てのひらをテーブルに置いた。「まだ仕事中だから、わたしがすばやく席を立ったとしても、それは必ずしもあなたのせいじゃないわ」

手元にコーヒーはなかったが、そのことは指摘しないことにした。「わかった」

「それで……」ケイラは指先を見つめてからまた彼に目を向けた。

それがどういう意味かはマサイアスには見当もつかなかった。「え？」

ケイラは肩をすくめた。「話がしたいって言ってたじゃない」

初めて目にした瞬間から、彼女には触れて味わいたくてたまらなかったのだった。体にぴったりした制服の下を見たくてたまらない。今は彼女が逃げ出さないようにするにはどんな答えを返したらいいのかもよくわからなかった。頭が混乱しきっているのはたしかで、どうして彼女のこととなると自分が空まわりしてばかりなのか、自分でもわからなかった。「そう」

ケイラは足を床に下ろしたが、席を立とうとも、背筋を伸ばそうともしなかった。

「やり方はわかってるんでしょう？」

彼女の足が太腿を連想させ……今なんの話をしているのかもわからなくなる。

「言っている意味がわからない」

「これってデートなの、ちがうの？」

どちらかはっきりさせるのはやめ、話を先に進めることにした。「気になってね」

「説明して」

彼女がそれを避けようともここから逃げ出そうともしないことには感心した。「昨日のぼくに対するきみの反応さ」

彼女は顔をしかめた。「あなたが怖がらせるから」

またそのことばだ。たしかに自分には人を威圧するところがあるが、それは悪くないことだと思っていた。

ケイラはブースにすわりつづけていた。居心地悪そうにすることも、もぞもぞと身動きすることもなかった。席にホチキスで留められているかのようだ。

「頭のいい女性が好きなのはほんとうだ」どうしてそんなことを口に出したのか自分でもわからなかった。真実だったが、それを言っていい時と場合ではない気がした。

「念のために言っておくけど、あなたってまだ少し怖いわ」

今度はぼくをからかおうとしているだけだ。そうにちがいない。

その試みは無視することにした。「ぼくは警備保障会社を経営している。問題があって、助けが必要な人がいたら、そうとわかる。きみもそういう人間のひとりという気がしたんだ」

ケイラは身を起こした。「あなたのスパイディーは機能不全ね」

彼はぽかんとした。「ぼくのなんだって？」

「スパイダーマンよ」

会話の舵とりがうまくできなくなる。「まだよくわからないな」

「あなたはわたしを怖がらせ――」

マサイアスはうなった。うなり声も大きかった。少なくとも一年は自分のまえで〝怖がらせる〟ということばの使用を禁止する新しい会社のルールを作ってもいい。

「そのことばはもう使わないことにしないかい？」

「どっちにしても、わたしはあなたの妙な雰囲気に反応したのよ。あなたが好きだという頭のいい女性には用心深い人が多いわ。わたしもそういう人間のひとりよ」

何年もまえに彼女の身にじっさい何が起こったにせよ、用心するのは賢いことだ。

「わかった」

テーブルのひとつについていた男がケイラに合図し、彼女はそれにうなずいて答えてから、また彼に顔を向けた。「それで、話は終わったのかしら？」

「ああ」マサイアスは彼女が立ち上がるまで待って言った。「これで、本物のデートをはじめられる」

9

持久力のある人ね。それは認めてあげなくては。

それは別にかまわなかった。こっちは太腿にナイフをくりつけているのだから。向こうには向こうの、こっちにはこっちの優先順位がある。

ドアに閉店のサインを下げると、キッチンの片づけが残っていた。つまり、カウンターの下にある業務用の食器洗い機の中身を片づけなければならないということだ。非公式の店長として、帳簿もつけなければならないが、それは背の高い色男がまわりをうろついていないときまで待てるはずだ。

食器洗い機のふたを開け、グラスをとり出しはじめる。そうしながら、彼を店から丁重に追い出そうと思っていた。安全のために、釣ってきたばかりの魚を桟橋で積み上げている男たちにわざわざ挨拶の声をかけ、こっそり撮ったマサイアスの写真をつけてローレンにメッセージも送っていた。一種の生存証明として。

言い訳をすることも、そばにすわって作業を眺めることもせず、マサイアスは袖をまくり上げてグラスをしまう作業に加わった。「カウンターに置けばいいのかい？それともどこかほかに？」

ケイラは驚いて口ごもるしかできなかった。

マサイアスは動きを止めた。「ぼくの知らない第三の選択肢があるのかな？　床に置いてもいいが、きっと少なくともひとつはぼくが踏みつけてしまうだろうな」

彼がグラスを踏み砕く姿は容易に想像できた。つまずくタイプに見えるというわけではなかったが。じっさいはまるで逆だ。姿勢も完璧で、完全に……そう、すべての統制がとれている。いつ何時も。

長い脚や体には絶えず注意を惹かれた。腹が平らであろうがなかろうが、小さな男でないのはたしかだ。その彼がグラスを扱い、二本の指でつまんでそっとカウンターに置く姿はほほ笑ましかった。家ではこういう作業は誰かにやらせているのだろう。

「きみのやり方をするとしたら、どうやればうまくできるのかきみが説明してくれて、ぼくにすべてをやらせてくれればいいと思ったんだ」セシリアがいないこの店もそんなふうにまわっていた。コックのジェラルドは自分の役割は食べ物ではじまり、食べ物で終わると思っていた。ケイラとパート勤務の掃除人とがほかのすべてを担っていた。ただし、ジェラルドは何かにつけて口を出したがったが。

「ふう」マサイアスはグラスの片づけに戻った。「たぶん、きみの知っている男たちについて話をしたほうがいいな。最悪の連中だったにちがいない気がするから」

話題として好ましいものではなかった。逃亡生活を送っていると、本物のデートなどできない。つまり、どうでもいい男と付き合ったり、自分で手を使ったりするということ。どちらもやってみたが、少しすると興奮は薄れ、空虚さが心に戻るだけだった。「それだとほとんど話すことなく終わるわ」

マサイアスは顔を上げ、彼女と目を合わせた。「きみがデートをしないとは信じられないな」

「どうして？」

「鏡も持っていないのかい？」

腹のあたりで募っていた苛立ちが解け、辛い記憶が薄れた。「また誘いをかけているの？」

ケイラはカウンター越しに手を伸ばし、ジェラルドのラジオの音を小さくした。話をするなら、叫び合わないほうがいい。

「そもそもそれに気づいていてくれたとわかってほっとしたよ」

気づいていた。悪くないと思った。そのせいでパニックに襲われた。そう、それについてはありとあらゆる種類の感情にとらわれたのだった。「この目は何も見逃さないわ」

「それがわかってよかったよ」

「結婚指輪をはめていないことも」押し留める暇もなく発せられたことばだった。それを隠そうと何か皮肉っぽいことを言おうとしたが、とても色っぽく、自信たっぷりの笑みが彼の口に広がった。

「独身なのはまちがいない」

きみのほうはと訊かれないことに気づく。つまり、わからないか、気にしないかのどちらかということ。興味がないのかもしれない。でも、だとしたら、どうして食器洗い機に手を伸ばすたびにわたしのむき出しの脚を盗み見ているの？

この人が理解できないほどに複雑な人間なのか、もしくはとても単純な趣味の持ち主なのに、わたしのほうがすべてをむずかしく考えようとしているだけなのか。心がさまよい、彼との熱くみだらな情景が浮かぶたびに、初めて会ったときに彼が何かわからない怒りに駆られ、顔をしかめて脅すような声を出していたことを思い出さずにいられなかった。そのときに逃げ出したくなったのだった。今の彼を目のまえにしても、最初の直感を割り引いて考えることはできなかった。

ふたりはしばらく心地よい沈黙のなかで作業し、食器洗い機の中身をカウンターの上に並べた。それを終えると、ケイラは食器洗い機の扉を閉め、次にどうしていいかわからないまま彼と向き合って立った。腹の奥底で響いていたパニックは消え去っていた。変わって訪れた当惑に比べれば、パニックのほうが恋しいほどだった。彼についてもっと知りたい。彼にいなくなってほしくない。その両方の思いが彼女を苛立たせた。

「妙なデートだな」その太い声は小さな店内にこだまするように思えた。

ケイラはマサイアスが次にことばを発するまでどのぐらいかかるだろうと考えた。ほぼ四分もかかり、それには驚かざるを得なかった。これまでのところ、沈黙を好む人間とは思えなかったからだ。

それでも、こちらからこのデートを容易なものにしてやる理由はない。「あなたってそんなに下手くそじゃないわ」

基本的に、デートしてくれと頼んだら、蹴り出されるにせよ、同意してもらえるにせよ、女性が心を決めるまで、その場に残っているべきと彼も学んだことだろう。彼のことは無視することもできただろうが、無視するのが簡単な男でないのもたしかだった。

彼は心の内の読めない表情を向けてきた。「なんの話をしているんだい？」

まあ、わたしを感心させるために嘘をついていたわけじゃないのはたしかみたいね。

それはおそらく多少なりともいいことだ。「冗談よ」

マサイアスはカウンターに片手を載せ、彼女にじっと目を向けた。「ほんとうかい？」

ケイラは体の向きを変え、彼のすぐそばのカウンターに尻をあずけ、彼に目を向けた。じっさいはじっくりと観察していた。それほど大変なことではなかった。彼女を待ってずっとすわりっぱなしだったせいで服はしわくちゃだったが、彼はとても魅力的だった。ふさふさとした黒髪と白い肌の組み合わせには惹かれずにいられなかった。気むずかしそうな雰囲気にはうんざりしそうなものだったが、そうはならなかった。理由は見当もつかない。

大学時代は――すべてが崩れ去るまえの最初の大学時代は――日に焼けたブロンドのアウトドア派ばかりに囲まれていた。マサイアスは正反対だった。浮かれたところがみじんもない。ときに退屈そうな表情を浮かべたり、ぽかんとしたりすることはあっても、つねに何か鬱屈としたものがあり、ケイラはそれに絶えず反応せずにいられなかった。

惹かれるべきではなかった。ここにいるべき人ではないのだから。それに、彼は真実を語っていないという印象が強い。真の自分について嘘をつき合っているふたりの関係がどんなふうになるものかはわからなかった。

「あなたって冗談が通じないタイプなのね」ケイラは胸のまえで腕を組み、彼をじっと見つめたままでいた。

「つまり、おもしろみがないということか」

そしてちょっと短気。「そんなふうに聞こえた？」

マサイアスは息を吐いた。ほかの人だったら、大げさなため息に思えただろうが、彼の場合は、ばかばかしいという意味合いが含まれているような気がした。「きみがどんなことばを使おうと、ぼくがそういう苦情を言われるのは初めてじゃない」

そう言うと、目をそらし、グラスを扉のない棚におさめはじめた。

しかし、ケイラはまだ話題を変えるつもりはなかった。自分たちがなんの話をしているのかはっきりはわからなかったが、彼の声の響きと動作は好ましかった。今彼が帰ってしまったら、少しがっかりなほどに。それは自分としても大きな発見だった。ローレンやセシリアに——そして自分自身にも——自分はひとりでいるほうがいいとほぼずっと言いつづけてきたのだから。しかし、それはほんとうではなかった。これまでもずっとほんとうではなかったのだ。

「苦情を言ったんじゃないわ」

マサイアスの顔から張りつめたものが多少消えた。「へえ、それはめずらしいな。大勢からしじゅうむずかしい人間だと言われてばかりだからね」

「それが気になるの？」

「これっぽっちも」

そう答えると思っていた。そして、彼女とはちがって、彼は冗談でそう言っているわけではない。

「きっとギャレットはあなたと話すときには気をつけているわね」ギャレットは本心を隠すタイプには見えなかった。何度か彼らのテーブルに近づいたときには、おもしろがっているような印象だった。マサイアスのような暗い翳《かげ》のない人間。「ボスに対しては」

「ちがう」

ケイラは急いで話題を変えようとしていたが、そのことばを聞いて動きを止めた。

「なんですって？」

「あいつはぼくの部下じゃない。貸与されている」マサイアスはじっさいに目をむいた。「ぼくの意思に関係なく」

ケイラの頭に数多くの疑問が湧いた。「ビジネスで従業員を貸与したりするの?」

「賢いやり方ではない」

マサイアスはそばへ寄ってこようとはしなかった。ほとんど。てのひらをカウンターについて少なくとも六十センチは離れて立っている。それでも、じっと見つめてくるまなざしはときおり口へと降り、ケイラは息を奪われる思いだった。二秒まえに四方の壁が遠のいたのはたしかな気がした。

内心、息が切れ、あえぐような気分だったが、それを表には出すまいとした。「話が堂々めぐりだって誰かに言われたことはない?」

「かなり単刀直入に物を言う人間だと思われている」

今度は彼も少し近づいてきた。体が触れることはなかったが、ひとつの動きで——腕を少し動かすだけで——彼の体をかすめることはできる。それをいやがらなくては。自分がいやがっていないことがいやでたまらなかった。

何の前触れもなく、頭上のファンが息を吹き返した。涼しい風が降りてくる。完璧なタイミングね。「別の話題を見つけるわ」

「名案だ」

ケイラは空っぽのシンクを顎で示した。「日ごろ皿洗いはするの？」

マサイアスは肩をすくめた。「やり方は知っている」

それはまた会話が途絶える可能性を示唆する警鐘に聞こえた。はっきりは言えなかったが。わたしが無視されたり、やり過ごされたりしてもかまわない気分でなかったのはこの人にとって災難だったわね。「今、その技術が日の目を見ているってわけね」

「何が言いたいのかはわかるよ」彼はあたりを見まわしたが、その目を左にある棚に留めた。それからグラスをひとつずつ重ね、洗われたグラスをすでにそこにあったグラスの横にきれいに並べた。

「上手なのね」彼が目を向けてくると、彼女は首を振った。「ううん、手を止めないで。つづけて」

「ぼくがこれをひとりでやっているのには理由があるのかい？」

「わたしは監督してるの」彼を利用しつつ客観的に値踏みしながら、心の奥底で服を脱がせていることには一抹の罪悪感を覚えたが、手伝うつもりはなかった。この状況はケイラにとって都合がよかった。

「なるほど」

今度はケイラのほうが動いた。少しだけ近づく。においがわかるだけそばに。なんのにおいかはわからなかった。木とオレンジのような……彼自身と同じくきっぱりとしたにおい。「後片づけをするタイプには見えないわ」

「長いこと自分のことは自分でやってきたからね」

そう、答えとしては合格ね。「つまり、助手や使用人を大勢雇っているわけじゃないってこと?」

マサイアスはグラスを置いた。グラスが触れ合う音がさっきよりも大きく響いた。

「冗談だろう?」

またも気に障る領域にはいりこんだようだ。「あなたってお金に困っているようには見えないもの」ケイラは彼のシャツから靴にいたるすべてを示すように手を振った。「もちろん、お金持ちかどうかはわからないけど。あなたってちょっと読めないところがあるから。わたしの言う意味はおわかりと思うけど」彼が何も言わずに見つめてくるだけだったので、ケイラは意味なく話しつづけた。「だって、上等のスーツを身につけているし、表に停めてあるすごいセダンはあなたのものだと思っていたけど、でも、わからないわ」

マサイアスの目と口のまわりにおもしろがるような表情が浮かんだ。「この会話のどこかにぼくが食いついたほうがいいなら、そう言ってくれ」

いいわ、もうこの話はおしまいということね。でも……「ほんとうに料理とか、掃除とか、そういったことを自分でやっているの？」

「家のなかに人を入れたくないんだ」

答えにならない答えが一種の芸術の域に達していた。探りを入れ、防壁となっている荒っぽい見せかけを突こうとするたびに、別の防壁が築かれる。ことばは穏やかだったが、個人的なことに触れると必ずブロックされた。

その気持ちはよく理解できた。ケイラ自身、そんなふうにできるかぎり話をそらすやり方をしてきたのだから。しかし、ここは彼の縄張りではない。それなのに、こうしてくり返しやってくるということは、こちらもくり返しドアを叩くということだ。

「それが答え？」

「もちろん」

ええ、もちろん。「たぶん、あなたってある種の変わり者なのね」

「変わり者？」

ふたりのあいだはもうほんの数センチしか離れていなかった。いつそんなことになっていたの？「あなたってちょっと……」

「ちょっと？」彼は耳の後ろに指をあてた。「思ってることを最後まで言ってくれ」

「たぶん、言わないほうがいいわ」

「言ってくれるまでここを動かない」

「あなたって、その、ちょっと手ごわい感じがする」マサイアスが首をそらし、ケイラは自分がまちがったことばを使っていないか会話を心のなかで巻き戻そうとした。でも、そう、そう言いたかったのはたしか。「どうして口をぽかんと開けているの？」

「きみのことばの選び方さ」

「全然まちがってないと思うわ」もっときつい言い方も考えられた。自分にとってはかなりやさしい言い方をしたつもりだった。

「デートのときに女性にそう言われたいかどうかはわからないな。じっさい、デートじゃなくてもそうだ。たぶん、仕事相手ならいいんだろうが」

最初のことばが引っかかった。「これってデートじゃないわ」

反射的な答えだったが、まちがってはいなかった。これがデートのはずはない。身のまわりの品を入れた非常持ち出しバッグひとつで、あらかじめ考えてある段取りに従って新しい場所へ逃げる心がまえができているときに、デートなどできるはずはなかった。

「じゃあ、教えてくれ」マサイアスは身を乗り出した。「だったら、これはなんなんだ？　きみのいいように呼ぼう」

なんてこと。彼の息が彼女の頬をかすめた。

「もっともな疑問ね」また息ができるようになったら、答えることもできるだろう。「でも、わたしはあなたのラストネームも、生い立ちも知らないんだから、これはあなたがじっさいには怖い人間じゃないことを証明する機会というほうがあたっているんじゃないかしら」

マサイアスはうなった。「そのことばが憎らしくなってきたぞ」

彼の太い声がケイラの体に響いた。頭のてっぺんから爪先までじっさいに。ほかに何が真実かはわからないが、この男が危険なのはたしかだ。自分の世界を揺り動かされてしまう。「だからこそ、使いつづけようと思って」

「おもしろい答えだな」

「あなたがすぐに寝る女を探しているなら、人選をまちがえてるわ」そのことばが口をついて出るやいなや、店のなかに痛いほどの静寂が広がった。ああ、どうしてこんなことを言ってしまったの？　どうにか言い繕おうとするまえに、彼が口を開いた。

「クラークだ」

そのことばは頭のなかをぐるぐるまわったが、何にも結びつかなかった。「その答えには説明が必要だわ」

「マサイアス・クラーク」彼は身を起こし、すぐ目のまえに立った。ほんのわずかな隙間だけが互いを隔てていた。「あちこちで育ったが、デラウェアにいることが多かった。それから、大学のときにDC地域に移ってきた。今はクイント・エンタープライズという会社を経営している」

彼に抱きつきたくてたまらなくなる。慎重きわまりないこの自分が何にもましてそうしたくてたまらない。「そう」

「この町にはビジネスで来たが、きみのおかげで余暇を持ちたくなった」

その最後のことばに胃がひっくり返ったが、そのことは無視しようとした。口あたりのいい男に会ったのははじめてではない。何よりも興味深いのは、彼が口あたりをよくしようとはしていないように見えることだった。それなのに、ときどき腰に脚をまわして抱きつきたくなるようなことばを口にする。

なんなのかしら。

ケイラは何度か唾を呑みこんだ。声が震えないのをたしかめてからまた口を開く。

「ずいぶんとたくさん教えてくれるのね」

「きみが訊くから」

「訊いたかどうかわからないけど、教えてくれてうれしいわ」頭のなかはぐちゃぐちゃで、自制心はショートしていたが、ケイラは彼が話してくれたなかで覚えていた部分をとらえた。「クイントって？」

マサイアスの目が探るように彼女の顔を見まわした。「まえに話したと思うが」このささやかなおしゃべりと引きかえに、記憶を消してしまったのではないかと不安になる。「もう一度話して」

「民間の警備保障会社さ」

そのことばは心に衝撃をもたらした。体から熱が引き、冷ややかな警戒心が湧き起こる。「いろいろ話してくれているけど、どれもじっさいにはあまり意味を成さないことばじゃない？」

「六十三人の部下がいるんだが、そいつらの意見はちがうだろうね」声が少し荒々しくなる。

ほうらまた。怒っているようにも見えず、身動きもしないのに、防壁が築かれたのはたしかだ。それがそびえたったのが目に見える気がするほどだった。「ああ、気に障ったのね」

「いや」

「怒っていたらそうとわかるだろうが、怒ってはいない」

そうしてその場の空気は変わってしまった。気軽なやりとりをする雰囲気ではない。ケイラは店のなかのことを思い出そうとした。すべてがどこにあるかを。必要になったら武器として使えるもののありかを。とはいえ、危険は感じなかった。互いのあいだにはほかの何かが生じていた。

この人のデートスキルはわたし以上に錆びついているのかもしれない。「それってなだめているつもり？　空気をがちがちにしてしまったけど」

出会ってから初めて、マサイアスはもぞもぞと身動きした。最小限の労力でエネルギーを無駄にしない動きだった。それでも、見るからに何かにぴりぴりしている。

「ビジネスはぼくにとって大きな割合を占めるものなんだ」

期待していた答えとは言えなかった。そんな答えなら以前にも耳にしたことがあった。権力に飢えたワシントンＤＣにこれだけ近いところにいれば、それもしかたのないことだ。しかし、これまでの彼はどこをとってもそんなありふれた人間とは思えなかった。

それでも、この手の会話ならやり過ごせる。そのほうが安全なのはまちがいない。

「つまり、仕事があなたという人間を決めているってことね」

マサイアスはてのひらでカウンターに触れた。それから、ストーブのそばのタオルかけからタオルを手にとった。その際に音が鳴ったが、彼は気づいていないようだった。「心理学のクラスか何かをとっているのかい？」

まあ、じつは……「どうして？」

「仕事のことを訊いたときの訊き方さ。思い出したことがあってね」

あとほんの少しで個人的なことを教えてくれそうだった。ケイラはそれを引き出そうとした。「どんなこと？」

「きみがぼくのビジネスに関心がある振りをするのは妙なことだな」

そうやって話をそらされるのは嫌いだった。興味を抱いたことにまっすぐあたっていったのに、かわされたのだ。マサイアスがセラピーにかかっている姿は想像しがたかった。一方で自分を振り返ってみれば、セラピーがなかったら、殺人事件後の辛い年月をどうやって生き延びたか想像するのもむずかしかった。

「そうね。だって、〝ビジネスが人生そのものだ〟っていうようなことはしじゅう訊かされているから。わたしが理解できないだけ」攻撃するつもりのことばではなかった。けんかをはじめたいわけではない。仕事が人生というのが理解できないのはほんとうだった。もしかしたら、自分が人生をあやうく失いかけたからかもしれない。わかっているのは、ストレスをもたらす何かに一心に打ちこむことは自分には無理だということだけだった。ストレスはもうたくさんだ。

マサイアスは店内を見まわし、料理用ストーブの上に載っているフライパンに触れた。「きみはこの仕事にしばりつけられているわけじゃないだろう?」

そのことばを頭のなかで分解し、批判のことばだろうかと考えた。批判している響きはなかったので、攻撃したり防御したりせずに正直に答えた。「家賃を払う手段よ。まともで卑しからぬ仕事だけど、だからといって、わたしという人間について多くを語るものでもないわ。どうしてこの仕事に就いたかということについても」

「それはわかる」

そうかしら。「ほんとうに?」

「自分のことはどんな人間だと?」

それは簡単だった。死ぬほど簡単。「生き残りよ」彼が何も言わなかったので、つい弁解してしまう「わたし、何か気に障ることを言った?」

「まったく逆さ」

「そう？」

「とてもセクシーに聞こえた」

店内にまた緊張感が戻ってきた。怒りに満ちたものではなかったが。そうではなく、このカウンターを使ってたのしみましょうという類いの。その激しさに打たれ、体が震えた。驚きのあまり、思わず口ごもる。「え」

マサイアスはうなずいた。「ほんとうに死ぬほどセクシーだ」

そんなことを言われたのは初めてだった。うまく行方をくらませられるようになるまえに、殺人事件愛好者の変人に見つかってそう言われたことはあった。事件後の何年か、ジャーナリストが関係を築いて記事を書くために、何度か別人になりすまして誘いをかけてきたこともあった。

しかし、ありのままの自分として、乗り越えてきたすべてをひっくるめて好意を持たれることは、一度も経験したことのない感覚だった。今ですらもそうではない。彼は真実を知らないのだから。アナポリスの誰も知らないことだ。

ケイラはまた懐疑的になった。自分にできることは疑うことだけと思うときもあったからだ。「わたしってパイのにおいがするのね。きっと髪にフライドポテトが挿さっているのよ。そういうのに興奮するんじゃない？」

「たぶんね」マサイアスは笑みを浮かべようとしなかった。顔をしかめてもいない。それでも、向けてくるまなざしは、隅々までなめつくしたいというように躍っていた。セクシーとはね。「あなたって人が全然わからないわ」

「それははっきりわかるよ」

まだ声に怒りは含まれていなかった。怒りが含まれていないかと意識して耳を傾けていたのだからたしかだ。怒りならどう扱っていいかは心得ている。こうしてじっと見つめられ、腹のあたりで興奮が募る感じはどうしていいかわからず、つい口ごもる。

「履歴書に書かれているようなことばかりで、自分についてあまり多くを話してくれていないから」

彼は一歩近づいてきた。「もっと知りたいと？」

ここまで近づくと、ほぼ黒に近い目に明るい茶色の斑点が浮かんでいるのが見えた。関心も。それはたしかに見える気がした。彼の体から発せられた熱がぶつかってくるようで、細胞のひとつひとつでそれが感じられた。

「それを口にするには早すぎるわ」ケイラは腕を上げて時計を見る振りをしたが、そうしてから、時計をはめていないことに気がついた。手を下ろすと、その手が彼の腕に触れた。そこで手を止める。

声がかすれ、頭がぼうっとする……妙な感じも、気まずい感じもしなかった。

「初めてきみにコーヒーを注いでもらったときから、きみにキスをするのはどんな感じなのだろうと思っていたと言ったら、どうだい？」

ケイラは息ができなくなった。「あなたにはコーヒーが重要なのね」

そうしてくれというなら、コーヒーを点滴してあげてもよかった。

「きみに会うまえはそうじゃなかった」

「キスって言ったわよね？」ケイラは唾を呑みこもうとしたが、うまくいかなかった。

全身と脳のほとんどが機能しなくなっていて、飛び跳ねる神経を抑えるものは何もなかった。

「ぼくの望みのなかでは一般向けのバージョンだ」そこで彼は彼女に触れた。指の背でそっと頬を撫でる。

「R指定のバージョンはあるの？」一気にそっちへ飛びこみたい気分だった。

マサイアスは親指で彼女の下唇をなぞった。右へ左へ。「ああ、セックスさ」

もうおかしくなりそう。「一般向けからはじめて様子を見ましょう」

彼の後ろの店内に目をやり、その目を頭上の明かりに向けた次の瞬間、彼が身を寄せてきて視界がさえぎられた。口で口をふさがれる。

思ったとおりのキスだった。ありったけの力と確信をこめたキス。軽く唇を合わせて時間を無駄にすることはなかった。突然襲いかかってきて口をとらえたキスに頭がくらくらした。唇が唇をなぞる。誘惑と約束に満ちた濃厚でたしかなキス。

ああ、これが一般向けだとしたら、彼が服を脱いだときにどうなるのかは想像もできなかった。それでも、今はそれを知りたかった。

舌が舌に触れると、膝ががくがくした。たくましい手が腕をなぞり、肩へとまわされて体を支えてくれた。マサイアスが体に触れ、キスをし、抱きしめてくる。

息が混じり合い、彼の下唇をそっと噛むと、彼はうなり声を発した。やがてまた彼が主導権をにぎった。硬い体を押しつけてきて、何度も口に口をこすりつける。ケイラの頭のなかは興奮で満たされた。もっとほしくてたまらなくなる。行きすぎなほどに。

自衛本能が一瞬顔を出し、ケイラは顔を上げたが、頭のなかの霞《かすみ》は晴れなかった。

「悪くないわ」

額が額に触れる。激しい息遣いとともにたくましい胸が上下した。「それだけ?」にぎりしめた指をほどくことができない気がした。彼のシャツをきつくつかむ指を。

「いいえ」

「だったら、店を閉めてここを出たほうがいいな」

最悪の考えだった。愚かで、危険でもある。どちらもごめんだった。たくましい顎もそうだが、キスのせいでくらくらさせられるなんて。でも、ほしくてたまらない。自分のために、今だけ。だから……「行きましょう」

10

キスとケイラが見せる青信号のはざまで、マサイアスはいつもの自制心を失っていた。彼は身を起こして答えることばを探した。自分に喝を入れる必要がある。

寝るだけの話だ。純粋で単純なこと。それ以上の何ものでもない。危険を求める気持ちも、謎めいた女を好む気持ちもなかった。自分にとっては久しぶりのことだったが、ケイラにはすぐさま惹かれずにいられなかった。これはふたりの体と熱と必要に迫られた解放の問題にすぎない。

脳が撤退しろと叫ぶなか、声に出さずにそれをマントラのように唱えた。彼女を尋問し、真実を引き出さなければならない……しかし、口を開くたびに、ブレーキがかかり、またそこで止まってしまうのだ。吹き飛ばされるほどの激しさで彼女を求めていた。

自分の欲望を優先させるまれなケースになりそうだった。自分のために何かをすることは一度もなかった。これまではすべきことをはたし、仕事を終えてきたのだ。答えを見つけ、厳しい対応をとる。オフィスに缶詰になったり、戦略会議に出席したりして何時間も過ごす。訓練を積み、優秀で、成功している。それが自分という人間で、十年以上まえにクイントの訓練を受け、レンやほかの仲間に出会ってからずっとそうだった。そのまえは堕ちていく一方だったが、それ以降は決して動じない人間でいることに誇りを抱いてきた。

こうしてケイラの居場所を突き止め、アナポリスにいるのは、これまで知りもしなかった人間たちへの義務を感じたからだった。必要な証拠を見つけ、彼女を殺人者と認定し、警察に引き渡して去ると誓っていたのだが、そうはいかなかった。

これまでは日々、他人を傷つけてたのしむ殺人者やソシオパスを相手にしてきた。そうした連中を法律の範囲内で処理することもあれば、そうでないこともあった。人を値踏みし、嘘を見破る人生を送ってきた。彼女もそういう連中のひとりである可能性があり、そうにちがいないと思って捜しに来たのだった。しかし、内なる声はそれとはちがうことが起こっていると告げていた。話し合うべきことがあると……しかし今は無理だ。理性を働かせることも、頭を使うこともできそうにない。ケイラを見つめていると、いつもは頼りになる常識がどこかへ行ってしまうからだ。

ああ、彼女がほしくてたまらない。ここで、彼女の部屋で、ぼくの部屋で、ホテルで。くそっ、彼女のなかにはいれるなら、すぐにはいれるなら、どこだろうとかまわない。

また手を伸ばそうとすると、ケイラは顔をそむけた。一瞬、追い出されるかもしれないと思ったが、彼女は鍵をつかんだのだった。彼女が店の戸じまりをするあいだ、マサイアスは手を脇に下ろして彼女に触れないようにしながら後ろをついてまわった。ケイラが桟橋へとつづく扉へ向かったときも、そこへついていった。自分も完全なまぬけではない。彼女のような見た目で、男に敢然と立ち向かってくる度胸のある女が、セックスしたいとはっきり示してきたなら、ノーとは言わないものだ。問題は肩にかついで彼女の部屋へ運んでいきたいという衝動と闘わなければならないことだった。ドックにいる人々の目のまえでそうやって運ばれるのは、彼女にとっておもしろくないことにちがいない。こっちも動物ではないから——一応——我慢はできる。ほんの少しなら。

ケイラの住まいまで三分もかからないことはありがたかった。今朝彼女の仕事中にアパートメントのなかを調べようかとも思ったのだが、マリーナに人が多すぎてそれは危険だとギャレットに言われた。彼は何度かことばを変えてそう言っていた。

それでしまいに実行に移すのをあきらめたのだった。うるさいギャレットをだまらせたい思いで。しかし今、彼女の住まいのなかを目にすることになる。捜索するためではなく。これからの一時間、別の思惑のために。

マサイアスはアパートメントまでの短い道のりもどうにかケイラに触れずにいた。何度か手を伸ばしかけたが、その手を引っこめたのだ。桟橋に沿って歩くあいだ、板張りの歩道に足音が響いた。横で水に浮かんでいるボートが揺れ、金属の触れ合う音が絶えず聞こえていた。あたりは潮と魚のにおいに満ちている。

自分のことは都市型の人間だと思っていた。一生を水の上で過ごすなど、自分には理解できないことだった。暖かい陽射しを浴び、上等のシャツが汗で背中に貼りついている今もそうだ。すれちがう人々は、意味のないことばをすばやく交わしながら行き来していた。

自分が何も考えずに「やあ」と挨拶する人間でないこともすぐにわかった。太陽が似合う男でもない。オフィスの堅固な壁のなかにいるほうがいい。静まり返った家のなかに。

着くまえに貸しボート屋が目にはいった。二階建ての白い建物はわざとさびれた見かけに造られていた。金持ちが風情を持たせようとするときに用いるやり方だ。アナポリスの街自体、そんな感じがした。観光好きが訪ねてくるには悪くないが、彼は観光好きではなかった。

ケイラがさらに何人かに挨拶するあいだ、マサイアスは会釈するだけにしておいた。人目につかないようにしているはずの女にしては、彼女はあけっぴろげな生活を送っているようだった。みな彼女を名前で呼んだ。今使っている名前で。多くが手を振り、じっと見つめてくる者はさらに多かった。スーツを着た男といっしょにいるのが大勢の興味を惹いたようだ。

そうしたことについてはどう考えればいいか見当もつかなかったので、人々の反応についてはあとで分析することにした。しかし、ケイラが世を忍ぶ逃亡生活を送っているという想像が砕け散ったことはまちがいなかった。彼女は明るく、愛想がよく、忌々しいほど色っぽかった。マサイアスは建物の横についている階段をのぼっている今も、かぶりつきで尻を見つめていた。すぐそばで見るとさらにすばらしかった。制服の裾からのぞく太腿のせいで頭が働かなくなっている。彼女を先に行かせたのは失敗だったかもしれない。このなめらかな脚が自分の腰に巻きつく情景しか浮かばなくなったのだから。

マサイアスは咳払いをし、女性とこんなふうになるのは初めてではないという振りをしようとした。「この場所はどうやって見つけたんだい？」

ケイラは部屋のまえの小さな踊り場で足を止めて彼に目を向けた。「カフェのオーナーがこの店も所有しているの。彼女はマリーナ全体を所有していると言ってもいいぐらいだわ。二階の部屋を借りていた人間が引っ越したので、わたしが仕事に就いたときに、部屋も借りないかと言ってきたのよ」

「それはすごい特典だな」部下たちの福利厚生について考えさせてくれる話だった。卓越した研修と健康保険と年金がそれにあたるかもしれない。

「驚くほど安い賃金と仕事にともなう高度の責任の埋め合わせをしようとしたんだと思うわ。オーナーがこの街にはあまり来ないので、料理以外の仕事のほとんどがわたしの担当になっているから」ケイラはにっこりして最初の鍵を開け、次にふたつ目を開けた。それから、最新式のロックに暗証番号を打ちこんだ。建物の状態と、この地域の犯罪率の低さからしたら、過剰なほどに最新式で厳重なロックだった。

それもありそうなことに思えた。三重のセキュリティ。誰かを恐れているか、何かから隠れているか。答えは両方なのではないかと思われた。

やりすぎじゃないかと指摘しそうになったが、しなかった。彼女がノブをまわすまえに、何かがおかしいという気がしたからだ。

「ちょっと待って」マサイアスは手を伸ばし、ケイラの手に手を重ねた。手に持った鍵が鳴ったが、彼女は動かなかった。

自分に視線が向けられているのがわかる。貸しボート屋のなかにいた人々や、ケイラといっしょに歩いているときにぽかんと口を開けていたマリーナの連中の興味津々のまなざしとはちがう目。経験からわかる感覚だった。追われた経験から来る感覚。

ケイラは自分の手に重ねられた彼の手を見つめ、その目を彼の顔に上げた。「どうかしたの？」

「はっきりはわからない」マサイアスは息を吸い、直感にまかせた。どこでかはわからないが、何かが起こっているのはわかる。安全な距離を開けて誰かが自分たちを見ているのだ。襲撃は避けられるが、銃弾は届く距離で。

「これも何かのお遊び？」

「話すな」神経を集中させるために口を閉じていてもらわなければならなかった。

ケイラは手を引き抜き、きゃしゃな手すりのところまであとずさった。「ごめんなさい」

振り返って見張っている人間に気づいたことを知らせたくはなかったが、彼女を危険にさらしたくもなかった。彼女の肘をつかみ、ドアへと引っ張った。「なかにはいって」

ケイラは肘を振りほどこうとしたが、できなかった。「わたしは命令する男は嫌いよ」

「さあ、ケイラ」マサイアスはてのひらでドアを押した。「冗談で言ってるんじゃないんだ」

「もっとお行儀よく――」彼がドアをぴしゃりと閉め、その声は遮断された。「ああ、なんてこと」

マサイアスは襲撃に備え、防御のかまえで振り返った。ワンルームのアパートメントはサイクロンの被害に遭ったかのようだった。部屋の隅々に目をやる。ドアが開いたままだったので、バスルームのほとんども見えた。壊された家具と引き裂かれたクッション。ちぎられた紙がいたるところに散らばっていた。食べ物は床に放られ、冷蔵庫の扉は開いたままになっている。しかし、最悪だったのは、ふたりがけのソファーの上の壁に書かれた警告だった。

おまえが死ぬ番だ

「いったい何なんだ？」マサイアスはそばに寄って調べた。スプレーペンキのきついにおいがまず鼻をつき、それから、枕の残骸の上に放られたスプレー缶を見つけた。

マサイアスはギャレットにここへ来るようにと急いでメッセージを送った。気をつけるようにと追記して。メッセージを送り終えると、背後の静けさに気づき、肩越しに後ろに目を向けた。ケイラが銃口をこちらに向けて立っていた。彼女が銃をどこからとり出したのかも、この場所を襲撃したのが誰であれ、どうして銃を持っていかなかったのかもわからなかったが、それはあとで訊けばいい。今は彼女をおちつかせなければ。

「ケイラ、何をしている？」彼女のほうに向き直りながら、マサイアスは両手を挙げた。おとなしく従うつもりはなかったが、彼女に弾丸を発射する理由を与えるつもりもなかったからだ。

銃の腕前は読めなかったが、銃の持ち方はわかっており、腕も震えていなかった。それでも、偶発的にどこかを吹き飛ばされるかもしれないと考えると気分はよくならなかった。

「疑う気持ちを押しやってひと晩たのしもうとしただけなのに……こうなるとわかってしかるべきだったのよ」

「ケイラ」

「あなたのせいね」声は震えていなかったが、目は血走っていた。

論理の飛躍に無理があると言い聞かせても無駄だろう。その方向に考えをめぐらしてほしくはなかった。「ちがう。ぼくはきみとカフェにいた」

「あなたがこの街に来てから、また何もかもがはじまったのよ」

「何がはじまったんだ、ケイラ？　話してくれ」彼女はぎりぎりのところにいた。全身からそれが見てとれた。恐怖と怒りが混じり合い、心は身を守ろうとするほうに切り替わっている。そうした衝動は当然と思われた。体の真ん中に穴を開けられるかもしれないと思うと不安にはなったが。

「わかってるはずよ」ケイラは銃を動かさず、冷静さも失わなかった。

ああ、なんらかの訓練を受けたことがあるのだ。そのことは悪くない事実だったが、そんなふうにことばの応酬をしていてもなんの解決にもならなかった。自分の話に耳を傾けてもらい、力になれると信じてもらわなければならない。「誰かがきみをつけまわしているんだ」

「あなたよ」

それはたしかに否定できない事実だった。「これをしたのはぼくじゃない。ぼくはこんなことはしない。それはきみにもわかっているはずだ」

「どうしてわかるの？　あなたとは知り合ってたった四日よ」

「それはそうだが、きみはぼくが触れるのを許すつもりだった。きみのなかにはいることも」銃を持つ指がきつくなったが、マサイアスは話しつづけた。なだめるような声を保ち、動いたのに気づかれないように距離をつめた。「それには理由があるはずだ。その直感を信じて、ぼくがこれをしたんじゃないとわかってくれ」

銃は下ろされなかったが、逆上した様子は多少おさまった。「あなたがほんとうは何者なのか教えて」

マサイアスは両手を挙げつづけていた。「マサイアス・クラーク。クイント・エンタープライズの経営者。調べればすべてわかる――」

「質問の意味はわかるはずよ」

今この場で真実を明かすわけにはいかなかった。彼女が武器を手にしている今は。

「銃を下ろしてくれたら、このことについて話ができる」

ケイラの目から常軌を逸した恐怖がすべて失せ、やけになったような冷静さにとって代わった。「だめよ」

何かが変わっていた。少なくとも耳を傾けようという気持ちにはなったようだ。理由を聞こうという気には。表情が変わるのが見てとれた。態度は固いままだったが、部屋に走った緊張はゆるんでいた。「言い争いたくはないが、それがまちがって発射されるのも困る」

「撃ち方は心得ているわ」

「そう聞いてもあまり安心はできないな」じっさいは安心できた。インストラクターであれ、誰であれ、撃ち方を教えた人間がちゃんとしていたなら、ほんとうに撃つ気でなければ、引き金に指をかけないよう教えたはずだ。今のところ彼女はそうしていた。

マサイアス自身、二丁の銃とナイフを身につけていたが、そのどれも絶対的に必要になるまで持ち出すつもりはなかった。なるべく穏やかに銃を下ろさせ、状況を把握する必要があった。多少なりとも彼女の信頼を得られたら、よりありがたいのだが。

取り組まなければならないより大きな問題があったのだから。あまりもののわかっていない人間であれば、ひと目見て部屋がぐちゃぐちゃだと思い、ケイラをつけまわしているのは集中力に欠けた人間で、簡単につかまるだろうと考えるかもしれない。しかし、マサイアスにはそうではないとわかっていた。もう十年以上もこうした部屋を分析してきたのだから。暴力行為の読み解き方もよくわかっていた。この部屋はただ荒らされているように見えるが、ケイラをつけまわしている人間は彼女を怖がらせてここから出ていかせたいのだ。これは計算された行為だ。

彼女が殺人者で、こうやって揺さぶりをかけられるのも仕方のないことなのか？あるいは、ここで何か別の問題が起こっているのか？　いずれにしても、マサイアスは真実を探り出すつもりでいた。

「手を下ろすから――」

ケイラは首を振った。「だめよ」

いずれにしても彼は手を下ろした。ゆっくりと下ろし、彼女を怖がらせないように体から離しておいた。「初めて会ったときから、きみが怖がっていて、何かから逃げているのかもしれないとは思っていたんだ。それは覚えているかい？」

「あなたが現れるまで、やつらには見つからずにいたのよ。それがどういう意味かはわかるわ」銃をにぎる手が多少ゆるんだ。今銃口は頭ではなく胸に向けられていた。

頭も困るが、胸もなくしたくはなかった。「ぼくがきみを怖がらせるか、傷つけるつもりだったら、その機会は無数にあったよ、ケイラ。あのカフェでふたりきりだったんだから」

「外に人がいたから、音が聞こえたはずよ」

「だからといって、ぼくが思い留まることはなかったさ」控えめな言い方だったが、それ以上説明しないほうがいいのはたしかだった。誰の注意も惹かずに彼女をしばりあげて連れ去ることもできたはずだと言っても、より安心させられるはずもなかった。

「それってなだめているつもり？」

そうかもしれない。今や銃は脚に向けられているのだから。「正直、ぼくはおだてるのはうまくないんだ」

「これで最後よ、マサイアス・クラーク。答えて。どうしてこの街に来たの？　アナポリスでビジネスのプロジェクトがあるとか、セキュリティがどうのとか、嘘っぱちの答えはなしよ」ケイラは今や完全に恐怖を抑えこんだようだった。まばたきひとつせずに拒絶のことばを発したときと同じ強い女性に戻っている。

よし。自信に満ちたケイラなら扱える。「銃を下ろすんだ」

彼女は彼の背後を顎で示した。「ドアを開けて」

そうする理由がわからなかった。「どうして？」

「あなたがそばに来たら、悲鳴をあげられるように」彼女は肩をすくめた。「それで、銃声が聞こえたら、みんな駆けつけてくれるわ。たぶん、あなたにも生き残るチャンスはかろうじて残されるわね。救急車が間に合えばの話だけど」

「部屋を荒らした人間がすぐ外にいる可能性がある」彼女が何も言おうとしないのを見て、彼はもう一度言った。「あれだけの鍵をドアにつけているのには理由があるはずだ。きみは危険を察知している。危険と隣り合わせで生きてきたんだ」

マサイアスは賭けに出た。ケイラにわかるように一歩まえに歩み出たのだ。自分が近づくのがはっきりわかるように。

「何をしているの？」

彼女が動いたが、彼の訓練のほうが勝った。一瞬早く動いたと思うと、彼女がまだ振り上げる途中の銃を奪った。

「ほら」マサイアスはすばやく銃を一瞥すると、ズボンの尻ポケットに突っこんだ。

「ああ、ケイラ。弾丸《たま》を装塡してもいないじゃないか」

「こんなぐちゃぐちゃな場所で弾丸を見つけられなかったのよ」彼女の目が部屋に向けられた。「ほとんど何もなくなって、これが――」

「いいさ」マサイアスはできるだけやさしく彼女の腕をつかみ、おちつかせようとした。少なくともあと数分は気をしっかりもっていてもらわなければならないからだ。泣き崩れるのはあとでいい。そうしないでくれると助かるが。「きみに危害を加えるつもりはない。武器もなくなった」

「まだあなたのことを信じられないわ」

「それは賢いね。でも、きみには話を聞いてもらわなければならない」ケイラが逃げ出さないのを見て、マサイアスはさらに試してみようとした。「ここを出なければ」

「あなたはね」

指紋をとり、見張りを置く必要がある。自分がもっとも得意とする状況にたまたま足を踏み入れたというわけだ。「この部屋は封鎖する必要がある。うちの連中を呼んで……どうして首を振っている？」

ケイラは彼の手から腕を引き抜き、一歩下がった。足がひっくり返ったテーブルにぶつかり、彼女は顔をしかめた。「大丈夫よ」

なんだって？「大丈夫なわけないだろう」

「警察も捜査官も必要ない」

「話を聞いてくれ」彼は首を下げ、彼女が視線を返してくるまでじっと見つめた。

「きみが怖がっているのはわかるが――」

「怒っているのよ」

ああ、彼女のこういうところは悪くない。「よかった。きみがそういう感情を持ったとしても当然だからね。ただ、逃げ隠れするのは正しい反応じゃない」

「そんな簡単なことじゃないのよ」彼女は彼の腹に手をあてた。「ときに……」

彼女にはそのまま触れていてほしかったので、マサイアスは彼女の手の上に手を重ね、指を指で包んだ。「ときに？」

「ときに、過去を乗り越えてまえに進むには、すべてを捨てて姿を消さなきゃならないこともあるってことよ」ゆっくりとひとことひとこと間を開けて話しはじめたのが、じょじょに早口になっていた。「何年も努力してきたけど、問題はいまだに昔の自分と細い鎖でつながっているってことなの。こういうことの起こらない人生を送りたければ、それを絶ち切らなきゃならないのかもしれない」

「ときに、つきまとって離れないものを遠ざける唯一の方法が、それにぶつかっていくことという場合もある。目をそらしてはだめだ。逆戻りしても、かき消そうとしてもだめだ」

「経験からものを言っているように聞こえるわね」

過去の代償を払うのに人生を費やしてきたのはたしかだった。「過去から逃れようとすることについてはよくわかっている」

ケイラは指を曲げ、彼のシャツをきつくにぎりしめた。「このことについてはわかってないわ。わかるはずはない」

その声に表れた切なさには心を惹かれずにいられなかった。目には傷ついた光が宿っている。そのすべてが理解できた。とはいえ、これは自分のことではなく、今はこういう会話を交わしている場合ではない。ああ、里親の家庭や、あのときすばやく反応できなかったことについて記憶を消すなど想像もできない。叫び声も足りなかった。救わなければならなかった子を救うことができなかったのだ。

今はケイラのことを考えなければ。話のできる場所へ彼女を連れていき、解決する必要のあることに注意を集中させなければ。「これが誰の仕業であれ、まえにもこういうことはあったはずだ、ちがうかい？　きみはそれを言おうとしているわけだ。誰かに脅されたのはこれが初めてじゃない」

「ええ」

「どんなふうに？」

ケイラはしばらくためらってから口を開いた。

「メモや、脅しからはじまったの」

まったく。少なくとも、名の知れぬ〝やつら〟のせいだということで、ぼくに責めを負わせようとはしなくなっている。多少の進歩があったというわけだ。

「それから、どこへ行くにも、それがついてくるようになった」彼女からは明るさが消え、疲れきり、気を落としているように見えた。この状態でも弱々しさはみじんも感じられなかったため、きっと今もやりこめてくれるだろうが、さしあたってはエネルギーを温存しておいてほしかった。「ここから出て、ぼくの部下に仕事にかからせたらすぐに、ふたりでそのすべてについて話し合おう」

「とても疲れたわ」ケイラは顔を彼の胸に寄せた。

マサイアスは息を吸い、彼女の髪のかすかなバニラの香りを吸いこんだ。腕を肩にまわし、しばし自分の体で彼女の体を温めた。「だったら、ぼくを信頼してくれ」

「それは無理よ」声から怒りは消えていた。もはや抗おうという気持ちはないようだ。正直になろうとしているように聞こえる。

マサイアスはほかのすべてと同様に、彼女のそういうところもとてもセクシーだと思った。「ひとつだけきみにとってたしかなのは、ぼくが誰にもきみを傷つけさせないということだ」

ケイラは顔を上げ、彼を見上げた。「あなたはどうなの？」

「ぼくもきみを傷つけたりしない。触れたいとは思うけどね。それははっきりさせていると思うが」手と口で。そして彼女のなかにはいる。「でも、今夜じゃないな」

「ムードを壊したって責められている感じね」

「逆さ。謎を解明しようとすること以上にアドレナリンを噴出させるものはない」

ケイラはじっさいに笑みを浮かべた。「つまり、今はわたしが謎ってわけ?」

「そうさ、ケイラ。きみのことを解明すると約束するよ」あれこれと持てる技のすべてを駆使して。「それは絶対だと思ってくれていい」

11

ケイラは階段をのぼってくる足音を聞いて動きを止めた。マサイアスが人間の盾になって声をあげてくれるものと期待したが、彼は彼女を抱いてそこに突っ立ったままだった。ほっとした様子でゆったりとかまえている。

刻一刻と過ぎるあいだ、ケイラは誰が、もしくは何が玄関からはいってくるか警戒しながら、腰にあてられたマサイアスの手の感触を強く意識していた。指で何度も腰をなぞられるうちに、すべての末端神経がうずき出した。彼の深い呼吸が耳に響き、ほかのすべてがどうでもよくなるほどだった。ほぼすべてが。

「マサイアス、誰かが来るわ」ケイラはシャツに顔をうずめたまま言った。

彼はため息をついて身を引き離した。「ギャレットはいつもタイミングが悪いんだ」

「え？」

マサイアスがギャレットということばを発してすぐに、ギャレット本人がドアを開けた。入口をふさぐように立ち、背後から射す陽光をさえぎっている。

「くそっ、何が――」ケイラの手がマサイアスの腕に置かれているのを見て、ギャレットのしかめ面が目を丸くしたものに変わった。「やあ」

マサイアスは完全に接触を解き、目を天井に向けて一歩離れた。「彼女のまえで毒づいても別にかまわないさ。大人の女性なんだから」

ギャレットの笑みはおかしなことやおもしろいことを見出したというよりは、純粋に意志の力で浮かべたものに見えた。「きみよりは多少は洗練された人間なんでね」

「よく言うよ」マサイアスはふたりを順繰りに示した。「ケイラ、ギャレットのことは覚えているかい？」

ギャレットは部屋を見まわし、作り笑いをやめた。「いったいここで何があったんだ？　これがきみの考えるデートだというなら、ちょっと話し合わないといけないな」

「誰かが押し入ったのよ」ケイラは目を壁のメッセージに向け、またそらした。そこに書かれたことばを見て、自分を傷つけようとする誰かがこの場所を見つけたのだと思うと、アナポリスで得たささやかな平和が奪われる気がした。

「そうじゃないな」マサイアスはドアのほうへ顎をしゃくった。「ドアをたしかめてくれ」

ギャレットは四つん這《ば》いになってロックを調べた。「問題ないように見えるな」

「だからこそ、彼女はぼくがこんなことをしたと思ったんだ。すっかり調べあげたわけじゃないが、誰にせよ、ここへはいるのに、ドアの鍵をいじったようには見えない」

「まだ心のどこかで、あなたがかかわっているんじゃないかと思わずにいられないの」それはほんとうではなかった。彼の反応は訓練されたものでも偽りでもなかった。最初は信じるまいとしたものの、彼だったら、こういう攻撃のしかたはしない気がした。そう、この人は正面からぶつかっていき、それを相手にしかとわからせるタイプだ。こっそり部屋に忍びこんで壁にメッセージを書いたりはしない。

それでも、簡単に無罪放免としていい相手でもない気はした。主張すべきことは主張し、自分をしっかり持っていないと、きみの人生を立て直すのに必要だと言って自分の考えを押しつけてくるにちがいない。

昔からひとつだけはっきりさせてきたことがあった——救世主は要らない。自分より大きくて、強くて、資金もある誰かが駆けつけ、すべてを解決してくれるなどというのはごめんだった。恐怖から解放され、単純な人生を送りたかった。それには自分でどうにかするしかない。どうしたらそうできるかは見当もつかなかったが。

ギャレットが立ち上がって部屋のなかにさらに足を踏み入れた。手を腰にあて、首を振りながら歩きまわっている。「いや、これはマサイアスの流儀じゃないな。彼は戦略にもとづいてきれいにやる。警告もしない。病院送りにするか、死体袋送りにするかだ」

「あなたたち両方ともが、マサイアスのしたことじゃないときっちり答えるなんてすばらしいわね」マサイアスが何も言わずに見つめてきたので、ケイラは見つめ返した。彼にこちらの言いたいことが伝わらないはずはない。

「言っていることがわからないな」と彼は言った。

だったら、もう一度……「攻撃をしないとは言っていないじゃない。このやり方ではしないと言っているだけで」

マサイアスの顔に浮かんでいた困惑の表情が、ばかばかしいというものに変わった。

「ぼくはあらかじめ警告したりはしない。それだけはたしかだ」

思ったとおりの人ね。その率直さには苛立ちを覚えたが、そのとおりであることはわかっていた。マサイアスはこういうことをどう処理するかについて率直に語り、そのとおりに実行することだろう。

彼がどうしてこの街に現れたのか、理由を探り出せたなら。そうしたら、彼が現れたことが引き金となってまたつけねらわれ、怒りに満ちた脅しを受けることになったように思われるのはなぜか考えをまとめることもできるはずだ。そうできたら、わたしの日々の暮らしを悪夢に変えようと固く決意しているらしい人間を突き止めることもできるかもしれない。

「そろそろ話題を変えるころあいだな」ギャレットが手を叩き、またふたりに顔を向けた。「マサイアス？」

マサイアスはケイラに目を向けた。「ほかに鍵を持っている人間は？」

居丈高に質問されるのはいやだったが、それは見逃すことにした。今だけは。「大家と友人のローレンが持ってるわ」

「彼女のフルネームが必要だ」

「ローレンのことは巻きこまないで。こんなことをする人じゃないから」それについては疑問の余地はなかった。マサイアスはほかをあたらなければならない。

「たしかなことは言えないはずだ」ケイラが反応するまえに彼は目をそらした。そして、新たな命令を並べ立てるあいだ、ギャレットだけに注意を向けていた。「この近辺に住まいや職場があるすべての人間の名前と身辺調査が必要だ。クイントから何人か応援を呼ぶことにする。指紋の採取や地取りは彼らに――」

ケイラがマサイアスの腕に触れると、彼はすぐさまことばを止めた。「地取りって?」

そのことばには、この近辺の人間を怖がらせてまわるという意味がはっきり見てとれた。そう考えただけでいやだった。そういう意味だとして、それがどういう結果につながるかを考えただけでいやでたまらなかった。

「このあたりで聞きこみを行い、何か聞いたり知っていたりする人間がいるかどうかたしかめることだ」マサイアスはすらすらと説明し、話をつづけた。

ケイラはひとことだけ口をはさんだ。「だめよ」

「この辺の建物のいくつかには監視カメラがあるかもしれない……ちょっと待て」マサイアスはまばたきし、小さく首を振った。「今、だめって言ったか?」

すべての命令が正確に、疑問を呈されることなく実行されるのにマサイアスが慣れているのはまちがいなかった。そう、それを望むなら、まちがったカフェに迷いこんでしまったということ。わたしはそういう女ではないのだから。これまでもそうだったし、どれほど人生に辛い思いをさせられようとも、これからもそう。

「あなたの部下に、住まいや職場がこの近辺にある人たちを尋問してまわってほしくない」

この場所での生活をつづけたいという小さな希望の火はまだ消えていなかった。どうにかして素性を明かさないまま、申しこんだ大学の講義に出席し、ここで人間関係を構築できるようにしたかった。

スーツ姿の男たちが大挙して押し寄せてきて地域の平和を乱し、自分について訊いてまわれば、そのどれもが不可能となる。アナポリスのこのマリーナ近辺は、実質小さな町だった。勤勉で善良な人々と、山火事さながらの勢いで金を遣ってこちらの請求書の支払いを助けてくれる裕福な観光客たちにあふれた、友好的で美しい場所。

「ぼくの部下たちはよく訓練されている」マサイアスの声が荒っぽい響きを帯びた。このことについてこれ以上言わせるなら、腹を立てるぞとでもいうように。

タフね。「それって答えになってるの？」

マサイアスは彼女と顔を突き合わせるほどに身をかがめ、開いたままのドアを指差した。「きみが守ろうとしている近所の誰かの仕業かもしれないんだぞ」

ケイラは彼があとずさるまで肩を押した。「あなたがこの街へ来るまで誰も何もしなかったわ」

マサイアスの顔が赤くなった。「またその話か」

「まったく」ギャレットがふたりのあいだに割ってはいった。「きみたちふたりにはほれぼれするよ。ほんとうに」

マサイアスはギャレットに怒りに満ちた目をくれ、食いしばった歯のあいだから警告を発した。「殺されたいのか」

そのことばを聞いて……パニックが襲ってくるのを待ったが、何も起こらなかった。どこからともなく安堵《あんど》感が湧いてくる。わたしは恐れていない。この人は身振りも声も大きいが、わたしは荷物をまとめて逃げたくなるのではなく、戦おうという気になった。時計が七年まえに逆戻りしたかのようで、かつての自分がほんのわずかに残っていて、ストレスに対して昔と同じ反応を見せた気がした。

心の重しがとれた気分で、張りつめてぐるぐるまわっていたものがゆっくりになり、吐き気を催さないレベルにおちついた。それでも、最後のことばを実行に移させるつもりはなかった。「あの銃には弾丸がこめられていないのよ。忘れたの?」

マサイアスは首を絞められたような声を出した。「ぼくが銃を持ち歩いていないとでも?」

「きみが武器を持っている危険な存在だと告げても、こっちの望むようにことが運ぶことはないいな」ギャレットがまた拍手した。「問題に集中しようぜ」

すでにその拍手にはうんざりだった。今すぐやめてほしい。

「集中しろなどと言われたのは初めてだ」マサイアスは声を殺してそうつぶやくと、ひっくり返されたふたりがけのソファーに歩み寄った。

「まあ、そうだな……」ギャレットはポケットに手を突っこんだ。「今のきみはいつものきみらしくないから」

マサイアスは床の何を調べるのに忙しくしているにせよ、そこから目を上げなかった。「どういう意味だ？」

「ええ、わたしもその答えを聞きたいわ」それから、何がマサイアスの注意を惹いたのかも知りたかった。靴で踏むのを避けつつも、拾い上げようとはしない何か。

ギャレットはまばたきもしなかった。「今夜きみがこのアパートメントで何をしていたのかについては疑問が多々あるとだけ言っておこう。それについては追及しないが」

そのことばの意味を理解すると、ケイラは目をマサイアスからギャレットに向けた。

「あなたって詮索好きなのね？」

それを聞いてマサイアスが目を上げた。「あたらずとも遠からずだな」

「いや、ぼくが言いたかったのは——」

「壁のメッセージに話を戻そう」マサイアスはその下に立っていた。

ケイラはそれを意識しないようにした。警告のことばを読んだり、白い壁に赤いしぶきが散っていたときのことを考えたりしないように。

「いいさ」ギャレットは眉を上げてケイラに目を向けた。「きみから聞いておくことは？」

何を言っても理解してはもらえないだろう。「その脅しを見ればわかるはずよ」

「それだけで済ませるわけにはいかないな」マサイアスはふたりのもとへ戻ってきた。五メートル四方ほどの小さな部屋だったので、ほんの数歩だった。「今ここでいけ好かないことを言うつもりはないが、誰もぼくの家に押し入って殺すと脅しをかけてくることはない」

おかしなことに、そんなことを言う彼はかなりいけ好かない男に思えた。少なからず途方に暮れているようでもあったが。「きっとそうしたいと思っている人はいるわよ」

ギャレットは笑った。「さっききみが言ったように、あたらずとも遠からずだな」

「これは冗談じゃないんだ、ケイラ」マサイアスは笑わなかった。それどころか、声はより低く、真剣なものになっている。「きみにねらいをつけている人間がいるんだ。

ぼくじゃなく、きみに。ねらわれているのがぼくだったとしたら、ぼくには理由がわかる」

「ねらわれているのが自分だとわたしがわかっていないというわけ？　これが初めてのことだと？」同じことが何度もあった。どこかの場所でようやく荷物をほどく勇気をかき集めたとしても、決してそこにおちついた気はしなかった。気持ちよく眠れることもなければ、追いまわされる悪夢が終わったとも思えなかった。

マサイアスはギャレットに目を向けた。「うちのオフィスに暗号を送っておいた。部下たちがこちらへ向かったら、さらに指示を送り、きみの命令に従うように言っておく」そう言って目を彼女に戻した。「何度こういうことが？」

マサイアスの訊きたいことは理解でき、答えもわかっていた。七年のあいだに九回の引っ越し。「どうでもいいことよ」

必ずしもちがう州に移るわけではなく、ときに同じ町のなかで移動することもあったが、仕事を失い、ひとつならず学校をやめることになった。七年間、どうにか学位をとろうとしてきたのだが、学位を取得できるだけひとつところに留まることがなかった。

今度こそは地元の一般教養の大学であるセント・ジョンズで学位をとりたいと思っ

ていたのだった。登録を行い、単位の移行手続きもはじめていた……そのことが頭に引っかかった。そのせい？　昔の大学の記録から誰かがわたしの居場所を見つけたということ？

「ケイラ」彼女を呼ぶマサイアスの声がやさしくなった。

そのほうが怒鳴られるよりも不安を呼んだ。理解を示すような態度をとられると、自制心が崩れてしまう。かつての無知だった自分がまだ多少残っていて、人を信頼して気をゆるめてもいいのだと信じたがっていた。しかし、今のわたしはもっと賢くなっている。「あなたを雇ったつもりはないわ。あなたのこと、よく知らないわけだし」

「ぼくと触れ合っていた一時間まえには気にならなかったようだけどね」

部屋にきしむような静寂が広がった。ギャレットが身を凍りつかせた。ケイラの身の内のすべても同様だった。

吐き出さずにことばを発することができるようになるまでたっぷり一分かかった。

「ことばに気をつけて」

怒りをぶつけられてもマサイアスはひるまなかった。ただうなずいただけだ。「ホテルに向かう。おちついてよく話し合うんだ」

頑固さには賞をあげてもいいぐらいね。「それで、わたしがおとなしくついていくと思ってるわけね」

「脱線はしない。今度はこの件の話だけだ」

まるで自分は仕事の話をしているのに、わたしがほかのことを考えているとでも言いたげね。まったく。「自分の言っていることがわかっているの？　わたしはセックスのことを言ってるんじゃないのよ。ホテルについていくほどあなたたちのことをよく知らないって言ってるの」

「ここには残れないはずだ。こんなめちゃくちゃななかで寝たいというなら別だが。ぼくの部下たちが仕事をするあいだ、邪魔をしないでくれるというなら。それでも、ぼくもきみのすぐそばに居残ることになるが」

選択肢はふたつあるという口ぶりだ――彼といるか、何もないか。「わたしにも友達がいるわ」

「ほんとうに？」マサイアスは大胆にも驚いたような声を出した。

ギャレットは首を振った。「いや、侮辱のつもりじゃないんだ」

ケイラがギャレットの側につこうとしたところで、マサイアスがまた割ってはいった。「きみは世捨て人のように暮らしている印象だったからさ」

この人は本物の人間を相手にしたことがあるのだろうかと疑いたくなる。空気を読んだり、口を閉じておくべきときを察したりするのがあまりうまくないようだ。「わたしのことを言っているの？　それとも自分のこと？」

「友達の家に行くのもだめだ」マサイアスはドアのところへ行き、外を見まわしてからドアを閉めた。

またもきっぱりした口調だった。たった一度のキスとちょっとした抱擁を交わしたからといって、わたしにとって何が一番かわかっているとでもいうような態度だ。セックスしたらどうなるかは想像もできなかった……セックスなどすべきではなく、そんな気分ではまったくなかったが。それでも、ベッドのなかであれこれ指示されるのは許せることだった。ふつうの会話でそうされると、ものを投げたくなるが。「それはあなたが決めることじゃない」

「その友達のことも危険にさらしたいのか？」ケイラの顔に浮かんだ表情を見て、マサイアスはうなずいた。「そうだ。怯えた顔をするべきさ。きみに害をおよぼそうとしている人間がいるんだからな。そいつらは長いこときみを傷つけたいと思ってきたようだ。だから、ぼくに逆らうのはやめて、きみの身の安全をはからせてくれ」

「うまく説得したな」ギャレットは携帯電話に目をやりながら言った。

そうではなく、心に突き刺さるひとことをマサイアスは見つけたのだった。ケイラはすでに三人の友人を無慈悲な暴力で失っていた。その罪悪感の影のなかで七年を生きてきたのだ。罪悪感をやわらげてくれるものなど何もなかった。どうにかそれを拭い去ろうとしても、結局は心が空っぽになり、まえよりも最悪の状態におちいるだけだった。これ以上手に血をつけては生きられない。

「いいわ」そのひとことを発するのが精一杯で、自分の負けを認めるだけでも死にたくなった。

マサイアスは訝しむように目を細くした。「ぼくに同意した振りをして、隙を見て逃げ出そうという心づもりかい？」

この人はわたしを怒らせようと決心しているようだ。「ねえ、マサイアス、議論に勝ったときには、それ以上しゃべらないほうがいいわ」

一瞬ためらってから、マサイアスはうなずいた。「ぼくにもそれはできる」

ほんとうかしら。「やってみて」

言い返す代わりにマサイアスはギャレットのほうを振り返った。「ここにいて部下たちを待ってくれ。一時間ごとに報告がほしい」

ギャレットは携帯電話を後ろのポケットに入れた。「これも、ぼくがきみのもとで働いている振りの一部かい？」

「そうだ。じっさい、ここを出るまえにきみとふたりきりで話をしなくちゃならない」

わたしにはどこかへ行けということね。すばらしい。「言いたいことははっきり伝わったわ」

マサイアスは彼女に向かって眉をひそめた。それが習慣になりつつあるようだ。

「そこにいてくれていいが、話は聞かないでくれ」

また命令。どうしてこの人は指揮官として行動せずにいられないのだろう。「そういうわけにはいかないわよ」

ギャレットが笑みを浮かべた。「彼女、悪くないね」

マサイアスは壁を指差した。「そう思っていない人間もいる」

マサイアスの視線を追ったケイラは、警告を見て、みぞおちに拳をお見舞いされたようになった。いいわ、このラウンドは彼の勝ち。「二分で終えて」

マサイアスはギャレットとともに小さなポーチに出てドアを閉めてから話しはじめた。それでもささやくほどに声をひそめた。ケイラはすでにすっかり腹を立てている。

彼が口を開くたびに彼女は拒絶してばかりだった。

彼女の一歩も引かない姿勢をとてつもなくセクシーだと思わなかったなら、自分は心底腹を立てていたことだろう。腹を立てるどころかキスをしたいという欲望を抑えつけ、ケイラの身の安全を守ることに気持ちを集中させなければならなかった。あなたにその義務はないと彼女は言うかもしれないが、義務はある。

ギャレットが見るからにおもしろがっているようなのも余計に気分を悪くさせた。今もにやにやしながらそこに立っている。殴ってくれと無言で誘っているかのようだ。より大きな問題を処理しなければならなかったため、マサイアスはその衝動をこらえた。「彼女や事件についてのファイルはきみの部屋にあるんだよな?」

「ああ。頼まれたとおりにここへ来るまえに移しておいた。でも、彼女がいっしょに行くことに同意したのは信じられない感じなんだが」

マサイアスもそれには驚いたのだったが、顔には出さなかった。的を射たわけだ。拒絶された場合に、どこを攻めればいいかはこれでわかった。彼女は他人を気遣う人間なのだ。それもまた、はっきりした理由もなく大学の友人たちを殺すような人間の性質とは相容れないものだ。

彼女についての真実はまだ明かされはじめたところだったが、今は彼女も恐ろしい晩の被害者のひとりなのだと思うようになっていた。じっさい、彼女のことは生き残りとみなすようになっていた。自分と同じように生き残るすべを持っていた人間と。

「ぼくが何者か知りたいという思いから、余計にぼくを信用できないと感じているんだろうな」

「彼女が気の毒な気がするよ」

それを聞いて、ギャレットには彼女のことがまったくわかっていないのだと気がついた。ケイラは弱い女性でもなければ、助けを求めてもいない。過去の経験からして、その両方であってもおかしくないのに、そういう思考にはおちいっていなかった。みじんも。「真実を知るまで彼女が態度をやわらげることはないんだろうから、ぼくのほうを気の毒に思ってくれ」

ギャレットは音を立てて長々と息を吐いた。苛立ちと失望が伝わるため息だった。

「だったら、話せばいいじゃないか」

「まだだめだ」彼女を見つけ、質問するために自分がこの街に来たことはすぐにも知られることになるが、今はまだそのときではない。

「嘘をついて信頼を勝ち得ようというのか?」ギャレットが鼻を鳴らした。「そいつはきっとうまくいくだろうな」

アナポリスに来てから百度は思ったことだが、どうしてレンに連絡してギャレットを連れ戻せと要求しないでいるのだろうと自問せずにいられなかった。「多少は明かすつもりだ」

「そもそもどうしてきみが彼女のアパートメントにいたのか教えてくれる気はあるのかい？」

これで百一回目だ。「ない」

「そうかい？ 教えてくれないなら、話を作ってレンに伝え、彼の意見を聞くから覚えておいてくれよ」

ことばにしてほしいというわけか――いいさ。「鈍い振りはやめてくれ。理由はわかるはずだ」

ギャレットの顔からにやにや笑いが消えた。「彼女と寝るわけにはいかないだろう」

マサイアスは笑いそうになった。もちろん、できるが、限度があることは自分でもわかっていた。「まあ、そうだな。今は無理だ」

ドアが勢いよく開き、ケイラが服の山に見えるものを抱えて現れた。「時間よ」

「このアパートメントからは何も持ち出してはだめだ」マサイアスは科学捜査と現場保持について説明をはじめようとした。

「頑固ね」ケイラは小さなポーチに出てくると、男たちのあいだに立ってマサイアスを見上げた。「話をする準備はできた？」

科学捜査についての説明が頭から消えた。あたりまえのひとことしか口に出せなかった。「ぼくが？」

「今守ろうとしているのはわたしの命よ。どちらが最初に話すかはわたしが決めるわ」そう言ってケイラはウィンクをくれた。「それであなたを選んだの」

ギャレットは肩をすくめた。「一本とられたな」

「黙れ」マサイアスはギャレットをにらむこともしなかった。ギャレットがケイラと場所を代わって玄関からアパートメントへはいっても、視線もエネルギーもすべてを彼女に向けていた。「これはお遊びじゃないんだ」

「遊んでいるつもりはないわ」ケイラは一歩階段を降り、彼を見上げた。「いっしょに来るの、来ないの？」

「ぼくが行かなければ、きみは殺されることになるかもしれない」そうなったら、怒り心頭に発することになるだろう。

「そうこなくちゃ」ケイラはそう言ってまた一歩階段を降りた。

彼女は振り向かずに歩きつづけた。ずんずんと……ついていかないわけにはいかなかった。

12

ホテルには記録的な速さで着いた。そのあいだマサイアスが話をすることはなく、ケイラも情報を引き出そうとはしなかった。自分の過去についてどの程度どう明かせばいいかを考えるのは気が進まなかった。これまで誰にも明かしたことがないほどには話すつもりでいたが、それを明かしても生きていける程度にしなければならない。彼がほんとうに力を貸してくれるつもりならば、多少は話しておかなければならない……残念ながら。

しかし、波止場を速足で通り抜け、文字どおり走って彼の車に乗りこんだのは、そのせいではなかった。誰かがそこで監視し、待ち伏せしていると考えると、動きに拍車がかかったのだ。マサイアスが守ってくれる。知り合ってまもなかったが、なぜかそれはあてにできる気がした。この人は用心棒だ。きっとわが身を投げ出して守ってくれる。何にしても怖がることはない。

彼のそばにいることで、鼓動が速くなり、脳細胞が火花を散らしたので、できるだけ急いでホテルの部屋にはいって冷静になりたいという思いもあった。もしくは、少なくとも、この十五分ほどは自分にそう言い聞かせていた。ホテルの彼の部屋のまえに立っている今は、胃がひっくり返っていた。何も食べておらず、カフェを閉めてからほぼ日が暮れた今まで、時間はあっというまに過ぎた。

失われた時間と千々に乱れた思考。まるでわたしのテーマソングね。

マサイアスがカードをとり出してロックを解除するあいだ、ケイラは呼吸を整えようと息を吸った。なかへはいるまえに、彼は手を挙げた。そのすばやい動きに、思考があちこちに飛んだと思うと、やがて神経が張りつめた。緊張のあまり全身の筋肉がこわばり、歯がきつく食いしばられる。

マサイアスがなかに消えると、ついていきたくなった。たとえほんのわずかなあいだでもひとりにされると、ぴりぴりした神経を抑えることができなかった。廊下と擦り切れた青いカーペットに目を走らせる。ケイラはそっと部屋にはいってしまおうと振り返った。

マサイアスが目のまえにいた。「なかへはいるんだ」

それには抗わなかった。今回ばかりは。部屋のなかを隅々まで見まわすのに忙しかったからだ。スイートと言ってもいいような部屋。右手にはキングサイズのベッドがあり、きっちりとベッドメイクされた上がけには皺ひとつなかった。その上に二十五セント硬貨を投げてもはずみもしないだろう。退役陸軍大佐の父なら、その上で車をはずませることもできただろうが。父は三年もまえに亡くなっていた。ケイラはようやく今、思い出を呼び起こしても、泣かずに笑みを浮かべられるようになっていた。

マサイアスが右手にある居間のスペースへ向かったので、あとをついていった。奥のソファーのそばに部屋の入口があり、そこから別のベッドが見えた。「あなたたち、いっしょの部屋で寝泊まりしているの？」

「ぼくは十二歳ではない」マサイアスはドアを閉めてその部屋を見えなくした。

そうなると、ふたりは大きなベッドのある部屋にふたりきりということになった。互いのあいだには何キロも距離を隔てるような誤解があったが。ケイラの頭のなかを訊きたいことが飛び交った。彼について。何者で、どうして多少なりともわたしの命を気遣ってくれるのか。

しかし、それについてはまだ疑問を口に出す心の準備ができていなかった。「その答えの意味もわからないし、あなたがどうしてときどきはっきりした理由もなく腹を立てるのかもわからない」

マサイアスはケイラの銃をテーブルに置いた。それから、携帯電話と別の銃も。初めて目にする銃だった。それをどこから出したのかケイラにはわからなかった。マサイアスはしばしそこに立っていたと思うと、弾丸をとり出しはじめた。ケイラには、武器についても、ギャレットについても、つづきの寝室についても、どう考えていいかはっきりしなかった。疑問があまりに多すぎる。

「部下たちが写真と科学捜査の結果を送ってくる」彼女の当惑のことばは無視して彼は言った。「きみには名前を書き出してもらわなければならない。それについてはもたもたしている暇はない」

「話し合おうとしていたのはそういうことじゃないわ」マサイアスが何を言っているのか考えるのもいやだった。この街に押し寄せてきた彼の部下たちにここでの暮らしをずたずたにされることも。彼と関係する人間なら——多少なりとも似たところのある人間なら——この街へ来て人目につかないはずはなかった。

「いいだろう」マサイアスは小さなソファーに腰を下ろし、向かい合う椅子にすわるよう身振りで示した。「きみの部屋の壁に書かれていたメッセージのことだ」

「それはあなたがなぜこの街に来たのか話してくれたあとで話し合うことよ」彼が話しはじめようとすると、ケイラは声を張りあげてつづけた。「それと、きみを見かけたら、怯えているようで、ぼくは大きくて強い男だから、助けることにした、なんて話を作ろうとしないでね。それはだめ」

マサイアスはクッションに背をあずけた。「へえ」

「話して」水をくれと頼みたかった。椅子にもすわりたかったが、態度を明確にしてきたのだから、今も……立ったままでいよう。

「ふつうぼくにそんな口をきく人間はいない」

ソファーのクッションの背に片腕を伸ばしている様子から、彼が彼女の態度をそれほど気にしているとは思えなかった。ケイラは態度を改めるつもりはなかったので、それは悪いことではなかった。新たな脅しを目にしたショックからはほとんど立ち直っていた。今は彼との話し合いをうまく乗り越えなければならない。

「そうしようと思えば、わたしを傷つける機会は山ほどあったって言っていたわね」

じっさい、それを指摘したときの口調は少々熱がはいりすぎていたほどだったが、ケイラが思うに、さしあたってそれについてはお互い了解できていた。

「でも、そうしようと思わなかった」

そのことばは信じられた。そうでなければ、ここへも来なかっただろう。「だったら、話して」

マサイアスは彼女の顔を探るようにじっと見つめた。「ぼくのことはまったく怖くないんだね?」

そう、怖いとは思う。彼がそばにいると、恐怖とはまったくちがう感覚に駆られてしまう。それが何よりも怖かった。「怖がるべき?」

マサイアスは足を組み、男がよくする格好でゆったりとそこにすわっていた。「たいていの人は怖がる」

あなたが恐怖をかき立て、怖がらせるからでしょう。「それって忌々しいほど答えになってないわ」

「きみが怖がっていないのはたしかなようだ」マサイアスはほほ笑んだ。ほほ笑むことはあまりないようだったが、ほほ笑むと顔がやさしくなった。

彼がふだんあまりほほ笑まないのはそれが理由だろうとケイラは思った。この人は他人を居心地悪くさせてたのしむタイプなのだ。仕事においては——どういう仕事なのか百パーセントわかっているわけではなかったが——役に立つ技術なのだろう。

ケイラは椅子の肘かけに腰を載せた。そのほうが目線を高く保てるため、自分がその場をしきっている気になれた。「事情を話して」

マサイアスは足を下ろし、二本の足を床についた。「脅しのことと、それをやめさせるにはどうしたらいいかということについて話すほうがいいな」

「そうでしょうけど、それはあなたが責任を持つことじゃないわ」

「そうかい？」おもしろがるような口調になっている。

「堂々めぐりね」自分がてのひらで脚をさすっているのに気づいてケイラは動きを止めた。摩擦のせいで手は赤くなり、脚は熱くなっていた。「あなたはこの手のことを何時間でもしていられるようだけど」

「ケイラ、よく聞いてくれ」今度はマサイアスは膝に肘をついて身を乗り出し、冗談めいたところのみじんもない声を出した。「ぼくは日々危険や死を扱っている。誰の身にも起こってほしくないような悲惨なものも目にしてきた。きみが何を言おうと驚きはしない」

それは悪くないことに思え、自分で認めようと思う以上に話したい気分になったが、そうしたことばを発するのは事情を知らないからこそだった。これまでこうして生きてきて、困難な選択もしてきた。自分は大量殺人を生き延び、かつての知人や信頼したほとんどの人から非難を浴びて生きてきたのだ。

彼には決して知り得ない秘密や後悔がある。

「あなたをがっかりさせるんじゃないかと心配しているとでも？」と彼女は訊いた。

「そういう意味で言ったんじゃない」

「たぶん、忘れたいのよ」それについては疑問の余地はなかった。日々そう願わない日はなかったのだから。「人生最悪の瞬間を思い出したり、それを引き起こしたと非難されたりして生きることにうんざりしているの」

マサイアスは動かなかった。彼女が発したことばはまったく意外ではなかったようだ。「きみがしたのか?」

その声に非難の響きを探したが、見つからなかった。興味津々というよりは、客観的な声だった。すべてを変えるひとかけらの情報を吐かせることで手がかりを得ようとしていた大勢の人間ともちがう。もちろん、彼は何があったのかはっきり訊こうとはしなかった。彼自身は気づいていないようだが、そのことからも事情を知っていることがわかる。

「いいえ、でも、それもどうでもいいことよ。こういうことでは、真実は踏みつぶされてしまうものだから。人が何を信じるかの問題で。陰口とか、噂とか」そうしたものが積み重なり、つながり合って耳を弄するような一撃となるのだ。

「脅しのことだが」

「ええ、わたしが死ぬべきだったとみんなが思っているときに、生きるすべを教えてくれるものよ」無数の質問が返ってくるものと身がまえたが、マサイアスは何も言わずにそこにすわっていた。激しいことばに反応しないことには意味があるはずで、ケイラにはそれがわかっていたが、そうして猶予を与えられたことはありがたかった。こわばっていた全身がゆるみ、そこにすわりつづけるためのエネルギーが失われた。

「ああ、とても疲れたわ」

「わかった、こうしてみよう」マサイアスは手を差し出した。「ここへ来てくれ」

その手をつかむわけにはいかない。心の盾が低くなっている今、触れ合うことは危険すぎる。「今度はあなたが何か言う番じゃないの？」

「それはあとでいい」彼は救命索のように腕を伸ばしたままでいた。「ここへ来てくれ」

「答えがほしいんだと思っていたのに……」ケイラは髪を指で梳き、声をもらした。一瞬目を閉じてから、両手を膝に戻す。「自分が何を言いたかったのかも思い出せないわ」

「それはあとでいい」

彼に命令されると腹が立ち、同等の存在として言い返そうと思うのだが、こういう面については、バリアもなければ、盾もなかった。彼がその太い声に思いやりとやさしさをこめているときには。

「あなたのこと、信用できない。好きかどうかもわからない」最後のことばだけでもほんとうなら、この人のことなど心から追い出して忘れてしまうことができるのに。

しかし、初めてその姿を見たときから、心のなかで火花を散らすものがあった。自分に注がれる熱い視線も感じていた。そしてそれにうんざりしたり、警戒したりする代わりに、見つめてほしいと思った。こっそり目をやると、彼のほうも視線を返してくれてうれしかったものだ。

脳が働き、そうすべきではないという理由が積み上がるまえに、ケイラは手を伸ばしていた。彼の指に触れ、指と指をからませる。てのひらの温かさが全身に走る寒気をかき消してくれた。

「よくわかるよ。最悪の夜だったんだから。もちろん、デートの部分は別だが」マサイアスはそっと彼女を椅子の肘かけから引っ張り起こし、自分の膝に乗せた。

ソファーではなく、自分の横でもなく。ケイラは彼の胸に顔を寄せた。ほとんど知らない人なのに、ほんの一日のうちに親しくなるのを許してしまった。わたしにとっては親しいと言えるほどに。

ケイラは抗う気持ちが起こるまえにそれを捨て、彼に身をゆだねた。頭をたくましい肩にあずけ、心をおちつかせてくれるにおいを吸いこむ。「どうしてこんなに疲れているのかしら？」

「アドレナリンが噴き出て燃え尽きたのさ」彼は片腕を彼女の体にまわし、さらに引き寄せた。もう一方の手は指をからませ合ったまま彼女の膝の上に置かれていた。

「こういうことについては詳しいみたいね」

マサイアスは息を吐いた。その息が彼女の額をかすめた。「詳しすぎるほどにね」

「あなたってどのぐらい危険な人なの？」ケイラは空いているほうの手で彼の手の甲に触れた。今その力強さは、置かれているあやうい状況と対照的だった。

「きみにとって？」マサイアスが小声でつぶやき、その音が振動となって伝わってきた。「ぼくは危険じゃない」

「ほかの人にとっては？」答えはわかっていたが、なぜかじかに聞きたかった。彼がほんとうのことを言うかどうか。

「とても危険だ」

「妙に心強いわ」

「きみは休まないと」

「それほど遅い時間じゃない」今何時なのかは見当もつかなかった。首をめぐらして窓の外を見ようとしたが、カーテンが閉められていることに初めて気がついた。日の光はひと筋も射しこんでいない。

「少なくとも多少は休まないと倒れることになるぞ」マサイアスはそう言ってケイラの背中を手でこすった。

「たくさん質問されるんだと思っていたわ」今それを聞きたいわけではなかったが。目を閉じ、何も考えないほうがずっと楽だった。

「たくさんなんてもんじゃないさ。でも、それはきみが目覚めてからでいい」

ここで眠るなど、最悪の考えだった。ローレンに連絡しなくては。何分かかけて考えをまとめ、起き上がるのだ。そして椅子にすわる。「わたしがここで眠ったら、あなたはどこで眠るの？」

「この部屋さ。きみを見守りながら……」ことばが途切れ、やがてまた発せられた。

「それできみが怖くなければ」

ケイラはにっこりしたが、目を開けようとはしなかった。「怖いわ」

「だったら、仕事することにするよ」

しばらくケイラはそこにそうしていた。骨抜きになった体が彼の体に溶けこむ気がした。動きを感じ、彼が立ち上がるか自分を動かすかすると思った。マサイアスは彼女を腕に抱いたまま立った。音も立てず、ためらうこともなく、しっかりとした一瞬の動きで立ち上がったのだ。

ケイラは落ちないように彼の肩にしがみついた。「いったい何を――」

「ベッドに運ぶのさ」マサイアスはそう言って一歩進んで足を止めた。「裸にならない形で」

「それは残念ね」

マサイアスは動きを止めた。「やめてくれ」

彼の腕と手がこわばるのが感じとれた。今は騎士道精神を発揮しているのかもしれないが、みだらな気持ちがすっかりなくなったわけではないようだ。あとでその技は試させてもらうつもりだったので、それはそれでよかった。身を丸めて一カ月ものあいだ眠っていたいような気分でないときに。

マサイアスは彼女をベッドに運び、端に下ろした。それから、手を自分の首の後ろにまわしてしがみついている手をほどいた。しかし、そのまま立ち上がる代わりに、両手を彼女の腰の両脇のマットレスについた。そうすることで顔と顔が近づいた。

「さあ、横になって」彼の目が彼女の顔をなぞり、口へと降りた。

眠気が多少失せる。「あなたの仕事はあとまわしにできるの?」

マサイアスは眉を上げた。「何が訊きたいんだ?」

そうじゃないわ。彼をベッドにいっしょに引き入れたいという思いが絶えず心をよぎっていたのはたしかだが。彼はきっと目覚めさせてくれる。安心させてくれ、大事にされた気分にさせてくれる。たとえほんの一時間だけであっても。一時間だけでもそうできたなら。

ケイラは閉じたカーテンにまた目を向け、アパートメントを荒らした連中とこの二十四時間の嵐のような出来事について考えた。そう、彼の言うとおり。今はセックスよりも休養が必要だ。それでも、彼の力を借りずに眠りにつけるかどうかわからなかった。「言わせるのね」

「もちろんさ」マサイアスは引き下がらなかった。「言ってくれ」

「ほんの数分、いっしょにベッドにはいれない?」互いのあいだで手を振ったが、その手が偶然彼の鼻にあたった。「セックスとかそういうんじゃなくて。その、眠れるかどうかわからないの」

マサイアスはそれに抗うことも反論することもしなかった。「いいさ」

そうしてくれてよかったのだ。あと二秒ほどでほんとうにばかなことを言いそうだったのだから。ケイラは彼のほうに伸ばしたり、もぞもぞと動かしたりしないように手を握りしめて膝に置いた。「それはイエスってこと？」

「ケイラ？」

「ん？」

マサイアスは手を持ち上げて彼女の顔から髪を払った。「そんなことを言うのは何か理由があるのかい？」

あなたに抱きつきたいからよ。そのときまで、髪のことも、制服が片側に引っ張られていることも忘れてしまっていた。この人にはすべてを忘れさせられてしまう。

「あなたってよくわからない」

マサイアスはセクシーな笑みを浮かべてみせた。「その感じはよくわかる」

「着替えたいとか――」

「ケイラ、横になるんだ」そのことばにすぐに従わないでいると、彼は靴を脱ぎ捨ててマットレスの上に身を伸ばした。そうして手を差し出したり、いっしょに横になるように勧めたりする代わりに、彼女を引っ張って自分の隣に横にならせた。

一瞬、全身の筋肉がこわばって動かなくなる。ゆったりと体を伸ばすことも、彼のそばで安心することもできなかった。それでも、ほんの数センチの距離で横たわっているうちに、彼の体が呼びかけてくる気がした。ケイラは沈んだマットレスに身をあずけ、たくましい体に身を寄せた。背中が彼の胸から太腿にかけて触れる。彼の脚が彼女の脚の後ろで曲げられた。

「あなたってこんなふうにいちゃつくタイプだとは思わなかったわ」ケイラは沈黙を破るために冗談を言った。

「目を閉じて」マサイアスは腕を彼女の体にまわし、手を腰にあてた。「少し眠ったほうがいい」

「怖いの」彼女は肩越しに彼に目を向けた。「その意味がわかる?」

「きみはぼくを心底怖がらせるが、そういうこととはちがうだろうな」

冗談だったとしても、彼は笑わなかった。笑みも浮かべなかった。

少し身を起こし、さらに体を押しつけてきただけだった。今度はゆっくりとキスをする。口が口をかすめた。キスに誘惑され、ケイラはもっとほしいと思ったが、彼はそこで口を離した。

ケイラは目を合わせたままでいようとしたが、やがてあきらめてさらに背中を押しつけた。「そうね……」

「ぼくのことは信用していい」そのことばは震えとなって伝わってきた。

「だといいんだけど」しかし、心のどこかではまだ疑っていた。

13

マサイアスはケイラがようやく深い眠りに落ちるまで、一時間ものあいだ、触れたくて触れられない責め苦に耐えた。それからも、すぐに飛び起きて仕事に戻ることはせず、ベッドの端にすわって彼女の規則正しい寝息に耳を傾けた。寝顔をじっと見つめ、毛布をかけてやる。自分ではないような行動ばかりで、その理由は自分でもわからなかった。

結局、来るのを待っていたギャレットからの電話によって彼女から目をそらすことになった。これまでギャレットからの電話をこれほどありがたく思ったことはなかった。誰かを抱きしめて眠るというようなおかしな行動をはからずも止めてくれたギャレットに心のなかで礼を言ったほどだ。

アナポリスを去らなければならない。ケイラから離れなければ。それもすぐに。

ベッドを離れて二時間が経っていた。ケイラはまだ眠っていたので、マサイアスはギャレットの部屋へ残りの情報を集めに行った。応援に来たチームのリーダーが三十分ほどまえに電話してきており、明日の任務については指令してあった。マサイアスは四人の部下に別のホテルに部屋をとらせており、彼らには目立たないようにしろと命じていた。彼自身、どうすれば目立たなくできるかわからなかったため、現場での説明はギャレットにまかせた。

今マサイアスは、ギャレットがケイラに関するファイルを積み上げながら部屋のなかを歩きまわるのを見つめていた。ギャレットが口頭ですべてを延々と報告するのはまちがいない気がした。これまでのところ、チームが採取した繊維などの残留物について話していた。床に落ちていた紙に残っているのをマサイアスが見つけた足跡が男物の七号サイズの靴であることも確認された。ギャレットは報告しながらバスルームを使い、水を手にとり、携帯電話のメッセージを確認した。

マサイアスは彼の首を絞めてやりたい思いをかろうじて抑えていた。

ギャレットもそれを感じたにちがいない。しまいに水のボトルを下ろした。「指紋はなかった」

「くそっ」そうだと思っていたが、耳にしたくない情報だった。

恐れていたとおりだ。この家宅侵入も、脅しも、ある程度の技術を備えた人間の仕業だ。襲撃者がどうやって侵入したのかはまだわからなかったが、ケイラを自宅に戻すまえには絶対に探り出すつもりでいた。

ケイラ……その名前を心のなかでつぶやくだけで、どっと記憶が蘇《よみがえ》ってくる。肌のやわらかさ。キス。そこまででも彼女はすばらしかった。そして、同じぐらい求めてくれているようだ。しかし、それは問題となる。どちらかが常識を見せて身を引き離さなければならないのだから。

彼女の情熱的なところも、ほしいものをちゃんとわかっている点も好ましかった。そしてその〝ほしいもの〟が自分である点も。しかし、ふたりのあいだには問題が山積みで、それは簡単にはとり除けなかった。認めるのはいやだったが、まずは正直に事情を話したほうがいいというギャレットの助言は正しかった。

今では遅すぎるが。

「つまり、指紋はまったく検出されなかった」ギャレットは上着を脱ぎ、ネクタイを外すと、引き出しダンスに寄りかかり、足をすねのところで組んだ。「部屋じゅうきれいに拭きとられていた」

「あれだけめちゃくちゃにしたのにひとつもなかったと？」そう、その事実だけでも腹立たしかった。

「誰がしたことにしろ、よく考えて行動したということだ。どうしてあそこまでぐちゃぐちゃにして常軌を逸しているように見せかけたのかが不思議だが」

マサイアスも同じことを考えていた。「目的を隠すためか」

プロは正体を隠すのがうまい。忍び入っても、跡をうまく隠す。そこが肝心だ。しかし、ケイラの部屋を荒らしたのは脅すためだ。誰かが彼女を不安にさせてこの街から逃げ出すように仕向けたいと思ったのだ。そうすることで彼女を追いまわす人間になんの得があるのかはわからなかったが。

ギャレットは両手を腰にあてていた。「もうひとつ考えられるのは、そいつが何かを探しに部屋に侵入したということだ。それが何かはわからないが」

「それはケイラに教えてもらうしかないな」彼女がすなおに教えてくれるとは思えなかったが。

「そういえば……」

ギャレットが会話を不愉快な方向に向けるまえにマサイアスがすばやく重ねて言った。「ケイラは眠っている。アドレナリンのせいだ」

「ああいうことが起こるのは最悪だからな」

「ああ」マサイアスはベッドの端と窓辺の椅子のあいだを行ったり来たりしていた。体内でぱちぱちと音を立てているエネルギーを放出する必要があったからだ。そうやって歩いてもあまり役には立たなかったが、じっと立っていても同じだった。

「それで、きみたちはなんらかの結論に達したのか？」

ギャレットの口調は気に入らなかった。まったく気に入らなかった。「何についてだ？　いったいなんの話をしている？」

「きみがここへ彼女を見つけに来たことを彼女は知っているのかい？」

マサイアスとギャレットの部屋を隔てるドアが開き、ケイラが目を丸くしてそこに立っていた。あんたたちの頭と頭をぶつけてやるという怒りに満ちた空気をみなぎらせている。「今知ったわ」

「ああ、くそっ」

ギャレットのそんな反応ではマサイアスには足りなかった。「ちくしょう」

「どうやらちょうどいいときに目が覚めたようね」ケイラはふたりのほうに歩み寄った。充分休息し、戦う気満々でいる。

ケイラはショートパンツ姿で長い脚をあらわにしていた。体にぴったりしたTシャツの裾からはわずかに素肌が見えている。着替えをし、顔を洗ったようだ。水の流れる音や向こうの部屋を歩きまわる音にどうして気づかなかったのか、マサイアスにはわからなかった。何よりも、忌々しいドアを閉じておかなかったことが呪わしかった。

「ぼくは行かなくては」ギャレットはそうつぶやいてさっと立ち上がり、廊下へ出るドアへと向かおうと一歩踏み出した。

ケイラが彼を指差した。「動かないで」

「わかった」ギャレットはまた引き出しダンスに寄りかかった。「おおせのままに」

マサイアスは口論をはじめる気分ではなかったが、選択肢はあまりないようだった。

「きみは眠っているんだと思っていた」

「あなたには残念なことに、もうすっかり目が覚めているわ」

「そのようだね」

「ごまかさないで」ケイラはマサイアスのすぐ目のまえに立った。彼のほうが背が高く力も強いことは気にもしていないようだ。

マサイアスが彼女を傷つけることは決してないが、彼女には直感でそうと感じとる以外にたしかなことはわからないはずだった。だからこそ、引き下がろうとせずに立ち向かってくる姿には称賛せざるを得ないものがあった。威圧などされないということを態度ではっきり示している。マサイアスが軍事クーデターを阻止したり、一度など、独裁者を窓から吊《つ》るして情報を吐かせたりした人間だということも関係ない。ケイラは耳を貸すことを求めており、それに従わなければ困ったことになる。

なんとも刺激的な女だ。

「ごまかすのはぼくの得意とするところじゃない」声に棘《とげ》が混じる。怒りとは関係なかった。ポニーテールやむき出しの脚など、ばかばかしいほどに彼女がかわいらしく見えるせいだ。

どうやら自分は健康美に魅力を感じる人間になったようだ。新鮮なことだった。

「それもほんとうじゃないわね」ケイラは吐き出すように返してきた。

そう、引き下がるつもりはないというわけだ。そうして責められることでぼくがどれほど心を切り刻まれているか彼女には知る由もない。いつも率直にものを言うことにどれほどの誇りを抱いているかも。嘘つき呼ばわりされることはまったく気に入らなかった。「ぼくは嘘をついてはいない」

「ちょっと」

「あからさまな嘘は」そこをはっきりさせたかった。

ケイラはため息をついた。あなたってばかねと言いたげなため息。「椅子を投げつけてやるわよ」

ギャレットが咳払いをした。「こうして残っていられてうれしいよ」

「あなたも同罪よ。だから、悦に入った顔をしないで」ケイラはギャレットに鋭い視線をくれてから、一番の標的に目を戻した。「話して。さあ、マサイアス」

「ぼくはまえに話したとおりの人間だ」

ケイラは大げさに目をむく振りをした。「いいかげんにして」

忌々しいことに、そのしぐさもセクシーだった。ここで多少真実を吐き出しておかないと、彼女から得たいと思っている情報を絶対に得られないのもたしかだった。

これからの数分は最悪の時間となるだろう。マサイアスは気を引きしめてそれを受け止めようと決めた。「ここへはきみを捜しに来た」

「どうして？」

ギャレットに目を向けると、彼はうなずいた。マサイアスはそれをつづけろという合図と受けとった。その結果どんなことになるかについてはあとで考えよう。「三人の大学生が死んでいる」

まばたきひとつしない凝視がケイラの反応だった。静かな部屋に時が流れるなか、その場に突っ立ったままでいる。表の通りからときおり聞こえてきていた人通りの音すら聞こえなくなっていた。マサイアスの耳には人の声どころか、自分の呼吸の音以外はほとんど聞こえなかった。

「そう、わたしはそこに居合わせたわ」しばらくしてケイラは口を開いた。静かな声だった。ささやくほどに。「誰に雇われたの？」

「これについては仕事とは関係ない」それは嘘ではなかった。ある意味では。メアリー・パタースン――いつまで経ってもそうは思えないながら、自分の母――が調べてくれと頼んできたのだ。そこで、自分なりのやり方で調べてみると約束したのだった。

ケイラは凝視しつづけていた。「善きサマリア人よろしく善行を為そうってわけ？」

その答えは危険を予感させたが、いずれにしてもぶつかっていくしかなかった。

「そうだ」

「もう一度答えて」ケイラは口を引き結んだ。目からは多少ぎらついた光が失せている。「今、嘘つきメーターが振り切れそうだってことは覚えておいてね」

「何を振り切るって？」

ケイラはギャレットに目を向けた。「この人、冗談を言っているの？」

「たぶんちがうな」ギャレットは肩をすくめた。「人とのやりとりになると、ちょっと劣ったところがあるんだ」

「ぼくがここにいないような物言いはよせ」そうされると腹が立った。怒りの種をこれ以上加えてもらわなくても、充分腹の立つことばかりだった。

「おもしろくはないわよね？」ケイラがきつい口調で訊いた。

「ぼくにほかに何を言ってほしいんだ？」マサイアスがここへ来た理由はたったひとつだった——情報を集め、答えを得ること。そうして彼女と出会い、話をし、キスをし、世界が横ざまにひっくり返ってしまった。自分にこんな影響をおよぼした人間はこれまで誰もいなかった。彼女のせいで身の内に起こった抑えのきかない感覚が気に入らないのはまちがいない。

「真実よ」ケイラは首を振った。「それがそんなにむずかしいこと？」

まさしく。「いいさ。ニックの母親に頼まれたんだ——」

「ちょっと」ケイラは手を差し出して大きくあとずさった。「あの女ってこと？」

すぐさま心が防御のかまえをとった。マサイアスがメアリーのことを知ったのはつい最近で、たしかに信用はしていなかった。説明があちこちおかしなところばかりだったからだ。しかも、彼女は生まれてすぐに自分を捨てた人間だ。それでも、産みの親ではある。

「それはどういうことだ？」

「わたしのことを何年も探っている人よ」

「それはたしかかい？」とギャレットが訊いた。

「わたしのあとをつけまわして、わたしがようやく仕事を見つけたと思うと、メアリーがそこに電話してわたしが解雇されるように嘘をつくの」ケイラはギャレットにそう答えると、目をマサイアスに向けた。「彼女のことはわかってるし、彼女の言うことを信じるタイプの人間もわかってる。願い下げだわ」

「耳を貸す気はあるのかい？」

「もういい」ケイラはポケットから紙を一枚出して床に放った。「あなたが言っていた名前を書き出したわ。でも、メアリーは真実なんて気にしないでしょうから、必要ないかもしれないわね」

マサイアスはケイラにちぎられるまえに紙を拾い上げた。今の雰囲気から言って、そうされる可能性が高い気がしたのだ。「わかった。だったら――」

「勝手にして」ケイラは振り返ってつづきのドアへ向かった。「わたしは帰るわ」

「動くな」マサイアスの声が部屋にとどろいた。

「おい、マサイアス」ギャレットが顔をしかめた。「こういうのはあまりいいやり方じゃないぜ」

いいやり方も何もあるものか。「ケイラはぼくのことをよく理解しているようだ」

マサイアスはケイラとの距離をつめた。「そうだろう？」

ケイラは顎をつんと上げ、彼に劣らぬ鋭い視線を返してきた。「お友達の警告には耳を貸したほうがいいと思うわ」

マサイアスはさらに一歩近づき、ほとんど彼女に覆いかぶさらんばかりになった。

「ニックの母親はぼくを雇ったわけじゃない。ニックが殺された事実と殺人者が見つかっていないことへの不安をぼくに話しただけだ。それでぼくが調べてみようと言った」

「不安ですって？」ケイラは冗談でしょうというように訊いた。

「どうして言葉尻をとらえてばかりいる？」

「あの女はわたしをつけまわしていたのよ。わたしの人生を最悪のものにしてくれた」ケイラは彼の胸に手を置いて押した。「あなたの雇い主はそういう人間よ」

その手に彼を動かす力はなかったが、言いたいことは伝わった。そばに来ないで。苛立ちに視界がかすむ気はしたが、彼女の気持ちはわかった。

マサイアスが自制を失うことはなかったが、矛盾する情報と、いることも知らなかった弟のためにしている仕事が失敗に終わるかもしれないという可能性にさらされ、そこにケイラについてのもつれた不安が加わって、崖っぷちに立っている気分だった。彼はそれに気づくと、深呼吸して一歩下がった。

「雇われているわけじゃない」とマサイアスは言った。

「金銭の取り決めがどうなっていようとどうでもいいわ。わたしが生活を築き、新たにはじめようとすると、彼女が邪魔してきてすべてを台無しにしてくれるのがいやなだけよ」

まったく、何もかもありそうなことだ。メアリーとは知り合ってまだ数カ月しか経っていないが、彼女の話の……何かに、そして、ニックのことを話す様子にしっくりこないものがあった。レンに人捜しを頼みに行ったときには、そうした疑念からは目をそらしていた。問題を〝解決〟しなければと思うあまり、気になる兆候があったのに、それに目を向けなかった。ニックにはそのぐらいはしてやらなければと思ったのだ。

どう考えていいのかわからなかったが、ひとつだけ知らなければならないことがあった。「きみのアパートメントに侵入したのもメアリーだと思うかい？」

「その可能性は高いわね」ケイラは肩をこわばらせた。「わたしを見つけたって彼女に知らせたの？　わたしの住所を？」

「もちろん、知らせていない」ギャレットがはっとした。「待てよ、知らせたのか？」

ああ、くそっ。自分がもてあそばれたと思うと腹が立った。「きみと接触したことは知らせた。それだけだ」

ケイラは声をもらした。「あなたが信用ならないことはわかっていたのよ」

「彼女がしたことじゃない」昨日メアリーは九度も電話をかけてきた。彼女をおちつかせるだけの情報は与えたつもりだった。今考えると、急いで電話を切ったのがまずかったのかもしれない。つれなくしたせいで、メアリーが怒りをケイラに向けた可能性はあった。それもあり得ないことに思えたが。「侵入したのが誰であれ、プロの仕業だ。少なくとも高度の訓練を受けた人間にちがいない。そいつはうまく部屋に忍びこみ、なんの証拠も残さず、注意も惹かなかった。それには高度の技と忍耐力が必要だ」

「あなたが持ち合わせているような技と忍耐力ってこと？」

またそういう話になるのはごめんだった。「ぼくがしたことじゃない。それはきみにもわかっているはずだ。だから、その話はやめよう」

あんなふうにキスを許しておきながら、その相手に襲われたと思うなどあり得ないことだ。彼女に触れずにいられるだけ自分が忍耐力を保てなかった事実からも何かしら感じることはあるはずだ。ベッドで抱きしめられていた相手に次の瞬間にははめられたと彼女が考えたことに腹が立った。

ケイラは彼をじっと見つめていた。怒りをたぎらせながら、彼の全身をねめまわしている。「帰るわ」

とんでもなく頑固だな。マサイアスは彼女に向かって手を伸ばし、どうにかして納得させられないかと考えをめぐらした。しかし、すぐにその考えを打ち消した。ケイラは〝触らないで〟と頭に看板を掲げているも同然だったからだ。

マサイアスは理性をとり戻した。「まだ危険は去っていない。ここでなら、ぼくがきみを守れる」

「それで、誰があなたからわたしを守ってくれるの?」ケイラはマサイアスとギャレットを見比べた。「あなた?」

その侮辱がマサイアスの心を切り裂いた。彼女の思惑ははっきりわかった。「きみが怒っているのはわかるが――」

「わかるの?」

「そうやって怒鳴るのを聞けばわかるさ」彼女が鋭く切り返そうとする機先を制して彼はつづけた。「証拠集めを終えさせてくれ。それから、ビデオに映った人間をつかまえるために見張りを置く」

「真実がわかったら、雇い主を警察に引き渡して報酬を受けとるのはあきらめるというの？　まさか」

言い争いをやめるつもりはないということか。「金の問題はきみにとっては大きな問題のようだが、ほんとうのことじゃないから、ぼくは気にしないで今していることをつづけることにするよ」

「今していることって？」

「きみを助けようとすることさ。きみは信じていないようだが」自分以上に頑固な人間にはこれまで会ったことがなかった。ケイラが初めてだ。

「そうやってふたりで怒鳴り合っていては、彼女にはそうとわからないさ」ギャレットが水のボトルを手にとり、ふたりに歩み寄った。「いずれにしても、迷惑だしね」

ケイラはふたりの男に順繰りに目を向けた。「ここに残るけど、ベッドはわたしが使うわ」彼女はマサイアスに目を据えた。「あなたは廊下でもどこででも寝ればいい」

「そこはぼくの部屋だ」

ケイラは振り返ってつづきの部屋へ向かったが、ドアのところで肩越しに言った。

「別の部屋をとっても、ニックの母親が払ってくれるわよ」

終わりのない言い争いにおかしくなりそうだった。「きみにはうんざりだ」

「そのことばはそのままお返しするわ、色男さん。それから、カフェには来ないでね」それ以上彼にことばを発する暇を与えず、彼女はぴしゃりとドアを閉めた。

ギャレットはその場に立ったまま、閉まったドアを見つめていた。「つまり、うまく処理したってわけだ」

「彼女といるとおかしくなる」部屋にはいっていけば、また言い争いがはじまるだけで、責められるのはもううんざりだった。

「たしかに」

ギャレットの反応にはまったく励まされなかった。「どんどん悪くなる一方だという気がするよ」

「それはまちがいないだろうな。メアリーがきみの母親だってことは彼女はまだ知らないんだから」

今度は声をもらすのはマサイアスの番だった。「もう最悪だな」

ギャレットは笑った。「それから、言っておくが、この部屋のベッドもきみのじゃないからな」

14

翌日、ケイラは無我夢中で働いた。釘を刺しておいたせいか、マサイアスはほぼずっと外にいた。ギャレットはときおり現れたが、しおれた様子で飲み物や食べ物を注文した。それについてはまじめに注文を断ろうかと思い、マサイアスには車に戻って遠くへ行ってと言おうかと考えた。しかし、なぜかそうしないでいた。

最初から彼の話が真実でないことはわかっていたのだ。そう、ここへ来たのはわたしのためだと彼はなかば認めていた。これまで交わしたすべての会話を思い返してみると、マサイアスが慎重にことばを選び、ぎりぎりのところで完全な嘘つきにならないように気をつけていたことがわかる。

ずるい人。

今、いつものランチタイムの混雑から一時間ほどが過ぎ、カフェから客はいなくなっていた。太陽は雲の陰に隠れ、窓の外は気の滅入るような灰色の世界になっている。わたしの気分にぴったり。

いくつか客がとりに来るのを待っているテイクアウトの注文の品があった。マリーナやその周辺の店からさらに注文がはいるかもしれず、何人か客がカフェに現れる可能性もあった。しかし今、ケイラはカウンターを磨くのに集中していた。指が赤くなってひりひりするまでこする。汚れを残らずとることに、苛立ちのすべてをぶつけながら。それが終わると、床を磨きはじめた。なんであれ、体を動かしていたかったのだ。

ドアのベルが鳴り、目を上げた。入口にローレンが立っていた。「ねえ」口をぽかんと開けて見つめてくる理由はよくわかった。掃除が好きだったわけではない。給仕のほかに掃除をしなければならないことについてはローレンに一度ならずぼやいたことがあった。

「そんなに強くこすったら、石に穴が開くわよ」ローレンがおもしろがるような声で言った。

そう聞いてケイラはこする手にさらに力を入れた。「別にそれでもいいわ」

ローレンは数歩で店内を横切った。「何かあったの？」

ぴかぴかの床をこするスポンジが甲高い音を立てた。「別に」

「ねえ、ちょっと、ケイラ」ローレンが手を伸ばし、スポンジをつかんだ。「テレビに話しかけたほうがよっぽどちゃんとした答えが返ってくるわ」

「大げさなことを言わないのがあなたのいいところなのに」ケイラは身を起こした。立ち上がったが、両足で立っていられるのが不思議だった。

頭をはっきりさせようと、今朝起きてから、止まることなく動きつづけてきたのだった。昨晩はずっとあれこれ考えて過ごした。怒りに呑みこまれ、マサイアスに言ってやるべきだったことを考えてマットレスじゅうを転がった。答えの得られない問いが絶えず心をよぎったからだ。

「すわって」ローレンがキッチンのそばの壁沿いにある小さなシンクにスポンジを放った。

「ナイスショット」

「話して」

ローレンのことばを無視するわけにはいかなくなった。ケイラはそうしようともしなかった。バースツールに腰をかけ、どのぐらい明かすべきか、そして、ことばを選ぶべきか、考えようとした。しかし、ローレンの目に心配の色が浮かんでいるのを見て、ケイラはすべてを吐き出そうと決心した。ここから逃げないのだとしたら――マサイアスのおかげで、一時的にでもそれを保留にできるのだとしたら――これまでどうにか保ちつづけ、心から大事に思っている友情を育てておいたほうがいい。

「泥棒に遭ったの」それは事実を全部言い表してはいないものの、話をはじめるきっかけにはなるはずだ。「ある意味」

ローレンは失望させなかった。両手を挙げ、ケイラをすばやく抱きしめた。それからもう一度。

ようやく一歩下がると、顔には心配の色がありありと浮かんでいた。「どんな？　いつ？」

ケイラはローレンの指の背に触れ、ローレンを自分の隣の椅子にすわらせた。「昨日の晩のことよ」

「どうしてわたしに連絡してくれなかったの？」一瞬まくしたてるような口調になる。「駆けつけて……何かしてあげられたのに。少なくともいっしょにいられたわ」

「あなたには――」

「警告よ」ローレンはケイラの手をにぎりしめた。「それが〝迷惑をかけたくなかった〟とつづくなら、怒るわよ」

ふたりはバースツールの上で抱き合った。これまで長年、誰とも気持ちを分かち合えず、新たに傷つけられることや、決して癒えることのない心のかさぶたを恐れて、誰のことも寄せつけず、心を動かされないことに失望しきって生きてきたケイラにとって、少なくとも何かを打ち明けられることは気分がよかった。それはほんのささいな情報でしかなく、重要とも言えないものだったが、望んでやまなかった一歩前進をはたしたということだった。

まずはマサイアスと。そして今、ローレンと。

ケイラはパニックが襲ってくるのを待った。脳が機能をやめるのを。しかし、そうはならなかった。

「妙なことで、何もかもあまりに急だったから」そんなことばでは足りなかった。

「警察はなんて？」

そこは説明のむずかしい部分だった。「じつは……」

ローレンはお得意の〝まさか冗談でしょう〟というしかめ面をした。「もちろん、通報したのよね。通報する必要があるわ」

「その場に調査員がいたの」

ローレンは首をそらし、訝しむような目になった。「それはずいぶんと慎重な言いまわしね」

ああ、やめて。

ドアにつけられたベルが二度目に鳴り、男がひとりはいってきた。百八十センチのひょろりとした体とベビーフェイスを持つエリオット・ガードナーだ。温かい笑みを満面に浮かべている。カーキ色のショーツとポロシャツとデッキシューズというヨット用の〝制服〟を身につけている。その三点セットをメリーランドの州境でどこかの店が売り出しているにちがいない。このあたりに来る二十歳以上の男性のほぼすべてが同じ格好をしているのだから。

エリオットが顧客になったときには、ローレンはわくわくしていた。年は三十歳ぐらいで、ヨットの操縦術を学ぼうと決意している人間だ。とても熱心で頭もいい。多額の料金を払い、チップもはずんでくれるという。そのせいで彼はローレンの目下のお気に入りの顧客だった。ヨットの上で吐いたりしないかぎりは、お気に入りでいつづけることだろう。

エリオットはがらんとしたカフェを見まわし、その目をローレンに据えた。「もう行けるかい？」

ローレンは彼にちらりと目を向けただけだった。「少し待って」

「いいのよ」ケイラはローレンの手を放し、エリオットを歓迎する笑みを顔に貼りつけた。「次のレッスンの時間？」

「ぼくが早く来たんだと思うよ」彼はひるむように唾を呑みこみ、あとずさって客のいないカフェから出ていこうとした。「おふたりが話をする必要があるなら、ぼくは外でしばらく待っているから」

　ケイラは首を振った。「いいの」

「悪いわね」同時にローレンはそう言った。

　エリオットは笑った。「いいよ。ぼくもこの場合、どうするのが一番いいのかわからないから」

「ごめんなさい」ケイラは立ち上がったが、そこで動きを止め、仕事に戻ってという、女同士にしかわからないまじめな顔をローレンに向けた。「大丈夫。話は今晩するから」

「あなたに選択肢は与えないわ」

「そこがあなたの大好きなところよ」ケイラはカウンターの奥の安全な場所に戻った。そこからなら、コーヒーを注ぐことができ、すべてに簡単に手が届く。やきもきしていても気づかれずに済む盾の役割もしてくれた。マサイアスかギャレットの携帯電話に連絡することもできる。その番号は今朝、マサイアスが拒むなら拒んでみろとばかりににらみつけながら、登録したものだった。「それで、エリオット、今度のレッスンで二度目、三度目？」

「二度目さ」エリオットはポケットから小瓶をとり出した。「今回は日焼け止めのローションを持ってきたんだ。最初のときにきつい教訓を得たからね」

ローレンが飛び上がった。プロとしての朗らかな態度が戻っている。「ヨットの第一のルールよ、エリオット」

「たしかに注意はされたよ」

ローレンは半分振り向いてケイラへ笑みを向けた。「彼が認めるのは聞いたわよね」

「聞いたわ」そのくつろいだ雰囲気とエリオットの熱意が伝染してくる。「たのしんできて」

エリオットは外へ歩み出たが、ローレンはドアのところで立ち止まった。「ほんとうに大丈夫？」

「ええ。夜に会いましょう」

そのドアが閉じて二秒もしないうちにマサイアスがキッチンから店にはいってきた。キッチンへの侵入者にジェラルドが怒鳴る声が聞こえたので、彼が来るのはわかった。コックが究極の警報システムとなってくれているのだ。

マサイアスは閉じた入口のドアを顎で示しながら、ホールにはいってくると、カウンターの奥にケイラと並んで立った。「あれは誰だ？」

「知り合いよ」

マサイアスはケイラを見下ろした。「それは役に立つ答えとは言えないな」

「それで思い出したんだけど、あのリストにいくつか名前を付け加えなくちゃならないわ」一度に数時間しかマリーナで過ごさないローレンの顧客とパート勤務のアシスタントや助手のことを思い出したのだ。マサイアスのことをよくわかってみると、そのすべての名前を知りたがるだろうと思った。

「きみがここへ来てからマリーナに出入りした全員の名前が必要だ」マサイアスはほほ笑んだ。「ギャレットが今、ヨットの所有者と係留所の借用者の名前を全部あたっている。泣き言をもらしているよ」

「それは責められないわね。とんでもない人数よ」

「きみの安全ということになれば、やりすぎの失敗ぐらいはするさ」

ケイラは彼の姿を見て心がぱっと明るくなったことを苦々しく思いながら、そのことばに耳を傾けていた。とても苛々することだった。しかも、今日の彼がいつにもましてハンサムだなんてことがあり得るだろうか？　風に乱された髪もよく似合っていた。腰にぴったりした上品なズボンも同様だ。ローウエストなので、引きしまった腹を際立たせ、たくましい胸を強調しているのも悪くない。

それでも、ビジネスマンらしい装いは、故意にそうしようとしてもできないほどにマサイアスを場違いに見せていた。ワシントンDCにいれば、問題ないだろうが、ここでは、バージニアあたりで道をまちがえたセールスマンのように見えた。

「カフェには来ないでって言ったはずだけど」彼に会えてどれほどうれしくても、午前中ずっと裏口から外へ目を向け、彼がマリーナのほかの店のまわりを歩きまわっている姿を盗み見ていた事実があっても関係ない。

「出入り禁止の命令は冗談だと思っていたんだが」

「だったら、どうして一日じゅうカフェの外や別の場所にいたわけ?」そのあいだずっと自分は彼のことを考えまいとしてほぼ全精力を費やしていたのだ。

「部下たちを監督していた」

もっと刺激的な答えを期待していたのに。「え?」

「ほら、きみは彼らがいることにも気づいていなかったじゃないか」マサイアスは肘のそばのスタンドに載ったケーキからその横にある自家製の小さなストロベリー・パイへと目を移した。

ケイラは彼の注意を自分に戻すために目のまえで指を鳴らした。「あなたのボスはまだここへは来ていないの？」

「なんの話をしている？」

「メアリー・パタースンよ」そう、少々子供じみているが、昨晩のことは忘れていなかった。マサイアスにもそれは肝に銘じておいてもらわなければならない。「ここへ来て、あなたが行動を起こしているのをたしかめたいんじゃないかしら。それはそれでかまわないわ。ふつうは陰に隠れて行動する人だから。じっさいに会ったことはないけど、ひとこと言ってやりたいことがあるのはたしかよ」

マサイアスは首を振った。「もう気が済んだかい？」

「何が？」

彼は手をカウンターに置いた。それによって顔がケイラの顔に近づいた。「ぼくがここに来たのはある理由によってだが、今こうしてここにいるのは力になるためだ。わかったかい？」

ケイラは彼の魅力に屈しまいとした。「力になるってわたしの？　それとも彼女の？」

「今日のきみはかっかしているんだな」

「わたしのことを責められるの？　あなたは、きみがあまりに悲しそうだから、ぼくがきみを助けてあげようなんて嘘を信じさせようとしたのよ」その日のことを考えただけで、ケーキを顔にぶつけてやりたくなった。最初からだまされ、誘惑されてしまったのだから。

「そんなことを言った覚えはない」

頑固ね、まったく。「今はどうしてカフェのなかにいるの？　トイレなら、桟橋の端に公衆トイレがあるわよ」

「もちろん、こうやってきみが大歓迎してくれるからさ」

ケイラは笑みを噛み殺した。「あなたに怒る権利はないわ」

マサイアスはずうずうしくも肩をすくめて見せた。「わかったよ」

「かわいく見せる権利も」

マサイアスの眉が上がった。「ぼくがかわいく見えると？」

「まじめに言っているのよ。魅力的に見せようとするのはやめて。それが何にしても。昨日の晩、非難されるべきはあなたのほうだったんだから」昨日の晩を最悪のものにした怒りを同じだけかき集めようとしたが、さほど集まらなかった。

「壁に書かれた警告についてきみが話してくれたことで、何か聞き逃したことがあったかな？　どうしてあれが書かれたかということについて」

昨日のことを悔いる口調でないのはたしかだった。「わたしのこれまでのことについて、あなたはすでに多くを知っているようだから、わざわざ言わなかったのよ」

「何にでも反論するんだね」

「そうよ」ケイラの声は文字どおり壁にこだました。ジェラルドに聞かせたくないことを聞かれないためにその声をひそめる。「あしからず」

マサイアスはカウンターから身を起こし、また甘いものに目をやった。「パイをもらえるかな？」

あまりにかわいらしくて拒めなかった。「あなたの場合、代金を二倍いただくわ」

「しかたないな」

ケイラはカウンターの反対側のスツールを示した。「すわって。押しちゃだめよ」

ケイラは振り返ってパイをとりに行った。皿を出し、大きくひと切れ切り分ける。ことばもなく動くなか、ジェラルドのラジオだけが響いていた。なんの歌かはわからなかったが、今までもわかったためしはなかった。

マサイアスのまえに皿を置くと、カウンターと触れ合って皿が音を立てた。

彼の目がみはられ、称賛の笑みが顔に浮かんだ。「ありがとう」

「どうぞ」

自分がいそいそと給仕しているという事実について思いおよぶまえに、ケイラはコーヒーポットをつかみ、ふたつのマグカップにコーヒーを注ぐと、カップのひとつを彼のまえに置いた。舌をやけどするほど熱いブラック。これまで注文されたのと同じように。

マサイアスはパイをひと口食べ、フォークでもうひと口分すくい、それをケイラに差し出した。「きみもひと口どうだい？」

みだらな響きのある声だった。「甘いものは好きじゃないの」

「なんだって？」腕が下ろされ、フォークがカウンターにあたった。「そんなことがあり得るのか？」

「砂糖が好きじゃないのよ」

彼の顔が恐怖にゆがんだ。「いったいきみはどこがおかしいんだ?」

ケイラはその反応に笑みを浮かべずにいられなかった。「ここで働きはじめたときにジェラルドにも同じことを訊かれたわ」

「キッチンの男か？」

「わたしのおしゃべりがすぎると思っている五十がらみのコックよ。わたしが彼のキッチンに立ち入るべきじゃないとか、皿洗い機の中身をすぐに空にしないと文句も言っているわ」

マサイアスはマグカップを手にとったが、中身を飲むまえに手を止めた。「昨日の晩は実質ぼくが食器を片づけたんだったな。彼はこっちに出てきてぼくと一戦交えたいと思っているかな?」

「あなたはとてもタフだもの」

彼はゆっくりとマグカップをカウンターに下ろした。「きみの望むとおりの人間にもなれるさ」

カフェの空気が変わった。その短いことばのあいまに、雰囲気が変化したのだ。矢継ぎ早の冗談の言い合いが途切れ、カウンター越しに身を乗り出して彼に抱きつきたいという思いに呑みこまれそうになる。「何があっても隠し事をしないでほしいと思うわ」

「やってるさ」

じっさいに信じられることばに聞こえた。「ほかの人が言ったら、変な答えだと思うわね」

「ぼくが言うと?」

「正直に聞こえる」ケイラはコーヒーポットをつかんで彼のマグカップにコーヒーを足した。「きっとあなたは人と何かを分かち合うのに慣れていないのね」

「たしかに。そうするのはうまくない」

なんの話をしているのかよくわからなくなっていた。またくだらないおしゃべりに戻っている。ぴりぴりするとそうなるのだ。ケイラはマサイアスのすべてに心を揺さぶられていた。「なんだかひとりっ子症候群みたい」

「そんなようなものさ」

「わたしもそうだったから、同類はわかる」

「魅力的かい？」

マサイアスはそうだったが、それを認めるのは悔しい気がした。いけ好かない男のように振る舞ったなら、さっさと見かぎって何を言われようと無視していられた。しかし、彼にほほ笑まれると息ができなくなり、冗談を言われると、安心感が湧き起こって怖くなるほどだった。これまでの辛い七年、気を張りつめていたからこそ、生き延びてきたというのに。

「求めるものが多いのね」ケイラは沈黙を埋めるように言った。

「それはきみのほうだろう」

たしかにそれは否定できない。「ええ、そう。わたしのこと」

店内に沈黙が流れた。彼はマグカップの取っ手をもてあそんでいる。取っ手をなぞる指の動きは妙にみだらでセクシーだった。

マサイアスはパイを見つめていた目を上げ、熱いまなざしを彼女に据えた。「今夜、いっしょにベッドで寝させてくれるつもりはないかい？」

胃がひっくり返る気がした。「わたしがあなたのところに留まるとどうして思うの？」

「ホテルでも、きみの部屋でも、きみをひとりで寝させるわけにはいかない」彼は今度はマグカップをまわした。カップの底がカウンターにあたって音を立てた。「それには議論の余地はない」

ケイラも議論するつもりはなかった。もうその力は残っていない。「それは用心棒としてということ？　それとも、ほかに目的が？」

「まだはっきりしない」マサイアスはマグカップを手にとったが、中身を飲もうとはしなかった。「きみ次第だ」

「わたしはまだあなたに腹を立てているのよ」怒っているのはたしかだったが、そうしていっしょにいればいるほど、怒りは薄れていった。

「だったら、訊くのはあとにするよ」

そういう粘り強さも好きだった……タイミングも。「わたしが怒りをおさめつつあると思って、この街に来た目的を忘れているわね」

「きみは何ひとつ忘れていないという気がするよ」それについてはあまりうれしくないといった口調だった。

「そのとおりよ」

「だったら、あのキスがどれほどすばらしかったか、きみが思い出してくれることを祈るしかないな」

ケイラは指で唇に触れるために手を持ち上げそうになったが、全身をこわばらせ、あやういところで動きを止めた。「自分のこと、買いかぶりすぎだとは思わないの？」

「じっさい、何もかもきみがすばらしかったからさ」

女たらし。「困った人ね」

「そうかもな」

ケイラ自身、自分を抑えられなくなりそうだった。「パイを食べて」

15

カフェに閉店の看板を出せるまでの三時間はのろのろと過ぎた。ジェラルドは、これからはたとえボランティアのスタッフでも、雇うなら自分にも意見する権利はあるはずだとかなんとかつぶやきながら、カフェをあとにしていた。マサイアスはそれが自分のことを言っているとは受けとらないことにし、食器洗い機から中身をとり出しつづけた。早くそれを終えれば、それだけ早くケイラをここから連れ出せるとわかっていたからだ。

熱いまなざしが自分に注がれているのは感じたが、それには気づかない振りをしようとした。衝動に負けてほんの数センチでも近寄れば、すぐに彼女を抱きしめてしまいそうだったからだ。自制心は切れる寸前だった。それもセクシーな短い制服を激しい気性の彼女が着ているというとり合わせのせいだ。

ケイラは布巾をカウンターに置き、振り向いて彼をじっと見つめた。「それで……」

これ以上こんな状況がつづけば、彼女を床に押し倒して太腿を口でなぞってしまう。

「会話のきっかけとしては最悪だな」

「最後まで言わせて」

「もちろんさ」マサイアスは最後のグラスをカウンターに置き、食器洗い機を閉じた。

「つづけてくれ」

「ここに一日じゅういたところを見ると、お願いしたわけでもない用心棒の役目をあなたがまじめにとらえているんじゃないかと思って」

それが話したいことなのか？「ああ、とても」

店内にはラジオの音が流れていた。ハードロック。店内に響く、叫ぶような声はロマンティックな調べとは言えなかったが、いずれにしても歌を聞いているわけではなかった。組んだ色っぽい脚を見つめるので忙しかったからだ。制服の上のほうのボタンのせいで動くたびに胸が引っ張られるのに目を奪われることでも。

衝動を抑えなければならない。彼女が求めてこないかぎり、触れるのはなしだ。

「あなたってふだん外を歩きまわって過ごす人には見えないわ」とケイラが言った。

そうした砕けたおしゃべりによって脳が爆発してしまうのではないかと怖くなる。彼女に触れたいという欲望が全身を貫いていたが、マサイアスは何気なくおしゃべりに付き合う振りをしていた。「たいていぼくはオフィスにいて、部下を外へ送り出す」

「それだったら、目に浮かぶわね」

「そういうことには長けているんだ」これには——これが何であれ、そう、あまり長けていなかった。

「威張っているものね」

「ちがうとは言えないな」手がグラスにあたり、グラスの触れ合う音が一瞬騒がしい音楽に勝った。こういうことにはぎくしゃくしてしまう。こういうすべてに。

「退屈したはずよ」ケイラは手を伸ばしてラジオを消した。カウンター越しに手を伸ばさなければならず、制服が持ち上がって脚がさらに露出した。

ぼくをもてあそんでいるわけだ。そうにちがいない。自分がずっとまちがっていて、今この瞬間もまちがっているのでなければ、ケイラもぴりぴりとした空気に気づいているはずで、どんなことばも動きもその緊張感を増すだけだとわかるはずだ。四方の壁に跳ね返ったそれがまともにぶつかってくる感じだった。

「今日はきみを見てほぼ一日過ごしたから、退屈じゃなかったさ」それは嘘ではなかった。一日じゅうケイラと寝ることを考えて過ごしたのだった。彼女の身の安全を守るのが務めなのに、心は別の場所をうろついていた。

「ああ、そうなの。それって用心棒として？　それとも別の理由？」

「たいていは用心棒としてさ。別の理由でも何度か盗み見したけどね」何度かというのはつねにという意味だった。

「それで、また食器洗い機の食器をしまってくれたというわけ」ケイラはカウンターの端に置かれた彼の手を見下ろし、その手に片手を重ねた。

ああ、彼女もぴりぴりしたものを感じていたのはまちがいない。全財産を賭けてもいい。それでも、マサイアスは声をいつもと同じに保とうとした……どうにか。「技術という意味では、持っていて悪いものじゃないからね」

「マサイアス」ケイラは彼に向かって息を吐いた。「あなたがまたわたしにキスしてくれる機会はあるかしら？」

熱い誘いだ。「それは科学的な目的のためかい、それとも――」

「わたしのためよ。あなたがほしいから」ケイラは彼と目を合わせた。本気のようだ。

マサイアスはすぐさま彼女のほうに顔を向けたが、触れはしなかった。まだ。これを引き延ばし、一分一秒を価値のあるものにしたかった。「自分の気持ちがわかっている女性は好きだな」

「積極的すぎない？」

気づいていなかったわけではないだろうに。「きみが裸になってぼくに脚を巻きつけてきたとしても、積極的すぎるとは思わないよ」

ケイラはウィンクした。「小さな一歩だったのね」

それで充分だった。ほんの少し動いただけでマサイアスはケイラを抱きしめていた。腰に手をまわし、口を口でふさぐ。甘くも魅力的でもないキス。ただ飛びこみ、印をつけるようなキス。このキスを覚えていてほしかった。自分のことを思い出すときにはいつもこれを感じてほしい。

ケイラは身を引かなかった。ためらいもしなかった。どんな動きにも合わせてくる。口を押しつけてきながら、両手を彼の体にさまよわせている。なんとも言えず熱く、すばらしい反応だった。

頭はブレーキをかけるように言ってきたが、体はまるでちがう指令を出していた。手を彼女の脇に下ろし、さらに下へ動かす。彼女が足を開いて太腿と太腿が離れると、マサイアスは指をスカートの裾からなかへと進ませた。彼女が震え出すまでやわらかい肌をなぞり、震えてもその指を止めなかった。

指が下着の端に触れると、頭のなかで警報が鳴った。彼女が声をもらさなければそこでやめていたかもしれない。その声が全身を貫き、指はさらに上を目指した。下着越しに彼女に触れ、前後にこする。ケイラはそのリズムに合わせて腰を動かした。かちっという音がかすかに聞こえた。頭の奥のほうでその音を認識する。マサイアスはすばやく動いた。銃を抜けるだけ彼女から身を離す。「今のはなんだ?」ギャレットが両手を挙げてはいってきた。「ぼくさ……おや」彼はふたりに向けていた目をマサイアスの手に向けた。その手はまだ彼女に触れていた。

ケイラがマサイアスの肩を叩いた。「ドアをロックしなかったの?」

「黴菌《ばいきん》みたいなやつだ。どこにでも現れる」マサイアスはうなるように答えた。ギャレットが雰囲気を察して立ち去るものと期待しながら。

しかし、ギャレットは動かなかった。そこに立ったまま笑みを浮かべている。

「どうにも心温まる歓迎だな」ギャレットの目がマサイアスの腕に向けられた。「スカートに突っこんでいるその手を引き出せたら、少しだけ話ができる」笑みが深くなる。「きみのすばらしい計画をもう彼女に話してしまっていなければだが」

ケイラは声をもらした。うんざりした声だ。「それってわたしを怒らせるようなこと?」

「何を言っても怒るだろう?」そう言いながらもマサイアスは後ろに下がり、彼女と多少距離を置いた。

ギャレットは手を口にあてて咳をする振りをした。「そうやって彼女をまさぐっている男がよく言うよ」

それを聞いてマサイアスはよりすばやく動いた。ケイラの脚のあいだの温かい場所から手を引き出し、スカートを下ろす。紳士的にやろうとしたが、それが成功したかどうかはわからなかった。「実況してくれとは頼んでない」

「あなたたちふたりがこの街に来るまではずっと静かな生活だったのに」まだ頬に赤味は残っていたが、ケイラは冷静さをとり戻したようで、カウンターに寄りかかった。

「そしてずっと退屈な生活だった」とギャレット。

「そんなに自信を持って言わないで」ケイラはふたりをホールへと追い立てた。「向こうの部屋に。テーブルについて聞いたほうがいい気がするから」

マサイアスはギャレットのにやにや笑いを無視しようと努めながら、その脇を通り過ぎた。ホールへ行くと、最初のテーブルのところで足を止めた。誰かが入口のドアのところにいてノックしつづけている。

「あれは?」そう訊きながらも、誰であるかははっきりわかる気がした。ケイラのあとをつけていたときに、彼女の友人を見つけ、調べてあったのだ。この街で生まれ育ち、ケイラがここへ移ってくるずっと以前からこの街に根を張っている人間だった。ケイラに関して警戒すべき過去の記録もなかった。

「友達のローレンよ」ケイラがマサイアスに言った。「友達がいるって言ったでしょう」

そう言うと、ケイラはマサイアスの脇を通り過ぎようとした。彼はタイミングよく彼女の腕をつかんだ。ストーカーが野放しになっている今、ドアをすぐに開けるのが賢明なことかどうか話をしなければならない気がしたのだ。しかし、その友人というのには会いたかった。それはつまり、その友人をなかに招き入れるということだ。彼はギャレットに向かってうなずいた。「入れてやれ」

ケイラはマサイアスをちらりと見て唇を噛んだ。「ローレンは知らないのよ」曖昧な言い方だったが、マサイアスにはその意味がわかった。秘密を守らなければならないという思いに例外はないのだ。自分は情報を受けてこの街へ来たので、彼女の過去についても知っていたが、だからといって、ケイラがローレンにそれを明かしているとはかぎらない。「彼女がきみの友人なら、彼女も危険にさらされるかもしれない」

「もういいわ」ケイラは手を挙げた。「あなたの言いたいことはわかったから」

マサイアスは腕を放したが、じっさい放したくはなかった。「よし」

ギャレットがドアの鍵を外し、ローレンになかにはいるよう手招きした。「やあ」

ローレンは彼をじろじろと見つめながら脇をすり抜けてなかにはいってきた。マサイアスの姿を見ると、足を止めた。「それで、あなたは?」

彼が答えるまえにケイラが口を出した。「ローレン、こちらはマサイアスよ。まえに話した調査員なの」

「いつ話したんだ?」ダイブショップとケイラのアパートメントの階下《した》の店を訪ねたほんの数分以外、ケイラとはずっといっしょにいて、この目で見張っていたのだった。部下の誰もケイラを訪ねてきた人間がいたとは言わなかった。

「じつは勝手に用心棒を務めてくれているの。こちらは彼のアシスタント……か何かよ」ケイラはギャレットのほうに手を振った。「彼らの仕事上の関係はよくわからない」

「マサイアスもそうさ。ぼくはギャレット」彼はローレンの手をにぎり、四人は四人がけのテーブルのまわりに立った。

「どうなっているの?」ローレンがテーブルのまわりを見まわしながら訊いた。

ケイラがローレンを信頼しているのはたしかだった。この地域に深いつながりを持つ人間として、ローレンは家宅侵入についての情報を集めるのに力になってくれるかもしれない。そこでマサイアスは真実を明かすことにした……ある程度までは。

彼はギャレットにうなずいて見せた。「話してくれ」

「手短に最悪の部分を？」ギャレットが訊いた。「誰かがケイラの部屋に押し入って、なかをめちゃくちゃにし、壁に脅し文句を書いていったんだ」

ローレンは目のまえの椅子の背に手をついた。「ちょっと待って……」

ギャレットはマサイアスに目を向けた。「ここからはきみが話すかい？」

ローレンとその反応を値踏みし、ケイラにつかのま息をつく暇を与えるのに多少時間をかけたかった。これから明かそうとしているのは彼女の過去の人生なのだ。「みんなすわってくれ」

ローレンが椅子を引き出してそこに腰を下ろした。

ほかもみなそれに従った。何も言わずに自分の言うことに従うのはケイラらしくなかったので、マサイアスにとっては幸運なことだった。たとえ椅子にすわるというような単純なことでも。

「大きな秘密というのは……」ケイラはマサイアスに目を向け、ことばを途切れさせた。

マサイアスはテーブルの下で彼女の膝に手を置き、力づけるように膝をにぎった。

「心の準備ができてからでいい」

ケイラはそのままつづけようとはしなかった。いつもは早口でまくしたてることもあったが、ここでは、今このときはちがった。丸二分が過ぎた。一度ならずローレンが口を開こうとしたが、マサイアスが首を振るのを見て口を閉じた。

三分が過ぎたところで、ケイラは深呼吸し、話しはじめた。低い声で発せられたことばは傷ついているように聞こえた。「わたしが大学にいたころ、殺人事件があったの。じっさい、大量殺人だった。いっしょに暮らしていた友人たち。全員が殺された。わたしは唯一の生き残りだった」

「どうやら、彼女が今も生き残っていることが誰かの気に障っているらしくてね」ギャレットが付け加えた。

ケイラは彼に顔をしかめてみせた。「そんなふうに言うつもりはなかったんだけど、でも、そうね」

ローレンは何度かまばたきした。聞いたことばを理解しようとするように首を振った。「殺人事件?」

「七年まえに、ここからずっと遠いところで」ケイラは肌が赤くなるまで何度も手をこすり合わせた。「三年生になったばかりのときだった。キャンパスから六ブロックほどのところにあるすてきな古い家に移ったの」

そうことばにするだけで、ケイラの体は内側にしぼんでいくように見えた。まるでことばの重みのせいで体から空気が抜けるかのように。彼女を救い、気を楽にしてやるにはどうしたらいいのか見当もつかなかった。ただ一度救えなかったことの埋め合わせをするためにこれまでずっと誰かを救って生きてきたマサイアスは、苦痛がケイラの顔をよぎり、目に宿るのをまのあたりにして、自分を役立たずだと感じずにいられなかった。

「それで、今あなたにつきまとっている人間がその殺人事件と関係しているっていうの?」ローレンはそこでことばを止めたが、その意味ははっきりしていた。

ケイラが友人にどの程度打ち明けているのかマサイアスは知らなかったが、多少話しているのは明らかだった。ストーカーがいるというのは知っていたようだ。ほかにどんなことをローレンが知っているのかと思わずにいられなかった。

しかし、今はそれを探ったり、彼女の顧客やビジネスについて質問するべきときではない。それはあとまわしだ。

ケイラは手をテーブルの下に動かした。指がマサイアスの太腿に触れ、すぐさま彼はその手をとった。指をからませ、そうして触れ合うことで彼女にありったけの力を送ろうとした。

「捜査が行われていたその後の数年は、尋問されたり、記者にまとわりつかれたりしていた」声が途絶える。「警察の容疑が晴れてから、脅しがはじまったの。それからずっとつきまとわれてきた。名前を変えて新しい生活をはじめるたびに、誰かがわたしを見つけ出すの」

ローレンは顔をしかめた。「それが誰かはわかっているの?」

その質問は厄介な問題につながりそうだったため、マサイアスが割ってはいった。「その質問はとりあえず飛ばしておこう」

「それがいい」ギャレットが声を殺してつぶやいた。

マサイアスはなんのためらいもなくギャレットのことばにかぶせるように声を発した。「重要なのは、われわれがここでこうして調査を行い、この問題をきちんと解決できるかどうかということだ」

ローレンの眉間の皺はなくならなかった。「でも、解決するって何を?」

マサイアスは答えた。「殺人事件だ」

「わたしを追いまわしている人間が誰かあばくの」ケイラが同時に言った。

「ああ、こいつはおもしろい」ギャレットが言った。「またコミュニケーションの問題が生じたな」

「ちょっと動揺してはいるけど、話にはついていくわ」ローレンはテーブルのまわりをもう一度見まわし、その目をケイラに止めた。そこでしばらくためらってからマサイアスに視線を移した。「今何をしているのか教えて。どんな計画でいるの?」

マサイアスが思うに、起こり得ることはたったひとつだった。「ぼくがケイラのアパートメントに移り、恋人の振りをする。そうすれば――」

「なんですって?」ケイラははっと顔を上げ、彼の手を放した。「ちょっと待って」

「それを伝え忘れているとは驚きだな」とギャレット。

マサイアスは肩をすくめた。「言おうとはしたんだ」

ローレンはテーブル越しにケイラのほうに身を乗り出した。腕を彼女のほうに伸ばしながら、マサイアスに目を向ける。「もう一度教えて。あなたは誰なの?」

友を守ろうとするそのしぐさがマサイアスの胃を締めつけていたものを多少ゆるめた。ローレンはケイラのまえに身を投げ出そうとするかに見えた。もちろん、そういうことにはさせないが、信頼するに足る態度を見せられたことで、彼は笑みを浮かべそうになった。「彼女の用心棒さ」

「誰に雇われたの？」

ローレンもケイラに負けず劣らず粘り強い女性のようだ。「それは関係ない」

「おもしろい答えね」

そう、このふたりの女性が仲良くなった理由ははっきりわかる。どちらも議論において決して譲ろうとはしない。「問題は彼女をひとりにしておきたくないということだ。それでも、びくびくしたり、危険にさらされているように振る舞ったりするのではなく、ふつうに日々の生活をつづけてもらいたい」

「でも、危険にさらされているのはたしかよ」とローレンが言った。

落とされた爆弾にびっくりしてケイラが話を引き継ぐことができない様子でいるのを見て、マサイアスは話しつづけた。それに、反論されようがどうしようが、計画を変えるつもりはなかったからだ。「これまで、このストーカーはケイラの人生をめちゃくちゃにしてたのしんできた。彼女が町から逃げ出し、暮らしを変え、隠れるように仕向けてきた。今回、彼女が逃げようとしなければ、ストーカーのほうを洗い出すことができるはずだ」

隣の席のケイラが身動きし、マサイアスに顔を向けた。「ほんとうにそうするつもりなの？」

「そんなのばかばかしいわ」ローレンが言った。「ねらわれるだけよ」

「でも、ぼくもそこにいる」それは言わずもがなとマサイアスは思ったのだった。

「あなたは銃弾を受けてもなんともないわけ？」

その瞬間をとらえ、ケイラが会話に戻った。まったく、ありがたいことに。「そんなわけないわね」

「ケイラ」ローレンがテーブルに載せたケイラの手に手を重ねた。「わたしのところへ来ればいいわ。警察かFBIに連絡して……」そう言ってローレンはマサイアスの顔に目を向けたが、その目がそこで止まった。「あの表情は何？」

「きみの意見は通らないという顔かな？」ギャレットがあざけるように言った。「そういう顔が得意なんだ」

「彼女がきみのところへ行くとしたら、きみは邪魔になるだけで、ぼくはひとりじゃなく、ふたりを守らなければならなくなる」

ケイラが彼の太腿をつねった。「マサイアス」

どうやら気遣いが足りなかったようだ。いいだろう。言いたいことはわかったから、もう一度試すだけだ。「ケイラはきみを危険にさらしたくないと思っている」

「そのほうがましだな」とギャレット。

ケイラはもう一方の手をすでにローレンとり合っている手の上に重ねた。「マサイアスもひとつだけ絶対的に正しいの。このことには終止符を打たなければならない。もうこれ以上は耐えられないから」

「それはわかるし、わたしもそう思うけど、あなたは一匹オオカミみたいだったのに、ストーカーがいて、今度はこのふたり……」ローレンは首を振った。「まったく、どうやって生き延びてきたの？」

マサイアスも同じ疑問を抱いたのだった。たったひとり残され、見捨てられた気分になるのがどういうものかはわかっていた。その罪悪感と心の痛みは理解できた。自分の場合、レンのような仲間が、単にもがきまわるのではなく、怒りの矛先を変えることを教えてくれたからこそ、どうにかやってこられたのだ。そうしたことをたったひとりでやってきたケイラには敬意を抱かずにいられなかった。マサイアスが人に敬意を覚えることは多くなかったが。

「殺しのこと？　わたしはシャワーを浴びていたの」部屋に張りつめた沈黙が流れた。「椅子ひとつ動かなかった。誰も椅子のなかで身動きもしなかった。「凝視してくれてかまわないわ。それがほんとうなんだから。物音がしたから、水を止めて階下《した》へ降りたの。それで……」

声が途切れると、マサイアスがまた口を出した。「いいさ、今はそれで充分だ」

「ケイラの安全を守れるのはたしか？」ローレンはほかにも質問していたが、今度ばかりは目に不安をありありと浮かべていた。

「ああ」彼女を守れるというのはことばだけのことではなかった。「ケイラも、その延長できみのことも。ケイラがきみを大事に思っているのがわかったからね。部下の誰かをきみの家の外で見張りにつかせ、二十四時間きみの護衛にあたらせる」

ローレンはその申し出を手を振って断った。「それはすてきだけど、必要ないわ」

ケイラもよくする身振りだった。どちらの女性がしても好ましいとは思えなかった。「誰かがきみを通してケイラに危害を加えようとするかもしれないから、いずれにしても見張りはつけさせてもらう」

「わかったわ」ローレンは友をにらみつけた。「だからって、ここから逃げ出す言い訳にはならないから、そんなこと、考えてもだめよ」

ギャレットが口笛を吹いた。「この街の女性はたくましいな」

「彼女は毎日ヨットで沖に出ているのよ。健全な自信の持ち主でなかったら、今ごろは男性の顧客の誰かを海に放りこんでいるでしょうよ」ローレンの技術についてよどみなく語りながらケイラはにっこりした。

マサイアスにはそれ以上の説明は必要なかった。どちらの女性にもすっかり感心していたからだ。「部下にきみを家まで送らせて、それからきみを見張らせることにする」

「海ではどうやって見張るつもり？」とローレンが訊いた。

「きみの顧客のことはひとり残らず調べるつもりだ。念のため、近くにボートも待機させておく」それは常識にすぎなかったが、そうは言わなかった。どうやらローレンもケイラ同様、安全が脅かされていると聞いても動じないようだったからだ。

ギャレットがうなずいた。「ケイラの問題がどうであれ、そうすべきだな」

ケイラがギャレットに目を向けた。「今やわたしは問題なの？」

「危険にさらされているのはわたしじゃないからね」とローレン。

「海に出るのは危険だな」ギャレットはもっと言いたいようだったが、賢くもそこでことばを止めた。

「船酔いも含めてね」ケイラは降参というように両手を挙げた。「でも、そう、わたしに護衛がつくなら、あなたにもつくのよ」

「それってゆすりみたいなものね」

マサイアスは女性には詳しくなかったが、問題が解決したのがわかった。「外で部下たちが待っている。指示はメールで出しておくよ」

「もう帰れって言われてる感じね」とローレンは言った。

ギャレットがローレンの隣で立ち上がった。「マサイアスはよくそういうことをするんだ」

「わたしがあなたの部下たちと会っているあいだ、あなたたちはどうするつもり？」

ローレンは椅子を押しやってギャレットの隣に立った。

マサイアスもそれには簡単に答えられた。「ケイラに恋人の振りをするのを承知させるつもりさ」

「それを見たいとは思わないから、ぼくは外までいっしょに行くよ」そう言ってギャレットはローレンをドアへと導いた。

マサイアスはふたりが外へ出てドアが閉まるまで待ち、カフェにふたりきりになると、ケイラのほうを振り返った。「どうする？」

「それが承知させるやり方？」ケイラは椅子に背をあずけた。

マサイアスにはそのことばも態度もどういう意味かはわからなかった。内心の思いの読めないまなざしからも何もうかがえなかった。「ぼくの申し出がもっともであることはわかっているはずだ」

「守るというより、標的にするための申し出だわ」

そのことばはまったくもって気に入らなかった。心を切り刻んで焼くことば。「ぼくのことは信頼していい」

「多くを求めすぎよ」

ギャレットがなかに戻ってきて、ドアを閉めた。それから、会話をさえぎったことなどまるで意に介さない様子で話しはじめた。「彼女には何があったんだい?」

しかし、その質問がマサイアスの注意を引いた。「ローレンに関心があるのか?」

「きみには訊いてない」

「何年かまえにヨットで沖に出たご主人が行方不明になったの。ヨットのスタッフもご主人も見つからなかった」ケイラはもっと何か言いたそうだったが、そこでふいにことばを止めた。「それが何か?」

マサイアスはギャレットに目を向けた。彼の考えていることはよくわかったが、それを深く追及すれば、話がそれることになる。「なんでもないさ」

ケイラはふたりの男を見比べた。「あなたたちふたりってことばを発することなく、目と目を見交わすことでコミュニケーションをとるわね」

「彼女のご主人には借金があったんじゃないのかい?」ギャレットが訊いた。「もしかして、ローレンがあとになるまで知らなかった愛人も？」

「どうして？」ケイラはこれまでになく当惑した声を出した。

マサイアスはローレンが気の毒になった。「海で行方不明になるというのは姿を消そうとする人間がよく使う手なんだ。たいていはさほど長くごまかせるものじゃないが。姿を消すのに最悪の方法でもあるからね。あまりに見え見えで。素人の用いる方法で、すぐに疑惑を招いてしまう。沿岸警備隊やその筋の専門家が投入されれば、逃れるのはむずかしくなる」

ケイラはぽかんと口を開けた。「あなたってこういうことを生業にしているの？」

マサイアスにはその質問がよく理解できなかった。「姿を消すってことかい？」

「ばかなことを言わないで。ちゃんと答えて」

ギャレットが助け舟を出した。「ぼくらは人生をやり直したいと思っている男に――たいていは男だが――そういうタイプに慣れているとだけ言っておこう」

「ローレンのご主人がそうだというの？」茫然《ぼうぜん》とした口調だった。友が辛い思いをするかもしれないということで、自分がこれまでずっと抱えてきた恐怖以上にショックを受けているのだ。

女には心底困惑させられるとマサイアスは思った。

「それはわからない」鼻を鳴らしたギャレットをにらむ。「それに、事件は一度にひとつずつしか扱えない。今はきみの件だ」

「そういう言い方をするってことは、今夜は用心棒の領域に留まるつもりだってことね」

それは最悪だ。「くそっ」

ギャレットが顔をしかめた。「どういう意味だ？」

それに答えるつもりも、ケイラに説明させるつもりもなかった。「そろそろ家に帰る時間だ」

「わかったわ。その計画には乗るけど――」

「きみに選択肢はない」その点、ケイラは混乱しているようだったが、マサイアスにはその理由がわからなかった。

「――乗るけど、あなたたちふたりが新しい服を買ってくれたらね」

マサイアスは立ち上がろうとして動きを止めた。「われわれの服の何がいけない？」

ケイラは彼のズボンを引っ張った。「まるでＦＢＩみたいだもの。もっと悪いわ。まちがった指令を受けて仲間からはぐれてしまったみじめなＦＢＩに見える」

女が男の服選びの失敗を指摘することほど、あなたとは寝るつもりがないと雄弁に物語るものはない。マサイアスでさえ、そのぐらいは理解できた。「きみはテレビの見すぎだな」

ギャレットはしかめ面をした。「どの番組のことを言ってるんだ?」

「わたしがぱりっとしたスーツを着た男と付き合っているって言っても誰も信じないわ。ジーンズとか、短パンとかを見つけてきて」ケイラはふたりに向かって言った。

「全部脱いだっていいんだ」マサイアスにはそれが正しい歩み寄りに思えた。

ケイラは彼に鍵を渡した。「そろそろ家に帰る時間よ」

16

ふたりはケイラのアパートメントに向かった。ケイラは歩くことにほとんど気持ちを向けられなかったので、カフェから遠くないのはありがたかった。家に戻って、自分が唯一安心できていた場所で誰かが自分の持ち物に触れ、憎悪を吐き散らしたという事実と向き合わなければならないのが怖かった。

家に近づくと、マサイアスが指をからめてきた。手をにぎるという単純な動作がおかしなほどにロマンティックで、彼らしくなかった。危険が近づくのがわかって、人間の盾となる際に、手をつないでおけば容易に水のなかに放りこめるからというほうが彼らしかった。しかし、それは腹立たしいとともに好感の持てることでもあった。好感など、ふだんはマサイアスに結びつけないことばだ。

ケイラは導かれるままに階段をのぼり、ほとんど引きずられているも同然なのに、そうではない振りをした。カフェでのキスはとてもすばらしく、あのドアの向こうで直面しなければならない現実を少しのあいだ忘れさせてくれた。片づけなければならないという思いと、あれだけの怒りが自分にまっすぐ向けられたという事実に直面しなければならないという思い。

小さなポーチでマサイアスは彼女の後ろに手を伸ばした。「ぼくが開けよう」鍵についてや、ホテルにいたこの二日間考えないようにしてきたことについてケイラが何か言うまえに、マサイアスがドアを開けた。それから、彼女の腰にそっと手をあて、なかへと導いた。

部屋に足を踏み入れた瞬間、パニックに駆られて思わず目を閉じた。静寂に包まれる。バランスを保つためにケイラは彼のたくましい体に寄りかかり、その力強さにひたった。

目を開ける勇気をかき集めるのにもう少しかかった。目を開けると、思わずまばたきした。すべてが整えられていた。壊れた家具さえ直されているかのようだ。ふたりがけのソファーには新しいクッションが置かれている。まえとはちがうものだが、似た色だった。まるで破壊されたあとで、誰かがまえと同じように部屋を作り直したかのようだった。

「部屋が元どおりになっているわ」心のなかでつぶやいたつもりだったが、驚きのあまり小声でささやいていた。

「もちろんさ」マサイアスはドアに鍵をかけた。てのひらに載せた鍵をじゃらじゃら言わせている。

はっと現実に気づく。「あなたがしてくれたのね」

「部下たちは任務において有能なんだ」マサイアスは鍵の鎖を分け、ひとつをケイラに差し出した。「そういえば、ほらこれを。すべて新しくなっているから、ローレンに予備の一式を渡しておくかどうか決めなくちゃならないよ」

安堵の波が押し寄せ、そのことばについての不安を押し流した。喉を締めつけていた緊張がようやくゆるんだ。

これまでの数年は誰にも頼ることなく、いつでも逃げ出せるようにしてひとりきりで暮らしてきた。自分のために何かをしてくれる人など誰もおらず、ふだんはそうしてほしいとも思わずにいたが、今この瞬間、彼がそばにいてくれるという心強さに、どう表していいかわからない感謝の念で心が一杯になった。

ケイラは息を吸い、どうにか頭を働かせ、階段をのぼっているときに呑みこまれそうになっていたパニックの名残りを払いのけようとした。「警報のコードはどうしたの？　解除できるはずはないのに」

マサイアスはウィンクした。「きみがそういう話をするとうれしくなるな」

そういったうぬぼれにはひどく腹が立つこともあったが、今日はちがった。「あなたがどんな人で、どういうことができるかを忘れていたわ」

彼はうなずき、アパートメントのなかを歩きまわった。いくつかの家具の裏をたしかめ、クローゼットやバスルームを見てまわった。さりげなく安全を確認しているのはたしかだ。気を楽にさせようとしてくれていて、それはとてもありがたかった。

マサイアスはキッチンと居間を隔てるカウンターのところで足を止めた。居間は寝室のスペースとは分けられていた。ベッドは左の奥の壁際にあった。「ローレンのことは気に入ったよ」

話題が変わったのは驚くことでもなかった。彼はいつもそうだ。任務の一環として、辛い会話からも守ってくれようとしているのだ。「わたしもよ」

「誰かがそばにいてくれることは――」うなるような妙な声。「助けになる」

そんなふうに思っているとは初耳だった。彼の振る舞いや、〝チーム〟についての話しぶりから、仕事が命と考えている気がしたからだ。「そんなことを言うのはギャレットに言われたから？　それとも、ほんとうにそう思っているの？」

「それはどういう意味だい？」

「あなたって基本的に一匹オオカミじゃないの?」それは悪口ではなかった。自分もたいていの人からはそう思われている。

「そうでもないな」マサイアスはケイラの部屋のスペアキーをポケットに突っこみ、ふたりがけのソファーのところへ向かった。「友人はいる。信頼できるひと握りの連中だ。ほんのひと握りだが、友人であるのはたしかだ」

彼がクッションに身をあずけると、ケイラはそのまえに置かれたコーヒーテーブルに腰かけようとした。彼女が何も言わないうちに、彼は足を広げ、テーブルにすわった彼女の足があいだにおさまった。互いにぴったり合った動きで、どちらも怒鳴ったりせず、会話のあいだには心地よい沈黙が流れていた。

「あなたってこんな印象だわ。一日中ひとりでオフィスにいて、数時間家に帰り、またデスクに戻って動かない。そのくり返し」最初はそのイメージにぴったりだった。今はそれほどでもないが、まだ多少困っている人間を救わなければという強迫観念のようなものは感じられた。とはいえ、それは自分勝手なものではない。誰に雇われたわけでなくても、彼女を守る義務があると本心から信じていることから来るように思われた。

「ワーカホリックの傾向があるのは否定できないな。仕事上の倫理観は見習うことで学んだんだ。ある男がいて……」それだけ言って、マサイアスは口をつぐんだ。

ケイラはその先が聞きたくてたまらなくなった。「誰?」

「誰でもない」

追及しなければ、そのままになってしまうのはたしかだった。それ以上深くならない堂々めぐりのくり返し。久しぶりにケイラは、ほんのつかのまでも、数分の触れ合いや身の安全の約束以上のものがほしくなった。

そこで彼の膝に手を置いて顔に顔を近づけた。「セックスするなら、あなたについてもっと知りたいわ」

マサイアスはわずかに身を起こした。「待ってくれ、今夜セックスするのかい?」

もちろん。忙殺されたランチタイムのあいだに心に決めていた。しかし、ふたりのまわりにはまだあまりに秘密が多すぎる。信頼の問題もあり、彼がこの街に来た理由について、まだ話してもらっていないことがたくさんあるという印象も強かった。そのすべてが、こうして惹かれ合う気持ちを無視したほうがいいと告げていた。自分の身を守るためだけにでも、一歩下がってさらに慎重になるべきなのだ。

そうすべきたしかな理由があるのに、ケイラはそれを無視するつもりだった。「たぶん、それはあなたがどのぐらいわたしに打ち明けてくれるかによるわね」

「セックスするには試験を受けなきゃならないと？」マサイアスは両手を挙げた。「誤解しないでくれよ。ぼくはそれに受かるつもりだから。ただ、基本的なルールを知っておかなくちゃならない」

その熱心さが、頭をよぎった疑念をことごとく打ち砕いてくれた。「きっと気に入らないわ」

「これまで耳にしたことは気に入っている」

彼の目には興奮が浮かび、全身は緊張してこわばっていた。それも彼をいっそう望ましく思わせた。「あなたはわたしについて何もかも知っているわ」

「そんなことはない」

最悪のことは知っているのに、離れていかなかった。それは重要なことだ。彼にすべてを打ち明けることはできないが——誰も知らない最悪の部分はとくに——あのときの自分がどんな人間だったか説明しようとすることはできる。「殺人事件のまえのわたしはかわいいふつうの大学生で、完全に自己中心的な人間だったわ。ビジネスの学位をとって、海外に行き、贅沢な暮らしを送るつもりでいた。そのあいだずっとマラソンもつづけ、とにかく最高でいたいと思っていた」

マサイアスは笑った。「典型的な二十歳の女の子に思えるよ」

その豊かな声に背中を押されてケイラはつづけた。「自信に満ちあふれていて、とても力になってくれる父もいた」

「お母さんは？」

「母はずっとまえに家を出ていったわ。じっさい、今どこにいるのか見当もつかない」マサイアスから「それは気の毒に」という陳腐な答えを返されて頭がくらくらするまえに、ケイラはつづけた。「問題は、あの日まで、わたしにとってすべてが正常だったってことよ」

「正常というのがどういうものかよくわからないが、きみがどんな人間であれ、そんな状況に出くわすのは恐ろしいことだったにちがいないな」マサイアスの目に同情の光が宿った。「そんな恐怖を経験しなければならなかったのは気の毒だ」

彼は写真を見たのかもしれない。少なくとも、子供たちが寝ているあいだに死んだのとはわけがちがうとわかるだけのことを耳にしたのだろう。被害者が命がけで抵抗したことがわかる血まみれの現場。階下《した》の物音を耳にしなかったことを誰にも信じてもらえなかったせいで、ケイラは長いあいだ、第一容疑者にされたのだった。

しかし、自分についてはそれ以上話したくなかった。「それで、あなたは何者なの、マサイアス・クラーク？」

「見た目どおりの人間さ」

失望に襲われる。公平に振る舞ってくれるものと期待したのに。「ずるいわ」

「ぼくがこれまで誰にも話したことのない物事について話させるすべをきみは心得ているわけだ。ぼくはずるいと非難されるのが大嫌いなんだ」

「だとしたら？」

マサイアスは手で太腿をさすった。「母はぼくを手放した。父についてはまるでわからない。捜したいともあまり思わなかった」

「養父母はいい人たちだったの？」

「まあ、それも問題でね」マサイアスは太腿をさらに強くこすった。「母が行方をくらまして同意書がとりつけられなかったので、結局すっきり養子になることができずにぼくは里親のもとに戻った。親権喪失の審問が行われたんだが、ぼくを養子にするつもりだった人たちをひるませてしまったんだ。審問のあいだもその後も、ぼくは決められた年齢に達するまで里親のもとに留まることになった」

彼のために心が痛んだ。手を差し伸べ、本心からの同情を表したいと思ったが、経験から、彼がそれをむなしく思うのはたしかで、たいした助けにもならないはずだった。以前、この手の会話をしたときには、自分が彼の立場で、同情を受ける側だった。

同情には心の傷を癒す力はない。

しかし、マサイアスについて多少知ったことで、わかったこともあった。彼はすべてを戦って手に入れなければならなかった人間で、どこにいてもしっくりきたためしがないのだ。今の彼がこういう人間であるのは当然と思えた。

ケイラはもっと知りたかったが、傷を深くしたくはなかったため、より気楽と思えるものに話題を変えた。「あなたがさっき言っていた人は誰？」

マサイアスの肩から多少緊張が薄れた。「名前はクイント。彼は、可能性を持ち、自分の技を合法の仕事に役立てたいという強い望みを抱いている若者たちを集めた」

それは悪くないことだという気がしたが、たしかなことは言えなかった。「それが何を意味するものかわからないわ」

「民間の警備保障会社を運営していたんだ。クイントが引退したときにぼくが買い上げて、今はぼくの会社になっている」

「つまり、その人はあなたの指導者だったのね」

マサイアスの唇にかすかな笑みが浮かんだ。「すべてさ。われわれ五人にばかなことをするのをやめさせてくれた。そうじゃなかったら、みんな刑務所に入れられるか葬られるかしていたことだろう」

新たにわかることが増えるにつれ、彼の殻にひびがはいっていく気がしたが、それはさらなる疑問を呼んだ。「ばかなことってじっさい、どういうこと？」

「復讐するというようなことさ」マサイアスは手を伸ばしてケイラの手をとった。「もう今夜の発表会は充分だと思うな」

もっと知りたいという思いが募ったが、ケイラは頭に浮かんだ無数の質問を呑みこんだ。「そうね」

今夜はほかにやることがあった。集中することも眠ることもできなくなるほどに思い描いていたことが。

マサイアスは彼女の手をひっくり返した。てのひらを指でなぞる。肌をくまなく愛《あい》撫《ぶ》するように。「それで、まだセックスする気はあるのかい？」

「テーブルよりはベッドを使うほうがいいわ」ケイラは彼の手を持ち上げ、指を口に含むと、指先のまわりを舌でなぞった。

「きみはとんでもなく色っぽいな」

「服を脱がせながら言って」

「了解」マサイアスは身を乗り出し、彼女の口にすばやくキスしてから立ち上がった。

彼があとずさろうとはしなかったため、彼女のすぐ目のまえに脚が来た。あまりに近かったため、ケイラは彼の脚の裏に手を伸ばし、その手を引きしまった脛《すね》まで這《は》わせた。「でも、わたしはまだ服を着たままよ」

「すぐさ」マサイアスはシャツのボタンを外した。その動きはスローモーションに感じられるほどだった。

少しずつ魅力的な肌があらわになっていくのをケイラはじっと見つめた。マサイアスはシャツを肩から外し、横に落としたが、ケイラは彼から目を離せなかった。広い胸から腹のなめらかな筋肉まで。

ベルトに手がかかると、その手を払いのけてケイラがそれを外しはじめた。ベルトをとるとバックルが音を立てた。まずはズボンのボタンを外し、次にファスナーを開け、そのなかに手を突っこみ、彼を包んだ。「あなたの体ってどこもかしこもすばらしいわ」

マサイアスは指を彼女の髪にすべりこませた。「それを使って何ができるかたしかめてから言ったほうがいいな」

「自信たっぷりなのね」ケイラは手を何度か上下させた。てのひらのなかで彼が大きくなり、全身に力があふれる気がした。

彼の指が顎へと降りていき、彼女の顔を上げさせた。「きみについて自信があるってことさ」

彼をソファーに押し倒したくなる。たかぶったものを口に含みたくなる。しかし、それよりも手で触れてほしかった。

ケイラはどうにかして立ち上がった。自力で立ったのか、マサイアスに引っ張り上げられたのかはわからなかったが、気がつくと力強い腕のなかにいた。両手で体をまさぐられ、触れられたところに火がついた。全身に熱が広がり、筋肉がこわばる。彼の手が制服のボタンにかかると、喉で息がつまった。

「そうよ」ケイラは身を寄せ、頭を彼の頬にもたれさせた。下に目を向けると、たくましい手が制服を押し分け、ブラジャーの薄い布地のなかにすべりこむところだった。胸を手で包まれ、親指で胸の頂きをこすられる。何度か触れられただけで体には火がついていた。意志の力だけでケイラはじっと立っていた。しかし、彼が首をかがめ、ゆっくりといたぶるようにみだらな舌を使い出すと、膝ががくがくした。どうにかくずおれまいと彼にしがみつく。

耳の後ろを舌がなぞり、マサイアスの呼吸が耳にこだました。体に走った震えのせいで全身の骨が揺さぶられる。やわらかい肌をなめられ、口に含まれ、吸われたせいで、ケイラは思わず首を後ろにそらした。これがどれほど気持ちのいいものか忘れていたのだ。

手が体を這い、制服の残りを押し開いた。ケイラはキスと愛撫のあいまに制服を下ろして脱いだ。そろいの青いブラジャーとショーツだけでそこに立っていると、欲望に呑みこまれる気がした。腕を彼の首にまわし、文字どおり彼の体に飛びついた。

マサイアスはまるでぐらつきもせず、彼女を受け止めた。彼の腰に脚をまわすと、むき出しの太腿の裏を指でつかまれた。部屋がぐるぐるとまわり出す。背中がベッドに触れると、また壁が焦点を結んだ。やがて見えるものは覆いかぶさって胸から膝までを愛撫する彼だけとなった。

キスでまた息をすべて奪われる。彼の味わいはドラッグのようだった。マサイアスの口が胸へと降りると、ケイラはそれに抗おうとした。愛撫された胸はうずき、体のなかのすべてが張りつめ出した。

前戯だけでおかしくなりそうだった。彼の指をもっと下に、なかに感じたかった。そう頼もうとしたが、すでに彼は動いていた。

口が腹へと降りる。唇がショーツのてっぺんのゴムに触れ、指がショーツのなかにすべりこんだ。コットンの生地越しに舌が彼女をかすめた。舌と指がまえへ後ろへ動く。こすられ、愛撫されて、ケイラは腰をベッドから浮かせた。

「脱がせて」ケイラはショーツの脇を引っ張り、下ろすか、少なくとも脱がせやすくしようとした。

マサイアスは彼女の手をマットレスに押しつけ、口でそれをした。ショーツの生地を顔で押しのけ、舌で肌を味わっている。ケイラは足を開いて彼がそうするのを容易にしようとしたが、まだその部分はショーツに包まれていて、動きも制限された。

彼の髪に指をすべりこませて引っ張り、顔を上げさせる。「マサイアス、お願い」それが聞こえなかったのかと思ったところで、彼が彼女の太腿のあいだで膝立ちになった。マットレスが沈んだが、彼は触れる手を離さなかった。ショーツの正面を手がかすめたと思うと、ショーツが引き下ろされた。足を抜かれ、ショーツは床へと落とされた。

それからマサイアスは戻ってきた。ズボンの後ろのポケットに手を突っこみ、コンドームをとり出す。「こうなると期待していたんだ」

息がつけず、笑うこともできなかった。空気は肺を満たすのを拒み、鼓動は耳の奥でとどろいていた。これを――彼を――待ち焦がれていたのだ。何かを感じたいという欲望ではなかった。彼がほしいという欲望。彼の感触と体とキスが。

そのことが強く意識された。全裸で手を頭の両脇に置いて横たわり、彼のために体を開いてすべてをささげようとしている今。「お願い」

「ああ」マサイアスは歯でコンドームをくわえ、体の向きを変えた。

マサイアスがズボンを脱ぐまで、彼のしていることにケイラは気づかなかった。マットレスがはずんだが、起き上がることができなかった。すばらしい筋肉をただじっと見つめていた。どこもかしこもがなめらかで引きしまっている。

マサイアスはコンドームをつけると、彼女の足をさらに広げさせた。指がまたなかにはいり、出たりはいったりした。爆発するぎりぎりのところで待っていたケイラは顔を左右に動かした。指と口で愛撫されただけなのに、濡れてすっかり準備ができている……

「マサイアス」ため息とともに彼の名前をもらす。

彼はケイラの足を胸に近いところまで押し戻した。彼の太腿の前面が彼女の太腿の裏に触れた。そうして彼がはいってきた。少しずつ押し入ってくる。体が彼に慣れようとするあいだ、小さな筋肉が彼をきつく包んだ。マサイアスは奥に達すると、動きはじめた。

激しく突き入れては引き出す。そのスピードが増すにつれ、ケイラの息が喉でつまった。

全身がこわばり、熱に包まれる。彼の胸に玉の汗が浮かび、ケイラは顔を寄せてそれをなめたくなる衝動と闘った。

マサイアスが指をすべらせてつぼみを探った。なかにはいられ、指で愛撫されて興奮が二倍になり、ケイラは背をそらした。手を彼の手に押しつけ、さわってほしいところへと指を導く。互いの体をより近く感じられればそれでよかった。

欲望が渦を巻いて全身を貫いた。興奮がじょじょに高まる。もう少しというところで彼が最後にひと突きし、絶頂が訪れた。ケイラは荒々しい息を吐いてそこに達した。腰を突き上げ、彼の尻を指でつかむ。

体が勝手に動き、まわりのすべてが真っ白になった。エネルギーが尽きるまで体は動きつづけた。彼が声をもらして達し、彼女の体を自分の体に巻きつけようとしたが、ケイラは腕を持ち上げることができなかった。筋肉という筋肉が脳からの命令を無視した。彼が身を震わせて最後に一度動くと、彼女の体からはすべての力が抜けた。

マサイアスは肘では体を支えきれないというように、彼女の上に倒れこんだ。そうされてもケイラに不満はなかった。彼の体の温かさがあまりに気持ちよかったからだ。激しい息が首をかすめた。

しばらく黙ったままふたりでそこに横たわり、ケイラは指で彼の背中をなぞった。

体が冷えていくあいだ、彼の指は彼女の髪の先をもてあそんでいた。

「すごいな」マサイアスは動かずに言った。

声に表れた驚きは、これまで聞いた何にもましてセクシーだった。「わたしもそう思っていたわ」

マサイアスは肘で体を起こし、ケイラを見下ろした。「きみの何がすごいんだろう?」

「きっとそれほど特別じゃないわ」

マサイアスはキスで口をふさぎ、最後に下唇を吸ってから唇を離した。「ちがうね」

ああ、この人はわたしを特別だと思わせてくれる。「証明してくれなくちゃ」

マサイアスはうなり声を発した。「なあ、ほとんど動けないぐらいなんだ」

満足しきってふざけ合おうとする彼の一面を目にして、ケイラはにっこりした。手をすべらせて彼の尻をつかむ。「ほんとうに今夜はこれで終わり?」

「そんなことは言っていないはずだ」

「だったら――」

たくましい両手が彼女の顔を包んだ。「おしゃべりはなしだ」

17

マサイアスは自分がどうしてしまったのかまだわからずにいた。セックスは……すごかった。最初のセックスのときはものが二重に見えた。シャワーを浴びながらしたときはそこでのセックスを見直した。ケイラとのまえには、すべったり転んだりしないように気を遣わなければならないので、あまり好きではなかったのだ。ケイラとはちがった。彼女は膝をつき、自分はことばを発することができなくなった。

ケイラの好みがはっきりしているのも悪くなかった。そう、ただひたすら彼女は好ましかった。マサイアスにとっては慣れない感覚だったが。セックスは人恋しさか解放のためにするというタイプの男だったからだ。ケイラとだと、ひと晩じゅういっしょにいたいと思った。ベッドから急いで出て家に帰りたいという思いに駆られずに済んだ。

これまでと何がちがうかと言えば、唯一彼女だった。彼女のすべて。以前にもすごいセックスはしたことがあり、すばらしい女性はいくらでもいたが、今回は感情の激しさ——ああ、本物の感情を持てたという事実——が深く響いたのだった。それはケイラの考え方や精神的な強さのせいかもしれない。彼女も苦難を生き延びた人間だという、非常に現実味のある感覚のせいかもしれない。同じ魂を持つ人間。じっさい、ほかのどんな女性にも話したことのない過去の出来事について彼女には話そうかと思ったほどだ。重荷を下ろしたくてたまらなくなる。それが自分をひどく困惑させていた。

ケイラはどんなふうに触れてほしいか示し、相手を悦ばせるとなると、ためらうことがなかった。そして、あの口……ああ、くそっ。いっしょにひと晩過ごしてからは、彼女の喜ぶ顔が見たくてたまらなくなった。おそらく、だからこそ、今日はいつものビジネス・スーツではなく、色あせたジーンズにグレーのTシャツを身につけているのだ。

部下のうちのふたりが、ジーンズ姿のマサイアスをじっさいに二度見した。そのぎょっとした表情を見れば、部下のひとりを自宅に送って服をとってこさせたかいがあった気がした。その男はギャレットの服もとりに行った。だからこそ、翌日の午後、カフェの中央にすわっていても、ふたりとも目立たずに済んでいた。

「誰かと思えば」

ギャレットが声を発し、マサイアスはコーヒーカップから目を上げた。何かと思えば、まさかのレンがこちらへ向かってくるところだった。「いったい何しに来た？」

レンはテーブルの横で足を止めた。脇にファイルを抱え、大きく顔をしかめている。

「どういう格好だ？」

「溶けこもうとしているのさ」ギャレットがパイを食べながら言った。

「何に？」レンは椅子を引いて腰を下ろした。「張りこみをするにはおもしろいやり方だな」

「休憩中なんだ」ギャレットはパイを呑みこみ、ナプキンで口をぬぐった。「そう言われてみれば、マサイアスの子守りはずいぶんと大変な仕事だぜ」

この手の会話は早く終えてもらいたかった。マサイアスはそのために口を出すことにした。「どうしてアナポリスに？」

「ギャレットからキスのことを聞いたからさ」レンはギャレットのほとんど空になった皿を引き寄せ、最後に残ったパイやかけらをしげしげと見た。足音がして、彼は目を上げた。「まあ、きみたちふたりのあいだのことじゃなく、たぶん……彼女とか？」

ケイラがマサイアスのすぐ後ろで足を止めた。「あら、スーツ姿がもうひとりね」

彼女がレンのこともカジュアルな装いにさせられたら、金を払ってもよかった。レンがベッドにはいるときも黒いスーツを着ているのはたしかな気がしたからだ。「ケイラ、こちらはレンだ」

ケイラは三人がいっしょにすわっている光景をおもしろがっているように見えた。「それはファーストネームなの？　それともラストネーム？」

「正直」レンが首を振った。「そんなことはどうでもいいことだ」

ケイラはため息をつき、マサイアスの椅子の横へまわりこんだ。「どうやらあなたのお友達はみんな謎めいていて苛々させる人ばかりみたいね」

「なぐさめになるかどうかわからないけど、彼にはそれほど大勢友達はいないからね」とギャレットが言った。

「わかるわ」声は厳しかったが、手はマサイアスの肩に置かれ、肩をもんだ。悪くない感触だった。「レンはギャレットのほんとうのボスなんだ」

ケイラはぷっというような音を立てた。「あなたたちの仕事上の関係って理解できないわ。でも、説明しようとしてくれなくて結構よ」

レンはギャレットの皿に残っていた最後のひと口をつまんだ。「いろいろ変化するからね」

ケイラはマサイアスに目を向けて小声で言った。「すごい、この人、あなた以上によくわからない人だわ」

それは控えめな言い方だろう。レンはマサイアスがこれまで出会った誰よりも変わった人間だったからだ。「きみには見当もつかないだろうよ」

「情報を持ってきたんだが」レンの目がケイラに向けられ、またふたりの男に戻された。「ここでは……その……」

「大丈夫だ」その段階はとうに過ぎていた。ケイラは彼の人生について知っており、マサイアスも彼女の人生について知っていた。もちろん、全部ではないが、根本的なことを知ったことで、ある種の絆が生まれていた。マサイアスはそれをここで台無しにするつもりはなかった。「彼女についての情報だから」

「いい答えね」ケイラは彼の肩をつかむ手に力を加えた。「わかってきてるじゃない」

「多少の技術はあるんでね」

「ひとつ問題があるわ」ケイラはマサイアスの隣の椅子を引き出してすわった。「あなたのお友達がわたしのことを調べているという大きなニュースについてはいつ教えてくれるつもりだったの？」

「そのつもりはなかった。ぼくも知らなかったからね」このことにはかかわらないよう、レンにははっきり言ってあった。ケイラの居場所を突き止めてもらったのはたしかだが、そこから先はすべて自分で処理しようと決心していたからだ。

「ぼくが調べているのは表に出てきていない殺人だ」レンはテーブルにファイルを置いて言った。

ギャレットが咳払いをした。「レンもマサイアスも人を相手にするときの技術を持ち合わせていないと、この辺で言っておいたほうがいいかもしれないな。レンは恋人のおかげでましになってきているんだが、まだまだ改善の余地があるのはご覧のとおりさ」

「その恋人に会ってみたいわ」とケイラ。

「みんなそうだ」マサイアスはDCに戻ったら、そうするつもりだった。許可なく他人の個人的な生活に干渉するとどうなるか、レンに教えてやるというわけだ。

「もうその話はいい」レンはファイルを指で叩いた。「殺人に話を戻そう」

マサイアスはまわりを見まわした。三つのテーブルが埋まっており、カウンターについている客もいた。こちらを見ている人間はいなかったが、見知らぬ人間に会話を聞かせてやる理由はない。「声を張りあげないほうがいいな」

レンはケイラをじっと見つめた。「ダグ・ウェストン」

ケイラは身をこわばらせた。マサイアスは彼女の体には敏感になっていたが、裸を見たことがなかったとしても、その変化はわかったことだろう。全身がこわばっているのがひと目でわかる。彼女についてのレンのファイルにその名前が載っていたのを覚えていたので、とくに興味深かった。「そいつがどうしたんだ?」

「誰なんだ?」とギャレット。

「彼は大学できみたち全員の友人だった」ささやいたにもかかわらず——レンにとってはささやきだったが——太い声が響いた。「殺人事件が起こってから二年ほどして、卒業と同時に姿を消した。それ以前は容疑者のリストに載っていた」

ケイラは肘かけに肘を置いた。「どうしてそんなことがわかったの?」

レンは肩をすくめた。「警察本部に情報提供者がいるからさ」

「ニューヨーク州のシラキュースに?」ケイラは鼻を鳴らした。「まさか」

「それどころか、いたるところにいる」

ケイラは椅子に背をあずけた。「そう、意味がわからないわ。まったく」

「レンは情報を集めてぼくに提供し、ぼくはそれをもとに行動を起こすわけだ」マサイアスが説明した。「じっさいはもっと複雑なんだが、ぼくらが提携して仕事をする際の基本的なルールと考えてくれればいい」

　ギャレットが彼女に目を向けた。「大丈夫。ぼくを信じてくれればいい」

「選択肢なんてないのに」ケイラはマサイアスに目を向けた。「わたしをつけまわしている人間を見つけるのが目的なんだと思っていたわ」

　レンがたった今明かした情報も、レンから少しずつメッセージを受けとっていたため、多少は知っていたが、付随情報以上の意味があるものとは思っていなかった。

「きみをつけまわしているのがそもそもの殺人事件の犯人だと考えるのは理にかなっている。おそらく、そいつはきみが何かを目にしたと思っているわけだ」

「いいえ、それはちがうわ」ケイラがマサイアスと向き合おうと体をまわし、椅子がきしむ音を立てた。「ねえ、ダグにはもう何年も会ってないし、連絡もないのよ。わたしはシラキュースを離れたし……みんなが亡くなってから」

　彼女のことばは聞こえたが、それによってどうしてダグが容疑者から外れることになるのかは理解できなかった。「でも、どうして彼じゃないというんだ？」

「警報に引っかかることなくアパートメントに侵入できるほど賢くない人だからよ」

　ケイラはため息をついた。「彼とは一年付き合ってたの。説明書がないとわたしのブラジャーも外せないような人だったわ」

　しかし、だからといって、銃を発射できないということにはならない。経験から、基本的に無能だからといって、危険でないとは言えないことはわかった。「ケイラ——」

ケイラは入口からはいってきたローレンと連れの男を顎で示した。「仕事に戻らなくちゃ」

ローレンはケイラにほほ笑みかけた。「もうすぐ出かけるんだけど、食べ物を受けとろうと思って」

「そうね」ケイラは立ち上がり、カウンターに駆け足で向かった。「待ってて」

「やあ、ローレン」ギャレットが会釈して挨拶した。

それ以上誰かがことばを発するまえに、ケイラは大きな茶色の紙袋をふたつ持って戻ってきた。「どうぞ。今回は船酔い男を海に連れていくのよね？」

「それってぼくのことじゃないよね？」

「こちらは今日わたしといっしょに沖に出るエリオットよ」ローレンは紙袋に手を伸ばしながら紹介した。「ケイラが〝船酔い男〟とお上品に言ったのはわたしのアシスタントのポールのことよ。だいぶましになってきたけど」

「たいていいつも揺れない陸地に留まっているからよ」とケイラが言った。

マサイアスは船酔いについてはもう聞きたくなかった。「それは名案だな」

「それで、二度目のヨットのレッスンはどうだったの？」ケイラはローレンからエリオットに目を移した。

エリオットは肩をすくめて答えた。「溺れはしなかったよ」

「それはよかったわ」

ふと嫉妬に駆られ、マサイアスは自分でも驚いた。エリオットに対するケイラの声が温かく、歓迎するようだったからだ。そうした態度は好ましかったが、その笑みを自分だけに向けてくれたなら、そのほうがずっとよかった。

マサイアスはエリオットを見やり、ケイラの怒りを買わないように、〝おれの女に手を出すな〟というばかばかしい思いを声にこめまいとした。「なぜだい？」

エリオットは当惑した顔になった。「え？」

「なぜレッスンを受けようと？」質問の意図は明らかなはずと思いながらも、マサイアスは訊いた。

レンがギャレットをちらりと見やった。「どうやら、彼の人あしらいは改善されていないようだな」

ギャレットは首を振った。「ちっとも」

「ヨットを買おうと思って……その、小さなやつを」エリオットは手を伸ばしてローレンから紙袋を受けとった。「大枚をはたくまえに、扱い方を学ぶべきだと思ってね」

「もしくは、そう、陸地に留まっていてもいいのよ」テーブル席の客が合図してきて、ケイラはうなずいた。「海がわたしたちの縄張りじゃないことは覚えておいたほうがいいわ」

「どうしてそれがわかるんだい？」とレンが訊いた。

ケイラは眉を上げた。「水のなかで呼吸できて？」

「そうか、たしかにね」

レンが答えるとすぐに、ケイラは合図してきた客のほうへ向かった。それから、カウンターの奥にまわり、コーヒーポットを手にとった。その動きをマサイアスは目で追った。

ケイラが忙しくしていたので、ローレンに望まない爆弾を落とすなら今だとマサイアスは踏んだ。これだけの人がまわりにいたら、彼女も怒りをぶつけるのがむずかしいにちがいない。少なくともそうであってほしいと思った。「今日もぼくの仲間が何人かこのあたりに出没することになっている。沖まできみのあとをつけたとしても、気にしないでくれ。きみは潔白だと話してあるが、おそらく誰かがずっときみの動きを監視することになるはずだ」

ローレンの笑みが消えた。「今になって教えてくれるとはおもしろいわね」

「ぼくもばかじゃないからね」部下たちの配置を考えなくては……「その船酔い男はオフィスに残るのかい？」

「どうして訊くの？」

「そうかなと思っただけさ」これまでポールを見つけることができなかったからだ。訪ねるたびにその若者は外出中だった。ふたりの部下も同じことを言っていたため、その男については自分で調べようと決めていた。

店を出るローレンとエリオットを見送るのにちょうど間に合うようにケイラが戻ってきた。彼女は手を振ってふたりを送り出し、テーブルに戻ってきた。

レンがギャレットに言った。「あれが行方不明の夫のいる女性かい？」

「またその話？」ケイラは目を天井に向けた。「彼女のご主人は亡くなったのよ」

「たしかにね」マサイアスもその話は信じていなかった。海で行方をくらますのは昔からよく使われる手だ。マサイアスはありふれたことを信じる人間ではなかった。

ケイラは男たちをじっと見つめた。「あなたたちみんな、頑固者になるクラスでもとってるの？」

「生まれながらのものさ」とギャレット。

「仕事に戻るわ」

ケイラは一歩踏み出すかどうかのところでレンに止められた。「このダグ・ウェストンについてはどうなんだ？」

「犯人じゃないわ」

それだけだった。ケイラはそうきっぱり言うと、歩み去った。キッチンのドアまでそのまま歩きつづけ、踵でドアを蹴り開けた。

どうやら、痛いところをついたようだ。マサイアスはその理由を知りたくなった。

レンは歩み去るケイラに目を据えていた。「興味深いな」

「ダグというやつのことか？」真相が明らかになるまで、そのことが心から離れないのはたしかだった。その男は第一容疑者で、その後姿を消した。ケイラもそうだ。おそらく、ダグも同じ理由からそうしたのだ。そうだとしたら、詳しい事情を知る必要がある。

「彼女さ。きみがああいうタイプが好みとは思わなかったな」レンがギャレットに目を向けた。「そうだろう？」

ああ、まったく。「ＤＣに戻らなくていいのか？」

レンは首を振った。「時間はある」

「彼は彼女に夢中なのさ」とギャレットが言った。

この話だけはしたくなかった。絶対に。「それで、戻るときには、ギャレットを連れて帰ってくれよ」

「ギャレットはこの件の真相がわかるまでここに残る」レンはマサイアスのほうへファイルをすべらせた。「なあ、頼んできたのはきみのほうだぜ」

「ケイラを見つけるのはな。きみの仕事は終わった」マサイアスには明々白々のことに思えた。

「でも、興味を惹かれたんだ」

ギャレットが笑った。「まえにそう言ったときには、恋人ができたんだった」

「今度はきみの番かもな」レンはおもしろがるように言った。

ああ、もう頼み事などするものか。それを新たなルールにしよう。「黙れよ、ふたりとも」

「ぼくも残りたいぐらいだ」レンは舌を鳴らした。「マサイアス・クラークの生き方を変えるほどの女なら、知る価値はあるからな」

マサイアスは首を振り、声をもらした。思いつくかぎりの否定のことばを発する。

「そういうことじゃない」

レンはギャレットを見やり、その目をマサイアスに戻した。「だったら、どういうことなんだ？」

今朝、ケイラの隣で目を覚まして以来、マサイアス自身が自問しつづけた問いだった。「ぼくにも見当がつかないのさ」

18

　数時間後、夕食の時間も日没もとうに過ぎてから、レンはDCに戻った。マリーナのにぎわいもおさまり、ローレンとエリオットも戻ってきた。大学生ぐらいの若者たちが乗って大騒ぎしていたヨットも、腹を立てた近所の住人が二度もマリーナの警備会社に通報してからは、よそへ移っていった。

　今、アナポリスには涼しい風が吹き、それが窓からわずかにはいってきていた。ケイラは新鮮な空気がはいるようにカーテンをほんの少しだけ開けたままにしておいたのだった。とはいえ、涼しい風は感じなかった。そう、ベッドの反対側の光景をたのしむのに忙しかったからだ。そこではマサイアスが靴を脱ぎ、Tシャツの裾に手をかけていた。

　砕けた装いはあまりしないのかもしれないが、とても似合っているのはたしかだ。Tシャツの裾が引きしまった腰にかかり、ときおり持ち上がって平らな腹が見える眼福に、一日中うっとりして過ごしたのだった。

まわりをうろつかれるのは煩わしいと思っていたのだが、大まちがいだった。その日は彼がときおりカフェに出入りし、彼女が給仕するということを心地よく反復して過ごした。マサイアスがじっさいに何かを頼むことはなく、邪魔をすることもなかった。ブッククラブやその他の活動のあとにカフェに寄る常連の年輩の女性たちが、給仕の手伝いをしてくれたと思うと、彼とおしゃべりし出し、やがて自分の勘定を払って帰っていった。彼が七十代のご婦人たちと世間話をしてほんの少し無邪気にじゃれ合うのを聞いているのは、何にもまして好ましいことだった。

ケイラはベッドの端に足を載せ、肌に保湿液をすりこんだ。「最近、マリーナにどれだけの人がやってきているか気づいた?」

「え?」マサイアスは目を上げ、その目をみはった。手が降り、目は脚に釘づけになっている。

胸好きであろうとなかろうと、そういう点ではわかりやすい人だ。

「あなたの部下と、レンと、ローレンの顧客と――」余った保湿液を手にすりこみながら、足を床に下ろす。「わたしに死んでほしいと思っている人間」

マサイアスは顔をしかめた。「それは言うなよ」

「まじめに言っているのよ」ケイラはベッドをまわりこんでいって彼と向かい合い、ベッドの端に腰を下ろした。「ここに移ったのは、静かで居心地がよかったからなの。小さな町の雰囲気をたのしめるのに、DCに近くて、ニューヨークからもそれほど遠くない。必要とあれば、数日簡単に姿を消せる都市にね」

「きみの生き残る能力には驚かされるよ」

「そういう意味では、あなたとわたし、似た者同士ね」マサイアスは里親のもとで育った。たらいまわしにされ、自分の家と呼べる場所を持ったことがない。そんな生い立ちのせいで、世界を見る目は変わったにちがいない。それが今のこの人を形作ったのだ。そのことを考えると、子供のころの彼のために胸を痛めずにいられなかった。

「また逃げるつもりでいるわけかい?」

まったく、今夜はわたしの話を全然理解してくれないのね。今日はすべてがとても……ふつうだと思っていただけに、それはとても興味深かった。「ここも混み合ってきたと言っているの」

マサイアスはジーンズ姿でも警戒を怠らず、用心棒の役割を演じてくれていたが、ふたりのあいだの何かは変わっていた。おそらく、小さな変化ではあったが、もう彼を邪魔だとは思わなくなっていた。いっしょにいてしっくりくる存在。お金をまき散らす人ではない。高価な装いは単に外側を飾るものにすぎず、その下にはとても手堅い人間がいた。まだすっかりほんとうのことを話してくれていないようだが、こちらも最大の秘密は明かしていない――ダグ・ウェストンについてほんとうのことを話していない――のだから、私生活について明かさない部分があるからといってマサイアスを責められなかった。

そしてこうなったのはほんの数日のことなのだ。以前は、自分の人生について、ほんのわずかでも、これほどすぐに誰かに明かすだろうと言われていたら、笑い飛ばしていたにちがいないのに。

マサイアスはファスナーを開け、ジーンズを下ろすと、床に脱ぎ捨てた。「ぼくはどこにも行かないから、訊かないでくれ」

「行ってほしくないわ」そのことばを口に出すと心が痛むほどだった。ほんとうのことになっていたからだ。これほど短期間に、彼がそばにいることにあまりに慣れてしまっていた。

彼への執着を、ほんの少しさみしくて、彼に強く惹かれているからだと片づけてしまいたかった。たいていはそうできた。彼を見れば、上からものを言ってくることがないかぎりはどんな女もこの人のことがほしくなるにちがいないと思うのだ。しかし、彼は驚くほどすばらしい体を持つ魅力的な男性というだけにおさまらなかった。そういう男性であるのもたしかだったが。

マサイアスはTシャツの裾に手をかけていたが、彼女のことばを聞いてその手を止めた。「変わったね」

そうかもしれない。誰かと深い関係を持つのを拒む妙な遺伝子が燃えつきるのをずっと待っていたのだ。深い関係を持ちたいわけではなかった……じっさい、自分が何を望んでいるのかわからなくなっていた。長年ひとりでいるほうがいいと自分に言い聞かせて過ごしてきた。しかし、これだけの人に囲まれ、ローレンといっしょに過ごし、マサイアスと過ごすうちに、今、過去に失ったものの埋め合わせをしているのではないかと思わずにいられなかった。心の痛みをやわらげるために嘘をついているのではないかと。

マサイアスが服を身につけてポーチに出ていってしまう危険があり、その可能性は高かったが、ケイラは思い切って言ってみることにした。「そろそろお互い多少秘密を明かすころじゃない？　ある程度親しくなるために。セックスだけの関係じゃなく、信頼を築きはじめるというような。わたしたちがそこまで行っているかどうかはわからないけど」

マサイアスはほんのわずかに訝るような目をした。「もっともだね」

まったく。「わたしのことばの選び方のせいで不安になった？」

「いや」マサイアスはTシャツをベッドに放った。

逃げないのね。動揺した様子もない。それって興味深いことじゃない？

「え、そう？」ケイラは上がけから出ている糸くずをつまんだ。引っ張ると縫い目がほつれはじめたため、手を離した。

マサイアスは彼女の指に目を向け、その目を顔に戻した。「不安がっているように見えるかい？」

魅力的で、セクシーで、おちつき払って見える。思っていたのと全然ちがう。

「じっさい、見えないわ」

「よかった。それで決まりだ」彼は彼女のまえに寄った。それからじりじりと進んで彼女の脚のあいだに立った「でも、正直、今は話をするんじゃないほうがいいな」

「何が望み？」ケイラは彼の脚の外側を手でさすった。

「きみさ」マサイアスは身をかがめてキスをした。長いキスに、ケイラの鼓動が速くなった。「きみに乗ってほしい」

マサイアスは当を得たことばを発する人間だった。彼について好ましいことは多いが、それもそのひとつだった。「お互いまだ服を着すぎているわ」

「きっとその問題は解決できる」

そう言い終えるまえに、マサイアスは手を下ろし、彼女の上着を引っ張って頭から脱がせた。ケイラはすばやくシャワーを浴びたあとでパジャマに着替えたばかりだったが、それをまた脱がされても文句はなかった。

彼の指先がむき出しの肩をかすめ、喉へと降りた。それから胸へと。「きみはとんでもなくきれいだ」

彼のことばはすべて信じられた。マサイアスといると、自分がきれいで、パワフルで、たくましく感じられた。そうしてくれと頼まなければ、彼が力で圧倒してくることもなかったが、今は彼に主導権をとってほしかった。

ケイラは彼のボクサーショーツに手を伸ばし、ふくらみかけたものの上まで引き下ろした。感じやすい肌にあたるゴムの感触が刺激となったにちがいなく、彼は喉の奥でうなるような小さな声を発した。彼に指を走らせたときにも同じ声がもれた。

マサイアスは顔を洗ったときに胸に滴を垂らしていた。ケイラはその滴を舌でとらえ、指でショーツをさらに下ろしながら腹をなめた。硬くなったものを手でにぎると、耳をあてた胸からたしかな鼓動が伝わってきた。

口に含むと、マサイアスが腰を突き出した。口を上下させるあいだ、たくましい手が頭を押さえていた。

それから、彼は身を引き離し、彼女を見下ろした。「きみのなかにはいらなくては」そのことばに全身を貫かれる。「ええ」

ことばを発することなく、マサイアスは身を起こし、彼女を手でつかまえた。それからベッドの反対側の端にある枕のところへ導いて、そこに立たせると、自分はマットレスの上に腹這いになった。ナイトスタンドの引き出しが開かれて閉じる音がした。ケイラが目を下に向けると、ベッドの上の彼の腰の横にコンドームがあった。

マサイアスは彼女に手を伸ばした。たくましい手が腰にあてられ、彼の体をまたぐように引っ張り上げられる。「完璧だ」

上に乗ると、彼のすべてを目にすることができた。体は欲望に脈打ち、興奮の証は彼女の体にこすりつけられている。彼の目に浮かんだ激しい欲望に体が震えた。恐怖ではなく期待のせいで。

ケイラはまえのめりになって口を彼の喉にあて、体をきつく押しつけた。喉をキスでなぞると、唇の下で彼が唾を呑みこむのがわかった。また彼をそんな状態にしたことがうれしかった。

ふたりのあいだで熱が高まった。マサイアスが彼女の尻に手をすべらせ、尻の割れ目に指を走らせると、ケイラは胃がひっくり返る気がした。手が降り、腹にまわって指がなかにはいってくる。出たりはいったりをくり返す指でこすられ、愛撫されて、腰がまえに動いた。そこにもう一本指が加わると、頭がくらくらした。

欲望のせいでおかしくなりそうで、体には火がついていた。ケイラは腰を持ち上げ、コンドームに手を伸ばした。ゴムを引き出して硬くなったものにかぶせる。彼が耳元でうなり声を発するまでじっくり時間をかけた。その上に体を下ろすときには、彼の体が痙攣《けいれん》するように動き、胸の奥で息が乱れているのがわかった。

そうしてマサイアスが自制心を失っているのを見て、ケイラの情熱も燃え立った。腰を下ろし、脈打つものを自分のなかに感じる。

「ああ、ケイラ」マサイアスは彼女の胸のあいだに顔をうずめた。「動いてくれないと」

「まだよ」この感覚をじっくり味わいたかった。一分一秒をたのしむのだ。

「ああ」マサイアスは首をそらした。首の筋肉が張りつめていたが、自分から動こうとはしなかった。

まだよ。ケイラは待った。少しだけ動くのをくり返すと、悦びに全身を貫かれた。

「あなたって気持ちいいわ」

「きみは濡れていてとても温かい」

マサイアスが悦びを爆発させるのをこらえている様子はとてもセクシーだった。ケイラは彼にキスをした。そのほんのかすかな動きが内なる筋肉を脈打たせた。達しなくては。彼に自制心のすべてを捨て去ってもらいたかった。

もう我慢できない。

膝を強くマットレスに押しつけ、腰を持ち上げると、また下ろした。それによって生じた摩擦はどこまでも気持ちよかった。もっとほしくてたまらなくなるほどに。

しかし、体は待つことを拒んだ。身の内で興奮が急に募るのがわかった。こらえようとする力のせいで筋肉がぶるぶると震えたため、ケイラはそれに屈した。そのリズムに圧倒され、奔流に身をあずけた。マサイアスの手に体を持ち上げられ、また下ろされるままになる。

オルガスムに全身を震わせながら、ケイラは息をしようとあえいだ。そのあまりの激しさに胸が痛んだ。やみくもに唇を強く押しつけ、彼の口のなかにうめき声をもらす。彼女の体が最後の震えにとらわれたときも、ふたりの体はまだ動きつづけていた。

いっしょに達してもらおうと、太腿できつく体をはさむと、マサイアスは肩をこわばらせた。彼も達したのがわかる。腰が動き、熱が伝わってきた。

絶頂が過ぎると、マサイアスは彼女の肩に額をあて、軽く嚙んだ。感じやすい肌を嚙まれ、ケイラは彼の体にきつく体を巻きつけた。

熱が冷め、脈打つ感じがおさまるまで数分かかった。神経の末端という末端がぴりぴりしていた。もう何度かセックスしていたが、いつも必ずこうなるのだった。とてもしっくりしていて、力みなぎる感覚。

ケイラは顔をもたげ、マサイアスを見下ろした。うとうとしているかと思ったが、彼は妙に不安そうな顔でじっと見つめてきていた。

穏やかな気持ちが薄れた。その表情を見てすぐさま警戒心を抱く。「大丈夫？」

「わからない」

ケイラは上がけをつかんで体に巻きつけた。あおむけに横たわり、互いのあいだに多少空気がはいるようにする。マサイアスのことばを聞いて顔にバケツで冷たい水をかけられた気分だったが、何がいけなかったのかはっきりはわからなかった。「セックスのあとで後悔するというようなこと？」

「きみが思っている意味じゃない」

明確な否定ではなかったが、それを聞いてケイラは動いた。身を起こし、彼から離れる。「あなたってこういうときにいやなやつになるのね。こうなるとわかってしかるべきだったわ」

すべてがあまりにうまくいきすぎたのだった。自分にとって物事がいい結果に終わることなど一度もなかったのに。そう、多少なりともうまくいくこともめったになかった。それが七年まえに生き延びた代償なのだ。心の平和など訪れない。永遠に。ケイラはベッドから飛び降り、パジャマを探した。裸でいることがふいにひどくまちがったことに思えた。

「ケイラ」ベッドから遠ざかるまえに腕をつかまれた。「きみが思っているようなことじゃないんだ」

ええ、そうでしょうよ。「そう」

「きみに話さなきゃならないことがある」

頭のなかで恐ろしい想像が爆発した。もっともありそうなことが。「結婚してるのね」

「彼女はぼくの産みの母なんだ」

そのことばにケイラはベッドの端にどさりと腰を下ろした。「なんの話？」

「きみに真実を知ってもらう必要がある」マサイアスは首を振った。「もっとまえに話すべきだったんだ。きみには知る権利がある」

「なんであれ、今言って」彼がなんの話をしているのか見当もつかなかったからだ。

「ぼくがきみを捜しに来たのは、ニックがぼくの異父兄弟だからだ」

19

タイミングは最悪だった。

十分後、ケイラの最初の発作的な叫びがおさまってからも、マサイアスはまだ考えていた。彼女は小さなワンルームを歩きまわりながら、彼を罵倒しつづけたのだった。マサイアスはそれに抗おうとも言い返そうともしなかった。ケイラの怒りはもっともで、それは受け止めるつもりだったからだ。どこかで彼女がおちついて、説明できるといいがとは思っていた。しかし、すぐにはそうなりそうもなかった。

とはいえ、こうなったのは自分のせいだ。真実を告げる機会はいくらでもあったのに、最悪のタイミングを選んでしまった。心をよぎった罪悪感のせいだ。正直であることには誇りを持っていたというのに。たとえそれが心痛む場合でも。セックスをしていたあいだは、そのことを考えずに済んだ。そのせいで、自分が最低の男に成り下がったのはたしかだったが。

ケイラは親しくなることと信頼について話していたのに、自分は彼女の人生と交差する部分についてほんとうのことを言わなかった。彼女に知る権利のある事実を。真実を明かさずにキスをし、彼女のなかにはいるまで自分を止めなかった。

それ以外の自分の人生については――昔、里親のもとにいたころや、子供を打ちのめしてもかまわないと思っていた里親への復讐の機会をねらっていたころのことについては――ケイラには知る権利はない。それについては暗黙の了解を破ることなく、秘密を守っていてもいいはずだ。明かしてしまったら、正気を保っていられるかどうかわからない秘密については。しかし、ニックとの関係については、彼女が判断できるように真実を明かす必要があったのに、それをしなかったのだった。

そして最悪の事態を招いてしまった。

ケイラは彼のほうは見ずに、五分間の完全な沈黙を破った。「明日から用心棒は替えてほしいわ」

そんなことには絶対にならない。「聞いてくれ」

マサイアスは彼女に手を伸ばすことも触れようとすることもしなかったが、ケイラは身をひるませた。

「話なら終わったわ」ケイラは目をベッドに移した。「すべて終わった」

赦《ゆる》しを待つか、すべてを吐き出すか。マサイアスは後者を選んだ。ケイラが聞きたくなければ、部屋を出ていくのがわかっていたからだ。「子供のころ、母とは暮らしていなかったんだ。向こうが連絡してくるまで、メアリー・パタースンが誰かも知らなかった」

ケイラは窓辺へ寄り、そこに立って外へ目を向けた。彼のことは無視していた。

「どうでもいいことよ」

そこでやめたほうがいいのはわかっていたが、ことばがあふれ、止めることはできそうもなかった。「メアリーはぼくを捨てたんだ。若くて子供の世話ができる状態ではなかったから。ドラッグの問題を抱えていて、それをどうにか解決しようとしていたそうだ。家族からも見放され、支援も受けられず、誠実な男だったというぼくの父親は逃げてしまった」

ケイラはカーテンをきつくつかんだ。「もう話をやめてくれていいわ」

「同情してほしいわけじゃない。説明しようとしているんだ」マサイアスはズボンも穿かずに彼女の部屋の真ん中に立っていた。彼女が耳を貸してくれるなら、そんなことも気にならなかった。「ああ、ケイラ、ぼくには家族などいなかったのに、世間から隔離された安定した世界に彼女が押し入ってきて、自分が昔とはちがう人生を歩み、再婚したという話をしてきたんだ。ちゃんとした男を見つけて結婚したんだが、自動車事故で亡くなったそうだ。恐怖は次々襲ってきたそうだが、彼女にはもうひとり息子がいた。ぼくのことは生涯愛そうともしなかったのに、彼のことは愛していたようだ。ニックという、ぼくが知らずに終わった弟のことは」

ケイラは窓の外へ目を向けたままだった。「ニックは何も言っていなかったわ」

「知らなかったのさ」ニックにも誰にも、もうひとり息子がいることをメアリーが明かすつもりがなかったのは明らかだった。

「少なくともあなたに自分とは別の人生を与えようと思うほどにはあなたを愛していたのよ」

「メアリー・パタースンは埋め合わせをしようとするようなやさしい女じゃない。ぼくに連絡してきたのは金ほしさと、調査手段を得るためさ」マサイアスはメアリーとの初めての会話を思い出した。彼女は自分が母だと告げるやいなや、彼が成功しているとしたら、それは産んだ自分のおかげだと言い出した。そして、事件について調べ、ニックの死の真相を突き止めてくれと命令するも同然に頼んできたのだった。

メアリーに対して心に防壁を築こうとはした。自分抜きに彼女が人生を見つけたのだとしても気にしないと自分に言い聞かせた。生前ニックとはかかわりを持たなかったのだから、なんの義理もないはずだと。

しかし、義理堅さが勝った。マサイアスはメアリーについて調べ、それまでわざと確認しなかった記録を探し出してから、メアリーの頼みを受け入れた。しかし、だからといって、自分を産んだ女を信頼したわけではなかった。互いのあいだに絆はなく、メアリーのほうも心の距離はしっかり開けておきたいということをはっきりさせていた。マサイアスを手放したのは大昔のことで、心のなかでニックの代わりにするつもりはないということだ。

唯一の血縁者をそんな形で知ることになったのは最悪だった。

とはいえ、ケイラにそこまでのことを話す必要はない。マサイアスはことばを呑みこもうとした。心の内をさらけ出すようにほとばしることばを止めなければならない。しかしそこでケイラが振り向いて見つめてきた。心の痛みを毛布のように身にまとっている。それは目にも浮かび、口のまわりを引きつらせていた。

「それで、わたしが彼を殺したと言われたのね」そのことばの陰にも心の痛みが響いていた。

「メアリーはそう信じている」マサイアスには理由はわからなかった。レンのファイルを多少読んだだけでも、ほかの容疑者たちのほうがあやしかったからだ。ダグ・

ウェストンや、大学で働いていた人間で、のちに怒りを爆発させて近隣の人間を殺した別の男などのほうが。

同じ家で暮らしていたふたりの学生のあいだに嫉妬の感情があったことをほのめかす記述もあった。尋問を受けた町の人間もいる。それでも、メアリーの怒りはケイラだけに向けられており、今考えれば、自分はそれを感じとって同様に内心ケイラを責めていたのだった。

それは彼女を知るまえのことで、今はすべてが変わっていたが。

ケイラは首を振った。「あなたもそうね」

「以前は」彼女の人生については嘘をつけなかったので、そのぐらいは認めざるを得なかった。「最初はそうだった。きみに会うまでは」

ケイラは窓から離れ、彼に近寄ったが、手の届くところまでは来なかった。「あなたはわたしをつかまえて過去に引き戻すためにここへ来た。証拠がどうであれ、陪審員のまえに引き出すのが目的なのよ。そして、理由がなんであれ、あなたがここへ来たことでわたしは標的になった。ここに侵入したのはメアリーではないとあなたは思っているけど、わたしにはそう思えてしかたないわ」

最後の部分については言い争いたくなかったが、自分がここへ来た目的については理解してもらわなければならなかった。「そうじゃない。ぼくがここへ来たのは答えを見つけるためだ」

それだけはほんとうだった。最初はすべての疑問が彼女へつながると思っていたのだが、そうではなかった。

「それで、来てみたら、わたしの魅力に抗えなかったと？」ケイラは辛辣な笑い声をあげた。「それを信じろって言うの？」

それがほんとうでなかったなら。「ここに押し入ったのはぼくじゃない。きみを有罪にする証拠を見つけようとしているわけでもない。もちろん、きみに害をおよぼそうとも思わない。まったく逆だ」

「それってどういうことなの、マサイアス？　わたしたちがやっていることは……おままごとなの？　ほんとうに理解できないわ」

「きみを守りたいんだ」自分勝手な動機ではあった。これまでずっと人を救うために人員や物資を提供してきたせいで、それが習慣になっていた。ずっと昔、心に誓ったのだ。できるかぎり介入して、罪のない人間を目のまえでこれ以上死なせることはしないと。

「どうしてわたしを助けるの？　それが仕事だから？」

「それがぼくという人間で……」ケイラへの思いも特別なものではないと片づけてしまいたい気持ちもあった。身を挺《てい》して守ってやらなければならないもうひとりの人間にすぎないと。これまで彼女は助けてほしいと人に頼んだことはなく、これからもないだろうが、だからといってマサイアスが救いの手を差し伸べずにいることもできなかった。しかし、それとは別に、自分がここに、この部屋にいるのは、彼女から離れられないからだとわかっている自分もいた。

「なあに？　最後まで言って」

「きみが気になるからだ」そうだ。それが嘘偽りのない事実だ。彼女は仕事の対象などではない。もはやそうではない。「わたしは――」ケイラの背後でガラスの割れる音がし、ことばがさえぎられた。

本能が働くと同時にアドレナリンが噴出した。マサイアスは彼女に両腕をまわし、いっしょに飛んだ。床に体を打ちつけ、彼女がうめき声をあげた。マサイアスはケイラが頭蓋骨を割らないように手を頭に添え、ふたり分の体重の衝撃が彼女ひとりにかからないように体の向きを変えていた。

床に倒れてすぐに、彼女の体を自分の体の下に引き入れた。彼女の体に覆いかぶさると、ガラスの破片が背中に降り注いだ。薄いシャツ越しに痛みを感じたが、その痛みは気に留めなかった。もう一度鋭い破裂音がして、マサイアスは彼女をきつく自分の下の床に押しつけた。

銃弾だ。そうにちがいない。誰かが窓越しに銃を撃ちこんで、ガラスに穴が開いたのだ。粉々に割れたガラスの破片がまわりの床に散らばっていた。

マサイアスは部屋の間取りを頭に描いた。ほんの一分ほどまえにケイラがそこに、銃弾の通り道に立っていたことは思い出すまいとした。けんかしたおかげで、銃はベッドの向こう側にあった。ひとつはソファーのクッションにたくしこんであったが、そこへ這っていくということは彼女を盾なく床に残していくということで、そんなことはできなかった。

ケイラがマサイアスの名前を呼び、遠くでサイレンが鳴った。それはひとつあてにできる。静かで緊密なコミュニティでは、誰かが妙な音を聞いたら警察に通報するものだ。その音が襲撃者を追い払ってくれるはずだが、たしかなことは言えなかった。心のどこかで犯人を今すぐつかまえたいという思いもあった。

マサイアスはケイラを抱きしめる手をゆるめたが、彼女のほうが腕をつかんで彼を引き戻した。「置いていかないで」

「いかないさ、ケイラ」彼は彼女の頭の後ろにキスをし、体に手を走らせた。血が出ている感触はなかった。銃声ももうしない。「もう大丈夫だと思うよ」

「動きたくない」

マサイアスにもその気持ちは理解できたが、守りに徹するのは自分のやり方ではなかった。彼は床に手をつき、体を押し上げてまわりを見まわそうとした。ガラスの破片がてのひらに刺さった。「くそっ」

「どうしたの？」

「ここにいてくれ」

毛布を見つけ、ガラスの破片でけがをしないようにケイラを動かさなければならない。サイレンは近くなっていた。声も聞こえた気がする。波止場に大勢が集まっているようだ。銃を撃った人間が野放しになっているとなれば、危険な状況だが、人が集まったことで、その人間が逃げたと考えたかった。

マサイアスは体を持ち上げ、彼女から身を離した。手を伸ばし、ソファーからはみ出している毛布の端をつかんだ。床に寝そべっている位置からできるだけよくそれを振り、彼女の体に巻きつけた。

彼女の腰に手を置いて彼は立ち上がった。「ここで待っていてくれ。助けが来るから」

「あなたがその助けなんだと思っていたのに」

「今夜はちがったようだ」それが腹立たしかった。

一歩踏み出すと、裸足の下でさらにガラスが割れた。こうなると、救急車が到着するまえに体がずたずたになってしまいそうだ。つまり、そのままじっとしていて、襲撃者を追うのはあきらめるということだ。マサイアスは枕をつかんでけがをしていない足の下に置き、立ち上がった。そして枕をすべらせてなかば這うようにして、またもぐちゃぐちゃになった部屋のなかで携帯電話を探した。

携帯電話はベッド脇のテーブルの上にあった。そこまで達するのにさらにガラスで足を切って痛めることになったが、それは無視した。体はスローモーションで動いているかのようで、頭はずきずきと痛んだ。床に頭を打ちつけた覚えはなかったが、きっと打ったにちがいない。

マサイアスが携帯電話をつかんだところで、サイレンがすぐ外で鳴り響いた。警察のことは信用していたが、この件には自分の部下たちのことも呼ぶ必要がある。画面に目を向けたが、画面はぼやけて見えた。「いったいなんなんだ?」

「マサイアス」小さな声が聞こえてきた。

目を下に向けると、ケイラは毛布にくるまって床にすわっていた。じっと彼の腕を見つめているが、その顔からは血の気が失せている。

彼女の目がぼんやりとくもっているのがわかり、そのせいで死ぬほど不安になった。

「けがをしたのか？」

「けがをしたのはあなたよ」

マサイアスは彼女のもとへ戻ろうとしたが、そう言われて足を止めた。「え？」

ケイラは膝立ちになった。「血が……いたるところに」

「まさか……」手で頭に触れると、濡れているのがわかり、指が赤く染まった。「あ

あ、ちくしょう」

「撃たれたのね」

20

消毒用のアルコールと消毒剤のにおいが鼻をついた。その組み合わせが別の記憶を呼んだ。別の恐怖を。

ケイラは倒れまいと救急救命室のベッドの端をつかんだ。理にかなわないことで、その人たちがどうこうというわけではなかったが、医者も病院職員も警察官も大嫌いだった。この二時間ほどのあいだに、彼らが次から次へとひっきりなしに目のまえに現れたため、頭のなかの声がここから逃げろと叫びつづけていた。

「少なくとも、気を失いはしなかったんだな」マサイアスのまえに立ったギャレットはおもしろがるような声を出した。

「向こうへ行ってろ」肩に巻いた包帯がむき出しの肌に対して真っ白く見えた。マサイアスは診察台の端から足を垂らしてすわっていた。病院に来たときには下着姿だったが、今は手術着をはおっている。

ギャレットは肩をすくめた。「でも、きみの用心棒としての技術については話し合ったほうがいいだろうな」

「黙れ」

ギャレットはケイラのほうを向いてほほ笑んだ。「ああ、彼は大丈夫そうだな」

それはいい知らせだったが、ケイラはパニックのせいで何もかも粉々になった気分でいた。救急車が到着したときもじっとしていられなかった。マサイアスの側頭部から血が流れ落ち、腕にたまっているのを目にしたときも。大量の血だった。大人になってからの人生は血にまみれており、そのにおいだけで吐き気を催すほどだった。目を閉じ、救命救急士が言ったことに注意を集中させようとした。頭のけがは出血が多い。だからといって必ずしも重傷というわけではない。救命救急室の医者は脳震《のうしん》盪《とう》は起こしていないと言った。それでも、ケイラの胃はおちつかなかった。

「きみはほんとうに大丈夫かい？」

気遣うような声を耳にしてケイラははっと目を開けた。そちらを見やると、マサイアスは顔をしかめ、心配そうな表情を浮かべていた。それを見るだけで駆け寄って大丈夫と言ってやりたくなった。傷だらけのこの人にこれ以上自分が心の傷を加える必要はない。「切り傷がいくつかあって、床に倒れたときに背中を痛めたけど、わたしは大丈夫よ」

「よかった」ギャレットはまたあの不愉快な拍手をした。「事情聴取には、口裏を合わせておいた話をした」

いったいなんのことを言っているのかケイラには見当もつかなかった。揺さぶられ、振りまわされすぎて脳は思考停止におちいっていた。「どういうこと?」

「ほんとうのことは隠されている。話し合って決めた話に従ったんだ」

「はっきり言えば、あなたがわたしに嘘をつけと命令したのよ」

「もっともらしくね」マサイアスは身動きして顔をしかめた。手を持ち上げ、傷を負った肩にあてた。「それに、われわれの口裏合わせのどこが気に入らない? 水の上に浮かぶヨットの上でパーティーがあり、波止場ではみな飲みすぎておたのしみがすぎていた。誰かがはしゃぎすぎて銃を発射し、その流れ弾《だま》がぼくにあたった」

「そんな作り話自体ばかばかしいのはもちろんだけど、じっさい起こったことからかけ離れているのにもほどがあるわ」作り話はもうたくさんだった。保護と捜査官が必要だ。どちらもいやでたまらないが、状況が状況だ。大事に思う人達がマリーナのそばで働き、暮らしている。常連客も観光客も安全だと感じてしかるべきだ。自分のせいで誰かが傷つけられたり、マリーナが不当な評判にさらされたりしたら……ああ、これ以上の罪悪感を抱えては生きていけない。

「でも、もっともらしくは聞こえる」とギャレットが言った。

「悪くない話さ」マサイアスは包帯を手でさすった。自分で自分のしていることに気づいていないかのように何度も。「安全な場所だったわけだから、嘘っぽくは聞こえない。部下の誰かに証言させることもできるだろう」

ふたりとも慣れたことというように自信に満ちた口調だった。まるでこれまで何度となくしてきたことだとでもいうように。おそらくそうなのだろう。彼らにとっては日常茶飯事なのだ。しかし、ケイラにとって銃撃されるのは初めてのことで、それが習慣になるのはごめんだった。

次のときにマサイアスが一歩踏み出すのが遅れたらと思うと体が震えた。彼が必ず盾となってくれることはわかっていた。しかし、彼も判断を誤ることがあるかもしれない。遅すぎたり、行きすぎたりすることが。

いいえ、こんなことは終わりにしなければ――今すぐに。そうできるのはわたしだけ。「お遊びをしているわけにはいかないわ。深刻な事態なんだから」

マサイアスは狭い空間を見まわしていた目をケイラに向けた。「まえから事態は深刻だったさ。誰かがきみを殺すと脅しをかけてきたんだからね」

思い出させてもらう必要はなかった。「わたしが言いたいのは、過去の脅しは脅しにすぎなかったということよ。これまでは実行に移す人間はいなかったのに、今はこうなったってわけ」

ギャレットはあざけるように言った。「彼は大丈夫さ」

「大丈夫じゃないわ」ケイラは言い返した。

「ぼくはほんとうに大丈夫だ」マサイアスは台に載せた彼女の手に手を重ねた。

「もっとひどい状況でも生き延びてきた」

ケイラはてのひらを上に向けて指と指をからめたかった。彼に懇願したかった。さらに死体を増やしてこれ以上良心の責めを受けることはできないとわかってもらいたかった。代わりに声を張りあげた。怒った振りをして。「浮ついたことを言わないで。不死身の男を気取っている場合じゃないわ」

彼は彼女の指をにぎった。「ケイラ、聞いてくれ」

なだめるような口調。何か説得したいことがあるときはいつもそうだ。彼がその技をどこで学んだのかはわからなかったが、それは功を奏した。そうしてなだめられると、降参してしまう。

しかし、今回はそういうわけにはいかない。「けがをしていても偉そうなのね」

マサイアスはゆがんだ笑みを向けてきた。「これだけはいつも変わらない。慣れてくれ」

「あなたには腹が立つわ……」恐怖が怒りを凌駕《りようが》した。「でも、今回は別よ。あなたは殺されていたかもしれないんだから」

「なあ、撃たれるまえはなんで彼に腹を立てていたんだ？」

ケイラはギャレットの質問を受け流そうとしたが、マサイアスがそれに答えた。

「ニックがぼくの異父兄弟だと打ち明けたんだ」

ギャレットにはほんとうのことを話していたのだ。そうとは思わなかった……それを聞いてケイラはショックを受け、ギャレットのほうに顔を向けた。「わたしよりまえに知っていたの？　新聞に書いてあったのを見逃したのかしら？」

「この話をするのにぼくがここにいる必要はないな。外で待っているよ」ギャレットはカーテンをつかんで引いた。金具が金属の棒にあたって甲高い音を立てた。

「おい」マサイアスが呼びかけると、逃げ出そうとしていたギャレットは足を止めた。

「警察のことはまかせる」

ギャレットはケイラに目を向けた。「そっちのほうがずっとましだな。ずっと楽だ」

そう言うと、病室をあとにしたが、そのまえにカーテンを元どおりに閉めていった。

そこにはあまりプライバシーはなかった。数分ごとに医者を呼び出すアナウンスがあり、ベルが鳴りつづけていた。そばの待合室で人々が小声で話す声も聞こえてくる。しかし、そこでカーテンに囲まれ、ベッドに身を押しつけるようにしてマサイアスのすぐ隣に立っていると、ふたりきりのような気分になった。

ケイラは結ばれた手に目を向けた。「わたしをうまく操るつもりなの、マサイアス?」

沈黙が流れた。マサイアスが動かなかったので、ケイラは彼が起きているのをたしかめようとそちらへ目を向けた。撃たれたと教えたすぐあとのように霞がかかった目になっていないかと。

しかし、今の彼の目はくもっていなかった。なかば身を横たえるようにそこにすわり、包帯に手をあてているが、まばたきひとつしていなかった。「作り話をしたのは、そうしなければ、きみが捜査対象になるからだ。きみは注目の的となり、またありとあらゆる報道機関で過去が暴露されることになる」

わたしのため。何もかもわたしのためにしてくれているのだ。「それって――」

「アナポリスで殺人事件の容疑者見つかる」恐ろしい新聞の見出しを述べる太い声が響いた。「きみはどこにも行けなくなる。またすべてが掘り返されるんだ」

そのことばに心を切り裂かれる気がした。そうならない日など永遠に来ないのではないかと思うほどだった。あまりに無慈悲な喪失。自分もその一部ではあり、罪悪感を抱いてもいたが、すべてを受け入れるつもりはなかった。「わたしは殺していないわ」

マサイアスは包帯をつかむ手に力をこめ、身を乗り出して彼女と顔を突き合わせるようにした。「ぼくは、それを、知っている」

ケイラは彼に触れずにいられなかった。手を頬にすべらせ、肌の温かさを感じる。指がそこに留まった。また腕を下ろそうとしたところで、彼が顔の向きを変え、てのひらにキスをした。

「どうして今になってニックのことを打ち明けたの？」交わしたすべてのことばを思い出すと、自分が同じ立場だったらしない選択を彼がしたことがわかった。ずっと隠しておいてもよかったはずだ。わたしの過去とつながりがあることを明かさずに、セックスを存分にたのしんで街を離れればいい。しかし、彼はそうしなかった。その理由を知る必要がある。

「きみには知る権利があったから」マサイアスは彼女と結んだ手を自分の太腿に置いた。「それに、きみにぼくを信頼してもらいたかったから」

単純なことのように聞こえたが、じっさいはほぼ不可能なことを頼んでいるのだった。「それは望みすぎよ」

「チャンスがほしい」

頭をよぎった警告は無視しよう。自分もまったく同じことを考えていたのだから。

「あげないとは言ってないわ」

マサイアスの筋肉は休息を求めて悲鳴をあげていた。警察と話をし、病院で治療を受けた。それには何時間もかかり、電話も山ほどかかってきた。様子を見に来たレンがギャレットと話をするのにも耳を傾けた。

そのあいだずっと、この部屋に戻ってきたくてたまらなかった。この愚かしいホテルに。ケイラに話さなければならないことがあまりに多かった。自分が発した恐ろしい事実についての言い争いは終わっていたが、まだ話していないことが山ほどあったのだ。彼女は拳をにぎり、目に赤く熱い怒りをたぎらせるほどに怒り狂っていた。自分が銃弾を受けたおかげで彼女の怒りもおさまったと考えたかったが、そうではないことはわかっていた。

しかし、すべてに片をつけるのはあとまわしにしなければならない。傷を受けた体は痛みの塊となっていた。銃弾によって受けた傷については、薬局で買える痛み止め以外の治療は拒んだ。それはかすり傷よりは重傷だったが、貫通したというわけではなかった。銃弾によって皮膚が削りとられただけだ。何日かはひどく痛むことになりそうで、動きが制限されることも苦痛だった。銃撃戦のさなかに眠りこんでしまうというようなさらなる苦境にはおちいりたくなかったので、薬は要らなかった。

ケイラがそばをすり抜けて部屋の中央まで行き、またこちらに顔を向けた。「簡易ベッドを入れたのね」

それはたたまれて窓の下に置かれていたが、目につかないわけはなかった。「ギャレットが頼んでくれたんだ。今夜はきみの部屋で眠るわけにはいかないからね。ぼくと寝るのもいやなんじゃないかと思って。そう……あんなことのあとでは」

ギャレットがうなずいた。「どういたしまして」

「少し眠ったほうがいいわ」とケイラが言った。

別々のベッドを用意したという話をケイラに聞き流されたのは不満だった。ことばでは厳しいことを言いつつも、彼女の隣で寝ると考えると悪くない気がしたのだ。しかし、それは自分の望みにすぎない。マサイアスは彼女の要求を優先させると心のなかで誓っていた。「お互いシャワーを浴びなきゃな。先に浴びてくれ」

ケイラはしばらく彼を見つめていたが、やがてうなずいた。それから、ことばを発することなく、引き出しダンスから着替えをとり出すと、バスルームへ向かった。

「ほんとうに大丈夫なのか？」バスルームのドアが閉まると、ギャレットが訊いた。

「肩は痛む。床で打った頭のほうがもっとひどい。いつそれが起こったのかもわからないほどに」まるでバスケットのオールスター・チームがそこでゲームをしているかのような感覚だった。頭を動かすたびに痛みが全身を貫き、光を見ても痛んだ。明日には肩の傷もうずきはじめ、頭痛などたいしたことではないと思えるはずだが。

「全身四十カ所も切り傷を負ったことで、脳がほかにも解決すべき問題があると誤解してるんじゃないかな」

ケイラとふたり、ずたずたに切り裂かれなかったのは奇跡だった。ガラスのかけらのほとんどをふたりがけのソファーの背が受け止めてくれなかったら、ふたりとも入院するはめになっていたはずだ。

幸運だったのだ。彼女を再度標的にささげて二度目の運を試したいとは思わなかったが。彼女に危害を加えようと思う者は、まずは自分を倒さなければならない。

彼女の命があやうかったと考えただけで……ああ。これまでは恐怖に怯えることなどなかったが、今夜、絶えずその衝撃に見舞われていたのはたしかだ。「銃弾が発射される直前、彼女はあの窓辺に立っていた」

「ねらいが外れたんだと思うかい？　それとも、わざと外したのか？」

「脅しが銃撃にまでエスカレートした理由を探ろうと思う」何年もつきまとい、ケイラの人生を悲惨なものにしてきた人間が、突然彼女を亡き者にしようとしたと？　それはおかしな話だった。襲撃者の怒りを危険な領域にまで押し上げた何かが起こったにちがいない。それが何かわかれば。

「あの女だな」

マサイアスは何か聞き逃したことがあるにちがいないと思った。「え？」

ギャレットはため息をついた。「今度のことはあの女の仕業かもしれない」

「そうだな」ギャレットがどの〝女〟のことを言っているのかはわからなかったが、今夜それを分析するのは無理だった。「明日、すべてを見直そう。集めたすべての写真、すべての資料がほしい。関係者とその家族について。レンがこのダグという男について調べはじめていたが、そいつにも家族や友人はいたはずだ。それを見つけてほしい。すべてを明らかにして、最初からもう一度はじめるんだ。ストーカーの捜査と並行して、もとの殺人事件についても調べる」

「いつもの仕事って感じがしてきたよ」

それはいいことだった。ギャレットには最大限の力を発揮してもらう必要があるのだから。「くそ野郎を明るみに引っ張り出したい。そいつはあそこにいて銃を撃ってくれたんだから、今度はこっちが撃ち返してやる番だ」

「ねらわれたのはきみと彼女のどちらだと思う？」

「どちらでも関係ない」ケイラをねらって発射された弾丸でも、あたるのは自分なのだから、関係ない。それはたしかだった。

ドアが開き、湯気が流れてきた。ケイラの髪は濡れており、肩にタオルがかかっている。ケイラは脱がせたくてたまらなくなるかわいらしいパジャマを着ていた。

マサイアスは声をもらしそうになった。

「早いな」これほど短時間でシャワーを浴びる人間は初めてだと言ってもいい。

「水が流れているとふたりの話す声が聞こえなかったから」

「すごい演繹《えんえき》的推論だな。きみはそれを生業にしたほうがいい」ギャレットは笑みを浮かべて自分の部屋へ向かった。

「あやういところで銃弾を避けること？　お断りだわ」

ギャレットがつづきの部屋のドアを閉めようとすると、マサイアスが首を振ってそれを止め、ケイラに目を向けた。「部屋のあいだのドアは開けておく。きみがぼくらのどちらかの助けが必要な場合に呼べるように」

「あなたはどこで寝るつもり？」

ギャレットに意図が伝わったかたしかめたかったが、彼は隣の部屋に姿を消してしまっていた。「簡易ベッドで」

「ベッドで寝るべきよ」

「議論の余地はない」正直に言って、これについて言い争う力も意志も残っていなかった。

「犠牲になってくれる必要はないのよ」

「約束する、そのつもりはない」マサイアスは肩を固定するための愚かしい布を外した。医者はもっとしっかりしたもので腕を固定したがったのだが、マサイアスが拒んだのだった。動きを遅くするものは今は困る。

「また嘘をつかれるのはいやだわ」

着替えを出そうと引き出しを開けていたマサイアスはそのことばを聞いて動きを止めた。「きみに嘘をついたことはない」

「事実を言わないのは嘘をつくのと同じことよ」ケイラはベッドの端に腰を下ろし、彼を見上げた。

マサイアスにとってはそうではなかった。そこには一線が引かれる。細い線であるのはたしかだが、はっきりとわかる線が。「お互い意見が合わないという点では意見が合うな」

ケイラは背後のマットレスに両手をついて身をそらした。「今夜これだけのことがあったのに、どうしてそんなに頑固でいられるの？」

「これまでずっと練習を積んできたからね」そこに嘘はなかった。

「ニックはあなたと気が合ったでしょうね」ケイラは笑みを浮かべ、しばし思い出にひたっているように見えた。「おもしろい人で、うわべは魅力的だったけど、中身はもっとずっと複雑な人だった。ふつふつとたぎっている怒りみたいなものがあって。あなたのお母さんに会って、彼女のせいだと思ったものよ」

心のどこかではニックについて質問したいと思いつつも、気にしたくないという思いもあった。

メアリー・パタースンを母親だと思う気持ちはこれっぽっちもなかった。「彼女のことをぼくの母親とは呼ばないでくれ」

「あなたのお母さんじゃないの？」

母親などいたことはなかった。さまざまなことを目にし、里親たちのもとで生き延びてきた経験から、自分を手放した女を見つけたいと思ったことはなかった。メアリーのほうが息子を探して現れるまで、心から締め出していたのだった。「ぼくを産んだ女ではある。産んだときにぼくをほしいと思わなかったわけだ。それは理解できる。でも、今もぼくを息子として望んでいるわけではないから、彼女のことはメアリーとして考えるほうがいい」

「ずいぶんと付随被害をおよぼす女性なのね」

冗談じゃない。「きみは安全だ」

ケイラはうなずいた。「あなたも」

「ぼくを守ってくれるつもりかい？」誰にも守られたことなどなかった。ほんとうの意味で。こんなふうには。

「もちろんよ」

21

　翌朝ケイラはギャレットの部屋へはいっていった。わずかに気分がよくなっていて、誰彼かまわず近くに来る人間に対して悲鳴をあげたくなるというほどでもなくなっていた。それでもまだ神経は乱れていた。あと何時間か眠ってもいい。夜のあいだに十回もマサイアスの様子を見たせいで、あまりよく休めなかったからだ。

　とはいえ、新たな一日がはじまっていて、マサイアスとギャレットの両方を牛耳る気は満々だった――今朝彼らが危険をあざ笑うどんな厄介な計画を立てているにせよ。しかし、その決意も、ギャレットの部屋が仮設の司令室と化しているのをまのあたりにするまでのことだったが。腕を布で吊るしたマサイアスが命令を発し、ギャレットが走りまわっている。

　いったいどこでホワイトボードを手に入れたの？　ボードの上部には名前が書かれ、ファイルが積まれている。写真や地図のようなものの端が見えた。はじめたばかりのようだが、この作業量は冗談ではない。どう考えてもやりすぎだ。

ケイラはマサイアスのすぐ後ろで足を止めた。「これがなんなのか訊くのもいやなんだけど」

マサイアスははっとすることも、驚いた声を発することもなかった。「今、情報を集めているところだ」

ええ、そうでしょうね。それで疑問がすべて解消されるというわけ。「わたしもこれを見たほうがいい？」

マサイアスは彼女をちらりと見た。よくするように、いったいどうしたんだというしかめ面を向けてくる。「これからはきみにもすべて見せるよ」

それは進歩に思えた。まだすっかり赦して忘れることはできなかったが、少なくとも、マサイアスは隠し事はやめたようだ。もしくはそれも希望的観測かもしれないが。

ケイラはデスクをまわりこんだ。いくつかの新聞記事の切り抜きには見覚えがあった。ファイルの横にはふたつの名前が書かれている――スティーヴとジリアン。殺人事件で亡くなったニック以外のふたり。わたしをつけまわすような家族のいないふたり。

悲しみが広がり、心がつぶれそうになる。ケイラは記憶を振り払い、書類に気持ちを集中させた。書類ならどうにかできる。

部屋のなかを見まわしているあいだ、マサイアスとギャレットは黙りこんでいたが、マサイアスの目が自分に注がれているのはわかった。この人はいつも警戒心を解かず、臨戦態勢でいる。

ケイラの目が、よくわからない、なんらかのファイル・システムのように見える乱雑なものへと向けられた。ギャレットにはわかっているようで、彼はそれをあさってひとつの山のなかからメモを、もうひとつから写真を掘り出した。

目のまえの情報から何かに気をそらされた。まわりを見まわし、その目をまたホワイトボードに留める。声に出さずに名前を読んでみる。最後の一画が問題だった。

鼓動が速まり、パニックが臓腑《ぞうふ》に嚙みついた。マサイアスに目を向けると、じっとこちらを探るように見つめている。

「ダグの名前があるわ」ケイラはどうにかおちついた声を保った。

マサイアスは表情を変えずに話しはじめた。「殺人事件の翌朝、警察がきみの家の外で煙草《たばこ》の吸殻を見つけたが、そこから彼のＤＮＡが検出された」

「それは秘密でもなんでもないわ。彼が来て煙草を吸ったのは。なかで吸ってほしくなかったから、外で吸ってもらったの」ダグは子供っぽくて嫉妬深い人間だった。別れたときも、自分を捨てて次へ行こうとするのは許さないという態度をとっていた。みな彼を嫌っていた。ニックとスティーヴは家に入れようともしなかった。大学でダグが休み時間につきまとってくるという話をしたときには、ふたりが代わりにいやな仕事を請け負ってくれたのだった。

「つまり、犯罪の決定的な証拠《スモーキング・ガン》ではなかったわけだ」ギャレットが手を挙げ、首を振った。「すまない、雰囲気を明るくしようとしただけなんだ」

それはうまくいかなかった。部屋の空気は張りつめたままだった。

ケイラはすぐそばにあった紙をつかんだ。マリーナの係留所の借用者の名前と個人情報が書かれた紙。「これは何？」

マサイアスはためらってから答えた。「マリーナにいる全員を確認しているんだ。ヨットの係留所の借用者と、すべての店やカフェの常連客も含まれる。じっさい、今も追加情報を待っているところだ。波止場沿いの監視カメラに、そこをうろつく人間や武器を持っている人間が映っているかもしれないから」

それについてなら話せる。ストーカー。今ここでの。「誰かがヨットからわたしたちをねらったと思うの？」

「弾道から言って、きみのアパートメントとほぼ同じ高さの建物からではないかと思っている」マサイアスは机のケイラのそばに立った。そして、机の一番上に載っている書類をあさり、沖に出ていたヨットから撮ったと思われる波止場の写真を引き出した。波止場全体が写っている。

ケイラはそれを手にとってじっと見つめた。何が写っているのかわからずに。「こんな写真初めて見るわ」

「遠景を見るためさ。狙撃手はこの三つの建物のどれかにいたと思われる」マサイアスはケイラのアパートメントの近くにある別の数階建ての建物を指差した。

「ああ、そうね」こういうものをテレビで見たことはあった。科学捜査のやり方を現実にあてはめるのは、思った以上に興味深いものだ。ただ、分析されるのがほかの誰かの現実であってくれたならと思わずにいられなかったが。

「きみはダグについての疑問を忘れさせてくれなかった」

「それについては別に話すこともないわ」ケイラは写真を書類の山の上に落とし、マサイアスから離れた。この人は多くの技術を活用している。そのなかには嘘発見器もあるにちがいない。嘘を暴かれないためには、それに近づかずにいなければならない。

「だったら、彼が今どこにいて、彼の身に何があったのか推測させてくれ」

それを恐れていたのだった。もう充分過去には悩まされてきた。ダグの問題にまで対処する必要はない。日々頭を悩ませているかもしれないと考え、ケイラはきっぱりと言った。

多少の事実を明かせばましになるかもしれないと考え、ケイラはきっぱりと言った。

「彼とは共犯の容疑をかけられたの。それで、三角関係と嫉妬がとりざたされるようになった。しつこくつきまとわれて私生活はずたずたにされた。わたしと同じぐらい彼も尋問されたはずよ。おおやけの目から姿を隠したとしても不思議かしら？　わたしだってそうしたんだもの」

「きみは完全に姿を消したわけじゃない」マサイアスは机の上のファイルを手で示した。「ぼくはきみを見つけることができた」

「正確に言うと、きみを見つけたのはぼくだけどね」ギャレットが首をもたげることも、書類を整理しながら部屋のなかを忙しく動きまわるのをやめることもなく言った。

「いずれにしても、あなたの推測はまちがっているわ。答えはメアリーよ」

マサイアスは肩をすくめた。「おそらくね」

わたしを憎んでいる女性。その点はまちがいない……ケイラは部屋を出ていきたくなった。新鮮な空気を吸い、数時間何も考えずに働くことで、この余分なエネルギーを消費できるかもしれない。カフェに行けば、善意の人たちから偶発的な発砲事件とされているものについて質問されることになるだろう。それに対する心の準備をするのにゆうに三十分はかかる。

「そろそろ仕事に出かける準備をするわ。今日はカジュアルな日になりそうね。制服はアパートメントに置いたままだし、しばらくあそこへは近づけないでしょうから」

アパートメントへ戻れる日が来るかどうかもわからなかった。一度なら気にせずにいられたかもしれないが、二度？　あり得ない。

マサイアスに質問されたり、何かを頼まれたりするまえに、ケイラは部屋をあとにした。マサイアスの部屋のバスルームに達するまで足を止めなかった。ドアを閉じてそこに寄りかかり、初めて息を吐いた。

マサイアスはすべてを暴くまで調査をつづけるのではないかという気がした。そうなったら、わたしは終わりだ。


マサイアスはケイラが部屋を出ていくのを見守っていた。くそっ、文字どおり逃げ出したというわけだ。ダグの話が出ると、彼女の態度が変わってしまう。自信にあふれ、隠し立てなどしないという様子が一変し、固く口を閉じてしまうのだ。彼についての説明に耳を貸そうともせず、どんな推理も受けつけない。

ダグが無実だと思わせようとしているなら、それはまったくの失敗に終わっていた。

ギャレットが書類を扱う手を止めて目を上げた。「彼女が殺人事件そのものについては話したがらないのに気づいていたかい？」

「気づかないほうがむずかしいな」マサイアスもそのことしか考えられなかった。大事に思う人が殺されたとしたら、自分がどうするかに迷いはなかった。犯人を見つけ出し、復讐する。その後に苦しみがやってくるのはたしかで、その経験もあったが、何があろうと真実を探り出すのをやめることはない。

義理や初恋をなつかしむ思い以上の何かがある。ダグがすべてを解明する鍵となるかもしれない。

ギャレットが隣の部屋をのぞきこみ、ドアを半分閉めた。部屋の中央に戻ってくると、机の端に寄りかかった。「ケイラは今起こっていることと過去のことを分けて考えようとしている。そもそも友人たちを殺して自分の人生をひっくり返してくれたのが誰か推測しようともしない」

「ああ」ギャレットに心を読まれているかのようだった。マサイアスもダグの名前が浮上してからずっと、同じ疑念と当惑を持て余していたのだ。「これで三つの仮説ができた」

ギャレットが指を立ててそれを数え上げた。「彼女が犯人である。共犯である。もしくは――」

「誰がやったかを知っている」それが唯一理にかなった仮説だった。心のなかでずっとぐるぐるとめぐっていて、鎮めることのできない仮説。

「だったら、どうしてぼくたちにそいつを追わせない？」

「いい質問だ」ギャレットの言うとおりだ。ギャレットは自分が調査するか、レンにさせるかだとはっきり言っていた。ふたりでありとあらゆる仮説を検証すると。そしてひとり残らず見つけ出す。

ギャレットはため息をついた。「答えがわかっているのか？」

「いや。でも、見つけるさ」

ローレンがいつものように様子を見にカフェに現れたのは午後も遅くなってからだった。ビジネスマンのグループと海に出ていたからだ。今ローレンはカフェの外でポールと話している。教えを垂れているらしく、それを聞いてケイラは笑みを浮かべた。

今日はこういうことが必要だ。あとひとりでもこのあたりの店のオーナーや観光客に銃撃のことを訊かれたら、悲鳴をあげてしまうことだろう。悲鳴をあげてそれを止められなくなる。

ギャレットがローレンを見ていた。それを目にしてケイラはまたほほ笑んだ。コーヒーポットをつかむと、彼のテーブルへ行ってコーヒーのお代わりを注いだ。少なくとも今日は彼も目立っていなかった。ジーンズとカジュアルなシャツが似合っている。「どうしてあなたが警備につくことになったの？」

事情がよくわかっていなかったら、マサイアスが自分を避けて隠れていると思ったことだろう。この数日は不安定な状態がつづいていた。彼が話そうとするたびに彼女は部屋を出てばかりいた。マサイアスがどうこうということではないが、ほんとうの理由を知らせるわけにはいかない。

「マサイアスは呼び出しを受けて警察署へ行かなきゃならなかったんだ」

ケイラはポットを落としそうになった。ギャレットの新たな装いにコーヒーをぶちまけないために、両手でポットを支えなければならなかった。「え？　どうして？」

「レンがマジックを駆使して、このことのせいできみの身許が暴かれることのないようにしたんだ」

この人たちは休むということを知らない。「そんなことができるの？」

ギャレットは高笑いした。「彼は恐ろしいほど有能なんだ。あのふたりは両方ともそうだ」

「今日わたしがこうして生きていて、銃弾を受けてもいないことから、マサイアスが有能なことは認めるわ」有能などということばでは言い尽くせない。マサイアスにはもっと多くを感じていた——その多くは望まない感情ではあったが、単に感謝というだけでは言い表せないものだった。数日まえからその気持ちが急に高まっていた。

「彼は有能さ。レンは仕事にいつもクイントを利用している」ギャレットはふつう皮肉っぽい口調になるのだが、今の声には抑揚がなかった。畏敬の念すらこもっている。

　ギャレットが感心しているのは明らかだ。ケイラもそうだったが、詳細については知らなかった。そのほうが生きていくのが楽だったからだ。怒りの種はもう充分すぎるほどにある。「それについては知りたいと思わないわ」

　ギャレットはマグカップの縁越しにケイラを見つめ、コーヒーをひと口飲んだ。

「だったら、話さないよ」

「人とやりとりするのにマサイアスを送りこむのはいい考えかしら？」彼はあまりコミュニケーションがうまい人間ではなかった。最初に思ったよりは協調性があったが、それでも。

「ああ、でも、レンがうまくやっている」

「レン……ここにスーツで来た人？」秘密のクラブか何かがあるかのようだ。「そのことばを信じるわ」

そのとき、ローレンがポールを引き連れ、勢いよくカフェのなかにはいってきた。ケイラは振り返り、角の向こうにトラックを停めてアイスクリームを買いに来た男が店を出ていくのを目にした。ああ、なるほど。ローレンが銃撃の話を聞いたのね。

「いったい何があったの？」ポールが店にはいってドアを閉めるよりまえにローレンが呼びかけてきた。

「ローレンといっしょにいる男は誰だい？」ギャレットがささやくように訊いた。キッチンで鍋が何かにあたる音がして、その質問はかろうじて聞こえただけだった。

「船酔い男よ」

「あいつが母親にほんとうにそう名づけられたらよかったのにな」

ローレンはギャレットのテーブルのまえで足を止めた。「どこなの、あなたの——」

「ケイラの恋人かい？」ギャレットはローレンをにらみつけて口をはさんだ。「マサイアスはすぐに戻る」ポールに向けた顔からは多少張りつめたものが消えていた。

「ところで、ぼくはギャレットだ」

「ポールです。こんにちは」ポールが発したことばはそれだけだったが、それでもいつもよりは多かった。

二十歳そこそこの内気な若者だった。いつも野球帽をかぶり、ほとんど目を合わせようとしない。ローレンによれば、数字に抜群に強く、とても安い賃金で働いてくれているという。金を遣い、多少の経験を積む必要があるように見える。要するに、近くにあるセント・ジョンズ大学の学生の典型だった。ケイラが一度は学位をおさめようと思った大学だ。今となっては無理だろうが。

「わたしのアシスタントよ」とローレン。

ギャレットはうなずいた。「そう聞いたよ」

ローレンは椅子の背に両手を置いた。「昨日の晩何があったの？　マサイアスはどこ？」

「行きすぎたパーティーのお祭り騒ぎからの流れ弾丸《だま》よ。わたしたちは大丈夫」ケイラはのんきな軽い声を保とうとしたが、ポールが妙な目を向けてきたところを見ると、失敗したようだった。

ローレンもそれが気に入らなかったらしく、口をきつく引き結んだ。「嘘ばっかり」

このままではローレンの怒りが爆発すると見て、ケイラは話題を変えようとした。

ポールにほほ笑みかける。「あなたも今日は海に出るの？」

それを聞いて彼の顔がわずかに緑色を帯びた。「残念ながら、明日」

「水が嫌いなのに、どうして船に乗ろうと思うんだい?」とギャレットが訊いた。

「ぼくはオフィス仕事のほうがいいんだけど」

ギャレットは男同士にしかわからないような笑みを若者に向けた。「ああ、そうだろうね」

しかし、ポールはまだ顔をしかめていて、穴を掘ってそこに隠れたいという顔をしていた。彼はローレンのほうを振り返った。「ぼくのこと、話したの?」

そこでケイラにも事情がわかった。驚いたことに、男の沽券《こけん》にかかわるといった話なのだ。ポールは自分が船酔いすることを知られたくなかった。船酔いする人間が暮らす町ではないのだから。

ローレンはそれについて婉曲的《えんきょくてき》に言うこともなかった。「遊覧クルーズの客のまえで吐いてたじゃない。噂が広まったにちがいないわ」

「そういうのに効く薬があるはずだ」とギャレット。

ケイラはかわいそうな若者に同情した。海に目を向けただけで、昼に食べたものをヨットの脇から吐き出したくなる気分はよくわかるからだ。水平線や陸地を見るとか、ありとあらゆる種類のこつがあったが、どれひとつとして効き目はなかった。それについては断言できる。

「乾いた陸地に留まっているポールは賢いと思うわ」ケイラはなるべく近寄りすぎないように気をつけて彼の背中に腕をあて、カウンターを指差した。「おなか空いてる？」

ポールがローレンに目を向けると、ローレンはうなずいた。「会計仕事にとりかかるまえにすばやく何かおなかに入れる時間はあるわよ」

「それはまたずいぶんとたのしそうな仕事だな」ギャレットがつぶやき、ローレンからにらまれた。

「すわってて。すぐに行くから」ローレンは話が聞こえないところにポールが行くまで作り笑いを顔に貼りつけていた。それからケイラとギャレットのほうを振り向いた。

「いったい何があったっていうの？」

ギャレットは声をひそめた。「マサイアスが恋人の振りをして用心棒を務めているのを思い出してくれたほうがいいな」

「だとしたら、用心棒としてはあまり有能じゃないのね」

そのことばはケイラの気に障った。マサイアスが任務に失敗したと思わせるわけにはいかない。そういうことではないのだから。「わたしは生き延びたんだから、じっさい、とても有能ということよ」

「ごめんなさい。今日その話を聞いたばかりで……」ローレンはケイラに目を丸くしてみせた。「今後はメッセージを送ってくれたほうがいいわね。念のために言っておくけど、友達はそうするものよ」

それはそうだろうが、このことについてはほかにどうしていいかわからなかったのだった。話せることと話せないことがあるのだから。まわりに人もいて、立ち聞きした人間がストーカーである可能性もあった。どうやっても簡単にはいかない。

ケイラはもっともな答えを返した。「こんなことはもう終わりにしてもらいたいわ」

「そうね」ローレンはギャレットに目を向けた。「それで、今日はあなたが用心棒のお役目なの？」

「何時間かね」彼は電話をとり出した。「ポールや、波止場のことなどについて、きみからも多少話を聞かなくちゃならない」

ケイラはまた頭がくらくらする気がした。「ちょっと待ってよ」

「いいわよ」ローレンはギャレットの手から携帯電話をとり上げ、自分の電話番号を登録した。「これでいいわね」

「そんな必要は――」

「ねえ、ケイラ……」ローレンはケイラの肩に腕をまわした。「そろそろ自分がもうひとりじゃないと認識したほうがいいわ。あなたの力になって、あなたの安全を守れるなら、わたしはなんでもするつもりよ。だから、覚悟しておいてね」

利己心のかけらもない率直なことばが、最後に残ったケイラの心の盾を貫いた。

「わかった」

「さて、パンケーキを食べなくては」ローレンがギャレットに目を向けると、彼は口を開いた。「ああ、それが朝食なんだろうけど、ぼくが朝食にされた気がするよ」

ローレンはウィンクしてテーブルを離れると、カウンターまで行き、ポールのそばに腰を下ろした。

ギャレットはそれを見守っていた。ローレンの尻をじっと見つめているのを隠そうともしなかった。「そう、彼女の言うとおりさ。大勢の人間がきみのことを気遣い、力になりたいと思っている」

そのなかに含まれるのはローレンだけではない。ケイラにもそれはわかっていた。

「マサイアス」

「彼はへまをしたが、どうにかとり戻したいと思っている」

ギャレットの声に真剣な響きがあって、ケイラは注意を惹かれた。冗談を言い合っていても、絆は本物なのだ。「わかってるけど、正直、殴ってやりたくなるときもあるの」

張りつめたものがほどけ、ギャレットは笑った。「ああ、それはわかるよ」

「すべてをおしまいにする必要があるわ」

ギャレットはうなずいた。「時間が必要だ」

答えとしてはまちがいね。「時間なら七年も与えたわ」

22

マサイアスが今いるのは、世界でもっともいたくない場所だった。問題が生じたとレンに呼ばれ、ワシントンDCの国会議事堂の近くにある会社の支部のひとつにいた。レンがそんな発言をするのはほんとうに問題が起こったときだった。

マサイアスがそこへ着いてみると、問題が生じたどころの話ではなかった。レンがメアリー・パタースンの居場所をたしかめたところ……彼女がワシントンDCに来ていたのだ。二時間まえに空港に着いた彼女を、レンの要請でここへ連れてきたという。たしかに友人は問題解決のしかたを心得ている。

マサイアスはレンといっしょに、マジックミラー越しにメアリーを観察していた。この部屋を使うことは多くなかった。保安上慣習的に使われることがほとんどで、嘘発見器をだます方法をチームのメンバーで実験するときに使われることもあった。しかし、ときにこの部屋が役に立つことがあるのもたしかだ。

レンがマサイアスのけがをしていないほうの肩を叩いた。「お母さんに挨拶する心の準備はいいかい?」

それを聞いてマサイアスは顔をしかめた。「対処してくれたことには礼を言うよ」

「それが仕事だからな」レンはそれ以外は何も言わずに部屋を出ていき、マサイアスがあとに従った。

鏡のこちら側から反対側の部屋まで十歩ほどだったが、マサイアスには永遠に感じられた。会話を交わしたいとはこれっぽっちも思わなかったが、メアリーがまえ触れなく現れた理由は知りたかった。銃撃事件とのタイミングからして、多少ならず疑念も湧いた。

部屋にはいっていくと、メアリーはテーブルについて携帯電話をいじっていた。目を上げてその目を下ろし、また上げた。マサイアスが腕を吊っている布を見て顔をしかめる。

それは母親らしく息子の身を心配する表情なのだろうかとマサイアスは思った。

「会いに来るとは驚きだ」

「何があったの?」メアリーは立ち上がろうとはしなかった。ハグも、キスも、挨拶すらなかった。電話を下ろそうともしない。

わけではなかった。

「ぼくは大丈夫だ」メアリーが息子の精神状態や健康をさほど気遣っていると思った

ケイラに会ってから、ひとつはっきりしたことがあった。これまではそれを認めようとも、それに対処しようとも思わなかったことだが。メアリーの唯一の目的はかつて捨てた息子を利用することだった。〝ほんとうの〟息子は亡くなり、答えを求めていたから。その衝動は理解できた。そう、自分はニックのことなど知りもしないが、ケイラが多少話してくれ、目のまえの女は彼を英雄視している。そのかわいそうな若者のためにマサイアスも答えが知りたかった。

あんなふうに死んでいい人間などいない。切り刻まれ、血を流して死ぬなど。科学捜査の報告書によると、ニックはもっともひどい襲撃を受け、絶命までほかの誰よりも長くかかったことがわかっている。防御創があったということは、起きていて、襲撃者を目にしたということだ。

彼は自分の血を喉につまらせ、ゆっくりと命を失ったのだった。残酷極まりない最悪の死に方だ。現場には大量殺人のにおいが垂れこめていたはずだ。ケイラが何も知らずに現場に遭遇したと考えると、はらわたが煮えくり返るようだった。

しかし、今は別の女に頭を悩ませなければならない。秘密の目的を抱き、真実を述べているのかどうかわからない女。

メアリーが彼の目のまえで手を振った。「あの女にやられたの？」

「ケイラがぼくを傷つけたと？」ばかばかしい想像だった。レンですら笑みを浮かべた。「いいかげんにしてくれ」

メアリーは怒りのあまり顔を真っ赤にした。「あの女にどれほどのことができるか、あなたは知らないのよ」

彼女が興奮して暴言を吐き散らすまえに、マサイアスがさえぎって言った「どうしてこの街へ？」

ケイラの居場所もそこにいる理由もわかっていた。彼女は法を犯して逃げているわけではない。マサイアスが撃たれたあとでは、進んで警察に協力していた。ケイラについてメアリーが言ったことはほんとうではなかったのだ。

「女を見つけたと言ってたじゃない。ここへ来て自分の目でたしかめなきゃならなかったのよ。でも、住所を教えてくれなかったから。アナポリスへ行って迎えに来てってあなたに連絡するつもりだった」メアリーは部屋の唯一のドアに寄りかかって立っているレンに目を向けた。「空港からここへ連れてこられるとは思わなかったわ」

「ぼくの友人は芝居がかったことをするんでね」マサイアスですら、空港で出迎える振りをするのは、レンにしても少々やりすぎだと認めざるを得なかった。

レンは肩をすくめた。「あのときはそうすべきだと思ったんだ」

メアリーは空港を出てタクシーに乗ろうとしたのだが、そこへレンの部下が現れてここへ連れてきたというわけだった。部下たちはすぐに事情を話したという。つまり、レンですら、疑いもしない女性を誘拐することとは一線を画したというわけだ。

そのすべてがどういう結果になろうとも、メアリーにはすぐに家に帰ってもらわなければならない。ここに彼女がいれば、ケイラが神経をとがらせることになる。すでに信頼を失いかけているのだ。メアリーが姿を見せれば、状況はさらに悪化する。ケイラのこととなると、すでに越えなければならない山は高かった。

マサイアスはメアリーと向かい合うように腰を下ろした。「帰ってもらわなければならない」

「いやよ」メアリーはテーブルの上に携帯電話を伏せて置いた。「彼女が見つかるのを何年も待っていたんだから」

メアリーはごまかすのがうまくなかった。調査ということについてもあまり詳しくなかった。この会話を終えてタクシーに乗せるまえには、部下たちが携帯電話の記録を調べ、この部屋でその電話を使って何をしていたのか教えてくれることだろう。このオフィスには監視カメラやハイテク機材がいたるところに設置されている。

ここはぼくのオフィスなのだ。このなかで起こることはすべて把握している。

ほかにも知っている情報はあった。「まえにも見つけたことはあったそうじゃないか」メアリーからは聞いたことがなかったが、そのことについてはケイラがはっきり言っていた。

メアリーの顔に驚きの色が走ったが、すぐにまた平静な顔に戻った。「なんの話？」

うまく逃れようとしたわけだ。「これが最初じゃないんだろう？　でも、彼女を見失ってしまい、新しい名前を探り出すことができなかった。だから、ぼくに連絡してきた」

自分を産んでくれた女性を目のまえにして、何も感じないのはいやでたまらなかった。怒りすらも感じなかった。自分がまるで心ない人でなしのような気がした。

若いころの彼女には同情を感じた。子供を育てる資金も能力もなかったのだと思うと心が痛んだ。しかし、心の壁を乗り越えて彼女を母親とみなす？　それは無理だった。

「あなたも弟を殺した女を見つけたいんだと思ったのに」

「異父弟だ」罪悪感を抱かせて人を動かそうとは興味深いやり方だった。それがうまくいったのは、なぜか、ニックには同情したからだ。どちらも親を選べなかった。マサイアスには自分の父親がちゃんとした人間であったことを祈るしかなかった。

「そんな定義はどうでもいいことよ。義務ということになったら、血のつながりなんて重要じゃないんだから」メアリーはテーブルを爪ではじいた。「あなたには彼に対する義務があるわ」

「義務が何かは理解している」部屋にいるもうひとりの男は何かあれば必ず助けてくれる。ギャレットも、クイント・ファイブのみんなもそうだ。クイントが集めて訓練したもともとのメンバーたち。

彼らのことは家族として扱ってきた。敬意を払ってきた。名誉と友愛について教えてきた。刑務所にはいることなく、生計を立てられるように、彼らの技術を磨き、そのエネルギーをより生産的な道へ向けてきた。生まれて初めて、自分以外に頼れる人間ができたのだった。

だから、そう、義務が何かはわかる。みずから勝ち得なければならないものであることも。

レンがドアから身を起こし、近くに来た。「あなたがアナポリスへ行けば、あなたを見て彼女がまた逃げることになる。状況を悪化させるだけですよ」

「そんなことにはならないわ」レンの何かがメアリーを神経質にさせているようだった。レンは腕を組み、彼女に多少のスペースを与えて立っていたが、彼がさらに近づくと、メアリーはびくりとした。

レンは首を振った。「ケイラをみくびらないほうがいい。彼女にも頼る相手はいるんだから」

メアリーはレンを指差しながら、マサイアスに向かって言った。「ほらね、この人はあの女のやり方がわかっているのよ」

もうたくさんだった。「レンの部下にあなたを空港へ送らせるよ。それで……え?」

「わたしはまだ帰らないわよ。ここにいなきゃならないの。ニックのために」メアリーはその名を口にして声をつまらせた。「DCにいるわ。ホテルの部屋をとってあるから」

金はないはずだった。持っているとしたら、自分が渡した金だとマサイアスにはわかっていた。借金と住宅ローンに首を絞められており、絶えず自己破産の危機にさらされていると言っていたので、それを払ってやったのだった。それによって多少現金が余ったはずだが、それでもホテルをとったと聞いてマサイアスは驚いた。「部屋を?」

「だから、調査をつづけて。待ってるから」メアリーは手を伸ばして彼の手に重ねた。「わたしがここにいて、彼女を見つける準備ができているとなれば、急ごうって気にもなるはずよ」

マサイアスはメアリーの手に目を落とした。ずっとまえに夫を亡くしたはずなのに、まだ細い結婚指輪をはめている。思わず同情せずにいられなくなる。自分は彼女との家庭を得られなかったが、彼女にはかつて家庭があったのだ。

「動機づけは要らない。約束する」そのことばに希望を持たせようとしたが、うまくいったかどうかはわからなかった。

「誰かにホテルに送らせよう」レンがドアのところへ行き、ついてくるようマサイアスを手招きした。「ちょっといいかい?」

レンが背を向けるやいなや、メアリーは手をテーブルの自分の側に戻した。マサイアスが立ち上がると、携帯電話をつかみ、また画面をスクロールしはじめた。

自在に心のスイッチを入れたり切ったりできるようだ。マサイアスはその技を自分が受け継いでいないようにと思わずにいられなかった。

部屋の外へ出ると、レンが壁に背をあずけていた。自分のオフィスにいるような気楽な様子で廊下を歩いていく。じっさいここは彼のオフィスではなかったが、レンが最初に大成功をおさめて援助してくれたおかげで、マサイアスはクイントを成長させ、今のような最強の会社にすることができたのだった。レンから受けたその援助をマサイアスは決して忘れないが、レンがそのことを口に出すことはなかった。

レンは息を吐いた。「きみのお母さんはおもしろいな」

今度は母と言われることがいっそう神経に障った。「メアリーだ。ぼくもあんな話は信じない」

「彼女が銃の名手だという可能性は？」

「じっさい彼女のことをよく知っているわけではないが、こういうことができる技を持っているとは思えないな」携帯電話を使いたいという欲望をうまく隠すこともできていなかった。メアリーが込み入った計画を立ててケイラを追いつめ、セキュリティを突破したなどということはマサイアスにはあり得ないことに思えた。

「彼女のことはぼくが監視するが、きみも気をつけてくれ」レンは手を差し出した。

「なあ、ぼくも最悪の親になじみがないわけじゃないが、連中が罪悪感を引き起こせることはたしかだ。あの女性はそういう点においてはプロみたいだぜ」

レンの父親は文字どおり殺人者だったので、マサイアスも彼のアドバイスを無視するわけにはいかなかった。しかし、友人に心配をかけたり、個人的なことで時間をとらせたりするのはいやだった。こちらも子供ではないのだから。「ぼくは大丈夫だ」

レンはにやにや笑いを隠そうともしなかった。「そうかい?」

「どういう意味で訊かれているのかもわからないな」しかし、わかっていた。ケイラについてだと。ギャレットのおしゃべり野郎め。

「ケイラにニックの話をしたときに撃たれたそうだな」レンはしかめ面になった。

「ここ何日かは最悪だったわけだ」

かなりすばらしい時間も過ごしたが、それについて話すつもりはなかった。「ほかにしようがなかったんだ」

「彼女に気があるからだな」

レン自身が恋に落ち、愚かしい行動に走っているからといって、友人もみな同じことをすると思っているわけか。そんなのはごめんだ。「ケイラには真実を知る権利があるからだ」

「それだけかい?」

その声の調子もまなざしも気に入らなかった。「定期的に女と寝ているからって、女の専門家になったと思ってるわけかい?」

「頭よりも下半身でものを考えている男は見ればわかるからさ」

そのことばはマサイアスの癇《かん》に障った。「いつぼくがそんなことを?」

「ぼくが言いたいのはそういうことさ」

「ぼくは大丈夫だ」口からそのことばが出た瞬間に嘘だとわかった。じっさいはケイラには好意を抱いていた。抱きすぎなほどに。ほんの数時間離れているだけで、もう会いたくてたまらなかった。いったいどうなってしまったんだ?

レンはうなずいた。「どうかな」

23

マサイアスは一日じゅうカフェには姿を見せなかった。ケイラとギャレットがホテルに戻ったときに、ようやくスーツ姿で現れた。夕食にちょうど間に合って現れたのだが、ギャレットは彼がホテルへ向かっているのを知っていたにちがいなく、三人分を注文していた。

それが二時間まえだった。ギャレットは彼の部屋に消え、三人で申し合わせたとおりにドアをほんの少しだけ開けていた。

マサイアスは今度はジーンズと白いTシャツ姿で足を広げてベッドにすわっていた。すっかりくつろいだ様子で、動こうとする様子を見せない。話かけてこようともしなかった。

ケイラにはどう会話をはじめていいか見当もつかなかった。あの晩以降、捜査や事務的なこと以外、ほとんど話をしていなかったからだ。マサイアスとメアリーの関係と、彼が真実を明かしたときのことを思うと、頭がずきずき痛み出すのだった。最初にそれを知ったときの怒りはおさまっており、それを呼び戻すこともできなかった。

マサイアスを無視しようとしてもうまくいかなかった。彼のことを考えまいとすることにも失敗した。一日じゅう彼がそばにいなかったことで不機嫌になった。何にしても勝ち目はなかった。

ケイラは何か気軽に言えることからはじめて、閉じてしまった互いのあいだの門を開こうと考えた。彼とは元どおりになりたいと本気で思っていたため、彼を試すつもりはなかった。頭のなかをめぐっている疑問への答えを知りたいという思いもあった。

「今日はどこへ行っていたの？」

マサイアスは手に持った書類を下ろし、書類を読んでいた目をケイラに向けた。

「警察に行って、そのあとレンに会いに行った。さらに情報を集めたということだったので。ぼくの部下たちも向こうの山に加えるべき情報を集めていた」

「そう」ケイラはもっと気の利いた答えが浮かばないかと思いながら、ベッドの端のところに立っていた。しばらくして、思いつきそうもないことがわかった。

「結局、メアリーに連絡することにもなったが、それについては選択の余地はなかった」

ケイラは心臓が止まったような気がした。じっさい、胸の奥が痛んだ。「それってどういうこと?」

マサイアスはすわっているマットレスの上に書類を置いた。「部下たちに何もかもやらせるわけにもいかなかったんでね。メアリーとの関係は教えていないからとくに。彼女の監視はレンに頼んである。彼によると、メアリーが動き出し、あれこれ訊いてまわっているそうだ。連絡をとったりして。それで、DCへ行ってレンの報告を聞き、彼女が何をするつもりなのか探ろうとした」

「まだわたしを追っていて、わたしを破滅させるための活動をつづけているとしても驚かないわ」

マサイアスは長々と疲れたような息を吐いた。「頑固だからな」

ケイラはその性質を彼も受け継いでいるのかもしれないと思ったが、指摘はしなかった。「わたしを逮捕させるつもりなのよ」

「そんなようなことだ」

彼が否定しようとしなかったのはありがたかった。「彼女にはなんて?」

「手を引けと言ってやった」マサイアスは両手を膝に置いた。「きみに手出ししてほしくないから」

「わたしのことは自分にまかせろってわけね」そのことばが口をついて出て、ケイラは顔をしかめた。いやな女に聞こえることはわかっていた。けんかをするのが目的ではなかったが、考えることや悩むことが多すぎて心が揺さぶられていた。

あまりに長い年月、そういったことを抑えつけて――ほかの誰かの考えを探り、それに従って――生きてきたのだった。自分の望みは脇に置いておいた。夢や不安を共有できる人などいなかったが、そんなことはどうでもいい振りをしていた。決してどうでもよくはなかったのに。

「ニックを殺したのはきみじゃないからさ」マサイアスは身を乗り出した。「聞いてくれ、ケイラ。ぼくはきみがやってないと信じる。きみに会ってすぐに、きみがあんなことをするなどあり得ないと思ったんだ」

「ほんとうに？」そうだとしたら、最初から自分を信じてくれた数少ない人間のひとりということになる。

「きみがやったんじゃない」

それはわかっていたが、今、彼もそれをわかってくれたと知り、心のなかの張りつめたものがゆるんだ。涙があふれそうになったが、ケイラは息を吸ってまばたきし、涙をこらえた。真に受け入れてもらえるのはこういう感じなのね。彼には自分は無実だと言い張る必要も、誰かに追われていると信じてもらう必要もなかった。彼は言ったままを信じてくれた。

ケイラはベッドの端に膝をついた。「彼女と話をしたことを認める必要はなかったのよ。彼女とは連絡を絶ったとわたしに思わせておくこともできたんだから。何かほかのことを言えばよかったのよ。これとは関係ない仕事上の問題でここを離れなきゃならなかったって」

「ぼくは真っ正直な人間とみなされているんだ、ケイラ」マサイアスは首を振った。「そうは見えないだろうが――」

「見えるわ」何日かともに過ごし、彼のことはわかるようになっていた。骨の髄からの救済者でお遊びを嫌う人間。それははっきりしていた。「あなたがそうであるのはわかる」

「今の状況でひとつ気に入らないのは、きみに何もかも打ち明けずにかかわりを持ったことだ」マサイアスは片手を上げ、包帯を巻いた肩に触れた。手を吊るす布は外していたが、包帯は巻いたままだった。「もうひとつは、きみが危険にさらされているということだ」

彼のことばは信じられた。一抹の疑問もなく。彼であれ、誰であれ、話せないことはある。ダグのことや、何年もまえに下した恐ろしい決断について。どれほど望んでも、自分には心の平穏を得る資格がない理由。

しかし、彼には正直になれる。少なくともこの程度までは。ふたりのことについては。彼といっしょにいたいということは言える。そして、ニックについて情報を隠していた彼を赦せる。

ケイラはまたベッドから出た。「あなたはわたしのまえに身を投げ出してくれたわ」

「同じことが起こったら、またそうするさ」

「そう言うと思っていた」ケイラはベッドから離れ、部屋の反対側へ行った。

「どこへ行くつもりだ?」

ギャレットの部屋のテレビの音が聞こえ、彼が机に身をかがめて書類を集めている姿が見えた。彼は部屋のなかを歩きまわっており、こちらに注意を向けてはいなかった。でも、それでは足りない。

ケイラは彼の部屋に顔を突き入れた。「おやすみなさい」

その声にギャレットははっとして振り向いた。何か言おうとしたが、ケイラはウィンクしてそのことばをさえぎるようにドアを閉め、こちらの部屋にマサイアスとふたりきりになった。

「ケイラ?」

部屋の反対側にいるマサイアスの太い声に表れた当惑の響きに思わずにっこりしたが、彼のほうに顔を向けたときにはその笑みを押し隠していた。「今戻るわ」

「でも、何をするつもりなんだ? 申し合わせたはずだ……」ケイラが歩きはじめると、その声が途切れた。目が彼女の全身をさまよい、脚へと降りる。

この人が脚好きなのは明らかね。「多少のプライバシーが必要だと思って」

「これからどうするか話し合わなければならないのはたしかだ。事件のことだけじゃなく」

もう話をする時間は終わり。

ケイラはTシャツを頭から脱いだ。次はブラジャーだった。背中に手をやってフックを外し、ブラジャーを床に落とす。「話し合いたいというのはたしか?」

「ああ、ケイラ。恩返しにそんなことをしてくれなくていい」

「これってそういうことなの? 一種の恩返しだと思うわけ?」マサイアスは背筋を伸ばし、背中をヘッドボードに強く押しつけた。あわてふためいて逃げようとしているかのように。初めて見る態度だった。

「ぼくはただ、互いに正直になりたいと思っているだけさ」まるで懇願しているかのような声。

そのことばに胸がつぶれそうになる。自分がこれほどに誰かのことを気遣うことができるとは思っていなかった。不安に駆られるせいで、誰かを守りたいという思いが募り、みずから進んで誰かの世話をする役割を担おうとしているのだろう。

「いいわ」ケイラはまたベッドにのぼったが、端に留まった。ベッドで女が主導権をとるという考えに慣れる時間を彼に与えたのだ。かわいそうなこの人は混乱しているようだから。「わたしがあなたをほしいの」

「同情でセックスしてほしくない」

まったく、この人は持てる最後の力を振りしぼって抗っているのね。腹は立たなかった。拒まれているわけではなく、彼がたしなみを持ち、今の状況を利用したくないと思っているせいなのだから。今は彼の心の動きが読めるようになっていた。

しかし、心以外の部分はもっとずっと興味深かった。「いやな言い方ね」

「まじめに言っているんだ」マサイアスの手がてのひらを上にして脇に下ろされた。

彼のことを傷つきやすい人間だと思ったことはなかったが、彼の目に浮かんだ不安の色と、服を脱ぐのをためらう様子が心を揺さぶった。わたしのために自分を抑えているのね。またも守ろうとしてくれているのだ。今度ばかりはそうしてほしくなかったが。気持ちはうれしいが、やり方はまちがっている。

ふたりのあいだでいくつか問題をはっきりさせたら、二度とニックの問題は考えたくなかった。「ニックやメアリーについてわたしに嘘をつかないと約束して」

ケイラが話し終えるやいなや、マサイアスは答えた。「約束する」

ケイラはベッドの上の彼の脚へと近づいた。「何もかも話してくれたの？」

「彼らについてかい？」

「どうにかして例外を作ろうとしているのがおもしろいわね」責めているわけではなかった。ケイラ自身、話せることにはかぎりがある。暗い部屋という安全な場所でも口に出してはならないことが。

「ぼくも若者じゃない。秘密は山ほどある」

ケイラは彼の脛をまたぎ、太腿が彼のジーンズに触れるまで腰を下ろした。ちくちくする生地が感じやすい肌にこすれた。「まえにも撃たれたことがあるのね」

「ああ」

「まえに撃たれたときって肋骨《ろっこつ》の下の傷痕がそうなの？」マサイアスの体のことは隅々まで覚えていた。手と口でなぞったのだから。戦いの痕跡が肌に刻まれていた。今回のことでそこに切り傷と新しい銃創が加わったわけだ。

「ああ」声がさらに太くなる。

「ほかにもあるわね」それらを並べ立てることもできる。

「ああ」

「その全部に触れたいわ」

マサイアスが重々しい声をもらした。「ケイラ」

彼女は腕を上げ、体を彼の長い脚の上に倒した。ジーンズ越しに彼を片手で包むと、彼が身をよじるのがてのひらに伝わってきた。ケイラは親指でそれをこするようにした。指の下で興奮の証が大きくなるのは悪くなかった。

「やめるべき？」

「いや」声がかすれる。たくましい胸が大きく上下したが、彼は彼女と目を合わせたままでいた。

ケイラはまた動き、両手で彼の胸をなぞった。彼にすっかり体を載せると、肩に巻いた包帯のまわりに、唇を強く押しつけすぎないようにやさしいキスの雨を降らせた。傷が心配だった。この人には休息が必要だ。それでも、ズボンのなかでふくらむものが、解放も必要だと訴えていた。

それに手を貸してあげられる。

　両手をヘッドボードにつき、ケイラはマサイアスに覆いかぶさるようにした。胸で彼をかすめ、彼の胸をなぞってさらに上へと動かす。手で胸を包まれるとため息をついた。胸の先がいたぶられ、唇に含まれる。

　ケイラはシャワーを浴びたばかりの彼の髪に鼻をうずめ、シャンプーの香りを吸いこんだ。手を彼のうなじにあてて頭にキスをする。それからその口を下に動かして彼の口をふさいだ。そのすばらしいキスが全身に震えを走らせ、体が息を吹き返した。

　会話を交わすときにはふたりとも必ずしも正しいことばを選んでいないとしても、体は理解し合っていた。ここではしっかりと通じ合っていた。

　ケイラは身を起こし、また太腿で彼の腰をまたぐようにした。手を自分の脚のあいだにすべらせ、彼に触れる。まずはこのジーンズをはぎとらなければ。ボタンを開け、ゆっくりとファスナーを下ろす。部屋は静まり返っており、彼のジーンズのまえを開けるあいだ、時計の音だけが響いていた。

　手がジーンズのなかにすべりこむと、マサイアスが深々と息を吐いた。「ああ、ケイラ」

「あなたはゆったりかまえてたのしめばいいのよ」今夜はわたしが主導権をとるのだから。

マサイアスは彼女の髪に指を差し入れた。「きみに殺されてしまう」

「じっとしていなくちゃだめよ」ケイラはウィンクしてみせた。「そっちの肩の力を抜いて」

「肩なんかくそくらえさ」

「わたしが考えているのはそういうことじゃないわ」ケイラはジーンズのまえを引き開けた。それから体を動かし、指で触れていた部分に口を寄せた。たかぶったものの横と先端を舌でなぞる。

マサイアスは首をそらし、声をもらした。「ああ」

彼をもっと近くに感じたい。彼にもっと触れたい。ケイラはたかぶったものの肌に沿って唇を這わせ、口に含んだ。その動きに合わせ、マサイアスはベッドから腰を浮かせた。それをもっと深くという合図と受けとり、ケイラはさらに深く、喉の奥に達するほどに深く彼を含むと、口を上下に動かしはじめた。

マサイアスは手を彼女の後頭部に添え、脚をさらに開いてそのあいだにケイラが身を置けるようにした。もはや抗うこともなかった。残りの服をはぎとらなくてはという激しい欲望のままに互いに触れ合う。ぎごちない動きではあったが、完璧だった。欲望にすっかり身をまかせる瞬間。

ケイラが顔を上げると、長い喉とこわばった筋肉が見え、彼は歯を食いしばっていた。タフなのは相変わらずだが、こちらの動きに喜んで合わせてくれている。

マサイアスは片側に首を垂れ、深々と息を吸った。「ぼくはきみのものだ」

まさにそのことばを聞きたかったのだった。

「あなたはわたしのものよ」そう言うと、ケイラはまた首を下げた。

24

マサイアスはロケット砲の砲弾を受け止めたような感覚を振り払えなかった。ケイラには腹を立てる権利があり、昨晩はおそらくテレビでも見て静かに部屋で過ごすものと思っていた。しかし、彼女は部屋のドアを閉め、自分に覆いかぶさってきたのだった。

なんともすばらしい感覚だった。血が局部に集まると、肩がうずき出したが、それを無視してケイラに注意を集中した。彼女の髪が自分の太腿に落ち、熱い口が上下するのを見ただけで、達しそうになった。どうにか彼女のなかにはいるまで持ちこたえたが、あぶないところだった。

それなのに、今はギャレットと部屋にこもっている。

マサイアスがノート型パソコンを持ち出して電源を入れるあいだ、ギャレットは目のまえの書類をあさっていた。八面六臂《はちめんろっぴ》の活躍をする気満々というわけだ。「彼女はまだシャワーか？」

「もうそれを訊くのは十回目だぞ」自分も彼女といっしょにシャワーを浴びていたいと思うマサイアスはその質問にうんざりしていた。この質問がどこへ向かうのか恐れる気持ちもあった。

「昨日の晩、彼女はつづきのドアを閉めたな」

ほうら来た。「黙れ」

「事実を言っているだけだ」

「ぼくもだ」映像がダウンロードされ、再生がはじまった。砂の嵐というわけではなかったが、最高の画質というわけでもなかった。これはケイラのアパートメントの真向かいにある街灯に据えられていたものだ。呪われた場所なのではないかと思えてきたため、彼女には二度と戻ってほしくないと思うアパートメントだ。「これはドックの監視カメラか？」

ギャレットが目を上げた。「これには銃を発射した人間は映っていない。現場の状況確認のためだ。時間的にも早い時間のものだと思う」

「それはなんともすばらしいな」

「新たに手に入れた監視カメラの映像は山ほどある。それはぼくのほうで確認できる」ギャレットは目のまえに置かれたバインダーのページを繰った。「きみのチームは優秀だな。人の行き来を監視し、そこに映ったほとんどの人間の身許を確認している」

「もちろんそうさ」そのために訓練し、業績を上げさせるためにかなりいい報酬を与えている。

彼らはふつうほかの客のためにそれを行っている。今回の唯一のちがいは、これがボスのためだということだ。これまでになくボスが現場に出ているせいで、部下たちも最善を尽くしているのだろう。

「だったら、どうして再確認しているんだ？」

それがボスとしての自分の仕事だからだ。部下たちの仕事を監督すること。命令系統がはっきりしているため、部下たちの仕事に干渉したり、彼らの邪魔をしたりはしないが、すべてに目を配ってはいる。すべてをコントロールしたいという性向はなかなかなくせないものだ。「自分ですべての書類に目を通し、すべての証拠を確認したいんだ」

「だったら、いいさ」

ケイラがイヤリングをつけながら部屋にはいってきた。「たのしんでる？」

女性の朝の身支度にはうっとりさせるものがあった。ケイラは身支度に時間のかかるタイプではなかったが、それでも数多くの段階があり、彼女はひとつも省略しなかった。肌に保湿液を塗り、髪にブラシを入れ……ローションやら何やら、マサイアスの知らないものばかりで、身支度に何が必要なのか見当もつかなかった。決まった手順があるようで、ケイラはきちんとその手順に従った。

「じっさい、たのしいことなんてひとつもないさ」ギャレットがぼやくような声を出した。

マサイアスも同感だった。「この仕事にはうんざりするよ」

「映像を見るのがそんなに大変なの……」ケイラはマサイアスの肩越しに身をかがめた。「何も起こってないじゃない。ちょっと待って、あれってわたしの家？」

コンピューターのキーボードに伸ばした彼女の手が何かに触れるまえに、マサイアスはそれをつかんだ。そうやって手に触れ、彼女のにおいを嗅ぐことで、体は刺激されたが、それは無視しようとした。「そうだ。この仕事は何も見つからない時間が長いんだ」

「へえ」ケイラは指で机を叩いた。「だったら、もっと多くの人が行き交う日中の映像を見ればいいのに。ヨットの連中がしじゅう行き来しているわ」

それもおもしろい戦略だ。とはいえ、言い返さずにいられなかったが。「ストーカーが姿を現すのは日中だけだからかい?」

「いやな人」ケイラはそう言いつつも、指をほんの一瞬マサイアスの髪にすべりこませた。すぐにその指の感触はなくなったが。

ギャレットが笑った。「レンが言うように、まぬけと言われるよりましだけどな」

「きみのボスは弁が立つからな」マサイアスは注意を彼女から引き戻し、仕事に向けようとした。ギャレットの手の横にあるファイルを指で示す。「そう言えば、レンがよこしたファイルはそれかい?」

ギャレットは一番上のファイルを軽く叩いたが、開こうとはしなかった。「波止場にいる〝ほかの連中〟の情報さ」

「それってどういうこと?」ケイラはマサイアスの椅子に寄りかかった。すぐには部屋を出ていくつもりはないという態度だ。

「それについてはまえに多少話したはずだ。ローレンの顧客や、マリーナの店やカフェの常連客についての情報とか、そういったものだ」それ以上の情報もあったが、基本的にはそういうことのはずだ。

「あなたたちがそういう名前や情報をどうやって得たのか知りたくもないわね」

マサイアスはうなずいた。「ああ、そうだろうな」

ケイラは顔を輝かせて画面を指差した。「船酔い男だわ」

「誰だって？」マサイアスはケイラの指を追って映っている人影に目をやった。黒っぽい髪の若い男だ。カジュアルな装いで、野球帽をかぶった頭をうつむけて歩いている。画面を見ていると、彼は波止場を歩きながら水面に目をやっていたが、そばに寄ろうとはしなかった。

これまで見たことのない男だった。「これがローレンのアシスタントかい？　ぼくが来る数週間まえにここに来たという？」

ケイラはまた指差した。「ポールよ」

その名前は聞いたことがあった。マサイアスは背筋を伸ばし、何度か映像を戻した。

「この若造はぼくを避けているんだな」

「そうね、ほら、この子よ」ケイラはマサイアスとギャレットのあいだに身を乗り出し、画面に触れた。そうしたときに、ポールが顔を上げた。カメラがそこにあるとは知らないようで宙を見つめ、やがてまた目をそらした。

その顔に見覚えがあった。マサイアスは手を伸ばしてスペースキーを押し、映像を止めた。「ちょっと待って」

「何が見えたの？」ケイラが訊いた。「言ってよ。わたしは見逃したわ」

それが問題だった。誰もがそれを見逃していたのだ。まちがった方向に目を向けていたせいで。マサイアスは指を鳴らし、その顔をどこで見たのか思い出そうとした。

「この若者のファイルは？」

ギャレットが自分のまえに置いてあるメモに目をやった。「身許を洗うのがむずかしい人間だった。今日これから、ポールについて集めた情報をレンが送ってくることになっている」

顔と年。マサイアスの頭のなかでその両方にぴんと来るものがあった。しばらくかかったが、その若者の顔をどこで見たのか思い出した。「その必要はない。いや、必要はあるが、身許を調べる必要はない」

ケイラがマサイアスの肩に手を置き、目に不安の色を浮かべた。「なんなの？」

「そいつはポールじゃない」

ケイラは笑った。「ポールよ」

彼女はわかっていない。その若者は無邪気な船酔い男ではない。思惑があってここへ来た人間で、それはローレンに雇われるということではない。「そいつの名前はベンだ」

ギャレットがポールのファイルを探す手を止めて目を上げた。「知っている男か？」

知っていた。誰であるかわかる。どうやらケイラのストーカーを見つけたようだ。

「ダグのファイルをくれ」

ケイラが声をもらした。「ちょっと、またその話？」

マサイアスは椅子を横に向けた。この知らせをもたらす際に、彼女の腰に腕をまわしておきたかったからだ。打撃をやわらげるために。しかし、肩のせいで腕を持ち上げることができなかった。

マサイアスはそばに身を寄せることで我慢した。体で受け止められるなら、そうしよう。「彼はベン・ウェストン。ダグの弟だ」

「え？」

しかし、目に怯えた色が浮かび、ケイラがそれを理解したのがわかった。マサイアスはそれ以上何も言わず、彼女がその意味を解釈するのを待った。

「まさか。あり得ない」ケイラは首を振り、そのまま振りつづけた。「会ったことはないけど、写真を見たことはある。あの子は……子供よ。ダグの小さな弟」

ギャレットは顔をしかめた。「七年まえには子供だったさ」

マサイアスはダグのファイルを目のまえに引き出し、ページをめくった。写真はすぐに見つかった。少年らしくどこか不格好な姿が写っており、当時は脚が長く、歯が大きく見えた。しかし、目や口はベンだった。

この男が身許を隠してここにひそんでいたのだ。マサイアスの部下たちが話を聞こうとするたびにそれを避けていたため、誰にも気づかれずに済んでいた。これまでは。

「ポールだとわかるのに多少苦労したのも無理のない話だ」

ケイラはマサイアスの椅子の肘かけに腰を載せた。「ダグの弟」

その声にはショックがありありと表れていた。マサイアスにはその理由がわかった。過去に打ちのめされるのはたのしいことではない。とくにその過去が脅しのメモをよこすような場合は。

それで決まりだった。「そろそろポールに挨拶する頃合いだな」

三十分後、ローレンのオフィスに三人が足を踏み入れると、ローレンが目を上げた。一枚の紙を手に持ち、上着をつかもうとしているところだった。三人の姿を見るや、その顔に笑みが広がった。「あら、おそろいで」

マサイアスは無意味な世間話をする気分ではなかった。「ポールは?」

「そこよ」ローレンは彼らの背後を指差した。

マサイアスが振り返りかけたところで、ポールが入口に現れた。憎悪とそれを隠そうとする表情がはっきり見てとれた。

ポールは目をみはった。「くそっ」

彼は側柱を押しやって駆け出した。スニーカーの足音高く波止場を逃げていく。

反射的にマサイアスは彼を追った。一歩ごとに腕の痛みが増し、腕を吊る布が喉に巻きついた。彼はそれを引きちぎって投げ捨てた。腕を吊るのをやめたせいで肩はさらに痛んだ。ちぎれるのではないかというほどにずきずきとうずいた。

それでも彼はドックを歩く人々をよけながら走った。何人かが呼びかけてきて、後ろから叫ぶ声も聞こえた。持ち場にいた部下たちが振り向き、そのうちふたりがあとを追ってきた。

距離はつめたが、手を伸ばしてつかまえられるほどにはつめられなかった。くそっ、このポールという男は――名前がなんであれ――トラック競技で奨学金をもらうべきだな。彼はベンチを飛び越え、老人を押し倒しそうになった。角を曲がり、ヨットの係留所のほうへ向かっている。係留所へ向かうほど考えなしならば、つかまるはずだとマサイアスは思った。しかし、最後の最後でポールは向きを変え、草の生えた小高い丘をのぼりはじめた。両手と膝をつくようにしてのぼっていく。

「がきめが」マサイアスが同じようにしようとしても、片腕が使えなかった。

痛み止めの薬の効果が切れており、睡眠不足で、銃弾を受けた傷もあり、最高の状態とは言えなかった。それでも、ギャレットが姿を現さないなか、自分より若い男に追いつきかけていたのだが、丘のせいでペースが遅くなった。ケイラが自分の名を呼ぶ声が聞こえ、集中力も途切れた。しかし、逃げる若者の姿を見失うことはなかった。

ようやく丘のてっぺんに達したが、形勢は不利だった。差が開いていた。彼らは建物のあいだをすり抜け、階段を降り、駐車場にはいった。ブレーキが甲高い音を立て、また叫び声があがった。

追っている三人が距離をつめると、ポールは肩越しに振り向いた。マサイアスの目にぼんやりとした影が映った。黒い車だ。ポールに気をつけろと呼びかける。最後の瞬間、車が寄せてきてポールは左に身をかわした。横向きに倒れて体が転がった。

その機をとらえてマサイアスがポールをつかんだ。けがをしていないほうの腕を使い、指でポールの肩をつかんで振り向かせる。ポールが足を蹴り上げ出したところで、ギャレットが車から降り、若い男を車に押しつけた。

「追いかけっこはもう充分だ」マサイアスは荒い息のあいまに警告を発した。

「大丈夫かい、じいさん？」とギャレットが訊いた。

「ここまで車で来たやつにしては偉そうじゃないか」まだマサイアスは身を折り曲げ

てできるだけ多くの酸素をとり入れたくなる衝動と闘っていた。

肩の痛みに気が遠くなりそうだった。血が血管をどくどくと流れ、傷は焼けるように痛んだ。医者には数日肩を動かさないようにと言われたが、そのときに医者の念頭にあったのはこういう運動ではなかっただろう。

ケイラとローレンが追いついた。マサイアスの部下たちも何人かそばに来た。顔を上気させ、目を見開いたケイラは殺気立っていた。彼の腕に身を投げることはせず、そばに来てけがをしていないほうの腕をつかんだ。

ケイラは腕を吊る布をマサイアスに向かって振り上げ、胸に押しつけた。「何を考えていたの？　けがをしているのに」

そうやって気遣ってもらうのは悪くなかった。「大丈夫さ」

ポールがその瞬間に体をまわした。「放してくれ」

マサイアスがそばへ行き、ギャレットの手を借りてポールの手を背中にまわして押さえつけた。どうにかして若者が逃げ出したとしても、すぐそばで銃を持った三人の男が待ちかまえていた。ポールにはわからないかもしれないが、マサイアスには部下たちの姿が見え、存在が感じられた。ポールが逃げ出そうとしても、つかまえる準備は万端だった。

さしあたり、もっと穏やかに片づけることになりそうだったが。「話をするまでは誰もどこへも行かない」

「ぼくには話すことは――」

マサイアスはさらに身を近づけた。「それで、別人のきみがポールになりすまそうとした理由を明かすわけだ」

若者は首を振った。「なんのこと？」

マサイアスはローレンとケイラのほうを振り返った。「こちら、ベン・ウェストンだ」

25

ポールはカフェのテーブルにつき、ケイラが全員に渡した水のボトルをもてあそんでいた。全員がそこに集まっていた――マサイアスとローレンとギャレット。ケイラがカフェを閉めたままにしておいたので、ほかに客はいなかった。ほとんどの人は波止場での追跡劇について噂するのに忙しくしていた。

マサイアスは警察へは通報しなかった。まわりに集まった人々にも、自分が処理すると告げ、若者に前科をつけたくないので、当事者同士で解決したいのだと説明した。とはいえ、そんな言い訳が長くもたないことはわかっていた。レンに警察への通報がないか監視してもらい、さらに時間が必要な場合には介入してくれるよう頼んであった。

マサイアスにほんとうに必要なのは薬だった。動くたびに腕に痛みが走った。どんな損傷を受けてしまったのかはわからなかったが、悪化させてしまったのはたしかだ。

包帯に触れるだけで悪態のオンパレードとなりそうだった。手術が必要とならなければいいのだが。そうなったら、悪いのはポールだ……名前がなんであれ。

若者はすわったままもぞもぞと身動きしていた。それも責められない気がした。ローレンが今にも絞め殺してやりたいという顔をしていたからだ。ギャレットはドアのそばに立っている。さらに部下の何人かが外にいた。マサイアス自身はポールの正面の椅子に腰をおちつけていた。ケイラがその後ろに立っている。大詰めの舞台の応援にずいぶんと大勢集まったものだ。

ポールは水のボトルをテーブルの上でまわした。「ぼくは逮捕されたんですか?」

「ちがう。でも、すなおに応じてくれれば話は早くなる」時間も忍耐力も切れかかっていた。

「怖がっているわ」ローレンがギャレットのまえを行ったり来たりしていた。一分ごとに怒りと心配とに気持ちが揺れているようだ。

この子を守ろうとしているのだ。マサイアスにもその気持ちはわかった。肩を丸め、目を合わせるのを拒むその様子には、マサイアスですら同情を感じざるを得なかった。少年は反抗しているのではなく、怯えているように思えた。

賢い選択だ。

しかし、答えを求めているときに誰かに疑問を呈される必要はなかった。「ローレン、黙っていてくれ」

ポールはマサイアスの頭上に目を向けた。おそらくはローレンに。「帰りたい」そう言えば帰れるとでもいうように。「どうしてこの街に？」

ポールは一瞬マサイアスの顔に目を向けたが、すぐにその目をそらした。「ここで大学に通っているんです」

「よせ」そうやってさえぎるのはすでに三度目だった。大学に通っていることが、ケイラや今の状況とどう関係しているのかはわかりようもなかった。おそらくポールは時間稼ぎをしているのだ。しかし、誰かが救いに来てくれると思っているとしたら、大まちがいだ。「今度はほんとうのことを言ってもらう。われわれに話しても大丈夫だと思うことだけじゃなく」

彼がすわったまま口を開こうとせずにいるのを見て、マサイアスはさらに追及することにした。やさしいやり方はもう充分だ。早く終えてしまいたい。傷をまた医者に診せる必要があるのはたしかなのだから。

「きみの名前はベン・ウェストン。兄はダグ・ウェストン。ケイラが大学で付き合っていた相手だ」

「なんですって？」ローレンの声からはショックを受けたのがはっきりわかった。

「当時のわたしはちがう名前だったわ。キャリー・グリーソン」ケイラが椅子を引き、マサイアスの隣にすわった。

尋問に彼女が居合わせるのは好ましくなかった。彼女を信頼していないわけではなかったが、だからといって、ずっと昔のあの晩のことについてそれ以上聞かせたいとも思わなかった。それに、この男が彼女のアパートメントに侵入した人間だとしたら、そばに寄せたいとも思わなかった。

ポール、もしくはベン、どんな名前を使うつもりにしろ、その男は首を振った。

「人ちがいだ」

「運転免許証のコピーがある。本名とともにきみの写真が載っている。ばかだな」マサイアスは後ろのポケットからコピーをとり出し、テーブルの上に放った。「さて、もう一度説明してみるかい？」

ケイラがため息をついた。「ベン、わたし――」

「どこにいるんだ？」ポールはケイラに向かって言った。

「誰が？」

「兄さんさ」

「ここへはダグを捜しに来たの？」ケイラは首を振った。声からすべての棘が消えている。「もう何年も会ってないわ」

「みんなそうだ」ポールは身を乗り出した。目に憎しみがあらわだった。テーブルを乗り越えてケイラにつかみかかりそうなほどに。「それが問題なんだ」

マサイアスはけがをしていないほうの腕をケイラのまえに置いた。車の急ブレーキでもかけたかのように。「気をつけたほうがいい」

しかし、ケイラはすでに脇によけて口を開いていた。「わたしの部屋に侵入したのはあなたね。ダグはあそこにはいないわ。あそこにも、わたしの人生のどこにも、あなたのお兄さんと付き合っていたころのものは何もないわ」

「兄さんの居場所を教えてくれるまでは、もう何も言うつもりはない」ポールは胸のまえで腕を組み、椅子に背をあずけた。椅子の脚の二本が床から離れた。

そんなけんか腰の態度にマサイアスは苛立った。避けられないことを長引かせるだけだ。そこでより早く片づけようとした。「彼女は知らないし、彼女のことを話すつもりもない。今はきみのことと家宅侵入のことを話しているんだ。きみを警察に突き出さない理由もね」

「突き出すさ。単なる空き巣の話をしているわけじゃないからな。重大な犯罪の加害者という可能性もある」ギャレットがドアのところから口をはさんだ。

「それはぼくじゃない」ポールがローレンを示した。「彼らに言ってやって」

「でも、技術的なことはあなたの方が詳しいじゃない」

ポールはぽかんと口を開けた。「それはコンピューターのことでしょう。彼らが話していることとはちがう」

ポールがオフィスで仕事をしている人間である事実と、ケイラの予備の鍵のことが頭に浮かんだ。数日まえにそれについて知ったときには、ローレンがあやしいと思ったのだが、今はあの部屋の鍵にじっさいにアクセスできた男へとその疑惑は移っていた。

マサイアスはそちらへ顔を向けることなくローレンに呼びかけた「ケイラの部屋の予備の鍵はオフィスに置いてあったのかい?」

「金庫のなかよ」ローレンがびっくりした顔で一歩まえに進み出た。「金庫を開ける方法は教えてないわ」

「でも、きみが開けるのを盗み見るのは彼にとってそれほどむずかしいことかな?」とギャレットが訊いた。

ローレンは口をぽかんと開けた。顔から血の気が引く。「暗証番号と鍵を盗んだというの？　ケイラに近づくためにわたしを利用したの？」

「そして、わたしのアパートメントを破壊した」とケイラが付け加えた。

「そんなのどうでもいいことだ。兄さんが行方不明で、そのほうが多少家具をひっくり返したり、壁にメッセージを書いたりすることよりもずっと重要だ」ポールはほかの者たちを無視し、ローレンだけに言った。

これで確認はとれた。胃がよじれる感じが薄れる。少なくとも、ケイラを脅かす事件のうち、家宅侵入の問題は解決できた。「壁のメッセージのことは誰に聞いたんだ？」

ポールは動揺を見せた。目を店内にさまよわせ、椅子にすわったまま身動きしている。「ローレンとか……あなたたちとか。みんな知ってるじゃないか」

「誰も知らないさ。家宅侵入のことは情報をもらしたが、脅しのメッセージについてはもらさなかった」単純な捜査上のトリックだが、それが功を奏することが多いのはたしかだ。その事実にはいつも驚かされる。いつ口を閉じるべきかわからない人間もいるのだ。

ギャレットが笑った。「あーあ」

ポールは首を振ってケイラをにらんだ。「兄さんはどこに？」

「いっしょじゃないわ。別れたのはずっと昔よ。殺人事件のときにはもう付き合っていなかった」ケイラが発した声には、ポールが罪を認めたことに対する怒りではなく、悲しみが表れていた。ケイラは同じ答えをくり返していたが、ポールが訊いていることへの答えにはなっていなかった。

マサイアスはすべての事実とケイラが発したことばを、あとで吟味するために記憶に留めておいた。ダグについてはこの十分間でこれまでケイラが教えてくれた以上のことを知ることになったが、まだあまり多くはわからなかった。頭のなかでジグソーパズルのピースがはまりつつあり、できあがるはずの絵は気に入らなかった。そこでそれを心から追い出し、目のまえにいるウェストンの弟に注意を集中させた。兄のほうについてはあとで考えればいい。

ポールはまばたきひとつしなかった。強いエネルギーを発散させている。肩に力がはいり、体がこわばっている。そのことは全身と張りつめた声に表れていた。「兄さんがやったの？　そう責められたんだ。みんながそう言っていた。そうだろう？　兄さんはあんたのためにやったんだ。もしくはあんたといっしょに。兄さんはみんなを殺して逃げた」

ケイラは首を振った。「わたしは誰も殺していない。あの殺人事件とはなんの関係もなかった。死体の第一発見者になる不運に見舞われた以外は何も」

マサイアスは心のなかで顔をしかめた。ケイラは誰も訊いていない質問に答えている。はっきりしている問題に対して容易な答えに飛びついたのだ。そうしてかわそうとすることで、余計にダグについての話が信じがたくなる。何があったのかはわからないが、彼女の説明とちがうのはたしかだ。答えが得られるまで、それが頭から離れることはないだろう。

しかし、目下の問題は、ケイラの発言とは関係なく、ポールが降参しようとしないことだ。彼は自分の言い分を守っている。「ダグがやったと言ってるの？　兄さんが友達を殺したと」

「友達じゃなかったわ」ケイラは下唇を嚙んだ。「ほんとうのところ」

「どうしてそんなことが言える？」

「あなたはわたしを追いまわし、銃を発射した。マサイアスを撃ったのよ」ケイラは彼の肩に触れた。「これはあなたがやったことよ」

「待ってよ」ポールが身を起こした。すっぱいものでも食べたような顔をしている。タフな男のイメージをかもし出そうとしていたのが、怯えた子供のようになった。

「ぼくは銃なんて持ってない。撃ち方だって知らないよ。それをぼくのせいにはできない」

ローレンはケイラの後ろに立っていた。「恐ろしいことのひとつはやったけど、もうひとつはちがうと言い張るの？」

「彼女の部屋をぐちゃぐちゃにしたのはぼくさ。メッセージも書いた」ポールはまた水のボトルを手にとった。その側面で机を軽く叩く。「一度だけのことだよ。ほかのことは？　ぼくじゃない」

そのことばに隠し立てしているという印象はなかった。罪を認めさせることになるとは思っていたが、こういう形ではなかった。やっていないことの弁明としてでは。しかし、まだ疑問は残っていた。とても大きな疑問が。「どうしてだ？　これだけの年月が過ぎてから、どうしてケイラを追ってきた？　きみは自分の人生を歩む代わりにケイラの居場所を突き止めた。この件のほかの容疑者ではなく彼女の」

ポールは手から手へ水のボトルを動かした。「彼女が容疑者だからさ」

そこにまだ引き出されていない情報がある。それを引き出せるのはたしかだ。「きみの兄さんもそうだったのに、彼を捜そうとはしていない。直接には。きみはケイラを捜した」

「彼女に言われたことを信じたからだよ」ポールは自分が誰のことを言っているのか

みんな知っているはずだというようにことばを発した。

マサイアスは自分は知っているという気がした。「誰に？」

「メアリー・パタースンさ」店にいる誰かがうなり、ケイラは椅子に強く背を押しつけた。そうした物音や、突然まわりに広がった気まずさを無視してポールは話しつづけた。そこにいる全員に自分のことばを信じさせ、理解させようとでもいうように。

「ぼくと話をしてくれた唯一の人さ。ぼくも充分大人になって訊きたいこともあったのに、誰も答えてくれなかった。彼女は警察の記録や新聞記事を見せてくれた。自分の推理を裏づける資料をすべてそろえているんだ」

どういう成り行きだったのか、さほど頭を使わなくてもわかった。ポール……ベンは兄に会いたいと思ったが、みなベンを守ろうとした。結局、若者は自分で答えを見つけようとするようになり、ふつふつとたぎるエネルギーをどうコントロールしていいかわからなくなったのだ。

くそっ、ぼくもそういう若者だった。事情はちがうが、結果は同じだ。どこにも向けようのない怒りが愚かしい選択をさせた。

「彼女にわたしが犯人だと言われたのね」ケイラは質問を発したわけではなかった。

「あんたは兄さんと一緒だったけど、今、兄さんも行方不明になった」

そうした事実は耳にするのも不快だった。誰しもそんなふうに誰かに意のままに操られてしまうものなのだ。とくに自分では動かないメアリーのような大人が自分の推理を押しつけてきたときには。「ケイラを見つけるためにここへ送りこまれたのかい?」

「ちがう。全部自分で調べた」ポールはケイラを顎で示した。「大学の記録を使って居場所を突き止めたんだ」彼は鼻を鳴らした。「インターネットでそうしたことを調べるのは割合簡単なんだ」

疑問にもうひとつ答えが出た。訊かれるまでもなく、ポールはケイラの住所を突き止めた方法を説明した。それを手に入れるのにさほど卓越した頭脳は必要なかった。大勢の人が喜んで調べてくれ、必要とする情報を見つけて渡してくれたからだ。「大学のコンピューターをハッキングしたんだな」

「うまい具合に質問しただけさ。彼女が昔通っていた大学から、彼女がセント・ジョンズに登録したことを教えてもらった。そこから彼女の情報を突き止めるのは簡単だった」ポールはケイラのことを話しながらもそちらにはほとんど目を向けなかった。

「でも、そうしたのは、メアリーにそうするように言われたからだ」調査の邪魔ばかりしてくれるのでなければ、メアリーの粘り強さには感心したことだろう。彼女の目的がケイラを破滅させることでなければ。

「彼女はこれまでずっと追いかけつづけてきたんだから……」ポールはそこでことばを切った。「ねえ。ぼくはたった一度でやめたんだ」

「きみはくそボーイスカウトか？」しかし、マサイアスはポールのことばを信じた。この若者にはあの銃撃ができる技術はない。彼の行動はほかのすべてには合致するが、銃撃はちがう。

ポールが借りている部屋を部下たちにざっと調べさせたところ、ケイラの写真が何枚か出てきただけで何も見つからなかった。銃もなかった。コンピューターからは何か見つかるかもしれない。それまでは銃撃についての最終判断は保留しておくつもりだが、彼がやったとは思えなかった。

「それで、ここへ来たんだ」ポールの声はほとんどささやくほどに小さくなっていた。

マサイアスにはその理由がわからなかった。「それで？」

「ここで話をした誰もが彼女のことを気に入っていた。メアリーが言ったこととじっさいに目にしたことはまったく一致しなかった。ローレンも彼女が好きだった。貸ボート屋の連中やマリーナの警備の連中も」ポールはケイラのほうを見ることはせず、名前を口にすることもなかったが、やがてふいに彼女に目を向けた。「くそっ、ぼくにはいつも食事をさせようとした」

もう充分だった。頭のなかですべての事実がからまり合っていた。ポールのことは理解できた気がした。ダグについてもより多くを知った。これからしなければならないのはケイラと話をすることだ——ふたりきりで。

「わかった。メアリーがきみに言ったことや、きみが知っていると思っていることや、きみがしたことについては、これからすべて検証するつもりだ」ただしほかの人間が。マサイアスはそれ以上一秒たりともそこにすわっていられない気分だった。この若者は自分のしたことについていずれすべてを認めることになるだろうが、そこに警察がからまなければいいがと思わずにいられなかった。警察沙汰になれば、ポールの怒りもおさまらないだろう。

ポールは指を一本立てた。「たった一回のことなんだ」

それが重要だとでもいうように。マサイアスには同意できなかった。「一回で充分だ」

「全然知らなかったわ」ローレンがささやいたが、そのことばはそこにいた全員に聞こえた。

ケイラが椅子のなかで体をまわした。「当然よ」

「でも、彼を雇ったのはわたしよ」

ケイラは手を伸ばしてローレンの手をつかんだ。「あなたは知らなかったんだもの。知る由もなかったことよ」

それについても同意できるかどうかはわからなかった。ローレンの身辺調査は行っていなかった。そのこともあとで話をしなければならない。あとでしなければならないことがどんどん増えていくのもしかたないことだ。「彼がきみに渡した書類を全部見せてもらいたい」

ローレンはうなずいた。「もちろん」

「警察に通報すべきじゃないかしら？」ケイラがマサイアスに訊いた。

「彼がきみのアパートメントに銃弾を撃ちこんだと思うかい？」答えにはなっていなかったが、マサイアスにはそう言うしかなかった。

心はうつろいはじめていた。ダグへ、メアリーへ。ローレンのことを考え、彼女が情報にアクセスできただろうかと考える。それから、ジェラルドや、マリーナに出入りする他の人間たちすべてについて。容疑者は大勢いたが、何もかも頭のなかでようやく形を成しはじめたところだった。それがいつもの仕事のやり方だった。個人的なかかわりを持たない場合は。今回は個人的なかかわりがある。

ケイラは自分にとって大事な存在となっており、それは彼女の身の安全にかぎった話ではなかった。仕事の対象というだけでは。

「ケイラをつけねらっている人間がふたりいるっていうの?」ローレンが訊いた。

「それって突飛な推測じゃない?」

いや、すでにそれは推測ではない。「事実さ」

「こんなの耐えられない」ケイラが立ち上がった。「家に帰りたいわ」

帰るべきだ。ギャレットがあとを引き継ぎ、すべてを録音しておいてくれるはずだ。それを検証して、ポールが危険な人物かどうか判断がついたら、次にどうすべきかわかる。おそらく彼には多少助けが必要だろう。警察署へ連行して告発してしかるべきだが、それについてはケイラが同意しないのではないかと思われた。ポールに家をめちゃくちゃにされたにもかかわらず、すでに声に同情をにじませているのだから。

「わたしもいっしょに行くわ」ローレンが申し出た。

マサイアスがケイラの隣に立った。「いや、ぼくが行く」

ローレンは冷静さをとり戻していた。この三十分ほどは呆然《ぼうぜん》としたり、怒りをあらわにしたり、人をかばったりと忙しく気分を変えていたのだが。「彼女にこれ以上の尋問は必要ないわよ」

自分のほうがケイラの必要とするものがわかっていると示唆するような言い方は気に入らなかった。「それはわかっている」

ケイラは両手を挙げてふたりのあいだに立った。「ふたりとも、わたしは大丈夫だから」

問題はそこだった。もはやそれが真実だとは信じられないということ。「どうかな」

26

ホテルに戻るころには、マサイアスの頭のなかではさまざまな推測が渦を巻いていた。七年かけても警察が解決できなかった事件だ。急にかかわった自分が一週間で解決できるとは思えなかったが、自分に強みがあるのはたしかだった。警察がこれまで知り得た以上の事実を知っているのだから。また、ケイラの心の内をのぞけるという強みもある。

彼女がストレスにさらされる姿や、思いやりを示す姿、パニックに襲われる姿をこれまで目にしてきた。ほほ笑みと怒り。すべてを通し、ポールと向き合ってすわっているときですらも、一点だけ彼女には揺らがないものがあった。たったひとつのことについて決して態度を変えなかった。ケイラはそれについて誇張することも詳しく説明することもなかった。完璧に作り上げた話をしているだけだった……その理由がマサイアスにはわかる気がして怖かった。

部屋にはいり、ドアを閉めるやいなや、ケイラが彼のほうを振り向いた。「まえもって言っておくけど、ポールにしろ、ダグにしろ、ほかの何にしろ、お説教を聞く気分じゃないの」

彼女のまわりには張りつめた空気が漂っていた。まるでそれを抑えきれないとでもいうように。何とはわからない不安にむしばまれ、突き動かされているようだ。

そろそろ多少は吐き出させてやらなくてはならない。遅すぎるぐらいだ。しかし、そうするには……くそっ、そうするのにうまいやり方などない。

「いいさ」マサイアスはほかにどう言っていいかわからず、そう答えた。今はまだ。「あの子がずっとあそこにいたなんて信じられない」ケイラはベッドの端のあたりを行ったり来たりした。

いつもの彼女はエネルギーの塊のようで、すばやく動き、一度に多くのことを処理しながら、それを難なくこなしているような人間だったが、今はちがった。今の彼女からは闇が広がっている。筋肉がてんでに動いているようで、足によって体を前後に運ばれながら、手を動かしている。

すべてを吐き出させてやる必要があるのはたしかだった。彼女のやり方で。「あの子は混乱しているのさ」

ケイラは足を止め、彼をじっと見つめた。「そんなの言い訳にならないわ」

その声に怒りはなかった。そう、問題はポールをつかまえることでも、ほかに誰がいるのか不安だということでもないのだ。世界がばらばらになりかけており、彼女はそれを必死で止めようとしている。彼自身、日々そうやって生きているので、よくわかった。

多くの点でふたりは異なっていた。マサイアスはもがきながら、影に隠れていた。ケイラは偽名を使いながらも、光り輝いている。マサイアスは沈黙を好んだが、ケイラは誰とでも話をした。しかし、ふたりとも秘密を抱えているのは同じだ。恐ろしい秘密を。誰にも話してはならない秘密。一度ことばに出してしまえば、もう嘘をつくことはできなくなるからだ。

マサイアスはあまりに長いあいだそうして暮らしてきた。過去を振り返ることはしないが、自分には未来にもさほど期待をする権利はないという中間的な穏やかな心境で。仕事に執着することはできたが、幸せや心の平和を見つけることはできなかった。その権利は剥奪されており、理由は心の奥底にしまいこんでいた。

だからこそ、彼女が今どう感じているかはわかった。自分ではどうすることもできない感覚。その点については世界でたったひとりであり、そのままでいつづけるしかないという思い。

ケイラがもがき、否定する姿をまのあたりにして、マサイアスのなかで何かがぷつんと切れた。彼女を助けたいという思いが自分の恥を隠しておかなければという思いを凌駕《りょうが》したのだ。彼女を失うことになるかもしれない。ああ、深淵《しんえん》におちいって自分自身を見失うこともあり得る。それでも、言うべきときが来たのだ。彼女に、今すぐ。

最初はことばがうまくまとまらなかった。正しいことを正しく言う方法を見つけようとしたが、ことばは見つからず、マサイアスはあきらめてただ話しはじめた。部屋の真ん中で片手を吊るし、もう一方を脇に垂らして。そうすることがどういう結果を招くかわからず、心が騒いだ。「身動きとれなくなるのがどんな感じかはぼくにもわかる。心がゆがみ、自分が正しいことをしていると思いこんでしまうんだ」

ケイラの表情は変わらなかった。「何を言っているの?」

マサイアスは話し出そうとしてまた口を閉じた。喉に塊ができ、ごくりとそれを呑み下したのに、塊はなくならなかった。「ケヴィンという男の子がいたんだ」

その名前。心に思い浮かべることさえしなかった名前。それを今、口に出している。

ケイラが何も言わないのを見て、マサイアスはつづけた。「ぼくは良い里親のところにもいたし、良くも悪くもないところにもいた。力を尽くしてくれる人は大勢いたし、それほどすばらしくない人は金をポケットに入れてぼくのことは放っておいてくれた」

胃のあたりで渦巻きはじめるものがあり、それが胸までのぼってきた。記憶がどっと押し寄せてくる。若く、自信がなく、誰にも望まれなかったあのころ。そのすべてがいっぺんに戻ってきて、今懸命に保っている自分に叩きつけられた。

「それで、ケヴィンといっしょだった家庭があって、それは最悪だった」それをうまく言い表すことなどできなかった。詳しく思い出したくもない。食べ物が不足し、殴られっぱなしだったことはたいしたことではなかった。「里親は胸の悪くなるようなゆがんだ形で邪悪な人間だった。自分より弱い人間を傷つけることをたのしむ人間で、ぼくらは子供だったから、みんなその範疇《はんちゅう》にはいっていた」

ケイラは一歩彼に近づいた。「マサイアス」

マサイアスは手を挙げて彼女を止めた。触れられたら——心に寄り添われたら——吐き出すことができなくなる。吐き出さなければならなかった。それ以上に、彼女に聞いてもらわなければならない。

「ある日、ケヴィンが里親の命令に従って動くのが多少遅かったか、許しを得ずにプレッツエルを食べるかしたんだ。愛情あふれる親にとってはなんでもないことだが、里親にとってはちがった」ケヴィンの顔が脳裏に浮かんだ。あのブロンドの髪と大きな茶色の目は決して忘れない。幼いころに出会った人の多くは努めて忘れてきたが、ケヴィンのことは忘れられなかった。「それで、そいつはバットを手にとった。最初はバットを使うことはなかった。蹴るほうがよかったからだ。しかし、やがて自制心を失った」

ケイラの手が口へ行った。はっと息を呑む音が聞こえた気がしたが、定かではなかった。マサイアスの心は別の場所へ行っていた。羽目板が張られ、緑のソファーのある部屋へ。

「そいつがバットを振り、ケヴィンは死んだ。ぼくは子供だったが、何が起こっているのかはわかった。ケヴィンから命が失われるのをまのあたりにしたんだ。止めようとしたんだが、遅すぎた。そいつの腕を引っ張る力が足りず、何かに……つまずいて」

ケイラは指で頰をぬぐった。「あなたはほんの子供だったのよ」

「十歳だった」状況を理解するのには充分な年だ。止める力はなかったが、もっと力を尽くすべきだったのだ。こうしてあのときの情景を思い起こすと、自分がためらったのがわかる。その貴重な数秒のあいだにケヴィンの命が失われてしまった。「警察が来て、里親はあれこれ言い訳したが、誰も信じなかった。まえにも問題を起こしていて通報されていたんだが、じっさいに虐待があったという証拠がなかった。やつは責任転嫁を試みた。他人を虐げる人間はそうするものだ。そこでぼくがその家から追われ、そのあとは里親を探すのがずっとむずかしくなった」

ケイラは首を振った。「あなたがどうやって生き延びてきたのかわからないわ」

「復讐心によってさ。純粋で単純にぼくはやつを殺すと心に誓った」そのことばは残酷に響いたが、マサイアスはオブラートをかぶせることはしなかった。人がどう衝動に屈するものか、自分も理解していると彼女に知ってもらう必要があったからだ。「それで、二十歳のときに実行した。やつの居場所を突き止めたら、州当局がまたやつに子供をあずけはじめているのを知ったんだ。歴史をくり返させるわけにはいかなかった」

ケイラは顔をしかめた。「警察には話したの?」

その反応から答えはわかっているようだった。嘘をつく必要はなかった。その日に何が起こったのか、すでに彼女は思い描いているようだったからだ。「ぼくはそいつの家に行ったわけだが、そのときやつがバットを手にとったときには、ぼくのほうが力が強かった。どうやって応戦すればいいかもわかっていた。ためらう気持ちはなかった」胸に重いものがのしかかった。マサイアスは胸をこすったが、それはなくならなかった。「そいつはごみだった。死んで当然だったんだ。でも、そう、それをするのはぼくの使命ではなかった。今ならわかるが、当時はわからなかった」

「クイントが力になってくれたのね」

ぼくを救ってくれた人間。「彼は唯一真実を知っている人間だ」

ケイラはまた涙をぬぐった。「かわいそうに」

マサイアスは嫌悪の色が浮かんでいないかと彼女の顔をじっと見つめたが、そこにあったのは彼女が知ることもなかった少年への同情と悲しみだけだった。しかし、ほかの何かもかすかに感じられた。マサイアスはそれをつかもうとした。「だから、ほかの人間の命を奪うのがどんな感じかはわかっている。たとえそれによってほかのみんなを守ろうとしたのだとしても。きみの全身が震えているのもわかる」

「そんなことを――」

「ほかにはない感覚だ。苦いものが喉にのぼってきて体が凍りつく。そのことを考えるたびにまた絶望にとらわれる。罪悪感に。痛みに」

ケイラは一歩下がり、マットレスの端にぶつかった。「お願い、やめて」

「ぼくもそうだったから、私的制裁についてはよくわかっている」ことばが思いに追いつかなくなっていた。何年ものあいだ必死に押し留めていたものが、それをせき止めるために築いた心の壁を押し流してしまったかのようだった。「少しでも人間性を失ったら、二度ととり戻せないんだ」

彼女の腕が震えた。「そんなこと聞きたくない」

わかっているからだ。彼女が嫌悪を感じなかったのはその思いをわかっているからだ。「心が痛むのはそれをしたからじゃない。なぜなら、それなりに正当なことだとまだ思っているんだから。そう、心が痛むのは、自分にそうできることがわかったからだ。きみもそういう人間のひとりなんだ」

今やケイラの頬を涙が濡らしていた。「ちがう……」

「でも、きみはそれを抱えながら生きていくすべを見つけた。自分を罰しながらも、また息をするやり方を覚えたんだ。姿を隠し、すべて消えてなくなってくれと祈りながらも」

ケイラは彼のことばをかき消そうとするように手を動かした。「わたしたち——」

マサイアスは最後の一歩を踏み出し、彼女に手を伸ばした。指で彼女の手を包み、それを自分の胸にあてた。「ダグ・ウェストンについて話してくれ、ケイラ」

こんなことはあってはならないこと。

心の痛みに溺れそうになる。膝が崩れそうになるほどの痛み。内側から臓腑を貫き、全身に走ってほかのすべてを覆い、破壊するほどの。

心がマサイアスからケヴィンへ、友人たちへと動く。あの血の海。尋問。非難。心の奥深くに埋めていたのに……忘れたいと思うことをこの人は思い出させようとしている。

心は彼を強く欲していた。彼を憎むか押しのけるかするだろうと彼が思っているとしたら、それはちがうが、真実を口に出すこともできなかった。どんなカタルシスであれ、彼と共有するわけにはいかない。自分は闇に生き、ひとりぼっちになってしかるべきなのだ。ずっとまえにみずから選んだことなのだから。

ケイラはマサイアスの手から手を引き抜いた。身を引こうとしたが、膝の裏がベッドにあたった。

息ができなかった。肺に空気を送りこもうとあえいだが、体が機能を拒んでいた。部屋の壁が迫ってくる。じっさいに壁が動くのが見えた気までした。

「いやよ」ケイラは彼を追い払おうと手を挙げた。

「きみを批判したりはしない」

自分もそうだったと彼は言った。しなければならないことをしたのだと。それを心に描くことはできた。息をつまらせ、心に爪を立てる、やむにやまれぬ思いがどんなものかはわかる。それでも、彼と自分の行動は同じとは言えなかった。自分もほかの誰かを守ろうとしたのだと思いたかったが、そうするには遅すぎた。心のなかで友達の仇を討ったのだと思おうとしたこともある。しかし、じっさいは、ほかの誰も殺してくれないから自分が彼を殺したのだった。

「わたしを嫌いになるわ」あえぎながらことばを押し出す。

「まさか。ぼくは唯一きみの気持ちを理解できる人間だ」

ケイラはマサイアスの脇をまわりこもうとしたが、彼は動かなかった。そこに立ったまま、彼女を見下ろし、なだめるようななめらかな声で話している。「わたしには罪を償う資格がないの」

「ぼくもきみにそれを与えることはできないが、重荷をともに背負うことはできる。誰かを受け入れるには毒を吐き出さなきゃならない。その誰かがぼくであってほしいけどね」彼の顔からは血の気が失せ、目のまわりには疲労の色が明らかだった。

マサイアスは最悪のことを話してくれた。心を開き、隠していたことを見せてくれた。そうして信頼してくれたのはうれしかった。彼を愛していた。ああ、そうなのだ。

彼を愛している。長いこと、何も、誰も愛さずに来たのだが、彼とのあいだでは張りめぐらしていた防壁が崩れ去ってしまった。

そのせいでこのことを心に封じこめておくことがより重要になった。

ケイラは首を振った。これまで何年もそうしてきたように、すべてを心のなかに封じこめようと決心して。ダグのことも、あの日の恐怖も思い出すことを拒んで。その後の何週間か、真実がわかったのに、誰もそれに耳を貸してくれなかったことも。悲しみに暮れながら、責めを負うことになった日々も。

「彼が……みんなを殺したの」止めるまえにことばがこぼれ落ちていた。「全員を。わたしのことで」

マサイアスはまた彼女に手を伸ばしたが、彼女は身をそらした。

「だめよ、さわらないで。だめ……」ケイラは彼の脇を急いですり抜け、部屋の空いているスペースに走り出た。息を吸い、心をおちつかせ、発してしまったことばをもとに戻す方法を考えようとする。もう一度心にうずめる方法を。

「その彼も死んだ」

ケイラが言えなかったことばをマサイアスが口にした。彼女は彼の顔に目を向けた。すぐにも駆け出すにちがいない。警察に通報するはずだ。何か行動を起こして。

「あなたは海で姿を消すのは無理だと言ったけど、彼は消したわ」誰にもダグが見つからないようにしたのだった。銃のクラスに通い、撃ち方を習った。インターネットカフェに行き、それ以外に知る必要のあることを調べた。たとえば、死体を消す方法などを。すべてを念入りに計画したのだ。それも自分が罪を免れない理由のひとつだった。

「殺人事件の直後から、ダグはわたしにつきまとい、犯人はわたしだと警察に話すと脅してきた。わたしはそれに耐えて無視しようとしたけど、その後警察は彼を捜査するのをやめたの。あの煙草があったのに。証拠の品が」木の下に煙草の吸殻が捨てられていたのがわかった日のことは覚えていた。そのときに真実を知り、ダグを問いつめたのだ。ダグは否定しようとさえしなかった。きみがそうさせたのだと言い、責めを負わせようとしてきた。

「でも、きみは知っていた」マサイアスの声はなだめすかして話させようとするものになっていた。

それが功を奏し、ケイラは細かいところまでを思い出していた。心のなかにすべての情景が映し出され、もう一度それを経験するかのようにたどることができた。

「知っていたし、彼の動きを見張ってもいた。ほかの女の子と付き合い出したという噂も聞いた。彼はその子の命を奪おうとするかもしれない。脅すかもしれない。だってそれが彼のしたことだから」

「そこで、きみは警察も裁判所もできなかったことをしたのだ。「報道がおさまってから、彼を見つけ出し、会いに行ったの。事件について話し合わなくちゃならないって言って。そのとき、彼が脅してきたんだけど、わたしは銃を持っていた」

耳の奥で銃声が鳴り響いた。自分だけに聞こえる銃声に肩がびくりと動いた。

「彼の死を悼む人なんていないとずっと思っていたけど、わたしは悼んだわ。吐いたり、泣いたりした。殺したわたしが」今も涙がとめどなく頬を伝っていた。こらえることはできなかった。罪の意識を抑えることも。そこでケイラはマサイアスを見上げた。ようやくまた彼と向き合った。「わたしはストーカーされてもしかたないのよ」

「ちがうよ、ケイラ。そんなことはない」

今度は腕に触れられても、ケイラは身をひるませることも、かわすこともしなかった。肩を抱かれるままに顔を彼の胸にうずめた。「わたしのこと、嫌いになったわね」

マサイアスは首をかがめて彼女の目をのぞきこんだ。「きみはぼくのことが嫌いになったかい？」

「いいえ、まさか」ケイラはベッドに戻っていた。どうしてそうなったのかはわからなかったが、思いにふけり、彼に身を寄せたいと願うあまり、ベッドの端に腰を下ろした。

ことばを発することなくマサイアスは隣にすわり、彼女を脇に引き寄せた。理解と受容を示すその単純な動作にケイラはこらえきれなくなった。胸で抑えていたすすり泣きがもれる。涙が頬を伝い、顎から落ちた。全身がぶるぶると震えた。

マサイアスはさらにきつく彼女を引き寄せ、マットレスの上で互いの体を前後に揺らした。泣くのを止めようとも、おちつかせようともしなかった。彼女にはこの瞬間が必要なのだと知っているかのように。

ケイラは守るようにまわされた温かい腕に包まれてそこにすわり、自分の泣き声が部屋の静けさを破るのを聞いていた。胸が痛み、指が彼の脚に食いこんだ。最悪のことは過ぎたように思ったが、恥辱に心を砕かれそうなのは変わらなかった。

「こうしてただここにすわっていてもいい？」ケイラは問いをささやいた。

「ああ」マサイアスは彼女の髪にキスをした。「好きなだけ」

最悪の真実が明るみに出た。犯した罪が。自分が下した、すべてを変えてしまう選択。自分を別の誰かに変えてしまった真実。心から重荷がとり除かれるかと思ったが、そうはならなかった。罪悪感はまだあった。それでも、妙な解放感に包まれていた。マサイアスのことは理解できた。理解し合っていた。ふたりは恐ろしい過去を分かち合ったのだ。

ケイラは涙をぬぐった。泣いたことなどないのに、今は涙を止められそうもなかった。「あなたはわたしから逃げるべきよ」

マサイアスは彼女を抱く手を離さなかった。唇で額をかすめる。「逃げるのはもうたくさんだろう？　ぼくもきみも」

27

翌朝になってもケイラはまだすっかり立ち直ってはいなかった。立ち直ることなどあるのかと思うほどに。秘密は理由があって秘密にされるのだ。それを明かしてしまい、表に出してしまえば、それがすべてを変えてしまう。そんなことに自分は左右されず、すべて理解できるとマサイアスは言うが——ひと晩じゅう、抱きしめてなぐさめながらそうくり返してくれ、本気でそう言っているのはたしかだったが——状況は変わる気がした。

彼のこともちがう目で見るようになっていた。悪い意味ではない。決して。無力で怯えた幼い男の子のマサイアスが、今の彼を知るヒントになってくれたのだ。彼が表と裏の顔を分けていることもわかった。表面的にはタフな人間に見せていても、その下にやさしさと心の痛みを隠していることも。

「ケイラ？」

エリオットの声を聞くまで、自分が白昼夢にひたっていることには気づかなかった。ケイラは首を振り、心を今に戻した。コーヒーポットを持ってカウンターの奥に立ち、宙を見つめていれば、どこかおかしいのかと思われてもしかたがない。「ごめんなさい」

心配そうな表情と声。「ポールのことを聞いたよ」

マサイアスが今朝、すでにわかっていたことを再確認してくれた。ポールはアパートメントに侵入はしたが、銃撃にはかかわっていない。何もなかった振りをするには、追跡劇を目にした人が多すぎた。そこで、おおやけには、恋煩いの少年の愚かないたずらに終止符を打ったことにしたのだった。ケイラが告訴を拒んだため、マサイアスはどうにか警察の介入を避けることができた。

マリーナの店の所有者のなかには、彼らがポールとして知っている少年にケイラがあわれみをかけたことをありがたがる人間もいたが、家宅侵入罪で刑務所に放りこむべきだと言う人もいた。ローレンはショック状態にあった。マサイアスが状況を知らせに行き、警告を与え、できれば多少の支援を得られるようにと少年をレンのところへ送ったことを伝えたときにも、ほとんどことばを発しなかったそうだ。

自分からすべてがはじまったことはたしかだったが、自分にはそれを終わらせることができなかった。ポールが真実を知っていることはあり得なかった。彼も終わりにしたいはずだったが、ダグがいなくなったことを、自分の罪を明かさずにどう話せばいいのだろう？　すべてに終止符を打ち、何もかも告白することをじっさいに考えもした。マサイアスにはそうしないように説得された。ポールも心の奥底では真実をわかっているはずで、いずれベンに戻る方法を見つけるだろうとマサイアスは言っていた。

ケイラには確信が持てなかった。何年もまえのあの宿命的な行動によって、破滅に追いやった人間をさらにひとり増やしてしまったのはたしかだ。

「彼は何らかの支援を受けることになっているから、大丈夫よ」ケイラはマサイアスがローレンに言ったことばをエリオットにくり返した。自分でもそれを信じられればいいのだけれど。

「たぶん、きみは何日か休みをとるべきだよ。アパートメントを片づけてリラックスするんだ」

そんなことは無理ね。「そうね」

エリオットはほほ笑んだ。「ねえ、今日、いっしょにヨットに乗りなよ」

胃がひっくり返った。「お断りするわ」

「ローレンが教えてくれる予定なんだ。いっしょに来ればいいよ」

親切な申し出だったが、自分が吐いてばかりいたら、彼のたのしみを台無しにするのはまちがいなかった。自分も最低の気分になる。ケイラは何にしてもたのしむ力を見つけられなかった。「船酔いするから」

「薬を呑むことはできないかい？」

「乾いた陸地にいるほうがいいわ」ヨットの係留所の端までドックを歩くことさえできないほどだった。溺れるのが怖いのではなかったが、そこで上下に揺られると考えただけで、しっかりした救命具を身につけたくなる。

「じゃあ、海については何も知らないのかい？」

ケイラはコーヒーのお代わりを注いでやった。「近寄らないほうがいいとわかるぐらいは知ってるわ」

エリオットは手を挙げて笑った。「たしかにそれはそうだ」

ケイラはしばらく、食べ物を運んだり、常連客とおしゃべりしたりして過ごした。常連客の誰もポールのことを訊いてくることはなく、ケイラも話題にすることはなかった。店の正面で何かが動く気配があって、注意を惹かれた。

マサイアス。彼はどこにいてもすぐにわかる。ほかの誰よりも背が高く、スーツ姿だろうとそうでなかろうと、誰よりもおちついて見えたからだ。

マサイアスは店のまえでギャレットと話していた。個人的な誓いを破って過去の出来事について彼に真実を明かしたのと同時に、彼を愛していることがわかり、そのせいでめまいを覚えるほどだった。何もかも怖くてたまらなかった。彼のことも。彼が大きくてたくましいからではない。いっしょにいると、自分を隠すことができないからだ。誰にも教えるつもりのなかったことを引き出されてしまう。

今ギャレットのことばにうなずき、いつもながらの確固たる足取りで歩く背の高い自信に満ちた姿を目にしていると、心がとろける気がした。ドアを開き、ベルが鳴ると、ケイラは息を呑んだ。どうしてかわからないが、マサイアスがウィンクしてくると、波立っていた心がおちついた。

「コーヒーとパイと頼む」マサイアスとともに歩み寄ってきながらギャレットが言った。

そう、たしかにもっと砂糖が必要だろう。「朝の十時よ」

ギャレットは肩をすくめた。「パイには卵がはいっている」

「そんな論理に誰が反論できる？」マサイアスがあきれた目をした。それから、ケイラにことばを発する暇も、ポットを下ろす暇さえ与えず、身をかがめて彼女にキスをした。口に、カフェじゅうの客が見ているまえで。「おはよう」

数人どころではない人々がじっと見つめてきていた。ケイラにはどうしていいか見当もつかなかった。人まえでの愛情表現はマサイアスにはめずらしく、ケイラにはまったく慣れないことだった。それでも悪くなかった。もう少し長いほうがもっとよかったが。「いらっしゃい」

ギャレットが笑みを浮かべた。「さてさて」

「恋人というのはこうするものだからな」マサイアスはそう言ってケイラに目を戻した。「彼はぼくのことを性格的に欠陥のある人間だと思っているからね」

ギャレットは鼻を鳴らした。「そのとおりじゃないか」

その会話は純粋に作り話に沿ったものだった。ふたりはいっしょに寝て、セックスをし、話をする。マサイアスはあとで散歩に行こうとまで言っていた。しかし、これは彼にとっては演技なのだ。仕事にすぎない。

ケイラにとってはちがった。ほんとうに恋に落ちていた。作り話に真実が混じっていた。

彼に会えた興奮がちがうものに変わった。心にまとわりついて離れない疑念に。銃を撃った人間がつかまったら——マサイアスがその人間を突き止めて答えを得たとなったら――そうしたらどうなるのだろう？　もうひとつ心乱す疑問が増え、ケイラはそうしたことにうんざりしつつあった。

無理に笑みを作る「わたしはそのままのあなたが好きだわ」

「ロマンティックだな」ギャレットがケイラの背後に並べてあるデザートを指差した。

「それでパイは？」

「あなたを追い出したくなる気持ちにさせないで」

「この人の言うことには耳を貸すんだな」マサイアスは彼女の手に触れ、その手を離して隅のテーブルを指差した。「あそこにすわるよ。急がなくていい」

「人まえでキスだって？」ギャレットが腰を下ろしながら言った。

テーブルにつくまでギャレットが口をつぐんでいたことは驚きだった。「黙れと言ってもいいが、どうせ聞かないだろうからな」

「ああ」ギャレットは訝るように目を細めた。「ところで、ひどい顔だぜ」

自分でもわかっていたので、反論はしなかった。「指摘してくれてありがとう」

汚い灰皿の中身になった気分だった。昨晩はひどかった。自分について話しすぎたことで心が空っぽになった気分だった。おそらくは付き合っている相手についての警告として、ケイラには知らせる必要があり、言わずにいられない気持ちもあった。それでも、真実は心に痛みをもたらし、彼女が泣いたときには死にたくなった。

ケイラが泣き崩れる姿は、過去を思い出す以上に辛いものだった。彼女は泣きつづけ、自分はどうにかそれをなぐさめたいとそれしか思わなかった。心の防壁は粉々に崩れた。

ひと晩じゅう、ひたすら彼女を抱きしめていたのだった。そうするのが正しいと思ったのだが、それによってふたりとも疲弊しきってしまった。ケイラの顔に疲労の色が濃いのを見て、自分も同じ顔をしているとわかった。これからふたりですべてを乗り越える方法を見つけなければならない。

ギャレットはナプキンの上にナイフやフォークを並べた。「昨日の晩、ぼくが戻ったときには、きみの部屋の明かりは消えていた」

「くそ長い一日だったからな」そしてどれほど最悪の一日だったか、それだけでは言い表せなかった。ケイラのために心が痛み、ポールがベンに戻るのに力を貸したいという思いがあり、メアリーとの最終対決が近いという覚悟もあった。

だからこそ、今日、ギャレットと話をしているのだ。何か見つけたということだったが、それが何であるか聞きたくないほどだった。

「今朝はいつも以上におかしな様子だ。ほんとうに大丈夫なのか?」

ギャレットがまじめな声で訊いてきたので、マサイアスも同じようにまじめに答えた。「だいぶよくなったよ」

「そのことについて話すつもりはあるのかい?」

「ない」昨日のことは一秒たりとも思い出したくなかった。ケイラとの会話は自分の過去と同様にほかの誰にも話せない。つまり、次へ進む頃合いということだ。

「まあ、今から言うことも、きみを陽気にさせる助けにはならないだろうけどね」

「いいから、話せよ」昨日耳にしたこと以上に最悪のことはないはずだ。

「数カ月まえ、メアリーはまとまった金を手に入れた。結構な金額だ。何万ドルという金で、これまでほぼずっとホテルでウエイトレスをしてきた女性にしては妙な話だ」

マサイアスは気をゆるめた。たいした問題ではない。答えはわかっているのだから。

「九万ドルかい? 謎が解けてよかったな。それはぼくの金だ」

「え?」

「彼女はワンルームのアパートメントのローンを抱えていて、債務不履行におちいりそうになっていた。だから、ぼくがそれを払った」それについて後悔はなかった。金はあるのだから、彼女が窮地におちいる必要はない。クレジットカードの支払いや車のローンまで肩代わりするとは思っていなかったが、メアリーはそれらも押しつけてきた。そこで同じように支払ってやったのだった。

借金がなくなれば、新たな人生をはじめられるだろうと思ったのだ。ニックのいない人生を新たに築けるだろうと。

悪くない推測だったが、じっさいにそううまくいくかどうかはわからなかった。

「彼女に直接金を渡したのか？」

妙な質問だと思ったが、いずれにしても答えた。「電子送金で。借金の総額を聞いて、その額を送った」

メアリーは自分で払うと言い張ったのだった。家については自分が責任を持つべきで、自分でどうにかできると感じる必要があるとかなんとか言っていた。それがよくわからず、断ろうかと思ったが、彼女が泣きはじめたので降参したのだった。女に泣かれるのは得意ではない。

「その電子送金については調べるのをやめてもよさそうだな」

「そうしてくれ」自分の資産状況については人に知られたくなかったので、その送金には別に作った口座を使ったのだった。

「彼女がその現金を借金返済に使っていないことは知っておいたほうがいいな」

怒りに心を貫かれる。怒りが募るのを感じ、それを抑えようとしたが、さらに激しさを増しただけだった。「いったいなんの話をしている？」

ギャレットはテーブルの上でファイルを開き、マサイアスのほうに向けてよこした。

「彼女にはまだ住宅ローンがある」

マサイアスは書類をめくった。銀行の記録やクレジットカードの明細。どうやらまた何度か支払いが滞っているようだ。それから、当座預金の明細書があった。現金が引き出されている。三度の引き出しで総額一万五千ドル。「いったいこれは？」

声が大きかったせいで、カフェの客たちの注意を惹いた。マサイアスは目のまえがかすむせいで、それに気づかないほどだった。メアリーはこの金を何に使ったのだ？

「銃を購入したとか、そういう事実は見当たらなかった」ギャレットはファイルを閉じて自分のほうに戻した。「しかし、あやしい」

「ああ、たしかに」メアリーが約束したことを自分は信じたのだった。それは教訓になる出来事だったが、彼女が金を住宅ローンの支払いに使うことについては疑う理由がなかった。そう、直感は別だったが。直感では彼女の話には穴があると思ったのだ。

「ケイラに関係することだと思うか？」

「メアリーのすることはみんなそうじゃないか？」自分の人生において重要なふたりの女性は互いにきつく結びついており、それをほどくことはできそうもなかった。金の問題があり、メアリーがポールと話をしたという問題がある。問題が多すぎる。ここからほんの一時間のところにあるホテルにメアリーがいることを忘れようとしていたのだが、そんな贅沢は許されないようだ。彼女と話をする必要がある。厳しく追及する必要が。

ケイラがテーブルの横に現れた。「あなたのパイよ」

ギャレットは皿が下ろされるのを見守っていた。「ありがとう」

マサイアスをちらりと見て、ケイラの笑みが薄れた。「どうかしたの？」

彼女にはわかるのだ。もちろん、わかるだろう。こっちが彼女の胸の内を読めるように、彼女もこっちの胸の内を読める。「メアリー・パタースンさ」

ケイラは首を絞められたような声をもらした。「いい話のはずはないわね」

「絶対にね」絶対に。マサイアスはそれを学びつつあった。

「あなたが対処するの？」

期待していた反応とはちがった。「どんな話か知りたくないのかい？」

「今はまだ」ケイラはため息をついた。「今日一日をやり過ごさせて。彼女のことは明日にまわすわ」

それは悪くない計画に思えた。自分も同じことができたならと思わずにいられなかったが、メアリーのことをあとまわしにしてもいいことはなかった。荒っぽい家族会議を持たなければならない。「いい考えだ」

ケイラは悲しげな笑みを浮かべると、テーブルを離れた。マサイアスはいつもすることをした——彼女が歩く姿を見てたのしんだ。ほかのことを心から追い出し、つかのま彼女だけに注意を向けた。今後ほかのものに注意を向けることなどできるのだろうかと思いはじめるほどだった。

「うまくかわしたな」ギャレットはパイをフォークですくい上げた。

「やめてくれ」かわしたとしても今だけのことだ。それがわかるぐらいの頭はある。

「それでどうする？」

マサイアスは皿を押しやった。もう腹は減っていなかった。「どうやらメアリーと話をしに行かなくちゃならないな」

「幸運を祈る」

「幸運が必要だろうな」

28

ワシントンDCに車で行き来するのはいやでたまらなくなりつつあった。マサイアスはワーカホリックを自認していることもあり、ふつうはオフィスから長く離れているとおちつかない気分になるのだった。用心棒の役目をギャレットと部下にまかせるのはさらにいやだった。ケイラに目を配る人間は自分でありたかった。金の問題に決着をつけるために彼女を置いていくなど、選択肢があるなら決して選ばないことだ。

メアリーが今日は大げさに騒ぎ立てる気分でいたこともさらに最悪だった。彼女は荷造りし、整えられていないホテルのベッドの真ん中にすわっていた。「ここにわたしを閉じこめておくことはできないわよ」

まるでそんなことが可能だとでも言うような言い草だ。「ここはホテルの部屋なんだから、いつでも外に出られるはずだ」

「でも、アナポリスへは行けない」メアリーはバッグの横のマットレスにどすんと腰を下ろした。

レンの部下が見張りを務めていたが、彼女がアナポリスのケイラのもとへ向かおうとしないかぎりは問題なかった。残念ながら、メアリーは一ミリも動かないでいても問題を起こせる人間であることがわかったわけだが。銀行の記録と相手のわからない電話。だからこそ、自分は今日ここへ来たのだ。

「ここを離れてなんの利益があると？」マサイアスにとってみれば、彼女はアナポリスへ直行してさらに問題を起こすだけのことだ。その理由もよくわからなかった。何年にもわたって復讐ははたしてきたはずだ。ポールがまだベンのときにポールを利用したりもした。ほかに何をしてきたか知れないほどに。それで、どうして今ここにこうしているのだ？

「わたしには彼女に会う権利があるわ」

会ってどうなるか想像もつかなかった。人まえで糾弾すれば、ケイラは逃げ出すことだろうが――それは考えただけでいやだったが――メアリーがニックの復讐をはたすことには少しもならない。胸の悪くなるような堂々めぐりで、メアリーもケイラも不幸になるだけで、なんの解決にもならないのだから、やめさせなければならなかった。

「写真を見せることはできる」そのつもりはなかったが。

「その女が息子を殺したの――」

「ちがう」またそれか。ケイラがこういうばかばかしいことにどうやって耐えてきたのか見当もつかないぐらいだった。「それを証明するものは何もない」

「あなただってそれほどばかじゃないはずよ」メアリーは立ち上がってミニバーのところへ行った。冷蔵庫を開けると、小さな瓶が触れ合って音を立てた。彼女はひとつをとり出したが、栓を開けようとはしなかった。瓶を持ったままそこに立っている。

「そうかな？　だったら、教えてもらいたいね」

メアリーは顔をそむけ、グラスを手にとった。「そんな言い方はやめて。わたしがあなたの母親であることに変わりはないんだから」

マサイアスは鏡に映ったメアリーをじっと見つめていた。息子を捨てた事実を完全に無視してそんなばかげたことを言う彼女の頭のなかで何がめぐっているのか想像しようとしながら。内心怒りを煮えたぎらせているようだが、それは心に深く根差したものではないようだ。文字どおり、怒りに体を震わせてはいる。それが今の状況に対するものなのか、息子としての自分に失望してのことなのか、マサイアスにはわからなかった。

メアリーの意図は把握できなかったが、ありがたいことに自分には自分の意図があった。こうして訪ねてきた真の理由はケイラのためで、母子の再会の現実について絶えず感じずにいられない怒りや失望ではなかった。それについては別のときによく検証し、これまでずっと行ってきたやり方で処理するつもりだった——葬り去るのだ。

「警察は彼女がやったとはみなさなかった。検事も起訴しなかったはずだ」それはほんの手はじめだった。

メアリーはグラスを持って振り向いた。グラスをつかむ手に力が加わり、指が白くなっている。「それは連中が自分の職を失いたくなかったからよ。再選されなきゃならなかったわけだから、陪審員となったあわれなやつらが被告の嘘にだまされるかもしれないときに、起訴するわけにいかなかったの。あの女の見かけにばかな連中はだまされたでしょうからね」

メアリーはゆがんだ思考ですべてを組み立ててあったのだ。道理や事実を言い聞かせても、聞く耳を持たないだろうが、ほかにどうやって彼女に耳を貸させ、質問に答えさせられるか見当もつかなかったので、やってみるしかなかった。真実を話すわけにもいかなかった。それは自分の秘密ではなく、それを明かすぐらいなら、死んだほうがましだったからだ。しかし、メアリーの気を変えられるかやってみることはできる。「容疑者は何人かいた。正直、ほかの容疑者のほうがずっと疑わしく思えるね。それについてはぼくを信用してくれなくちゃならない」

「あの女の友達がもうひとり行方不明になっているのは知っているの？　大学の友達ってことだけど」

マサイアスはため息を押し殺した。「ああ」

「彼は彼女の共犯者だったけど、ハイキング中の事故で亡くなったってわけ。都合いいとは思わない？」

事実を知らなかったら、そう思ったかもしれない。復讐に目がくらんでいたら、そこにつながりを見つけたことだろう。頭に霞がかからないといいのだが。

マサイアスは慎重にことばを選んだ。「ハイキングでの事故に彼女がかかわったと考える人間はいない」

「どうしてわからないの？　いなくなった大学生たちみんなが彼女につながっているのよ」メアリーは空のグラスを持ち上げ、話しながらそれを振りまわした。「あなたは彼女のあとを追い、これに決着をつけることになっていたはずよ。当事者だったはず」

「何についての？」まえにはそんなことは言っていなかった。メアリーは助けを求めてきて、ありとあらゆる手を使って罪悪感を引き出し、ニックについての答えを探しに自分を送り出しただけだ。それに自分が乗ったのは、乗りたいと思ったからだ。そのことに興味を持ち、会ったこともない弟に多少責任を感じたのだ。

「この件について調べ、真実を探り出すことになっていたはずよ」

「ぼくは探偵じゃない」

メアリーはグラスに酒を注ぐことも、グラスから飲むこともせずにグラスを置いた。

「だったら、別の人間を雇うべきだったわ。もっと優秀な人間を」

彼女はマサイアスの脇をすり抜け、ベッドに戻った。バッグを開け、なかをあさりはじめた。

この話をつづけていても無駄だったので、マサイアスは事態をいっそう紛糾させるにちがいない話題を持ち出した。「そうやってベン・ウェストンのことも見つけたのか?」

手が止まり、メアリーは彼に目を向けた。「え?」

マサイアスはそれまで五十センチ四方以内に留まっていたが、そこで動いた。ベッドの端に歩み寄ったのだ。メアリーの顔を見て、内心の思いを読みとりたかった。

「訪ねてきた彼にあんたの推理を話してやったわけだ」

「あの女は彼のお兄さんを殺したのよ。彼には真実を知る権利があるわ」メアリーはシャツをたたんでは崩した。手は絶えず動いている。

「もっともらしい話をして、彼の怒りをあおり、彼女に直接あたらせたわけだ」マサイアスは手を伸ばしてメアリーの手からシャツを奪い、自分のほうを見させた。「混乱している子供に武器を与え、ケイラを攻撃させたんだ」

「それはあの女の名前じゃないわ」

マサイアスはシャツをベッドに放った。「問題はあんたがこのことにあまりに入れこみすぎていることだ。彼女が有罪だと決めつけ、それ以外のことに耳を貸そうとしない」

「あの女にとりこまれたのね」メアリーは首を振った。「あの女の見かけに。嘘八百に」

「やめてくれ」ケイラとの関係をよく考えてみることも、それをメアリーと話し合うこともごめんだった。

「ニックもそうだったのよ。あの女に惑わされ、自分は安全だと思いこんだ」

メアリーは自分の推理に都合がいいようにすべての事実をねじ曲げてしまっていた。

「ふたりは付き合ってなどいなかった」

「あの女の言うことを信じるのね」

「ああ、そうさ」マサイアスは怒鳴りそうになるのをこらえた。

部屋じゅうに沈黙が広がった。「あなたにはほんとうにがっかりだわ」

そのことばには心を切り裂かれた。そんなはずはなかったのに。メアリーのことばなど気にすべきではないのだから。しかし、そうして胸の内をさらけ出すやいなや、マサイアスは自分がこの問題に乗り出したのがニックのためだけではなかったことに気がついた。メアリーとのあいだになんらかのつながりを求めていたのだ。それは見つからなかったが。

マサイアスはおちついた声を保った。「あんたが望んでいたような人間じゃないのはたしかさ」

「あなたを信頼してこれをまかせなくて正解だったわ」

彼女の謎めいた物言いにはうんざりだった。「どういう意味だ?」

「別に」

「メアリー」マサイアスはシャツを拾い上げてバッグの上に放った。「教えてくれ」

「身をもって知らなければならない人もいるってことよ」

朝は明るい晴天だったのが、午後には曇ってきた。遠くに雷雲が湧いている。この時期、このあたりではよくあることだ。空気は湿気を帯び、灰色の空からは今にも雨が降ってきそうだった。

用事がすぐに済むものであるのはありがたかった。ボート小屋へひとっ走りするだけのこと。その後はマサイアスが安全に車を運転できれば、にわかにかき曇って天気が存分に荒れてくれてもかまわなかった。

マサイアスはカフェにテイクアウトのコーヒーをとりに来ただけだった。客の相手をする合間にどこへ行くのか訊こうとしたが、さよならのキスをされて口をつぐむことになった。もう二度目だ。人まえでの二度のキス。それが何を意味するものかはわからなかった。わかっているのは、自分がそれに持たせたいと思っている意味と、それがとてもしっくりくるということだった。しかし、マサイアスは一カ所に留まる男には思えず、ケイラが危険から脱したらすぐにいなくなってしまうような気がした。

夜にはセックスをし、抱きしめてくれる。キスも。情報を分かち合い、信頼を約束する。そのすべてが偽の恋人以上の大きな存在だと示していた。それはケイラにとってとても現実的だった。彼との心のつながりが大事なものになっていた。

彼からは外出先からメッセージが来るものと期待していた。マサイアスのしそうなことに思えたからだ。そして、じっさいにメッセージが来ると、うれしさで心が一杯になった。がっかりさせない人ね。遠出しており、遅い夕食に戻るとあった。心が温かいもので満たされ、思わずハミングをもらしていた。

しかし、カフェを閉じてから、ホテルに戻るまえに一カ所寄らなければならない場所があった。ケイラはその日の用心棒のギャレットに向かって訊いた。「マサイアスはどこにいるの？」

ギャレットはこちらへ向かってくるカップルを見ていた目を水の上へと移した。「仕事の用事があるんだ」

目を合わせないことがそれは嘘だと物語っていた。「ほんとうに？」

ギャレットはそこで彼女にちらりと目を向けた。「ある意味」

ケイラは波止場の端で足を止めた。そこで板張りの歩道が終わっており、その先は地元の人間しか通らない、岩がごろごろしている小道だった。鎖でつながれたフェンスと大きな〝立ち入り禁止〟の標識が目を惹いた。

彼女はギャレットの顔をまじまじと見つめ、マサイアスの最高機密の用事について、どの程度明かしてくれるだろうかと考えた。マサイアスがその情報を隠そうとすると思ったからではない。そうしないほうがいいという教訓は学んだようだった。それでも、多少突かないと、不愉快な事実を明かしてくれないことはたしかだった。

不愉快と言えば、これから口に出すことも決して愉快な話題ではなかった。「つまり、お母さんね」

ギャレットは顔をしかめた。「彼自身はそうは呼ばないけどね」

呼び方は問題ではない。マサイアスが板挟みになっているのが問題だ。「わたしと彼女のあいだで彼が選ばなきゃならないのがいやだわ」

「冗談だろう？」

それは秘密とは言えなかった。ポールがメアリーと話をして憎悪のことばを散々聞かされたことを認めた今となっては。マサイアスはニックに義理を感じている。そして、メアリーが依然探りを入れてきているという事実がある。そのせいでマサイアスとの絆が強まったのもたしかだが、よりストレスを感じる状況にもなっている。

「メアリーとわたしはマサイアスにそれぞれちがうことを言っている。彼を引っ張り合いっこしているのよ」何もかもが混乱を極めていた。それでも、マサイアスを失いたくはなかった。お互いありのままの姿を知る機会を得るまでは。もしくは、ふたりがこれからもふたりでいられるのかどうかを知るまでは。

「競争ですらないのにな」ギャレットがいい加減にしてくれというようなまなざしを

くれた。「彼がここにいるのは彼女のためじゃなく、きみのためだ。きみを信頼している。きみといっしょにいたいんだ」

「それでも……」そう聞かされるのは悪くなかった。「そういうことをあなたに言ったの？」

「そうさ。マサイアスがぼくの尻を蹴りたくなるようなことをぼくが言いたがるからね。彼が身長百九十センチの短気な人間であるのはきみも知っているはずだ。包帯をしていようがいまいが、ぼくはけんかはパスするよ」

そう、マサイアスの体と、彼が服の下に隠しているものについてはよくわかっている。すべての筋肉を思い描くことすらできる。日中そうすることもあって、息ができなくなるのだった。

「彼と友達になってどのぐらい経つの？」ケイラは訊いた。訊きたくてたまらないことだったからだ。

店があるエリアと本物の漁師たちの縄張りのあいだにある開けた場所の端まで来ていた。ふだんは鍵のかかったフェンスのドアが開いている。子供などが侵入するような場所には見えなかったが、侵入されることはあった。ティーンエージャーにとって外でのセックスにもってこいの場所だという噂があった。

漁師たちはもう少し現実的だった。ここは陸揚げせずにボートを寄せられる場所で、整備士が道板に立って上から作業したり、水のなかにもぐって下から作業したりできた。作業中は覆いがかけられていて、マリーナからは見えないようにされていた。

ローレンは緑のペンキがはがれ、雨漏りするボート小屋が大好きで、マリーナ工房と呼んでいた。ケイラはフェンスの内側にはいったことがなかった。これまでは。

「マサイアスがぼくを友人と呼ぶかどうかはわからないな。複雑な関係だからね。ただ、ぼくのほうは友人だと思っている。きみの質問に答えるとしたら、何年もまえからさ」

それだけだった。それ以上は教えてもらえないということ。つまり、マサイアスから引き出さなければならないということだ。「とてもきっぱりしているのね」

愚かにも、思いがけずマサイアスと恋に落ちてしまったため、もっと知りたいという思いに駆られずにいられなかった。彼の幼年期のことはわかっており、彼の心をそこに戻らせたいとは思わなかった。しかし、クイントや、マサイアスがともに訓練を受け、今の彼を形作るもととなった仲間たちについては、山ほど訊きたいことがあった。そして、ギャレットがそのどこにおさまるのかということも謎のひとつのような気がしたのだ。

「彼に対しては絶対に認めるつもりはないが、ぼくはきみの恋人のことが怖いのさ」とギャレットは言った。

それはケイラにしても同様だったが、ギャレットのことばのなかで気になったのはそこではなかった。「彼はそうじゃないわ」

「恋人じゃないってことかい？　ぼくにそう思わせようとしているのかい？　それとも自分に？」

「どっちもちがう」

「その話はあとだな」ふたりは小屋の両開きの扉のまえに立っていた。「どうしてここへ来ることに？」

「ローレンがボート小屋にこもって作業しているってメッセージを送ってきたの。だから、食べ物を持ってくるって言ったのよ」

「これが水の上に浮かんでいるのは知ってるんだよね？」

その事実を聞いただけで胃がむかむかした。「上屋の部分が浮かんでいるのよね。そんな建物を造るなんてばかげてるけど、その事実は知ってるわ」

ギャレットはマリーナに目を向け、その目を音のするほうへ向けた。湾へと水が流れこむ音。「ここにはあちこちから波が寄せているようだ。気絶せずにここにはいっていけるかい?」

その可能性はあまり高くなかったが、それを認めたくはなかった。「わたしはタフな人間よ」

「ほんとかな」

ケイラはギャレットに扉を開けるように身振りで示した。なかにはいったとたんにケイラは足を止めた。壁に背を押しつけて動くのを拒まないでいるのに持てる力のすべてが必要だった。食べ物のはいった茶色の袋をきつくにぎりしめる。それをローレンに投げつけて急いでここから飛び出したい思いに駆られる。死んだ魚のきついにおいが鼻をつき、ケイラは本気でそうしようかと思った。

ギャレットに話しかけようと振り返ると、彼はメッセージを送り終えて携帯電話を穿いているジーンズにしまうところだった。「それを見てばかりね」

ギャレットは肩をすくめた。「仕事だからね」

「あなたもマサイアスみたいなことを言い出すのね」どちらも夜どおし仕事をしても、寝不足で倒れたりはしないにちがいない。

「そのことばは撤回してもらいたいな」ギャレットは一歩離れた。「ここで待っててくれ」

「ええ、もちろんよ」水が見えるだけでも最悪だった。小屋のなかの係留所にボートがなかったのだ。

ボートがつながれていない小屋は、水の三方をとり囲む通路と、一面に道具がかけられた反対側の壁しかなかった。右には荷造り用の箱が積まれ、防水シートがいくつかあった。ギャレットがそれをじっと見つめてからその目を水に戻した。すべてがいつもどおりのようだったが、ローレンの姿がなかった。

ギャレットは端へ行って水のなかをのぞきこんだ。「ほんとうにここにいると言っていたのかい?」

「メッセージを確認させて」彼が水のなかに落ちそうになっているのを見るよりは携帯電話を見るほうがよかった。

ケイラはメッセージをスクロールした。そう、あった。約束をたがえて当惑させるのはローレンらしくなかった。水にかかわることではとくに。

そのことを指摘しようとしたところで、ぱしっという音が聞こえ、ケイラは目を上げた。ギャレットの頭がまえにすばやく傾き、目が白目をむいた。次の瞬間、彼の体はぐったりと床に倒れていた。

頭のなかが一瞬真っ白になったが、ケイラはすぐに行動に移った。携帯電話を落とし、彼のそばに膝をつく。「ギャレット！　どうしたの？」

後頭部に血が見えた。すぐに足音が聞こえ、目のまえに靴が現れた。目を上げると、そこにはエリオットがパイプのようなものを手にしている。どちらかといえば魅力的と言っていいエリオットが立っていた。お行儀がよく、どちらかといえば魅力的と言っていいエリオットがパイプのようなものを手にしている。

何が起こったのかも、何を言っていいかもわからず、ケイラはただ凝視していた。しばらくして吐き出すように彼の名前を口にした。「エリオット？」

「この男は連れてこなければよかったのにな」エリオットは首を振った。「ひとり分しか金は受けとっていないんだから」

「いったいなんの話をしているの？」

「そろそろきみに泳いでもらうときが来た」


マサイアスはシャツとバッグを飛び越え、メアリーの腕をつかんで無理やり目を合わさせた。「住宅ローンの金はどうしたんだ？」

メアリーは彼の手を見て顔をしかめた。「つまり、あの女に探りを入れる代わりにわたしに探りを入れてたってわけ？」

マサイアスは頭に火のつく思いだった。爆発せずにいるには、ありったけの自制心を働かせなければならなかった。急かして今すぐ答えを得たかった。「頼まれたとおりに調査はしていたさ」

「だったら、わかるはずよ」メアリーの声は歌うような響きを帯びた。怒りが消え、妙に穏やかな様子になっている。

メアリーが何をたくらんでいるにせよ、すでに実行に移されているのだ。すでに為されてしまった可能性もある。マサイアスは血の気が引く思いだった。パニックに心を貫かれる。これほど自分を無力に感じたのは子供のころ以来だった。

メアリーを揺さぶってやりたくなる。「金のことを教えてくれ」

彼女はずうずうしくも肩をすくめてみせた。「お金がどうしたの？」

「お遊びをしている気分じゃないんだ」マサイアスはどうにか指を離した。そうしないと腕の骨を砕いてしまいそうだったからだ。メアリーのせいで理性を失いそうになっていた。「住宅ローンだ。まだあるそうじゃないか。あるはずはないのに」

「これにお金を使うほうがもっと重要だったからよ」

「金はどこへ行った？」その可能性が次々と頭に浮かんだ。想像はどんどん悪いほうへ向かった。金がなくてもメアリーはケイラの人生に災いをもたらしてきた。金という力を与えられたら、何ができるかは考えたくなかった。

「邪魔しないで」メアリーは彼の腕を軽く叩いた。

そのもったいぶった態度にマサイアスは神経が燃え上がる気がした。直感的に強い警戒心を抱く。「なんの話をしている?」

メアリーは別人になったかのようだった。おちつき払い、まるで老女のようですらある。「ニックもこうしてほしいと思うはずよ」

「ニックは死んだ」

メアリーの目に怒りが浮かんだが、ほんの一瞬のことだった。彼女はまた口を開くまえにごくりと唾を呑みこんだ。「あの女のせいよ」

「何をしたんだ?」ポケットの携帯電話が鳴ったが、無視した。それがなんであれ、メアリーが何をしたにしろ、今はそれが何よりも重要だ。

彼女は顎を上げ、まばたきひとつしなかった。「あなたがくれたお金は使わせてもらったわ。わたしの計画では、状況をたしかめに来て、それが起こるまえにこの地域を離れる予定だったんだけど、あなたのお友達がそれを許してくれないようだから」

「いったい何に金を使ったんだ?」ほんとうの答えが得られるまでその質問をくり返してもいい。鼓動があまりに大きくなり、ほかの音は何も聞こえないほどだった。目のまえの女に全神経を集中させる。「教えてくれ」

「自分では何もできなかったけど、あなたがくれたお金があればできた」

恐怖に溺れそうになる。マサイアスはどんよりとよどむ恐怖のなかを必死で進み、メアリーが何に金を使ったのか考えようとした。心のなかであれこれと思い浮かべながらも、最悪のことは考えられなかった。まさか。「どういうことだ?」

「殺し屋を雇ったの。でも、そのお金はあなたが払ったのよ」

そのことばに打ちのめされる。殺し屋がケイラをねらっている。技術と武器を持った人間が。アパートメントの窓越しに銃を撃ってくる誰かが。

マサイアスは自分を産んだ女に目を向けた。嫌悪以外何も感じなかった。「あんたは病気だな」

「機知に富むと言って」

「ケイラをはめたんだ」仕事で嘔吐《おうと》したことはこれまで一度もなかったが、今ここでしそうになった。

「じっさい、マサイアス――」メアリーは笑みを浮かべた。「あなたのしたことよ」

29

ケイラは心のなかでギャレットに動いてと懇願していた。体はぴくりとも動かなかった。後頭部の傷からは血がにじみ出し、両手は汚い床に投げ出されている。筋肉ひとつ動かなかった。

手を伸ばして首の脈をとると、指先に力強い脈を感じてかすれた息が胸から吐き出された。彼の幸運がもつようにと祈る。

「そいつから離れろ」エリオットが足を上げた。「さあ」

水のなかに蹴り落とさせるわけにはいかない。本能がとっさに働き、彼女はギャレットの体の上に自分の身を投げた。目を閉じ、蹴られるのを待つ。どんな攻撃をされるにしても、自分がそれを受けることになるが、それはかまわなかった。

ガラスの割れる音がして、静寂が破られた。目を上げると、エリオットがギャレットの携帯電話にくり返し足を踏み下ろしていた。上品な服も日に焼けた笑みも消えているのに初めて気がつく。全身黒ずくめの装いはこのあたりでは場違いだった。それでは人にまぎれることも、陰に隠れることもできないだろう。

いいわ。その可能性に気持ちを集中させる。これはタイミングの問題になる。援軍が来るまでエリオットを抑えておけたなら。

エリオットは靴の横で携帯電話の残骸を水に払い入れた。「きみのことは褒めないといけないな。賢い女性だ」

「何がなんだかわからないわ」彼は数日まえ、マサイアスとほぼ同時期に、ヨットのレッスンを受けるために現れたのだった。そこそこ嗅ぎまわったり、探りを入れるような質問をしてきたりすることもなかった。その行動にはどこにも疑わしいところはなかったのだ。何日か姿を見ない日すらあった。それなのに、今何が起こっているの？

「こういうことはふつう離れたところから為される。直接接触することはない。でも、きみの場合、そう、きみは特別だ」エリオットは手を下ろし、彼女の腕をつかんで引っ張った。

首から手首にかけて痛みが走った。ケイラは悲鳴を呑みこんだ。そうした手荒な扱いが痛みをもたらしたことを知らせるつもりはなかった。腕のやわらかい部分に爪が食いこんでも、ケイラは声を発しなかった。

「あの大柄な用心棒がまわりをうろついていては、計画を練り直さざるを得なかったわけだ」

ケイラはつかまれた腕を振りほどこうとしたが、ほどけなかった。動けば動くほど、エリオットはつかむ手に力を加えた。ケイラは動くのをやめ、頭を働かせようとした。どうにかこの人を止めなければ。何か武器として使えるものを見つけるの。彼はまだポールを持っていたが、それを力づくで奪うのは無理だ。それでも、小屋には道具があり、自分は走ることもできる。

ケイラは体の力を抜こうとした。アドレナリンが噴出しているときにはほとんど不可能と言っていいことだったが。「あなたは誰なの？」

「ぼくの名前はどうでもいい」彼は彼女を自分から離そうとした。「きみは三人、いや、おそらくは四人の人間を殺し、逃げている。地元の人間の助けまで借りて。誰もきみを通報しようとはしない。じっさい、驚きだな。ぼくのやり方とはちがうが、きみのやり方にも興味深いものがある」

押されてケイラはバランスを崩した。足がもつれたが、どうにか倒れずにいた。波が近くに寄せている音が聞こえた。肩越しに目をやれば、水面までほんの数十センチのところに立っていた。

少しずつまえに出ようとしたが、エリオットが目のまえに来て首を振った。この人は知っているのだ。水についてわたしが話したことを聞いたのだから。一番の恐怖を明かしてしまっていた。

ケイラは息を吸い、鼓動を鎮めようとした。耳の奥で鼓動が鳴り響き、集中することができないほどだった。「わたしは誰も殺してないわ」

「それがほんとうなら、残念だな。ぼくがきみを始末するよう雇われたのはそれが理由なんだから」

お金で？　お金で雇われたというの……でも、なぜ？「誰に？　そんなのおかしいわ」

遠くで芝刈り機のエンジンの音が聞こえた。ほかに音はしないかと耳を澄まし、物音や人の話し声を聞き分けようとした。この小屋は波止場のほかの建物から遠く離れており、ガスタンクに近いところにあった。マリーナに係留されているヨットの金具の音がした。それがわかっても、彼がどれだけ速く銃を発射でき、自分がどれだけ速く身をかわして逃げられるかはわからなかった。

しかし、自分だけ逃げられればいいわけではない。ギャレットを置いていくわけにはいかないのだから。つまり、この状況を自分だけでどうにかしなければならないということだ。武器となるものを見つけ、マサイアスがすぐそこまで助けに来てくれているか、彼の身に危険がおよばないだけ離れていてくれるか、どちらかを願うしかないということ。

「こういうことの裏にどんな事情があるかはふつうぼくにはどうでもいいことだ。ぼくは現金を受けとって仕事をはたす。感情なんかどうでもいい」エリオットはポールを手の届かないところにあるクレートの山の上に放った。「きみには幸運なことに、ぼくを雇った人間はきみが死ぬ直前に自分のことを話してやってほしいと言っていた。彼女はついに裁きを受けるときのきみの反応が知りたいそうだ」

彼女。わたしを追いつめようとする危険な〝彼女〟はひとりしかいない。「メアリー・パタースン」

「彼女だけじゃない」エリオットは銃をたしかめる振りをした。「きみは敵と寝ていたわけだ。彼女に大金を与えたパートナーと」

ケイラは彼の手と銃に気持ちを集中させすぎていたため、そのことばを聞き逃すところだった。はっと顔を上げる。「え？」

「きみの偽の恋人さ」

偽の恋人。マサイアスが使っていたことば。疑念が心に湧き起こる。でも、まさか。彼がそんな……そうだとしたらわかったはず。「それはまちがっているわ」

「今も彼は彼女といっしょにいる」エリオットは笑った。その声は変わっていた。引き延ばすような発音の気さくでやわらかい魅力的な響きが消えていた。今は冷たく残忍なものになっている。「ふん、これからきみの身に起ころうとしていることについて、母子《おやこ》でおしゃべりしていることだろうよ」

脳細胞が働かなかった。記憶がぽつぽつと湧き起こる。出会った日の彼の行動と、夜に抱きしめてくれたこと。そのふたつを混ぜ合わせようとしたが、心が拒否した。マサイアスはちがう。彼は信頼できる人だ。それ以上に、彼こそが自分にとってたったひとりの人だ。「いいえ、彼は――」

「彼は母親をDCのホテルに泊まらせている」

DCへ行ってくると言っていた。それは秘密ではなかった。彼女と話をしていることは認めていた。近くにいるとは言っていなかったが。言えばわたしに逃げられるかもしれないから。「これはメアリーの考えたことよ。彼女は悲しみのせいでおかしくなっているの」

「彼女を責めてもいいが、考えてみろよ。ぼくがここへ来る旅費を誰が負担したと思うんだい？」エリオットは肩をすくめた。「なあ、最初はぼくにも驚きだった。きみの男とぼくは敵対する側にいると思っていたからね。でも、ちがった」

ケイラは息ができなかった。身を折り曲げて叫びたかった。ここから逃れる必要がある。この世の何もかも、すべての人から。「わたしはあなたが何者なのかも知らないのよ。どうしてこんなことをするの？」

「ぼくは問題を消滅させる人間だからね」

「それで、わたしがその問題なの？」

「窓越しの一発で簡単に済ませようとしたんだが、マサイアスが動いた。おそらく、ことを長引かせて、まずはきみとあと何度か寝ようと思ったんだな」エリオットはにやりとした。「そう、それが証拠さ。彼が一枚嚙んでいなかったら、ぼくがそのときその場できみたち両方の命を奪ったはずだとは思わないかい？」

ケイラはその恐ろしいことばを撥《は》ね返そうとした。「やめて。そんなこと信じないわ」

「信じる必要はないが、それがほんとうのことだ」銃をまだ彼女に向けたまま、エリオットはしゃがんだ。それから、ケイラから目をそらさずに空いているほうの手でギャレットを軽く叩いた。「はじめようぜ」

そう言って稲妻のような速さで動いた。立ち上がったと思うと、ギャレットの太腿に足を載せて押したのだ。ギャレットの体が水のなかに落ち、大きな水しぶきが上がった。

パニックに息がつまる。「だめよ！」

ケイラはまた膝をつき、濁った水のなかに腕を突っこんだ。波が寄せ、シャツが濡れた。水が口にはいる。水しぶきを浴び、きついにおいを感じてケイラはあえいだ。頭のなかでそこから手を出せと悲鳴があがったが、沈んでしまうまえにギャレットの体をつかまえなければならなかった。

無我夢中で、彼を引っ張り上げるのに使えそうなものを探してあたりを見まわした。胃のなかで苦いものが渦巻き、それに呑みこまれそうになる。ケイラはそれを抑えた。身を凍りつかせるわけにも、具合が悪くなるわけにもいかない。ギャレットを引き上げ、彼に目を覚まして息をするチャンスを与えなければ。

「これから起こるのはこういうことだ」エリオットはたった今人を溺死へと向かわせたとは思えない、ゆったりとした口調で言った。「計画では、ここにいるきみの友達はきみの素性を暴き、きみが殺人者であることを知ったために死んだ。それからきみは水のなかに姿を消す。水が怖いという話は、逃亡計画の一環として巧妙にきみがこしらえた作り話だからだ」

「姿を消すには最悪の方法」そうことばをもらしながら、ケイラはギャレットの腕をつかみ、自分が落ちないようにしながら、彼を小屋の床に近いところへ引き寄せようとしていた。

「何を言っているのかわからないが、その部分に関しては、きみの用心棒がうまく裏づけを作ってくれるはずだ。今となってはメアリーもそれを望んでいるからな。ドラマティックだということで追加の報酬まで払ってくれた」

恐怖が頭のなかで音を立てた。エリオットがマサイアスについて言ったことを考える余地などなかった。それは真実ではない。こちらを動揺させようとしているだけだ。

「こんなことしないで」

「きみの死体は誰にも見つからないようにするつもりだ。銃で撃つほうが速いが、このほうがちょっとばかり盛り上がるからね。ぼくはふつうそういうことはしないんだが」エリオットは穏やかになった水面を顎で示した。「もうそんなことはしなくていい。死んだよ。そいつのことは巻き添え被害者とみなすんだな」

もうたくさん。そんなことにはさせない。

ケイラは片手でギャレットの顔を上に向けようとしたが、そうするにはもっとしっかりつかまなければならなかった。引き寄せる力が足りない。「こんなことをして、逃げられないわよ」

「どうやら、きみが関係した殺人事件が解決することはなかったようだから、ぼくも逃げられると思うね」エリオットは自分の携帯電話に何か打ちこみ、それも床に落として粉々にした。「とくに、エリオットが何者か誰も知らないわけだから。騒ぎのあいだに彼は姿を消す」

「何もかも考えてあったのね」

両開きの扉が勢いよく開き、マサイアスがうなり声をあげて飛びこんできた。彼はそのままけがをしていないほうの肩でエリオットにぶつかっていき、ふたりの男はもつれ合って倒れた。エリオットの銃がケイラのそばの板張りの床に落ちたが、彼女は手を伸ばそうとはしなかった。まだ今は。次にどうすべきか考える余裕はなかった。ギャレットが死んでしまう。

マサイアスとエリオットは拳の応酬をくり広げ、互いを床に叩きつけていた。ケイラは振り返り、水の上に足を持ち上げた。恐怖に筋肉が凍りつく。足を下ろすことなどできない。これほどの恐怖をもたらす水のなかにはいるなど。

男たちの戦う音がまわりに響き渡っていた。誰かが叫ぶ声も遠くに聞こえる。マサイアスが部下も引き連れてきていたのだ。

安堵感が全身に広がったが、それもまた水のなかをのぞきこむまでだった。動きはない。ギャレットは影も形もなかった。

涙と吐き気をこらえ、ケイラは叫ぼうとしたが、あたりの騒音を圧する声は出せなかった。選択肢はない。ケイラは水に飛びこんだ。体が沈み、沈みつづけた。

全身を水がとり巻き、目を刺した。何も見えない。腕を動かして手探りし、水面に顔を出して水を吐いた。片手で頭上にある小屋の床をつかんでもう一方の手を伸ばすと、その手が何かやわらかいものに触れた。そこで吐き気を催したため、伸ばした手を引き戻す。

だめ、あれはギャレットにちがいない。体に反応する暇を与えず、ケイラはまた顔を沈めた。すぐそこに腕があった。服が。無駄にする時間はない。腕を彼の首にまわし、体を水面に引き上げる。そうすることはおそらく危険でまちがっているのだろうが、少なくともギャレットの体が上向きになった。あおむけに浮かぶ彼の顔が水面に浮き沈みした。

頭上では男たちの戦いがつづいていた。マサイアスのけがをした腕をねじ上げ、エリオットが優位に立っている。マサイアスが床に膝をつき、目を見開くのがケイラにもわかった。それでも彼はあきらめなかった。飛びかかっていってエリオットの膝のすぐ上をとらえ、もつれ合って床に倒れこんだ。

銃が見え、小屋に人々が近づいてくる足音が聞こえた。ケイラは体を水から引き上げ、床に持ち上げようとしたが、ギャレットの重さのせいで水のなかに引き戻され、彼の体も水面下に沈むことになった。

マサイアスが拳を命中させ、エリオットが横ざまに倒れた。悲鳴につづいてどすんと音がした。エリオットが血走った目をケイラに向け、その目を数十センチ離れたところにある銃に向けた。ケイラはまた体を押し上げて銃を払いのけようとした。しかし、エリオットのほうが一瞬早かった。指が銃に触れようとしたそのとき、銃声が鳴り響いた。

一瞬、エリオットは凍りついたようになった。背筋が伸び、口が動く。やがて血が見えた。黒いシャツに黒っぽいしみが広がっていく。彼が手を動かしたため、ケイラは武器をつかまれるのではないかと不安になった。そこで最後に水をひと蹴りして体を持ち上げ、銃をつかんでそれを背後の水のなかに放った。

扉が勢いよく開き、マサイアスの部下たちが小屋のなかに突入してきたその瞬間、エリオットは顔から床に倒れた。つかのまケイラは動かなかった。重い息遣いがして、マサイアスが床にすわっているのが見えた。腕を抱え、銃を持っている。肩は妙な角度に曲がっていた。脱臼しているようだ。彼は血だらけで、ケイラは新たな恐怖の波に襲われた。

「マサイアス?」

彼は自分を揺さぶったように見えた。部下のひとりが助け起こそうとするのを制し、彼女のほうへ這ってきた。「大丈夫か?」

ケイラはその声に表れた心配そうな響きに反応した。「ギャレットを助けて」

マサイアスは彼女の背後に目を向けた。「ちくしょう」

今やみんなが小屋に来ていた。マリーナから駆けつけた人たちが小屋を埋めつくしていた。たくましい腕が伸ばされ、ケイラは水のなかから引っ張り出されたが、足が体を支えてくれず、床に足がついたとたんにまた倒れこむことになった。

そばにいたマサイアスが彼女を抱きとめ、胸に引き寄せて横にすわらせた。そのあいだにふたりの男がギャレットを水中から引き上げ、心肺蘇生法《CPR》を試みていた。ローレンが小屋の扉のところにいて、救急隊員が担架を運び入れるためのスペースを空けようとしている。ケイラには救急車のサイレンを聞いた覚えがなかった。

ギャレットがCPRを施されるのを見つめているマサイアスの顔には怒りの表情が

貼りついていた。ケイラは心のなかですべての気をギャレットへと送り、目を開けて息をしてと祈った。

手はマサイアスの乾いたシャツをにぎりしめていた。「どうやってわたしたちを見つけたの？」

「ギャレットがメッセージを送ってきたんだ。きみには追跡装置をつけておいたので、携帯電話を使ってきみたちを見つけることができた」

彼は彼女のほうを見ようとはしなかった。抱きしめたまま体を前後に揺らしているだけだった。目のまえにマサイアスの部下のひとりがしゃがみこみ、ふたりの状態をたしかめた。「おふたりを病院に運ばなければなりません」

「ぼくは大丈夫だ」マサイアスがきっぱりと言った。「ギャレットの手当を頼む」

「血が出ているわ」見るからに血だらけだった姿を思い出してケイラは言った。

ぼうっとしていたマサイアスの目からくもりがとれ、彼は彼女を見下ろした。「やつはきみに触れたのか？」

「いいえ」

マサイアスは顔をしかめた。「きみがほんとうに水のなかに？」

そう言われてケイラの胃がひっくり返った。ターキーのサンドウィッチが喉もとにせり上がってくる。「気持ち悪くなりそう」

ギャレットが水を吐き出しはじめた。マサイアスの命令を受けて、男たちは彼を横向きにさせた。マサイアスはギャレットをすぐに病院に運ぶように言い、ケイラにも病院に行かなければならないと言った。いつものように、自分以外のすべての人間の面倒を見ようとしている。

ギャレットが水を吐く音を聞いて感じた安堵がケイラのなかで困惑とせめぎ合った。

「マサイアス」

小屋から人を追い出し、写真を撮っている部下たちの力を借りてマサイアスは立ち上がり、彼女をいっしょに立たせると、そばに引き寄せた。そうされてほっとすべきだったが、ケイラの脳細胞は飛び跳ねつづけていた。訊きたいことが多すぎる。

マサイアスには肩を調べ、新たな傷をきれいにする必要があった。肩は今度は腕を吊るぐらいでは足りないかもしれなかった。口の端も切れており、側頭部の髪の生え際からは血が滴っている。

今この場で訊くのはまちがっている。大勢がまわりにいて、床には死体が転がっている今。ギャレットは口と鼻に酸素マスクをあてられ、担架にしばりつけられていた。

「お金を払ったのはあなただって彼が言っていたわ」そのことばはささやき声で発せ

られた。

マサイアスには聞こえたにちがいなく、彼は彼女に目を向けた。「ああ」

「どういうこと？」

マサイアスは背筋を伸ばし、しっかりとそこに立っていたが、その表情から内心の思いは読めなかった。「ぼくの金だった。計画を立てたのはメアリーだったが」

ケイラは腹を刺されたような痛みを感じた。頭は働かなくなっていた。正しいことばを見つけ、正しい質問をしようともがいたが、何も浮かばなかった。「あなたがわたしにこんなことをしたの？」

「事実はきみが思っているようなものじゃない」

痛みが全身に広がり、めまいに襲われる。「彼女には会っていたの？」

「ケイラ」

「そうなの、ちがうの？」

「会っていた。二度」

ケイラは彼から身を離した。人で混み合うなかでできるだけ。「メアリーと組んでいるのね」

「ちがう」マサイアスはケイラに触れようともしなかった。「そういうことじゃないんだ」

しかし、遅すぎた。ケイラはこらえられなくなった。胃からすっぱいものがこみ上げてくる。ちょうど間に合って身を折り曲げ、床のマサイアスの足下に嘔吐した。

彼は彼女の背中に手をあてた。「なあ、きみは——」

「やめて」ケイラは触れられまいと身を縮めた。記憶からも逃がれようと。すべてから。「放して」

「聞いてくれ」

「今はだめ」

なだめるような声と心配そうな顔にも今度は効き目がなかった。

好きになったこの人に裏切られたのだ。どちらの側につくか選ばなければならなくなったときに、この人はわたしを選んでくれなかった。

脳はそれを処理できず、心はずたずたに傷ついていた。頭をもたげるのに、持てる力のすべてが必要だった。「わたしから離れて」

30

マサイアスはオフィスの机につき、またもケイラのいない午後をどうやって過ごそうかと考えていた。そうなってまだ三日も経っていなかったが、すでにみじめな気分で、つい部下を怒鳴りつけてしまい、新しい契約や仕事に注意を集中できなかった。彼の仕事は頭を百パーセントそこに向ける必要のあるもので、そうでなければ人が傷つくことになる。しかし、今のマサイアスは頭を働かせることもほとんどできないほどだった。レンが向かい合う椅子にすわり、じっと見つめてくるだけでほかにほとんど何もせずにいることも事態を改善する役には立たなかった。

壁の時計が時を刻む音とコンピューターのキーを叩く音だけが響くなかで十分が過ぎ、レンがようやく口を開いた。「どうしてここにいる?」

まるで意味のわからない質問だった。「ここが仕事場だからだ。ここはぼくのオフィスで、ホチキスにいたるまですべてぼくのものだ」

「ぼくの質問の意図とちがう答えを返してくるとはかわいいな」

それを聞いてマサイアスはキーボードから手を持ち上げて耳を傾けた。「何か言いたいことがあるようだな」

レンは首を振った。「言いたいことは山ほどある」

よくない兆候だ。「そもそもどうやってここへはいった？」

「きみが入れてくれたも同然さ。バッジをくれたじゃないか。それで、部下たちに、ぼくを自由に出入りさせるよう伝えてくれた。今のきみは役立たずだから、覚えていないんだろうが」

思い出せなかったが、それを認めるつもりはなかった。「すばらしく元気の出る会話だな」

「そういうことが必要なのかい？　元気を出させてやることはできるさ。きみのことをまぬけと呼ぶことも、ケツから頭を出せと言ってやることもできる。どれをしたら、この見るからに悲惨な状態を終わらせられるか言ってくれ」

レンの口からは初めて聞くような不快なことばだった。「何を終わらせるって？」

「ふさぎこむのをさ」レンはうなるように言った。「見ていられないほど悲惨だ」

「だったら、帰ってくれていい」

「もしくは、仕事をする振りをやめて、ぼくの言うことを聞くんだな」レンはあざけるように言った。「うまくこなせてもいないじゃないか。いいかげんなことばをタイプしているだけなのはわかる。なあ、タイプのしかたもわかっているのかい？　きみは口述する人間だと思うが。えらく古風なね」

いつ自分がレンの標的になったのかマサイアスにはわからなかったが、その攻撃はいつでもやめさせることができるはずだ。彼はコンピューターの横に置いたファイルを示した。「ぼくはこれを読んでメモをとっているんだ」

「ファイルが逆さじゃないか」

「くそっ」マサイアスはファイルに目を向けた。「待てよ、逆さじゃないぞ」

「ほんとうに読んでいたなら、わかっていたはずだ」レンはマサイアスの机の端に肘をついて身を乗り出した。「なあ、この数日が最悪だったのはわかるが――」

「よせよ」

「ぼくを脅そうっていうのかい？　そんなことをしてもうまくいかないさ。付き合いが長すぎるからな」

いつもはレンの粘り強さをすばらしいと思っていたが、今日はあまりそうは思わなかった。「今朝のきみはギャレット以上に不愉快だな」

「一時間ごとにきみが様子をたしかめている男だな。他人のことなど気にもしない振りをしているきみがね」

自分にはそのぐらいしかできることはなく、マサイアスにもそれはわかっていた。

「彼は死ぬところだったんだ」

「ギャレットは大丈夫だ。昇給と昇進を求めてきたよ。うちの会社で彼の上級職といえば、ぼくの職しかないというのに、おかまいなしさ」レンは大きく息を吐いた。

「まったく、この任務が終わったら、パートナーにするしかなくなるかもな」

「ぼくのところへ来てもらってもいい」

「そういうことにはならない」レンの声からおもしろがるような響きが消えた。「でも、今はケイラのことを話そう。じっさいどうなっているのかを。きみは罪悪感を抱いている」

「メアリーがぼくの金を使ってケイラを殺させようとしたんだ。それははっきりしすぎるほどはっきりしている事実だ」自分と血のつながりのある人間が彼女を滅ぼそうとしたのだ。比喩的な意味ではなく、文字どおりに。メアリーは嘘をつき、たくらみをめぐらし、人を利用した。そのなかにはマサイアス自身が含まれていた。受け継ぐにはあんまりな血筋だった。

「たしかにその事実はきみにはありがたくないだろうな」

それはいかにもレンが言いそうなことだったので、マサイアスは笑みを浮かべそうになった。「ぼくにはそれを見抜けてしかるべきだったんだ。金をもらってその手の仕事をしているわけだから」

「ちがうな」

意外な答えが返ってきた。「なんだって？」

「きみはチームを組織して派遣し、とうてい処理不可能と思われる状況を解決して金をもらっている人間だ。復讐を求めてここへやってきた、知り合って十秒の女性に人生をめちゃくちゃにされるなんてことへの心の準備ができているはずはない」レンは椅子に背をあずけた。「それに、その女性がきみの母親だという事実がある。母親にはもっとましな人間でいてほしかったという事実も。自分に多少は愛情を向けてほしかったわけだ。きみにはその資格があったのに、彼女は向けてくれなかった」

マサイアスは反射的にそんな思いなどなかったと否定しようとした。自分はひとりでも生きていけるというモードに戻ってまえへ進むのだと。しかし、その意志もエネルギーもなくなっていた。「気にもしていないと思っていたんだ。気にしているとわかってまだショックだよ」

「もちろん、気にしていたさ。きみだって人間なんだから」

あまり話のうまくない人間として知られている男にしては、レンはかなり雄弁に語っている。彼とはもっと頻繁にこういう話を……いや。「まえはそんなふうに非難されることもなかったのにな」

「言っておくが、だからこそ、彼女が憎いんだ。彼女にはきみという人間をよく知って状況を打開する機会もあったのに、そうしなかった。きみの心を乱してくれた」

レンはことばを飾るタイプでも、できるだけそつなくことばを探すタイプでもなかった。単刀直入な彼がそうしたことばを使うことで、よりいっそうその意味が強まる気がした。

「ぼくはきっと大丈夫だ」今抱いているのはいつまでも薄れない喪失感だけで、ふと空虚感に呑みこまれそうになることもあり、いつ大丈夫になるかはわからなかった。

「もちろん、大丈夫だろうさ。きみは生業として独裁者たちと戦う人間だ。メアリーの負けであることはわかっている。きみには女性とのあいだに問題があるが、その女性はメアリーではない」レンは首を振った。「きみが部屋の隅で膝を抱えてうずくまるようになるまえに、それをどうにかしないといけないいな」

「それについて何かするのはやめよう」どうしようもないことだ。

「きみは愚かしいほどにケイラを愛しているわけだが、それがわかるだけ賢明であることを祈るよ。それを否定して面倒くさいことになるのは省いてもらって、次の段階に進みたいものだな。きみがめちゃくちゃにしたものを片づけるという段階に」

ケイラの名前を聞いて、マサイアスの胸に痛みが走った。ことばを口にするだけで胸が痛む。「まだ早すぎる」

「愛というのはそういうふうには働かないものだ。タイミングをはかることなどできない。ぼくの言うことを信じるんだな。ぼくは知っているんだから」

マサイアスにとってはまるで理解できないことばだった。自分は愛だのなんだのというタイプではない。女をめぐって愚かなことをするタイプでは。仕事よりも女を優先させることもない。築いてきた人生に女は含まれていなかった。そう、ケイラに出会うまでは、そんなことは考えてもみなかったのだった。

マサイアスは首を振った。「ぼくは恋に落ちることはできない」

「もう遅い」

レンも恋に落ちた連中をからかって何年も過ごしてきたくせに、今になって恋愛賛成派になるというわけか。友人にはかつての冷淡な人間に戻ってもらいたかった。

「彼女のことは忘れろと言ってくれるべきじゃないか」

「そう言うにはきみへの好意が大きすぎるからな」

レンはそれを単純なことのように言ったが、マサイアスにはそうでないことがわかっていた。「ぼくはきみではない。生き方をころころ変えることはできない」

「きみは自分にそう言い聞かせつづけているだけだ。それもあと五十分ほどだけどな」レンは立ち上がり、机の上に手を伸ばした。マサイアスの車のキーを手にとると、ドアを指差した。「行けるかい？」

レンにしてもあまりに妙な行動だった。「何をしている？」

「アナポリスへ行くのさ。途中できみも理性をとり戻すだろう。そうならなかったら、ぼくはきみを道端に放り出してランチをとりに行くことにする」

「ぼくは行かない——」

「彼女が明日姿を消して、新しい名前と新しい生活に向けて地下にもぐるとしたら、きみは息ができるかい？」レンは机の脇にこぶしをつけ、マサイアスを見下ろした。

それに答えるのに頭を使う必要はなかった。「いや」

「彼女を失ってどうやって生きていける？　きみは彼女に二度と会わずに生きていけるのか？」

頭からすべての血が失われる気がした。部屋のなかがぐるぐるとまわり、立とうとしても足が体を支えられるかどうかわからなかった。「生きてはいけない」

「だったら、エゴは捨てて、コートを持って出かけるぞ」

ケイラは隔週火曜日にいつもそうするように、カウンターの奥に立っていた。セシリアが街へ戻ってくることになっていたからだ。銃撃事件やケイラがあやうく溺れかけた一件があって、状況を確認したいということだった。それはつまり、自分が解雇されるということではないかとケイラは不安に思っていた。自分は行く先々で問題を起こすように思われ、解雇されても雇い主を責められなかった。

レンとマサイアスが報道機関と警察をうまくさばいてくれたので、一連の事件がニュースをにぎわすことはほとんどなかった。ストーカーされていたという噂が立ち、マリーナやその周辺で働く人々のほとんどは、ケイラが辛い思いをしてきたことに同情的で、彼女を応援してくれていた。ほぼすべての人が、彼女があまり人付き合いをしなかったことに理解を示していた。

ストーカーから身を隠していたと思ったのだ。真の理由を理解している人間はいなかった。いずれにしても、多少日常に戻らせてくれるならば、ケイラはそれでよかった。今度はよそへ移ったり、新しい名前を使ったりすることはしないとわかっていたからだ。ケイラのままでいられて過去を暴かれることがなければ、ここに身をおちつけて新たにはじめるつもりだった。もう逃げることはしない。つまり、目のまえにすわってバナナ・クリーム・パイを食べている友人を信じるということだ。

「まだ信じられないわ」ローレンはフォークでパイを突つきながら言った。

「わたしが水のなかにはいったこと？　それともそれ以外のこと？」何杯ブラックコーヒーを飲んでも、あの味を忘れることはできなかった。

そのときの光景や交わしたことばは心から締め出そうとした。何よりも、マサイアスに言ったことばをとり戻したかった。あの冷酷なことばを。ショックのせいにしたかったが、彼の目に浮かんだ苦痛はあまりにも生々しかった。すべてに片がつくやいなや、彼が街を出ていったことも……恐れていたとおりに。

感情は荒々しいジェットコースターのようだった。ギャレットが大丈夫だと知ってほっとした気持ちは、マサイアスが車に乗って去っていったときに踏みつぶされた。そのときは怒りと喪失感に呑みこまれた。彼がここに残って互いのために努力してくれなかったという事実にも。とことん話し合ってくれなかったという事実に。

生活を立て直し、大学へ行き、別の場所で暮らすこともできる。そうしたことは頭にあった。しかし、彼に会えないということ、彼の手をとれないということ、混乱していたのだと弁明できないということが心を引き裂いた。息のつまるような絶望感に襲われる。何も食べたくなく、眠ることもできなかった。

夜はほぼずっとローレンの家のソファーベッドで天井を見つめて過ごし、日中は体を引きずるようにして過ごしていた。マサイアスを探し出して決着をつけないかぎり、そうした昼夜がくり返されるのはたしかだった。

マサイアスにわたしから離れてと言い、あのときそう思ったのはたしかだが、本気ではなかった。彼がそばにいないと心はぼろぼろで、一分一秒がつまらなかった。彼がドアからはいってくるのではないかと目を上げてしまうために、あのばかなベルが鳴るたびにむしりとってしまいたくなるのだった。

今週はもちろん、今日一日をどうやり過ごせばいいのか見当もつかないほどだった。これまでずっとひとりで生きてきて、それに慣れようとしてきたのに、今はひとりでいるのがいやでたまらなかった。彼が恋しく、会いたくて胸が痛んだ。ここに残ってふたりのために努力してくれなかった彼を殴ってやりたい。

「あなたの人生。あのエリオットのばか。海。マサイアスがさよならも言わずに去ったこと」ローレンは首を振った。「最悪のときを過ごしたわよね」

「彼に向かって吐いたし」水のなかに落ちたあとで、あんなにすぐに彼を失ったショックがあり、途中で吐くのを止められたのは驚きだった。

「マサイアスに？　ねえ、ちょっと、彼はそんなことを気にするほどやわじゃないわよ」

「それに、お金のこととそれに彼がかかわっていたと聞いて、ほんとうのことを問いただすのに少しとり乱してしまったし」あのときの会話は何度となく思い返し、すべてをとり戻せたならと思わずにいられなかった。

「それは失敗したわね」

「ええ、そうよ」

ローレンはフォークを下ろした。「まったく、ケイラ、あなただって人間なのよ。ばかなことをしても、やり直すことはできるわ。それもＤＮＡの一部なんだから」

たしかにそれは理にかなった意見だったが、じっさいに起こったことで、そんなふうにきちんと整理できることなど何もなかった。すでにぐらついていた人生が、ボート小屋で過ごしたあのひとときにすっかり制御不能になってしまったのだった。銃とマサイアスの顔に浮かんだ表情——まるで平手打ちをくらったかのような表情。

戦う男たちの姿と必死で水中のギャレットを探したこと。すべてが一気に蘇ってくる。すべてのことばと恐怖が。

手が震え、耳の奥で鼓動が大きくなった。ケイラは顔をそむけてコーヒーポットの取っ手をもてあそぶ振りをした。マサイアスがあやうくまた撃たれるところだったことを思い出すと、パニックに襲われるため、それを隠そうとしたのだ。

「なんて言えばいいかはわかってるの。『ああ、あなたが誰かを雇ってわたしを殺そうとしたと信じてしまったの。ごめんなさい』。きっとそれでうまくいくわ」冗談を言おうとしたのだが、背後の店内が静まり返った。詳しいことを知らない客たちに大声で知らせることになってしまったようだ。

最悪の日になった。

「そんなことは信じないと言ってくれればよかったんだ」マサイアスの声が店内に響き渡った。

はっと振り返ると、そこに彼がいた。ワシントンDCらしい黒っぽいスーツに身を包んだ、背が高く、危険な姿で。もう腕を吊ってはいなかったが、妙な角度に曲がった腕を抱きかかえるようにしている。

ケイラはそのすべてを見てとった。自信と……疲れ。彼は疲れているように見えた。目のまわりと引き結んだ口にそれが表れている。それでも息を呑まずにはいられなかったが。彼を目にして、ケイラの心は興奮に躍った。

ドア……ベルの音がしなかった。彼にもう一度会うという衝撃に対し、心の準備ができていなかった。「マサイアス」

レンがマサイアスの脇から進み出て、店の客たちに小さく手を振った。店中の視線が集まっていた。誰も食べている振りすらしていない。

「おはよう、みなさん。やあ、女性たち」レンは時計に目をやった。「たぶん、もう午後だな。いずれにしても、ぼくはあそこにすわるよ」

そう言ってほんの数メートル離れたところにあるテーブルを指差した。誰もすわっていない数少ないテーブルのひとつを。今日のカフェは客が途切れることがなかった。ローレンからは、それもコミュニティの支援の印だと聞いていた。近隣の人々が彼女のことを信じていると態度で示しているのだと。みなカフェに来てパイを食べることでそれを示していた。ケイラはこの街のそういうところが大好きだった。

ローレンが皿を手にとってレンのテーブルに加わった。「同席させてもらうわ」

客たちが動きまわり、ささやきを交わした。年輩の女性がほほ笑み合っている。みなカフェの中央に立つ男にうっとりしているようだ。これまでここを訪れたどんな人間よりも場違いに見える男に。

「どうしてここへ？」ことばはささやくように発せられた。

マサイアスはいつものようによく響く声で答えた。会話を聞かれまいとする気持ちもないようだ。「謝るために」

恋い焦がれる思いに襲われる。そう表現するしかなかった。カウンターを飛び越えて彼の胸に飛びこみたい。大げさにロマンティックな態度をとるタイプではなく、男性とデートするタイプですらなかったのに、彼を目にして、そのすべてをしたくなった。

「あなたはわたしを救ってくれたわ」多くの意味で。ボート小屋での一件や、ポールとメアリーの問題に片をつけてくれたことだけではない。影のなかから引き出してくれ、また感情を持たせてくれた。何かをほしいと思わせてくれ、生き延びるだけでは満足と思えなくしてくれた。

「それでも、説明もなしにいなくなるべきじゃなかった」

「それはたしかに卑怯《ひきよう》だったわ」笑い声が聞こえたが、それは無視した。マサイアス以外のすべての人を心から締め出す。

「メアリーの問題のせいでぼくは混乱していた。振りまわされ、自分の判断力を疑うことになった」マサイアスは長くかすれた息を吐いた。「彼女のしたことを知って、ぼくは間に合ってきみのもとへ駆けつけるためにありとあらゆる法律を破った」

「あなたが来てくれることはわかっていたわ」ほんとうだった。嘘を聞かされ、頭が混乱しながらも、彼が駆けつけてくれることだけは信じていた。

マサイアスはすばやくまわりを見まわし、少しためらってから話しはじめた。「金のことは知らなかったんだ。別の用途で渡した金をメアリーが……そう、あとはきみの知るとおりだ」

「ええ」ケイラはコーヒーポットを置き、カウンターの端をまわりこもうとした。「それってあなたらしくないもの。あなたは知らなかったのよ」

「知っておくべきだった」

そう言うだろうとはわかっていたが、声にこれほどの痛みをにじませるとは思っていなかった。「あなただって人間なのよ、マサイアス。失敗はするものだわ。わたしたちどちらもそう」

「ぼくを憎んではいないのかい？」

「まさか」憎むどころではなかった。まるでその逆だった。

「だったら、どうしてぼくらはふたつのちがう街で暮らしているんだ？」マサイアスは声をつまらせてそのことばを発した。「どうしてぼくはひとりで寝ているんだ？」

それを聞いてケイラは彼のそばに行った。目のまえに立ち、彼の両手をとった。

「互いに時間を与えていたのよ。わたしには考える必要があり、あなたには猶予が必要だった。たぶん、わたし、あなたに恋しく思ってもらいたかったのね。わからないけど」

大げさな愛情表現は必要なかったが、彼に戻ってきてもらいたいと思い、彼は戻ってきてくれたのだった。自分が彼にとって終われば忘れられる単なる仕事ではなく、なんらかの意味を持つ存在であると知る必要があった。そして今、それがわかった。打ちのめされていることが彼の全身に表れており、声は悲しみを帯びていたからだ。

「一時間ときみを思わないでいられる時はないんだ」マサイアスは顔をしかめ、カフェのなかをすばやく見まわした。「すまない」

「ああ、やり方がまずいな」とレン。

ローレンがほほ笑んだ。「かわいいわ」

マサイアスは彼らにちらりと目を向けることもしなかった。「黙れ」

レンは笑っただけだった。「彼の人あしらいの技術はどうにかしなきゃならないな」

おしゃべりや笑いに包まれたカフェで、ケイラはマサイアスだけを見ていた。みな何か小声で言い合い、話しかけてくる人たちもいたが、ケイラの耳にははいらなかった。ひたすら真剣な黒い目をのぞきこみ、久しぶりに希望を感じていた。

マサイアスは彼女の指をそっとにぎった。「愛してる」

ケイラは倒れそうになった。「あら」

「あ、ちょっと待ってくれ」マサイアスは急いでことばをつなげようとした。「今言おうとしたのはちがうんだ。そう、その――」

だめよ、もう引っこめさせはしない。ケイラは彼に一歩近づき、両手をたくましい胸にあてた。「でも、本心ではあるの？」

「ああ」マサイアスは彼女にきつく腕を巻きつけた。「初めてのことで混乱しているんだ。どうしていいかわからないが、どうしても頭を離れない。だから、きみが追いつくのを待つことはできる。きみの心を勝ち得ようと努めることは。たぶん、何か指南書のようなものもあるだろうし」

ケイラの心を光が満たし、パニックと疑念を拭い去ってくれた。マサイアスは飾り立てた意味のないことばを発してはいなかった。正直な気持ちを述べてくれている。わたしを愛していて、そのことにぎょっとしているようだ。ケイラもまったく同じように感じていたため、それに腹を立てることはなかった。「よかった」

「いつどうしてそうなったのかはわからない。わかっているのは、きみを失えば、暗闇に身を投げることになるということだけだ」マサイアスは彼女の手に手を重ね、さらに何か言おうとするように口を開いたが、すぐにまた口を閉じた。「よかったって言ったかい？」

「わたしもあなたを愛しているわ」これほどしっくりくる感じはかつてなかった。これほど解放された感じも。

マサイアスは顔をしかめた。「でも、どうして？」

それにはカフェ全体が笑いに包まれた。

「だって、わたしがほしいのはあなただけだから。あなたのおかげで自分をきれいに思えるし、守られてるって感じがするの。あなたといっしょだと、自分が重要だって思えるのよ」それはたしかだった。多くの点で、彼に生き返らせてもらった気がする。「もう隠れていたくない。人生をたのしんで、一分ごとに後ろを振り返るのはやめたいの」

マサイアスはセクシーににやりとしてみせた。「きみはぼくにとって仕事よりも重要な存在だ」

心のなかで幸せがふくらんだ。彼にとっては最大限愛を約束することばで、それはケイラにもわかった。「それはすごいわね」

「きみには想像もつかないさ」

「ふたりで考えればいいわ。時間をかけて」

マサイアスは少しだけ身を寄せた。「これからもセックスはするよな?」

ええ、あたりまえよ。「今ここでじゃないけど、もちろんよ」

「わかった」彼はうなずいた。「それならいい」

「腕の具合は?」ケイラは強く押しすぎないように手を彼の肩に走らせた。

マサイアスは彼女のうなじに手をすべらせ、さらに彼女を引き寄せた。口と口が触れ合いそうになる。「ホテルに来てたしかめたいかい?」

そう言ってキスをした。強く求め、すべてを焼き尽くすようなキスだった。ケイラは頭がくらくらし、膝が崩れる気がした。

まずは拍手が起こり、やがて喝采があがった。ケイラは首をもたげ、カフェのなかを見まわした。頬にのぼった熱を無視し、マサイアスに目を向ける。「そうしたいわ」

「決まりだ」

31

今度こそケイラには殺されてしまうかもしれない。

マサイアスの胸から息はなくなっていたが、体の奥は興奮で満たされていた。けがをしていないほうの腕を後ろに伸ばし、体のバランスをとるためにベッドのヘッドボードをつかむ。彼女の体が持ち上がるあいだ、それにしがみついていなければならなかった。体がもっとほしいと叫ぶあいだ。

ケイラの肌は上気し、口は大きく開いている。なんとも言えずセクシーで生き生きした様子だった。

よりを戻して三日が経っていたが、ふたりはホテルからほとんど出ずに過ごしていた。カフェの経営者が街に来ており、ケイラは休暇をもらっていた。マサイアスのほうは仕事を放棄していた。ケイラがかかわることでないかぎり、あり得ないことだった。自宅に彼女を連れ帰りたいと思ったが、それ以上にこうしたくてたまらなかった。

彼女とむつみ合い、つながること。頭がくらくらするようなセックス。

ケイラは彼の肩に爪を食いこませた。胸が彼の裸の胸をかすめる。腰をはさむ太腿がきつくなり、上に載っている体が震えている様子から、解放が近いことがわかる。頂点に達するまで彼女は動くことだろう。彼女が自分の体や欲望をよくわかっているのは何よりも魅力的だった。

もうすぐ達しそうなのは彼女だけではなかった。マサイアスもあと少しで爆発しそうだった。体は解放を求めていたが、どうにかこらえていた。彼女にもいっしょに達してもらいたかったからだ。満ち足りてあえいでもらいたかった。

ケイラはまた体を持ち上げ、ほとんど彼から離れそうになった。マサイアスは腰を曲げて彼女を引き寄せた。体がつながったままでいるように。彼女がまた思いきり腰を下ろすと、指をある一点にすべらせた。さらなる興奮をもたらすとわかっている一点に。彼女が声をもらすまでそこに触れ、愛撫する。

ケイラは首をそらし、激しくあえぐような息遣いになった。彼を包む部分がきつくなり、彼の体はぎりぎりまで追いつめられた。マサイアスはそれに抗わなかった。腰をまえに突き出し、頂点に達した。脳からの指令もないままに体が動き、必死でこらえていたせいで胸が痛んだ。しかし今、解放することができる。

つぼみを最後に一度指で撫でると、彼女もいっしょに頂点に達した。部屋は熱に包まれ、セックスのにおいがふたりをとり巻いている。ケイラの体が脈打ちはじめ、肩がまえに倒れた。まだ体が上下しているせいで肩が動き、脚は彼の脇をさらにきつく締めつけた。

絶頂のときは何分もつづくように思われたが、やがてケイラの肘から力が抜け、彼女は彼の上に倒れこんだ。ふたりとも力尽き、疲弊しきってぐったりと動かなくなった。

マサイアスは腕を下ろし、ケイラの体に巻きつけた。彼女の呼吸の音が聞こえ、胸にかかる息を感じることができた。

ふたりは体を巻きつけ合い、絡み合っていた。マサイアスが望むとおりに。体にぴったりと沿う彼女に細胞という細胞が刺激されていた。

ケイラに触れることも、そのにおいを嗅ぐことも、キスすることも好きだった。ただひたすら彼女を愛していた。

「けがをしていない腕が二本必要だということはないな」マサイアスは痛みを無視してけがをした肩を持ち上げた。いつかは癒えるだろうが、まだ治ったとは言えなかった。しかし、だからといって、これから四週間のあいだ、片手だけで彼女を抱くつもりはなかった。まさか。彼女のことは両手で愛撫するつもりだ。いつも必ず。

「正直、あなたの腕のことをあまり考えてなかったわ」ケイラは彼の胸に顔をうずめたままことばを発した。

自分のことを考えていてくれただけでありがたい気がした。このセクシーで賢明な、驚くべき女性が。生き延びるための機知にも富んでいる。多くの点で恐れを知らず、他人に対してはとても人間的なところを見せる女性。「そう言ってもらえるとうれしいな」

「そう、愛しているわ」ケイラは顔をもたげ、大きな目で彼を見つめた。その目からはつきまとって離れなかった過去に対する苦痛の色が消えていた。「思いがけずあなたを愛するようになって、あなたのことがよりわかるにつれて、その思いが大きく、強くなる一方なの」

マサイアスも同じように感じ、それに驚いていたのだった。女性と深い関係を持つなど考えたこともなく、たったひとりとずっといっしょに過ごすなどごめんだと思っていた。仕事をし、衝動に駆られたときにセックスをし、ときおり数少ない人間を頼る生活。彼女と出会うまえはそれが人生のすべてだった。今は何もかもがより大きく思えた。より完全に。

「きみに何日も会えないでいたときは死ぬほど不機嫌だったんだ」足音高く歩きまわり、素手でオフィスの壁を破壊してもおかしくない状態だった。「じっさい、部下たちが気の毒に思えるほどだった」

「部下と言えば、ギャレットの容態は？」

ギャレットは部下ではないとわざわざ否定することはしなかった。ギャレットはレンの部下だが、マサイアスも彼が部下になってくれるならありがたいと思っていた。

「昇給を要求しているが、悪くない状態だ」

ケイラはマサイアスの口を指でなぞった。「それで、メアリーは？」

マサイアスはその手をつかまえ、てのひらにゆっくりとキスをした。「彼女のことは話したくない」

「話さなくちゃ」ケイラは身をすり寄せた。「いつかは」

「わかってるさ」ほんとうはいやでたまらなかったが、ケイラの言うとおりであるのはたしかだった。とはいえ、それは今日でなくてもいい。彼女の件はレンにまかせてあり、マサイアスが雇った弁護士も尽力してくれていた。メアリーが精神鑑定を受けるという話もあった。そうしたすべてにおいて、ケイラは自分が証言を拒否することでメアリーが必要な援助を受けようという気になるのであれば、そうしてもいいと言っていた。

「だったら、あなたは彼女とはちがうということもわかっておいて」ケイラは両手を彼の頬に添え、まともに目を合わせた。「メアリーがしたことは？　それは彼女の罪であって、あなたの罪じゃないわ」

何度となくケイラから聞かされたことばだった。レンからもそうだ。ギャレットからも。ローレンですら同じことを言っていた。ことばは耳にはいったが、まだそれを信じる気持ちにはなれなかった。「そのことばを心から信じられると言えば嘘になるな」

「時間がかかるのはわかってる」ケイラはすばやく甘いキスをくれた。「ただ、何があっても、わたしがあなたのそばにいるということだけはわかっていてね」

「そう言ってくれるのはうれしいな」彼女は理解してくれているのだから。深淵をのぞきこむのがどういう感じかわかってくれている。メアリーを憎むことで、自分の一部を憎んでしまうということを説明する必要がなかった。自分をひどく責めてしまうということを。あのときあの場にいてニックを救えなかったように、自分にはどうしようもないことであっても。

そうしたすべて——心の痛みと困惑——においてケイラは支えとなってくれ、愛してくれた。生まれてから二十年のあいだはあまり運に恵まれず、ほとんど愛されることもなかったマサイアスは、今それに思いきりひたっていた。

ケイラは彼にとってすべてだった。

「それで」ケイラは顔をしかめた。「もうひとつ話したいことがあるの」

その不安そうな口調から、厄介なことだとわかる。「聞きたくない気がするよ」

「ええ、そうね」

そうだとすれば、さっさと聞いて片をつけたほうがよさそうだった。隠れたり、真実をうやむやにしたりするのはうんざりだ。真実を避けて通ることも。これ以上は。

「話してくれ」

「ポールと話さなくちゃならない。というか、ベンと」ケイラは顔のまえで手を振った。「今の彼がどの名前を使っているにしても」

突然腹のあたりに空洞ができた気がしてマサイアスは怖くなった。「何を話す？」

「彼にも真実を教えなきゃならないわ」

ああ、まさか、つまり……「殺人事件についてだけだよな？」

ケイラはマサイアスの膝の上でほんの少し体の力を抜いた。手を彼の胸にあて、マサイアスが愛してやまない自信に満ちた目をしている。「彼が一生ダグを探しつづけることについて、責任を持てないわ。誰にもそんなむなしいことをさせたくない」

それについては自分がどうにかできるはずだ。いい案は浮かばなかったが、レンを頼ることはできる。ケイラを報道にさらしたり、刑務所行きにしたりしないためならなんでもしよう。ケイラにはプライバシーを守って幸せになる権利があるが、彼女の申し出はその両方を脅かすものだった。「話したら、彼は警察に行くだろう」

「そうなったら、きちんと向き合うわ。わたしはもう怯えて罪悪感にとらわれた二十歳の女の子じゃないんだから」

そもそもダグを殺したことを思えば、こんなことは人生においてさほど大きな決断ではないという態度だった。軽く考えていいわけも、さほど重要ではないと考えていいわけもないのに。

マサイアスは彼女のウエストの両側に手をあてた。「なあ、ケイラ。大騒ぎになるのはきみも望まないはずだ」

「じっさい、それに直面するときが来たら、耐えられないかもしれないけど、やってみるべきだとは思わない？」

ぼくの息の根を止めようと決意しているというわけだ。「ぼくはきみといっしょにいたい」

彼女を失うと考えると、彼女が裁判にかけられる姿を想像すると、心が切り裂かれる気がした。頭を働かせることができず、言い返すことばも浮かばなかった。「そうしたからといって、ぼくらが刑務所に入れられなきゃならないということはない。ぼくらの新しい関係を壊そうとしてもそうはいかない」

ケイラは彼にほほ笑みかけた。「わたしを信頼してくれるの？」

彼女を愛していて、彼女がふたりの人生に呼びこもうとしている恐ろしい大惨事から彼女を絶対に守るつもりでいる。「誰にもまして」

「わたしもあなたを信頼しているわ」ケイラは身を寄せてまたキスをした。短くも甘くもないキス。目がくらみ、攻撃する気持ちが失せるキス。ケイラが身を引き離すと、彼女の唇は赤く腫れていた。「ふたりでどうにかできるわ」

「ケイラ」ああ、彼女にはなんでもしてやりたい。でも、これは？

「お願い」

その決意には勝てなかった。マサイアスには自分の人生が粉々に崩れるのが見える気がした。それを修復する唯一の方法は、それを制御しようとすることだ。「戦略を立てなきゃならない。それにはレンにも加わってもらう。彼はフィクサーだからね。彼にも協力してもらって、それがおよぼす影響に対処してもらわなければならない。

その心づもりでいてもらう必要がある」

ケイラは彼の首に腕を巻きつけた。「愛してるわ」

マサイアスの心臓が跳ね上がった。「だったら、ぼくのそばを離れないでくれ」

「絶対に」

32

ケイラはこのときが来るのを恐れていた。今日ここにいることや、これから話すことを――すべてを。これでけりをつけることになる。自分にとっても、ポールにとっても。選択肢はないのだと主張し、まだそう信じてはいたが、今過去と向き合ってみると、膝が崩れそうだった。

マサイアスのホテルの部屋の真ん中で倒れこんでいたかもしれないところを、マサイアスが防いでくれた。そばに立ち、体を支えてくれたのだ。彼女が倒れたらつかまえようと身がまえていて、じっさいにそうしてくれたわけだ。

何年も経った今になって秘密を明かそうとすることに彼は反対した。彼女に安全で自由でいてほしかったからだ。そこに大きな危険があることはケイラも理解していた。また警察署に連行され、尋問される可能性も高かった。ダグについて、彼がしたことと、彼から受けた脅しと、あの日……そうするのではないかと心のどこかで期待していたとおりに彼が襲いかかってきたことを、これから説明するのだ。

弁解や説明もできるが、基本的には同じことだ。ダグを殺したのは事実で、そうなるとわかっていて会いに行ったのだから。今、その事実を抱えて生きていく方法を見つけなければならない。それがマサイアスと将来をともにする唯一のチャンスなのだから。ケイラは心からその将来を願っていた。

ポールは部屋の反対側まで歩いていき、振り向いてケイラと向き合った。ケイラに会いにここへ来させるのはむずかしいことではなかった。マサイアスがマジックを駆使して、彼が刑務所にはいることのないようにしてやったあとはとくに。

しかし、警戒心がありありと表れたその目をのぞきこむと、ケイラはどう話しはじめていいかわからなくなった。言うべきことを練習はしていたのだが、バスルームの鏡ではなく、人を相手にすると、ことばが出てこなかった。

ポールが口を開き、話のきっかけを探るぴりぴりした雰囲気をやわらげた。「ボート小屋で何があったか聞いたよ」

あのぞっとするような出来事を思い出そうとすると、いまだに全身から汗が噴き出すのだった。いつかは大丈夫になるといいのだが、まだそうはならなかった。過去のせいでローレンのことも危険にさらしてしまった。マサイアスも介入するのに命をかけてくれた。破壊されたものも多かった。それもすべて、メアリーがまちがった人間に対して復讐を望んだからだ。

そうしたすべてを説明する代わりに、ケイラは単純な事実のみを述べた。「すばらしい夜とは言えなかったわ」

ポールは目を細くした。「大丈夫なの？」

「ええ、でも、数日まえだったら、あなたはそれを悪い知らせだと思ったかもしれないわね」

「どうしてそう思うのかはわかるよ」ポールは手を後ろにまわして壁に寄りかかった。「でも、ぼくはあなたに危害を加えるつもりはなかったんだ」

「だったら、どうするつもりだったんだ？」マサイアスがケイラに腕をまわし、腰に手をあてて支えた。

「脅そうとしただけさ。情報を得るために……わかんないけど」

マサイアスはまた体の位置を変えた。今度はななめにケイラのまえに体が来るようにした。完全に盾になっているとは言えなかったが、彼女を守ろうとする姿勢になっている。「この人を怖がらせれば、質問に答えるよりも逃げ出す可能性のほうが高かったはずだ」

ケイラは無言のメッセージが伝わるようにと祈りながら、マサイアスに目をやった。この面談を頼んだのは、ポールを怖がらせたり、警戒させたりするためではなかった。ここでは慎重にことを運ぶ必要がある。

「言われてたんだ……」ポールは首を振った。「なんでもない。どうでもいいことだ」

「どうでもよくはないわ」結局、今話しているのはケイラの人生にかかわることだった。長年にわたり、何をしようとも、それを調べられ、分析されてきた。居場所をつきとめられ、脅されてきた。多少でも安定した生活を手に入れると、それを奪われてきた。自分の人生がこんなことになった責任の多くは自分にあると受け入れてはいたが、知らないことも数多くあった。だから、ポールが何か知っているなら、それを話してほしかった。

「あなたのアパートメントで何か見つかるんじゃないかと思ったんだ。ダグにつながる何かが。彼の居場所についての情報とか、あなたとダグが連絡をとっていたことがわかる何かが」ポールはケイラを避けるように目をさまよわせながら、ことばを発していた。

忍耐力が尽きたとでもいうようにマサイアスがため息をついた。「狡猾《こうかつ》な殺人者を相手にしているとしたら、あまり賢いやり方じゃないんじゃないか？」

「この人が殺人者かどうかはわからなかったんだ。聞いたことしか知らなかったんだから」

それをどこから聞いたのかは想像がついたが、その話を蒸し返されることをマサイアスは望まないだろう。もう何日もメアリーがとった行動や脅しについて調べているのだから、これ以上はうんざりなはずだ。

ケイラはこの問題に関してだけは主導権をとろうとした。「メアリー・パタースンからね。それについてはもうそれでいいわ。ねえ、ポール――」

「ベンだよ」彼はうっすらと笑みを浮かべた。「本名で呼んで。偽の自分でいることには飽き飽きなんだ」

「いいわ」しばらくそのことを忘れていたのだった。ポールとして会って何週間も過ごしたあとで、それを別の人間に融合させることは思った以上にむずかしいことだった。「ごめんなさい」

ポール――今はベン――は壁から身を起こし、ケイラとマサイアスのまえに立った。

「話して」

そのときが来た。ためらいが急にふくらみ、万力のように胸を締めつけた。ベンのことばを払いのけて、名前がどうのというようなロに出すのが楽なことをずっと話していたかった。「あなたがどういう――」

「兄さんがやったんでしょう?」

喉がつまり、頭ががんがんと痛んだ。ベンはあまりに簡単にその問いを発した。あとはそうだと答えればいいだけ。しかし、なぜか口を開くことができなかった。パニックが心を貫き、ほかのすべてを呑みこんだ。

どうしたらいいか教えてというようにマサイアスを見上げると、彼はうなずき、彼女の腰にあてた手を動かしはじめた。腰をさすっておちつかせようとしてくれているのだ。自分がここにいるのはきみのためだと何気なく思い出させてくれている。

そんなやり方に効き目はなさそうだったが、なぜか効いた。喉のひどいこわばりがゆるみ、唾を呑みこむことができた。「ええ、ベン。三人を殺したのは彼だった」

最初のころ、何度もくり返したことばだった。父にも捜査官にもそう言った。何度もくり返すうちに、自分に容疑が向けられ、ダグは共犯者ということにされたのだった。その後、それを口にするのはやめた。

今、ケイラは現実に押しつぶされそうになっていた。真実はすぐそこにあったのだった。怒りの発作に駆られてか、もしくは自分にそれができることを証明しようとしてか、彼女を罰するためにか――そのいずれかのため、もしくはそのすべてのために——ダグはケイラの三人の友人を殺したのだ。部屋に忍びこみ、三人に反撃の暇さえ与えずに命を奪った。どうやったのかは今でもよくわからなかった。三人とも反撃したにちがいないからだ。だからこそ、ダグがふいをついたのだろうと思った。ケイラの知っている臆病者にぴったりのやり方だった。

ケイラが心のなかですべてを思い返しているあいだ、ベンはその場に立ったままでいた。部屋は重い沈黙に包まれていた。誰も身動きしなかった。ケイラは気の利いたことばをひとことも思いつかなかったため、口を開こうともしなかった。

少しして、ベンが身動きした。ケイラの顔を探るように見てからその目をマサイアスに向けた。ケイラにまた目を戻したときには、ベンの顔にはなんの感情も表れていなかった。「兄がそうするつもりだったのを知っていたの？」

「彼自身にもわかっていなかったと思うわ。そういう人間だったから。いい人だと思っていたら、次の瞬間にはかっとなっているって感じだった」癇癪《かんしゃく》持ちという以上で、ダグの怒りを買ったことをみんなそうやって言い訳していた。ささいな問題とも言えなかった。なんということのないことに自制心を失う人間だったのだ。何にしても、問いつめたりすれば、彼は必ずや暴力的なエネルギーに包まれた。ニックもスティーヴもダグのことは大嫌いだった。

「でも、あの日、何かが起こった」

その答えがはっきりしていれば。「あの日、いつもに比べて何に彼があそこまでかっとなったのか、ほんとうによくわからないの。はっきりとは」

「あなたに関すること？」

それにはマサイアスが答えようとしたが、ケイラが彼の胸に手の甲をあてて止めた。ベンは理解したがっていた。ケイラ自身そうだったのでそれはわかった。「たぶんね。そう、最初はすべてをつなげて考えることができなかったわ。驚愕《きょうがく》しきっていたから、誰が殺したのか考えることもできなかった。目にしたもののせいでまだ頭がくらくらしていたし。それから、煙草のことを聞いて、ダグと殺人の話をしたときに彼の反応が妙だと思ったの。彼がしたことだと絶対的な確信を得るのに長くはかからなかったわ」

「警察によると、煙草はずっとまえからそこにあった可能性もあるということだった」

その話はケイラも聞いていた。科学捜査とはそういうものなのだろう。しかし、煙草が以前からそこにあったという説明は真実ではなかった。被告の弁護士はもっともな疑念を起こさせるためにそれを強調するかもしれない。そう、言い訳が持ち出されたとたんにそれは絶対的な真実となるのだ。「ダグと別れたときにわたしは妙な興奮状態におちいったの。家じゅうから彼の痕跡を消してまわったわ。ニックとスティーヴも手伝ってくれた。それで、家の外を見てまわったときに……」

ケイラがそうしてほしいと思ったとおりに、支えてくれていたマサイアスがうなずいた。「つづけて」

「ダグはいつもあの木の下で煙草を吸っていたの。別れてからも、そこに立ってわたしの部屋の窓を見つめているのを見かけたわ」夕食後すぐに見かけることもあれば、不快な感じがして目覚めると、そこに彼がいたこともあった。

そうしてそこにいるのは、おまえはおれのものだと声に出さずに宣言するためだった。別れるかどうかを決められるのは彼だけだということ。暴力行為に等しく、息がつまることだったため、そうしたすべてを心から遮断してきたのだった。今それを思い出してみると、その事実が胸を直撃した。警告されていたのに、ダグの目的は脅すことだと思っていたのだ。もちろん、その目的は達せられたわけだが、ケイラですらも、人を殺すほどの怒りには心の準備ができていなかった。

「つまり、あなたが兄を捨てたのが原因だったと?」ベンはそんなのおかしいというように首を振った。

ケイラにもその当惑は理解できた。ベンの思考も振る舞いも道理をわきまえた人間のものだ。大学でカップルが別れてひと悶着《もんちやく》あったとしても、みなそれを乗り越えて先へ進むものだとわかっている。しかし、悪い知らせに対するダグの反応の仕方には、ふつうとも健全とも思える部分はなかった。「あなたのお兄さんにはふたつの側面があったの。スポーツやパーティーが好きで、授業を休んでも成績を落とさずにいられた。魅力的でおもしろい人間にもなれたわ。わたしが彼に惹かれたのもそういうところだったからわかるの」

マサイアスは親指でケイラの背中をさすりつづけ、パニックが襲ってくるのを防いでくれていた。「もうひとつの面は?」

「気まずい思いをさせられたり、問いつめられたりすると、何かが起こったわ」ダグの気分が変わったときの身がすくむほどの恐怖をどう説明していいかすらわからなかった。「挑戦されたり、まちがっていると指摘されたりすることに耐えられない人だった。怒りに呑みこまれてしまうの。邪悪なものに心をのっとられて、悪意に満ちた荒々しい存在になるかのようだった。ものを投げたり、わたしをきつくつかんだりしたわ」

ベンは手で顔をぬぐい、首を振りつづけていた。内心何を考えているにせよ、耳にしたことを受け入れがたく思っているのは明らかだった。「それは最悪だけど、人を殺すのとはちがう」

「どんどんエスカレートしていったの。警察に通報すべきだったけど、自分でどうにかできると思ってしまった」ケイラは息をしようとしたが、肺が空気で満たされることはなかった。「殺人事件が起こった日の前日、煙草の吸殻を拾ったの。それなのに、事件の直後にもそこにあった。たぶん、彼がまたわたしたちを監視していたんだと思う」

「きみはダグのそういう一面を知らなかったのかい？」マサイアスがベンに訊いた。

「癇癪持ちであるのは知っていた。意地悪なところがあることも」ベンはそこでことばを止め、しばらく何も言わなかった。ようやく話しはじめたときには、うつろな表情はなくなっていた。ストレスに顔が張りつめ、声が震えている。「うちの両親は兄を寄宿学校にやったんだ。母は兄に言うことを聞かせられず、父は出張が多かった」

ケイラは言わなければならなかった。自分の究極の罪へとつながる最後の事実を。

「ダグは教えを垂れるためにわたしを生かしておいたと言っていた」

「そんなことを言うのは、兄が死んでいるからだよね」そう言うベンの声に疑問の響きはなかった。

それをはっきりとことばにしたのはケイラではなかった。ベンがそう言うのを聞いてケイラは思わず手を伸ばし、マサイアスの脇に触れた。すぐに彼は背中にまわしていた手を下ろし、彼女と指を組み合わせた。「わたしは――」

「ぼくは質問しているわけじゃない」ベンは床から目を離さずに手を挙げた。「あなたが過去形を使ったから。兄からはハイキングに行くというメッセージを受けとったんだ。兄がハイキングに行くのはよくあることだったけど、そのときは電話があったわけじゃなく、家族に近況を訊くこともないメッセージだった。それで兄は姿を消した。今、そうしたすべてを組み合わせてみれば、事実は明らかに思えるな」

「わたし――」

「何も言わないで」ベンは顔を上げ、ケイラに目を向けた。「知るべきことは知ったと思うから」

その瞬間、ケイラはあのときに引き戻された。目のまえに立つダグの姿が見え、銃の重さも思い出した。殺すつもりはなかったのだと言うこともできたが、武器を携えていったのはたしかで、その事実にいつも責められるのだった。「警察に行くつもり？」

ベンからの答えを待つその時間は永遠につづく気がした。心がしぼんでいく。最後の一撃を受けるのを待つあいだ、自分のすべてがしぼんでいくようだった。

「たぶん、みんなもうたくさんなんじゃないかな?」ベンはささやくように答えた。

一瞬、望みどおりの答えを自分の頭が作り出したのだと思った。罪から解放してくれ、自己弁護の必要をなくしてくれる答えを。それから、首を振った。聞きまちがいにちがいない。しかし、部屋を息苦しくしていた張りつめた空気がゆるみ、マサイアスが肩の力を抜くのがわかった。彼が音を立てて息を吐いたのはたしかだ。

「それは大胆な発言だ」とマサイアスは言った。

「このことをおおやけにして、みんなに辛い目を見させることもできるけど、それでどうなるの? 兄のことは十二歳の弟として見ていた姿を覚えておける。賢くて、人を寄せつけないところがあって、ときどきおもしろくて、ときどき気むずかしかった姿を」

そのことばを心が撥ね返した。耳にははいったが、ベンが心情を吐露したときに自分を守るために心に築いた防壁のせいで、聞いたことばを処理することができなかった。脳がじっさいの会話よりも一、二分遅れて機能しているかのようだった。

「おまけにとんでもなく暴力的な人間でもあった」とマサイアスが言った。

ベンは息を吐いた。「事実を掘り起こさなければ、そのことを考える必要もない」

こんな成り行きになるはずはない。わたしが幸運に恵まれることなどなかったのだから。これまで一度も。今幸運に恵まれたのだとしても、わたしにはそれを享受する資格はない。そして、ベンがまえに進む気持ちになったとしても、家族もそうだとはかぎらない。「あなたのご両親はどうなの?」

「両親にとっては終わったことなんだ。兄に容疑がかけられたときに、心を閉ざしてしまった。その後ダグが姿を消すと、黙ってそれを受け入れた感じだった。自分たちが生み出してしまった怪物に対処するよりもそのほうが簡単だというように」ベンはかすれた笑い声を発した。「兄の話をしたがらなかったのも道理だよ」

マサイアスはケイラの指をにぎりしめたが、目はベンから離さなかった。「それで、これからどうするんだ?」

「両親はぼくがジョージタウンにいると思ってるから、そこへ行くべきだろうな」ベンはポケットに手を突っこみ、車のキーをとり出した。

部屋を出ていこうとするベンのまえにケイラは進み出た。何か言うべきだと思ったのだ。謝るべきだと。ダグの死については話さないと暗黙の了解ができたのだった。ベンは法的責任を問わずに無罪放免してくれようとしている。そう考えるとありがたい思いで一杯になった。お返しなどできないほどの恩を受けることになる。

ケイラは手を伸ばしたが、じっさい彼に触れるまえに手を下ろした。「あなたのためにほかに何ができるか教えて」

「もうしてくれたよ」ベンは声をつまらせた。

「幕が引かれたのね」そのことばに心のなかの何かが砕けた。七年ものあいだずっと背負ってきた重荷が下ろされつつあった。その下には一条の光が射している。「あなたのおかげでわたしは自分の人生を生きられる」

「それを可能にしたのはあなた自身だと思うよ」


一時間後、ケイラはマサイアスが留まるつもりのなかった部屋のソファーにまだすわっていた。ベンはあのあとほんの数言ことばを発し、マサイアスと互いの連絡先を交換した。ベンには教えなかったが、調査のおかげでマサイアスのほうはすでにそれを知っていた。しかし、別れの挨拶を交わし、恐ろしい悲劇に驚くべき結末がつけられてからも、ケイラはそこにすわったままで、動こうとも口を開こうともしなかった。

すべてが実感として身に染みるまでケイラには時間を与えたかった。そう、マサイアス自身、多少時間が必要だった。すべてを耳にし、彼女が口ごもりながら発したことばにベンが耳を傾ける様子を見守っていたのだった。ふたりのあいだに割ってはいってすみやかに解決してしまいたいとしか思っていなかったのに。そうして彼女をここから連れ出したかった。しかし、結局、彼女を救い出す必要はなかった。ケイラはみずからむずかしい選択をし、それをやり遂げたのだ。それについては敬意を抱かずにいられなかった。

自分が属する世界のたいていの男以上に気骨がある女性だ。自分以上かもしれない。マサイアスは彼女のそばへ歩み寄り、しゃがみこんで自分の膝に肘をついた。

「ほっとしたかい？」

「あんまり」ケイラはため息をつき、両手を膝に載せてこすり合わせた。「どちらかといえば、ベンが乗り越える気になってくれたのがうれしいわ」

「彼が問題なく乗り越えられるよう、資金援助をするつもりだ」それはたしかにそうするつもりだった。ベンの力になることについて、すでにレンに話もしてあった。レンとふたりでベンに正しい方向を示し、新たにより健全な目的を持てるよう力を貸してやれるはずだ。メアリーに吹きこまれたような目的ではなく。

「これでニックについての答えは得たわけでしょう。だけど、あなたのお母さん……」ケイラは口ごもった。「メアリーは……信じそうもないわね。今はもっと大きな問題を抱えているわけだけど」

雑誌の広告から殺し屋を雇うなどというのは賢いやり方ではなかった。エリオットは——本名がなんであれ——死に、証明はむずかしくなったが、メアリーの行動のすべてが疑わしかった。恐ろしい破壊行為に手を染めたにもかかわらず、それをわかっていなかった。ケイラが生きていて、殺し屋は失敗に終わったとマサイアスが告げると、メアリーは泣き崩れた。泣いて、もう一度やってくれと懇願した。尋問のために警察に連れていかれたときも、それに気づいていないように見えた。

「彼女は自分のしたことがどれほど重大なことかわかっていないんじゃないかと思うよ」メアリーが真実に耳を貸し、それを信じる状態にあるかどうかは疑わしかった。

「きっと呆然としているのよ、マサイアス」ケイラは手を伸ばして彼の手をつかんだ。その手を引いて彼をソファーの自分のそばにすわらせた。「これまで憎しみにひたりきってきたんだもの。ニックとあなたについて罪悪感にも駆られているの——」

まさか。「半分はあたってるだろうな」

ケイラは身を寄せてきた。膝に乗りそうになるほどに。「あなたと親しくなろうとしなかったのは、親しくなれば、また息子を失って打ちのめされる可能性ができてしまうからだってことはないかしら？」

「それは彼女の行動を考えるとだいぶ偏った解釈だな」

ケイラの意図は理解できた。彼のために状況をよく見せようとしてくれているのだ。あれだけの不安と恐怖をくぐり抜けたというのに、彼女は彼の考えや気持ちを優先させようとしている。

ああ、この人を愛している。

「メアリーが刑務所にはいらずに済む方法を見つけたいわ」ケイラは小さな爆弾を落とし、マサイアスを見つめた。

「あり得ない」それはむずかしい選択などというものですらない。そのための金はあるが、そういうことではない。メアリーのせいでケイラの人生は最悪のものとなっていたのだ。さらに、殺し屋を雇うなど……いったいどういう人間がそんなことをするというのだ？　メアリーを無罪放免にするなどあり得なかった。

「彼女に必要なのは支援で、刑務所じゃないわ」ケイラは彼の指と指をからませた。「あなたにもそれはわかっているはずよ。そうでなければ、どうして優秀な弁護士を雇って、その費用を持ったりするの？」

ケイラに懇願されると、決心が揺らいでしまう。「きみがそうしてくれと言ったからさ」

「いいえ、それが正しいことで、あなたが誠実で愛情深い人だからよ」

もてあそばれている気分だったが、マサイアスは彼女の手の甲にキスをした。「ぼくをそんなふうに見てくれる人はきっときみだけだ」

「それが重要だと思っているのがわたしだけだからだわ」

「たしかに」

「その関係を保つ意味でも、あなたとふたりでまえに進みたいと思うの」ケイラはマサイアスの太腿に手をすべらせた。「お互い、あまり自慢できないことをしたわね。そのときは正しいと思ったし、ふつうに考えても正しいのかもしれないけど、それでも、人には言えないことだわ。ここからは行動を改めて、異なる選択をするようにしなくては」

ケイラの手の熱さに、マサイアスは彼女を抱き上げてさらにきつく抱きしめたくなった。そこで彼女を自分の膝の上に引き上げ、腕を体にまわした。

話題も変えたかった。持ち出すきっかけを探っていたものに。「つまり、いっしょにまえに進むということだね」

「もちろんよ。でも、話をそらさないで」ケイラはすばやく口にキスをくれると身を引き離した。「あなたのお母さんのことだけど――」

「彼女はぼくの母親じゃない」そう言いつつも、メアリーとそのたくらみについて考えるたびに臓腑を焼くように思える怒りも、今度はそれほど熱くならなかった。ケイラといるとそうなのだ。自分の荒々しくとがった部分を彼女がなめらかにしてくれる。仕事以外のことも大事だと思わせてくれる。ありとあらゆる点で自分をよりよい人間にしてくれる。

ケイラはこれはわたしの勝ちねという目をくれた。「自分を産んでくれた女性をあなたが憎むように仕向けたら、まえに進むとか、新しい人生をはじめるという気がしないわ」

「彼女にはきみに赦してもらう資格はない」マサイアスにとってそれは明白なことに思われた。

ケイラはさらに身を寄せてきた。「あら、わたしもまだそこまでは行っていないわ。きっとこれからも赦せるとは思えないから、感謝祭を家族で過ごすことは考えないでね」

「あり得ない。少なくともメアリーとは」そんなことをするぐらいなら、海外に逃れたほうがましだ。

「被害者のほかの家族や、大学の友人たちなど、この件に巻きこまれてしまった人たちが心の平穏を得ることはないけど、メアリーにはわたしたちがそれを与えようとすることはできるわ。受けとるかどうかは彼女次第だけど」

筋の通った、まっとうで、思いやりのあることばだった。自分もそのうちのひとつにはあてはまるが、それ以外はケイラにまかせるしかなかった。

マサイアスは彼女の頰を手で撫でた。「愛している」

「わたしもよ」ケイラの目がやさしくなった。「だから、お願い。ほんとうの意味でやり直せるように、このことは過去のことにしましょう」

懇願されるまでもなく、自分の負けだったが、それを告げるつもりはなかった。気をつけていないと、彼女に夢中になりすぎて、ひざまずいて追いまわすことになってしまう。とはいえ、きっと彼女にはそれがわかっているにちがいない。

「いいさ」大げさに降参するような声を出したが、じっさいはなんであれ、ケイラの言うことには従うつもりだった。

「ほんとうに?」

「ああ、だから、ちがうことを話そう」

「何について?」ケイラの声が新たに警戒するような響きを帯びた。

「DCの大学に通ってぼくといっしょに暮らすよう、きみを説得することはできないかな？　DCとアナポリスのあいだを移動して暮らすんでもいいんだが」マサイアスにしてみれば、大陸を横断してもかまわなかった。クイントの支部を立ち上げても、インターネットを使って仕事をしてもいい。ケイラがいっしょにいてくれるならば、どうにかしてみせる。「このホテルでなければどこでもいい」

ケイラは誘うように口の端を上げた。「いっしょに暮らしたいの?」

それは望みの一端でしかなかった。ゆっくりことを進めて、なにがしかの関係を築こうという話はすでにしていた。それでもいいが、この関係が自分にとってどういうものになるかマサイアスにはわかっていた。永続的な関係。自分に必要な存在だとは知りもしなかった女性との。「時間をくれれば、ぼくが将来有望であることを証明してみせるさ」

「そんなこともうわかってるわ」ケイラは彼の膝の上で身動きした。「でも、警告しておくけど、将来を誓うと言っているように聞こえるわよ」

それ以上だった。彼女を裸にしてそれを祝ってもいい。「ぼくは充分年がいっている。それが心配なら」

「まあ、実際問題、わたしには住むところがないわ。あのアパートメントは犯罪の現場になってばかりだし。だから、いっしょに住んでもらえると助かる」

彼女のこういうところが好きだった。おもしろく、魅力的で、とてもセクシーだ。

「えらく現実的な答えだな」

「それに、あなたといっしょに寝るんじゃなきゃいやだとも思うし」冗談めかした調子が多少薄れた。「これからずっと」

「ぼくらはきっとうまくいくさ」女性にそんな約束をしたことはなかったが、今、してしまった。そして、彼女を幸せにするために全精力を費やすつもりでいた。

ケイラは体の向きを変え、マサイアスをまたぐ格好になった。そうして身を倒し、顔を顔に近づけた。「だったら、今からはじめましょう」

ああ、もちろん。「ぼくらが互いにぴったりの相手であるのはわかっていたんだ」

ここまでページをめくっていただいたということは、きっと物語をたのしんでいただいたことと思います。わたしの本を手にとり、読んでくださったことに、心から感謝申し上げます。このシリーズはわたしのお気に入りですので、みなさんにも気に入っていただけたならと思います。

すばらしい編集者のメイ・チェンとチーム・エイヴォンのスタッフ全員に大きな感謝を。あなたたちのおかげでこのシリーズの魅力と輝きが増しました。みんなすばらしい方ばかりでした（おまけにとてもきれい）。

エージェントのローラ・ブラッドフォードにも感謝します。日々わたしを導いてくれたことに。

それから、わたしの夫に――大きな愛を、永遠に。

訳者あとがき

二〇一八年度RITA賞受賞作『夜の彼方でこの愛を』のヘレンケイ・ダイモンがシリーズ第二作として世に送り出した話題作、『許されない恋に落ちて』(原題『*The Enforcer*』)をお届けします。

壁や家具に飛び散った真っ赤な血、床の血の池のなかに転がるいくつもの死体。その第一発見者となる女子大学生。おどろおどろしくもサスペンスフルに物語は幕を開けます。

同じ家に住んでいた大学生三人が殺害されたその事件から七年後、ワシントンDCで警備保障会社を営むマサイアスは、生まれてすぐに自分を捨てた母親メアリーから突然連絡を受け、自分にニックという弟がいたことを知らされます。ニックは七年まえの殺人事件で殺され、メアリーはそのときに生き延びたニックのハウスメイトを捜してほしいとマサイアスに依頼します。存在することすら知らなかった弟のためにマサイアスはその依頼を引き受け、友人のレンにその女性の所在を捜してもらい、アナポリスへとやってきます。

殺人事件を生き延びた女性はケイラと名前を変え、アナポリスのマリーナにあるカフェのウエイトレスをしています。殺人事件から七年、ひとり生き残ったせいで警察に容疑をかけられ、容疑が晴れてからも誰かわからない相手に脅されて居場所を転々とし、名前や職業を変え、アナポリスにたどりついたのです。そこでようやく平穏な暮らしを手に入れつつあった彼女でしたが、そんなところへマサイアスが現れます。

ケイラは観光地のカフェには場違いなスーツ姿で現れた彼に警戒心を抱きながらも惹かれずにいられず、じょじょに心を開いていきます。しかし、彼が現れてから、また誰かわからない相手からの脅しがはじまり、マサイアスを疑わずにいられません。マサイアスのほうは母から捜査の依頼を受けたことを隠してケイラの〝用心棒〟を務めることにします。ケイラをつけねらう謎の人物はいったい誰なのか、そして、七年まえの殺人事件の犯人は？　謎が謎を呼ぶ展開のなか、はたしてふたりの関係はどうなっていくのか――スリリングに物語は進んでいきます。

この物語の舞台はおもにメリーランド州のアナポリスです。ワシントンDCからは東に四十五キロほどのところにあり、セバーン川がチェサピーク湾に注ぎこむ河口に位置しています。海軍兵学校の街として有名なアナポリスですが、ヨットのメッカとしても知られ、河岸や湾岸には大規模なマリーナがいくつもあり、ケイラのカフェがあるマリーナもそのうちのひとつという設定です。古風な街並みで歴史的名所にも恵まれているため、観光客も数多く訪れ、非常ににぎやかで明るい雰囲気の街と言えます。

そんな街で暮らしながら、トラウマと秘密を抱え、どうしても人と距離を置いてしまうケイラと、不幸な生い立ちからか、暗く不穏な空気をまとい、アナポリスでは場違いにしか見えないマサイアスが、孤独な魂を寄せ合うように互いに惹かれるというわけです。さまざまな出来事に翻弄されながらも、〝用心棒〟のマサイアスがケイラを守るだけでなく、ケイラがマサイアスの心の支えになるなど、互いを思いやって愛を育んでいくふたりの姿にはきっと共感していただけるものと思います。

著者のヘレンケイ・ダイモンは大学卒業後からワシントンDCで働き、その後ロースクールに進み、卒業後もDCに戻って弁護士となりました。DCで弁護士として働くなかで、シークレット・サービスやＦＢＩ、ＣＩＡなどとかかわることも多かったそうです。世界各地の国家元首の依頼を受けたり、軍事クーデターを阻止する任務を請け負ったりする会社を経営し、優秀な秘密調査員やＳＰを束ねるマサイアスの造形は、そうした経験のたまものと言えるでしょう。

本書は、ロマンティック・サスペンス部門で二〇一八年度ＲＩＴＡ賞を受賞した『夜の彼方でこの愛を』を第一作とする〝Games People Play〟シリーズの第二作ですが、このシリーズでは、本書でもその名が登場する〝クイント・ファイブ〟のロマンスが語られています。アメリカではすでに『*The Protector*』、『*The Pretender*』など五冊が上梓され、謎めいたクイント・ファイブの面々が次々とベールを脱いでいます。それぞれスリリングでロマンティックな作品に仕上がっていますので、いずれご紹介できれば幸いです。

二〇一九年二月

ザ・ミステリ・コレクション

許《ゆる》されない恋《こい》に落《お》ちて

著者　ヘレンケイ・ダイモン

訳者　高橋佳奈子《たかはしかなこ》

発行所　株式会社 二見書房
東京都千代田区神田三崎町2-18-11
電話 03(3515)2311［営業］
03(3515)2313［編集］
振替 00170-4-2639

印刷　株式会社 堀内印刷所
製本　株式会社 村上製本所

落丁・乱丁本はお取り替えいたします。
定価は、カバーに表示してあります。

ISBN978-4-576-19041-9
https://www.futami.co.jp/

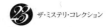

二見文庫 ロマンス・コレクション

失われた愛の記憶を
クリスティーナ・ドット
出雲さち［訳］〔ヴァーチュー・フォールズシリーズ〕

四歳のエリザベスの目の前で父が母を殺し、彼女はショックで記憶をなくす。二十数年後、母への愛を語る父を見て疑念を持ち始め、FBI捜査官の元夫と調査を……

愛は暗闇のかなたに
クリスティーナ・ドット
水野涼子［訳］〔ヴァーチュー・フォールズシリーズ〕

子供の誘拐を目撃し、犯人に仕立て上げられてしまったテイラー。別名を名乗り、誘拐された子供の伯父であるケネディと真犯人探しを始めるが…。シリーズ第2弾！

あなたを守れるなら
K・A・タッカー
寺尾まち子［訳］

警察署長だったノアの母親が自殺し、かつての同僚の娘グレースに大金が遺された。これはいったい何の金なのか？ 調べはじめたふたりの前に、恐ろしい事実が……

甘い悦びの罠におぼれて
ジェニファー・L・アーマントラウト
阿尾正子［訳］

静かな町で起きた連続殺人事件の生き残りサーシャ。失った人生を取り戻すべく10年ぶりに町に戻ると酷似した事件が…。RITA賞受賞作家が描く愛と憎しみの物語！

夜の果てにこの愛を
レスリー・テントラー
石原未奈子［訳］

同棲していたクラブのオーナーを刺してしまったトリーナ。6年後、名を変え海辺の町でカフェをオープンした彼女はリゾートホテルの経営者マークと恋に落ちるが…

背徳の愛は甘美すぎて
レクシー・ブレイク
小林さゆり［訳］

両親を放火で殺害されたライリーは、4人の兄妹と復讐計画を進めていた。弁護士となり、復讐相手の娘エリーを破滅させるべく近づくが、一目惚れしてしまい……

危険な愛に煽られて
テッサ・ベイリー
高里ひろ［訳］

兄の仇をとるためマフィアの首領のクラブに潜入したNY市警のセラ。彼女を守る役目を押しつけられたのは最凶のアルファ・メール＝マフィアの二代目だった！

密やかな愛へのいざない
セレステ・ブラッドリー
久賀美緒［訳］

キャリーは元諜報員のレンと結婚するが、心身ともに傷を持つ彼は決して心を開かず…。2013年ロマンティック・タイムズ誌、官能ヒストリカル大賞受賞作

純白のドレスを脱ぐとき
トレイシー・アン・ウォレン
久野郁子［訳］［プリンセス・シリーズ］

意にそまぬ結婚を控えた若き王女と、そうとは知らずに恋におちた伯爵。求めあいながらすれ違うふたりの恋の結末は!? RITA賞作家が贈るときめき三部作開幕！

薔薇のティアラをはずして
トレイシー・アン・ウォレン
久野郁子［訳］［プリンセス・シリーズ］

小国の王女マーセデスは、馬車でロンドンに向かう道中何者かに襲撃される。命からがら村はずれの宿屋に辿り着くが、彼女が本物の王女だとは誰も信じてくれず…!?

真紅のシルクに口づけを
トレイシー・アン・ウォレン
久野郁子［訳］［プリンセス・シリーズ］

結婚を諦め、恋愛を楽しもうと決めた王女アリアドネ。恋の手ほどきを申し出たのは幼なじみのプリンスで……王女たちの恋を描く〈プリンセス・シリーズ〉最終話！

戯れの恋は今夜だけ
ジョアンナ・リンジー
辻早苗［訳］

自分が小国ルビニアの王女であることを知らされたアラナは、父王が余命わずかと聞きルビニアに向かう。宮殿の門前でハンサムな近衛兵隊長に自分の正体を耳打ちするが…

誘惑のキスはひそやかに
リンゼイ・サンズ
田辺千幸［訳］

国王の命で、乱暴者と噂の領主へザと結婚することになったヘレン。床入りを避けようと、あらゆる抵抗を試みるが……。大人気作家のクスッと笑えるホットなラブコメ！

罪深き夜に愛されて
クリス・ケネディ
桐谷知未［訳］

イングランド女王から北アイルランドを守るよう命じられたカタリーナの前に、ある男が現れる。彼はその土地を取り戻すため、彼女に結婚を迫るのだが……